Simon

Karma-i

Strada Tufanului, 3 C, Mogoșoaia 077135
jud. Ilfov, România

Difuzare/ distribuție carte
www.velvetstory.ro
e-mail: office@velvetstory.ro

Descrierea CIP a Bibliotecii Naționale a României
TĂNĂSESCU, SIMONA
Karma-i o zdreanță! / Simona Tănăsescu. -
Mogoșoaia: Velvet Story, 2020
ISBN 978-606-94972-2-7

821.135.1

Copertă: Ciprian Tănăsescu
Corectură: Rodica Pricob Pușcașu
Editor: Elis Iasmy

Tipar executat la Tipografia Opanis
Tel.: 0727.837.844 ; 0743.901.318
www.tipografieopanis.ro

Simona Tănăsescu

Karma-i o zdreanță!

Editura
Velvet VS Story
Mogoșoaia, 2020

Partea întâi

Amestecul Karmei

Capitolul 1

„Cum s-a ajuns la instaurarea stăpînirii engleze în India? Puterea supremă a Marelui Mogol a fost înfrîntă de viceregii săi. Puterea viceregilor a fost înfrîntă de marathi. Puterea marathilor a fost înfrîntă de afgani și, în timp ce lupta tuturor împotriva tuturor era în toi, britanicul năvăli în țară și avu posibilitatea să-i subjuge pe toți. O țară în care există disensiuni nu numai între mahomedani și hinduși, dar și între trib și trib, între castă și castă, o societate a cărei structură se bazează pe un fel de echilibru determinat de o repulsie reciprocă generală și de exclusivismul organic al tuturor membrilor ei, — o astfel de țară și o astfel de societate nu erau oare predestinate să devină o pradă pentru cuceritor? „[1]

India 1859,

Trecuse mai puțin de un an de când India era sub directa dominație a noastră, a englezilor. Mercantilismul, un factor important al primului imperiu, urma să protejeze monopo-

1. **Scris**: 22 iulie 1853 **Publicat**: în *New York Daily Tribune* nr. 3 840 din 8 august 1853 **Sursa**: Karl Marx, Friedrich Engels, *Opere alese în două volume*, ediţia a 3-a, vol. 1, 1966, Editura Politică, p. 303-309 **Transcriere**: Liviu Iacob, martie 2008

lurile din comerț și controlul statului asupra manufacturilor. Imperiul Britanic era în extaz. India reprezenta o sursă de materii prime, dar și o piață de desfacere extraordinară pentru produsele metropolei. Marea dorință urmărea, evident, câștigul. Se dorea ca exporturile britanice să fie mai ridicate decât importurile din colonii, în acest fel capitalul rămas să fie în continuă creștere.

În Indii, situația era încă foarte tensionată. Trecuseră doi ani de la Răscoala șipailor[2], marea rebeliune din 1857, când stăpânirea noastră a fost scuturată din temelii, fără însă a fi distrusă. Până la acel moment, noi, englezii, ne străduiserăm să construim o Indie după chipul și asemănarea Angliei, aducând în viața lor, impunându-le mai bine spus, regulile noastre referitoare la instituțiile sociale și economice britanice. După revoltă, am devenit însă mai circumspecți.

Acasă, discuțiile în Parlament erau de-a dreptul incendiare. Care mai de care cu idei proprii pe care, cu țipete și injurii, încercau să și le impună ca fiind cele mai bune. O singură voce a fost suficient să se ridice, explicând că niciodată idealurile noastre nu vor putea prinde viață fără sănătate în rândul indienilor.

Și de aici, fără să știu, fără să îmi fi imaginat vreodată, avea să înceapă adevărata poveste a vieții mele, Sir William Gray, doctor, înrolat în Marina Regală. Un bărbat în vârstă de 30 de ani, care moștenise înălțimea de peste 1,82 m și trupul atletic al tatălui, și ochii verzi ai mamei. Totul despre mine mă încadra

2. **Răscoala șipailor** sau **Rebeliunea indiană din 1857** este una dintre cele mai bine cunoscute și ample revolte din perioada colonizării britanice a Indiei. Trupele autohtone au fost cunoscute sub denumirea de șipai.

în tiparul bărbatului de la 1800, mai puțin părul maroniu și nuanța măslinie a pielii, o altă moștenire genetică, cu siguranță din linia mamei, de origine italiană. Mama era o adevărată senzație în societate!

Anunțul plecării mele grabnice spre India avea să producă potop de lacrimi din partea mamei, stropi de penitență din partea încântătoarei domnișoare Lucy, cu care eram logodit și mare mândrie în inima tatălui meu, un medic extraordinar de talentat și recunoscut la curtea regală.

Îmi părea rău să-mi las mama plângând, tânjeam după momentul în care aveam să mă înfrupt din trupul delicatei Lucy, mă onora mândria tatălui, dar cel mai important lucru era că îmi doream să ating țărmurile noilor lumi cât mai repede cu putință. Încă din copilărie, eram fascinat de mare, de nave. Îmi amintesc cum memoram numele pânzelor, punându-mi câte o dorință la fiecare apelativ memorat. Acum, nu îmi doream decât o barcă mare, puternică, o stea mare și norocoasă care să alunge griul ceții de pe fața mării, să lase zorii să poată străluci, pentru a putea ajunge în siguranță la destinație.

Călătoream, nici nu mai știu de când, bucurându-mă de calmul apelor sau spunând rugăciuni după rugăciuni în zilele cu furtună. Până și mersul ajunsese să-mi devină legănat, în ritm cu mișcarea mării. Uitasem de gulerele scrobite, de albul cămășilor, de mâncărurile alese, realizând în mod brutal cât de puțin are nevoie un om pentru a putea supraviețui. Ajunsesem să mă obișnuiesc într-atât de mult cu viața pe mare, încât apropierea de țărm nu o mai simțeam atât de incitantă ca la momentul plecării. Simțeam cum marea devine parte din viața mea, rugându-mă pe timp de furtună, ca zbuciumul ei să nu-mi împărtășească aceleași sentimente.

Căpitanul anunțase cu o zi înainte că, în mai puțin de 26 de ore vom atinge țărmul. Dintr-odată, spiritele începuseră să se animeze, să se încingă. Auzeam tot felul de povești despre India sau despre tradițiile și obiceiurile etnicilor. Multe dintre ele erau exagerate, inventate de soldați care puteau jura că nu era pentru prima dată când puneau piciorul pe aceste pământuri.

Era seara târziu, când, după cina luată ca de obicei la dreapta căpitanului, am urcat pe punte pentru a savura o gură de brandy și a mă delecta cu aroma exotică a unui trabuc de calitate. Aveam nevoie de liniștea nopții, departe de discuțiile politice care mă plictiseau de moarte, pentru a-mi auzi gândurile supraîncărcate de energie sexuală, o energie pe care, în condițiile date, doar singur puteam să mi-o satisfac. Vocea gravă, puțin abțiguită a unui alt bărbat, mi-a întrerupt șirul firav al unei alte fantezii, stoarse imaginației, căci mintea mea le epuizase aproape pe toate.

– Doctore, ți-ai imaginat vreodată cum este să atingi o indiancă, cu părul lung și mătăsos, cu pielea arsă de razele soarelui?

Nu puteam zări chipul individului, aflat în penumbra lăsată de lună, dar, cu siguranță, dorința lui era cu mult mai intensă decât ceea ce exprima în cuvinte. Mi-am dres vocea, încercând să-i dau un răspuns demn de titlul de Sir ce îmi era atribuit.

– Din punct de vedere anatomic, femeile, asemenea nouă, nu diferă cu mult. Am atins multe femei și bărbați la viața mea.

Asta face un doctor până la urmă, nu-i așa?

– Ohh..., doctore, dacă nu ai sărutat o indiancă, crede-mă, ai trăit degeaba până acum! mi-a replicat bărbatul, aruncând în lehamite, peste bord, restul dintr-o sticlă, un lichid ce puțea ca dracu'.

Am vrut, nu îmi explic de ce, să continui incitantul dialog, dar imediat am constatat că nu mai aveam cu cine. Bărbatul se îndepărta. În urma lui se auzeau numai pașii care se târșâiau de puntea corabiei și vântul care vocifera în timp ce se izbea de pânze.

Rămas singur în mijlocul a milioane de stele care atârnau deasupra capului meu, am mai tras un ultim fum din trabuc, pe care l-am stins în sictir de fundul umezit al paharului.

„*Ești foarte stătut, William Gray! Cum dracu' până și adâncimea unui pahar nenorocit poate să-ți stârnească asemenea senzații!?*", îmi spuneam în timp ce coboram treptele spre cabină rapid, din cauza unei erecții devenită chinuitoare.

M-am aruncat pe pat, ghemuit din cauza durerii. Trecuse mult, mult prea mult timp de când nu îmi mai satisfăcusem nevoile bărbătești, iar organismul își spunea acum cuvântul cu tărie și convingere. Căutam cu disperare ceva rece, pe care să-l pot pune peste zona umflată, dar nu găseam nimic. Arșița de peste zi făcuse ca până și aerul din cabină să fie insuportabil. Totul era fierbinte în jur, iar eu încins. Cu grijă, căci acum chiar trebuia să fiu foarte atent, am început să mă mângâi singur, cu delicatețe, încercând să-mi alung orice gând de natură sexuală din minte. Mă străduiam să-mi imaginez că sunt doctorul pus într-o situație critică, pe care trebuia să o rezolve. După câteva momente, doctorul avea să reușească. Durerea avea să își piardă din intensitate și fără să-mi amintesc ultima mișcare a mâinii, am adormit...

Avea toate caracteristicile corpului ectomorf: structură osoasă mică, brațe și picioare lungi și subțiri, umeri înguști, șolduri înguste, grăsime corporală scăzută, fără predispoziție la creșterea în masa musculară, nici la depozitarea de grăsime. I-am prins încheietura mâinii să mă conving că analiza îmi era justă. Degetul mare și cel mijlociu mi se suprapuneau, structura ei osoasă fiind mică și delicată, la fel ca atingerile care mă înnebuniseră de-a dreptul.

– *Main tumhaare saath chaloonga. Kya aap vaakee aisa chaahate hain*[3]*?*

– Nu înțeleg nimic din ceea ce îmi spui, dar nu contează, continuă, continuă...

– *Ab tum sirph sapane dekh rahe ho. Mera pyaar tumhen samay se pare le jaega...*[4]

Vocea femeii, cu puternic accent indian, mă înnebunea. Sunetele pe care le scotea în pauzele dintre întrebări erau impudice, incitante, senzuale, obscene...

– *Rhenna vah tumase pyaar karata hai*[5]*...*

Nu îi puteam zări chipul, dar îi simțeam pe abdomen atingerea părului foarte lung, mătăsos, dar cu vârfuri puternice, sănătoase care îmi produceau plăceri la care nici măcar nu visasem vreodată. Era cu spatele la mine, mă călărea la pas, fără de milă, în timp ce eu așteptam disperat momentul galopului

3. Am să merg cu tine. Ești sigur că asta vrei? – lb.hindi

4. Acum doar visezi. Iubirea mea te va purta dincolo de timp – lb.hindi

5. Rhenna te iubește –lb.hindi

pentru a-mi putea elibera înăuntrul ei sămânța unei dorințe interzise muritorilor.

Mâinile îmi erau agățate de o femeie superbă, cu un corp de clepsidră, un trup pe care numai Providența, printr-un accident, l-ar fi putut pierde în cearșafurile mele. Circumferința șoldurilor îi era aproape egală cu cea a bustului, talia îi era mică și bine definită, spatele drept, frumos arcuit continua linia picioarelor, iar fesele - două bucăți perfecte în care ori de câte ori îmi înfigeam degetele, simțeam ca și când un curent puternic îmi străbătea întreg corpul - nu mă omora, dar nici nu mai știam ce-i cu viața mea.

– Cine ești? De unde ai apărut tu, *ființa - ființelor*?

În locul cuvintelor, ea îmi răspundea cu un geamăt, acordat perfect ritmului în care se mișca deasupra mea. Îi simțeam umezeala vulvei peste penisul meu, strivit cu blândețe de către trupul ei delicat. Din când în când, o ridicam, atingându-i ușor cu vârful degetelor clitorisul întărit, provocându-i noi senzații care îi accelerau mișcările, întru salvarea mea. Ușor, ea s-a ridicat, a dat capul pe spate, cerându-mi fără de cuvinte să o trag de păr, lăsându-mă numai atunci să o pătrund cu lăcomie cât mai adânc...

– Doctore, doctore, trezește-te! Doctore, ce-i cu tine, te-a atins boala!?

Năucit din cauza zgomotului puternic provocat de coborârea ancorei, dar și de zbieretele soldatului ce se ocupa de cabină, am deschis ochii chiar în momentul în care arunca peste mine o cană cu apă de mare, rece ca gheața.

– Omule, ești nebun!? l-am întrebat enervat.

– Leacul pentru orice este apa de mare: vis, realitate, moarte, viață! m-a asigurat puștiul, schițând un zâmbet în colțul gurii.

– Tu nu mai ești întreg la minte?! De ce trebuia să arunci cu apă peste mine?!

– Păi... Sir, vă rog să mă scuzați. Eu chiar m-am speriat. V-am atins, adică am tras de dumneavoastră să vă trezesc și ardeați ca focul. V-am strigat, dar scoteați niște sunete ciudate. Am crezut că v-a atins... nici nu vreau să-i pronunț numele!

– Holera?! l-am întrebat ștergându-mi apa de pe față, iar el a dispărut instantaneu.

Cu siguranță, numele femeii din visul meu nu putea fi Holera. Eram nervos, ofticat până peste măsură, blestemam coborârea ancorei în momentul acela. Mintea, dar culmea… și sufletul îmi erau suferinde - ca și cuprinse de o migrenă teribilă.

Copilul nu spunea minciuni. Pielea într-adevăr îmi ardea, iar pe frunte aveam sudori de transpirație reci. Apa pe care el o aruncase pe mine, luată direct din mare, îmi făcea bine. Până ce am terminat tandra amăgire a visului, până ce m-am îmbrăcat și mi-am pus în valiză ultimele lucruri, deja mă simțeam un alt om, din nou, Sir William Gray.

Am ieșit din cabină, aruncând o ultimă privire pereților scorojiți din lemn, gândindu-mă tot pentru ultima oară la acea femeie extraordinară care-mi marcase ultima noapte pe navă.

Zâmbeam și reflectam la poveștile marinarilor care spuneau că marea are propria-i viață, propria-i voce prin care vorbește sufletului. Povesteau cum atingerea mării este senzuală, prinzându-te în îmbrățișarea sa umedă și strânsă, cum că marea trăiește în fiecare dintre noi.

Am decis să las visul la origini, legendele asemenea... și să pășesc spre locul care avea să-mi aducă acea recunoaștere în medicină, pentru care și ultimul savant în viață și-ar fi vândut sufletul, uitând într-o clipită de jurământul lui Hipocrate.

Capitolul 2

După un timp, am ajuns la Lucknow, un oraş strategic, aflat în India de Nord, dar şi unul dintre centrele majore ale Rebeliunii Indiene. Resturile de piatră, lemne şi var îmi arătau clar că reconstrucţia locului, de după lupte, tocmai ce se terminase. Brusc, toată libertatea pe care simţeam că o voi avea aici avea să fie îngrădită de zidurile fortificate ale complexului britanic.

Am fost primit cu mult entuziasm de către localnici, chiar prea mult aş putea spune. Trecând prin mijlocul lor, le simţeam privirile ce semănau unor săgeţi a căror ţină era exactă. În ochii unora vedeam bucurie, în ochii altora o oarecare teamă, pentru ca în cei ai copiilor să pot zări acel crâmpei unic, inconfundabil al speranţei. Prezenţa mea le fusese promisă încă de la bun început, ca un semn de protecţie şi grijă în plus al Imperiului, vizavi de populaţie. Aveam să aflu ulterior că, în imaginaţia lor, îmi atribuiseră diverse forme şi puteri, desprinse din folclorul autohton.

Cei mici alergau înspre mine, atingându-mă mai peste tot cu mânuţele murdare, pline de praf. Îmi vedea să ţip la ei, să le cer să fugă, să se spele, dar imediat mi-am dat seama că aceea era, de fapt, natura lor. Şi tocmai acesta era probabil şi motivul pentru care holera, pe mulţi, nu-i atingea - erau mai murdari, mai nespălați decât vibrionul în sine. Mi-am propus să încerc să-i reeduc cu timpul, să fiu altfel, mai altfel decât conaționalii mei.

Poziția din societate îmi cerea să le dau dreptate, însă în realitate, ideile lor despre colonizare îmi provocau repulsie. Uram să văd cum omul este subjugat chiar de către om. Încă din copilărie am fost educat să am o atitudine prietenoasă față de servitori. Și părinții mei se purtau cu respect cu oamenii din casă, nu-i tratau ca pe niște obiecte, ci ca pe oameni cu suflet și personalitate. Prețuiam valoarea și numele nostru în societate, dar acasă ne permiteam să fim noi. Lăsam etichetele scorțoase la ușa de la intrare. Era o vorbă de-a mamei.

Cârdul de copii curioși m-a condus până aproape de intrare. Strigau cât îi țineau plămânii:

– Vishnu! Vishnu! Vishnu!

– Ce înseamnă cuvântul acesta? l-am întrebat pe localnicul care mă însoțea și care vorbea foarte bine limba engleză.

S-a uitat la mine, apoi a zâmbit.

– Vishnu nu este doar un cuvânt. Este protectorul și conservatorul umanității. În Vaishnavism, Vishnu este identic cu conceptul metafizic numit Brahman. Acesta ia diverse avatare, precum conservator sau protector, ori de câte ori lumea este amenințată de forțe malefice, distructive - haos, foamete, boli...

– Trebuie să recunosc că nu am nici cel mai mic habar despre cultura sau religia hindusă. Ceea ce am citit a fost prea puțin, i-am răspuns, onorat de strigătele copiilor, dar și jenat în același timp.

Bătrânelul m-a privit cu aceiași ochi îngăduitori.

– Sir William, în scurt timp va trebui să ne învățați tradițiile și obiceiurile, așa cum noi, la rândul nostru, a trebuit să le învățăm pe ale altora...

Vocea lui suna a un preaplin de amărăciune, pentru ca imediat, zâmbetul să-i revină pe buze:

– Vedeți, Sir, India are 2.000.000 de zei și îi venerăm pe toți. La capitolul religie, alte țări sunt sărace, în timp ce noi suntem adevărații milionari!

Imediat, remarca bătrânului mi-a ridicat moralul. Pe lângă adevărul spus, vorbele lui îmi sunau a provocare.

– Domnule, când timpul vă permite, mi-ar plăcea să-mi deveniți dascăl. Sunt atras de tot ce înseamnă Istoria Religiilor. Ideea de a învăța direct, aici, din mijlocul naturii ei, mă încântă extraordinar de mult!

I-am întins mâna pentru salut, gestul meu pecetluind un „gentleman agreement"[6]. Mi-a răspuns imediat, pesemne că știa ce înseamnă asta, acceptând cu bucurie propunerea mea.

Timpul avea să zboare. Nici bine nu îmi aranjasem hainele în dulap, când am auzit o bătaie destul de puternică în ușă.

– Bună seara, Sir William Gray. Sunt valetul, James. Am venit să mă prezint, să vă aduc la cunoștință serviciile mele, urmând ca în scurt timp să vă conduc la cina festivă, dată în cinstea sosirii dumneavoastră.

– Bună seara, James. Am să te rog, pentru început, dacă poți, să faci tu o minune cu gulerul acesta de cămașă. Nu vrea să se îndrepte nici să-l...

M-am oprit la timp, căci puțin mai aveam și mă lua gura pe dinainte. Oricum era degeaba, căci un biet guler nu avea

6. Acord între domni – cuv.din lb.engleză

cum să mă satisfacă, nici în cel mai pervers gând cu putință. Am tăcut. Îl priveam pe James, uimit de cum un indian poate vorbi o engleză atât de clară, pe măsura numelui primit.

– James, te întreb de curiozitate: care este numele tău real?

– Sir, numele meu este James, așa cum v-am spus mai devreme.

– Am înțeles de la început, dar m-am gândit că ...

– Sir, eu m-am născut indian, dar părinții mi-au dat nume britanic și m-au învățat și limba engleză. Credeau că în felul acesta, norocul îmi va fi alături.

– Și ți-a fost?

Eram curios să aflu ce era în mintea omului.

– Sigur că da!

Mi-a răspuns cu mândrie, mărindu-și pieptul ca un curcan ce se umflă în pene.

Reușise să mă lase fără cuvinte. Începusem să mă întreb dacă nu cumva concepțiile mele cu privire la colonizare nu erau total depășite. Indianul se simțea bine în pielea englezului și ca el erau mulți alții.

– Sunteți gata, Sir! Urmați-mă, vă rog!

Pe drumul către locul în care aveam să luăm cina, James mi-a făcut un adevărat instructaj. Nu de alta, dar pe lângă englezii mei, urma să cunosc și indieni, politicieni, față de care diplomația conversațiilor era obligatorie.

Bărbați îmbrăcați la patru ace, cu nasul ars de soare, inși în uniforme, cu cizme în care te oglindeai, elita indiană, doamne și domnișoare europene cu sânii ridicați până în dreptul buzelor de corsete incomode, și-au îndreptat imediat privirile înspre mine, de cum ușile s-au deschis, iar valetul a strigat numele meu.

– Bine ai venit printre noi, doctore! Prieteni, vi-l prezint pe oaspetele nostru de seamă, Sir William Gray, doctor în medicină de la Royal College of Surgeons!

Vocea puternică de bun venit era a Guvernatorului, Generalul Thomas Rock[7], bun prieten de altfel cu tatăl meu și pe care nu-l mai văzusem de când aveam, cred, vreo 12 ani. După cum și numele o spunea, Guvernatorul General avea un caracter dur precum piatra. În timpul Revoltei, rolul lui a fost extrem de important pentru Coroana Britanică. Și, mai mult decât atât, în rândul nobilimii indiene, era un personaj controversat, dar și foarte respectat.

Bineînțeles că văzând o față cunoscută printre atâtea priviri străine, m-am bucurat.

– Mă onorați, Generale Rock. Vă mulțumesc pentru primirea atât de elegantă pe care mi-ați făcut-o și vă transmit salutări cordiale din partea bunului meu tată.

– Îți multumesc, Will, mi-a șoptit prietenește la ureche, amintindu-mi de vremurile în care ne jucam cu toții în grădina domeniului deținut de părinții mei.

A urmat mai bine de jumătate de oră de prezentări, strângeri și sărutări de mâini. Sincer, abia așteptam să se termine cu prezentarea oficială pentru a mânca. Visam la o astfel de cină de multă vreme. Ba mai mult, aveam impresia că mi se și cuvine după atâta timp petrecut numai pe mare.

Chiar înainte de a ne așeza la masă, pe locuri de-a dreptul „strategice”, în funcție de interesele subiectelor de discuție, uși-

7. Piatră – cuv.în lb.engleză

le salonului s-au trântit puternic de perete. Năvalnic, o tânără și distinsă domnișoară avea să-și facă apariția. Stânjenită, cu privirea în pământ, a salutat, adresându-se cu teamă Generalului.

– Papa, papa, te rog, iartă-mi întârzierea!

– Cora, vom discuta despre asta între patru ochi!

– Doctore, o mai ții minte pe fiica mea Cora!?

Întrebarea Generalului brusc avea să mă arunce în trecut, acolo unde, memoria avea să-mi readucă amintiri pe care nici nu bănuiam să le mai am.

– Sigur că da! Bună seara, miss Cora, m-am adresat cu deosebită curtoazie, dar și foarte mirat.

– Bună seara, Sir William Gray, mi-a răspuns ea, înroșindu-se ușor în obraji și făcând o reverență stângace înaintea mea.

– Hai, lăsați acum politețurile, a intervenit Lady Anne, soția Guvernatorului General. Vă cunoașteți de când erați copii. O să aveți tot timpul din lume să vă depănați amintirile. Acum, vă rog, poftiți la masă! Cu siguranță doctorului trebuie să îi fie foame, li s-a adresat cu zâmbet celorlalți, făcându-le semn să se așeze.

Am mâncat încet, prudent, cât să nu-mi dau stomacul peste cap. Îmi era teamă de o posibilă indigestie.Trecuse ceva timp de când papilele mele gustative nu mai simțiseră un asemenea răsfăț culinar.

După masă, cu paharele de brandy în mână, noi, domnii, ne-am retras pe o terasă, înconjurată de perdele fine, a căror țesătură lăsau aerul să treacă, dar împiedicau mulțimea enervantă de țânțari să intre. Căldura, deși ora era destul de târzie, devenise de-a dreptul lipicioasă.

– Doctore, povestește-ne, ce se mai bârfește acasă? m-a întrebat Guvernatorul, întinzându-mi cutia cu trabucuri.

„Să-mi bag! Iar politică!?”, mi-am spus în gând.

– Acasă... doar pălăriile și rochiile doamnelor se schimbă de la o zi la alta. În Parlament este aceeași euforie.

– Will, pe mine mă interesează care au fost ecourile Revoltei. Nu știi ce a fost aici până acum câteva săptămâni: un adevărat Purgatoriu! Pff!

Ar fi trebuit să intuiesc că impresiile generaliste nu puteau satisface setea de politică și de sânge nici a Generalului, nici a invitaților săi. Deși discuțiile politice mă oripilau, le-am oferit toate cunoștințele pe care le aveam.

– Clar, s-a ajuns la concluzia că trebuie stabilită o relație de prietenie și o comunicare mai eficientă între indieni și noi. Nu doar la nivelul armatei, dar și între ofițeri și personalul autohton. Civilii, cât și relațiile ce trebuie avute au devenit puncte importante pe ordinea de zi a ședințelor.

– Mda... adevărul este că reacțiile lor vizavi de reformele noastre nu au fost și nu sunt încurajatoare. Nu au fost primite cu interesul pe care noi mizam, mi-a replicat Generalul, pe un ton ușor dezamăgit.

Între timp, domnii, pasionați la rândul lor de mișcările politice, au început să dezvolte subiectul în grupuri formate ad-hoc.

Reiterând lunga călătorie și strecurând din când în când în conversații faptul că sunt foarte obosit, cu eleganță, m-am scuzat și m-am sustras tuturor discuțiilor, gândindu-mă doar la patul confortabil și imobil ce mă aștepta.

De îndată ce am ieșit din salon, am auzit pași în urma mea. M-am oprit, zărind ieșind din umbră silueta impunătoare a Generalului.

– Will, băiete, în camera ta, să nu te miri, te așteaptă un cadou de bun venit.

Vocea îi era extrem de prietenoasă, iar zâmbetul larg.

– Cadou? Ce cadou?

– Ai să vezi! m-a asigurat, făcându-mi semn că mă pot retrage oricând doresc.

Am străbătut agale vastele grădini ale fortăreței, cum îmi plăcea să le numesc, uitând de zâmbetul deformat de mai devreme al Generalului. Fumul gros de ceară - emanat de lumânările așezate strategic, pentru a lumina potecile artificiale - se ridica printre coroanele bogate ale pipalilor, confundându-se cu noaptea.

Aerul sufocant, chiar și la acea oră târzie, mirosea puternic a lemn de santal, parfum lăsat de sutele de bețișoare care încă ardeau de jur-împrejurul diverselor statui ale zeităților locale. Deși era foarte cald, am decis să mai rămân câteva clipe afară, chiar și numai pentru a privi puzderia de stele care străluceau puternic în înaltul cerului.

Gândul mi-a zburat la mult prea iubita Lucy. Mi-am amintit de mângâierile ei, de mirosul pielii, de sărutările delicate, dar încărcate de amor. Trăiam o pasiune înfrânată, din păcate, de regulile impuse de societatea disimulată în care trăiam. Însă, de multe ori, pe ascuns, am atins-o pe Lucy în locuri absolut interzise pentru un cuplu necăsătorit, în special pentru unul de rang, așa cum eram noi. Familia ei, după cum tata avea să-mi recunoască, era cu mult mai bogată decât a noastră, dar destul de săracă în ceea ce priveau titlurile deținute de familie. Însă, din punct de vedere social eram perechea perfectă – aveam și bani și titluri, și încă mulți ani de tinerețe în față. Am oftat din adâncul sufletului, conștient fiind că voi mai avea mult de așteptat până o voi putea strânge din nou în brațe, până ce îi voi putea simți sfârcurile obraznice, întărite, prin nenorocirea de corset pe care o purta.

Gândul la miss Lucy îl simțeam precum o tandră mângâiere care brusc mi-a fost curmat de un altul, aproape violent – indianca din vis. Mi-am impus să nu mă mai gândesc, luptându-mă cu fiori inexplicabili pe care îi simțeam din cap până în picioare. Trăiam un soi de migrenă a sufletului și a minții, nicidecum dureroasă, ci extrem de excitantă. Într-o fracțiune de secundă, eram din nou cu ea acolo, într-un vis, de data aceasta conștient și cu ochii deschiși. Mi-aș fi dorit să văd chipul acelei femei care îmi bântuia mințile fără încetare și fără pic de milă, mi-aș fi dorit ca visele să nu mintă.

Zbuciumat de amalgamul de trăiri pe care întreaga mea ființă le percepea ca pe un adevăr deja existent - deși el nu era - discret, cât să nu trezesc liniștea bietei nopți, m-am îndreptat spre camera mea.

Am apăsat pe clanță, ușa începând să scârțâie din încheieturi.

– Am să trezesc întreaga clădire! am șoptit enervat la culme de zgomotul strident.

Imediat ce am închis ușa, am simțit cum inima mi-o ia la

trap. M-am speriat destul de tare când, în întuneric, am simțit prezența unei alte persoane.

– Cine ești!? Ce cauți în camera mea!? am întrebat, ridicând tonul și încercând să aprind fitilul lămpii puse strategic, chiar la intrarea în cameră.

– Bună seara, Sir, m-a întâmpinat vocea caldă a unei femei. După glas, părea tânără.

Pentru o secundă, nu am scos niciun sunet, apoi, mi-am amintit de promisiunea pe care mi-o făcuse Generalul, referitoare la cadoul ce mă aștepta în cameră. Auzisem din discuțiile marinarilor că astfel de plocoane feminine, în general având la bază satisfacerea nevoilor sexuale, în India erau un obicei foarte răspândit și normal, pentru familiile foarte sărace. Mulți tați, dacă nu reușeau să-și mărite fiicele de la vârste mult prea fragede, acceptate într-o societate civilizată, le trimiteau să facă prostituție pentru a întreține întreaga familie. La 12 ani, cele mai multe dintre ele erau măritate, ori de nu, erau aruncate direct pe stradă.

– Bună seara, i-am răspuns și am făcut câțiva pași înspre ea. Ești trimisă de Generalul Rock?

– Da, în această noapte vă stau la dispoziție, mi-a răspuns, pășind în lumina slabă, împrăștiată de lampa pe jumătate afumată.

În fața mea se afla o fetișcană ce nu cred să fi avut mai mult de 18 ani. Avea părul lung și negru, care-i trecea de mijlocul spatelui. Fața îi era un oval ars de soare, dar luminat de claritatea ochilor mari, rotunzi. Păreau două bucăți de cărbune, adăpostite de gene lungi și dese care-i atingeau sprâncenele frumos arcuite. Ca aspect nu o puteam încadra la categoria frumusețe exotică, dar nici nu aş fi putut spune că era o femeie urâtă. Era o minionă, cu sânii mici și cu șolduri înguste. Imediat ce mi-a răspuns, a lăsat capul în jos, iar acum fixa podeaua cu ochii.

– Nu este nevoie să stai cu capul plecat, i-am spus, ridicând din umeri.

– Cum vreți, Sir, mi-a răspuns privindu-mă cu timiditate și cu o ușoară nervozitate pe care și-a canalizat-o asupra buzei de jos, mușcând-o repetat.

– Nu-ți fie teamă, i-am spus, lăsând lampa din mână pe măsuța de două locuri, aflată în mijlocul camerei.

– Nu îmi este, mi-a răspuns, privindu-mă în ochi. Frica are propria-i umbră mare, tocmai pentru că ea este mică, mi-a replicat încercând să schițeze un zâmbet.

Răspunsul fetei îmi plăcuse, chiar mai mult, mi-a dat și mie o doză de curaj în plus, nefiind obișnuit în compania unor femei ușoare. M-am apropiat de ea și i-am atins părul, surprins fiind de moliciunea și strălucirea firului, iar ea și-a lăsat capul într-o parte, dezvelindu-și linia gâtului, gest care mi-a reamintit imediat cât de excitat intrasem în cameră. Inițial mă gândisem să fiu blând cu ea, dar am dat-o dracului de politețe, mi-am lipit buzele de ea și am luat-o pe sus, încolăcindu-i picioarele în jurul meu, sprijinind-o de perete. I-am desfăcut sari-ul și ea a rămas goală în brațele mele, lăsându-se grea, cât să-mi alunece ușor din brațe. S-a lăsat în genunchi, deschizându-mi cureaua de la pantaloni și căutându-mi cu gura penisul. Am simțit imediat acea străfulgerare în pelvis, dorindu-mi să i-o trag oriunde, cât mai repede cu putință.

Camera era micuță, iar patul se afla la maximum cinci

metri de peretele cu pricina, de care indianca mă ținea lipit. Am prins-o de cap, am ridicat-o și am împins-o cu o dorință brutală, pe pat.

În fața mea nu aveam o femeie, ci o simplă marionetă care avea să-mi satisfacă o poftă carnală, de-a dreptul animalică. M-a privit, ștergându-se la gură, apoi și-a desfăcut picioarele înaintea mea. Mâna mi-a alunecat pe pulpa ei și, până să-mi dau seama, aveam două degete adânc băgate în vagin, iar ea a scos un geamăt, arcuindu-și corpul. M-am aplecat asupra ei și am început să-i sărut apăsat sânii, oprindu-mă cu limba asupra sfârcurilor întărite și imediat am penetrat-o în forță. I-am lăsat o scurtă clipă răgaz să se adapteze dimensiunii mele, apoi am început să mă împing în ea din ce în ce mai adânc, accelerând intrările și ieșirile, de parcă cineva m-ar fi alergat. Nu a durat mult și, din nou acel curent mi-a străbătut întreg trupul și am simțit ejacularea cum se manifesta cu putere. În secunda următoare, m-am prăvălit eliberat pe pat, alături de ea.

Nu au fost explozii de artificii, ci o eliberare a tensiunii pe care, dureros, o simțeam în testicule de câteva luni bune. Însă, în loc să mă simt bine, m-am umplut de regrete, realizând, de-abia la final, că ei nu-i dădusem nici cea mai mică șansă să termine.

– Tu nu ți-ai dat drumul. Satisfacția a fost numai a mea. Îmi pare rău, i-am mărturisit cu regret, ridicându-mă în cot și privind-o.

– Este totul în regulă. Eu exist pentru a oferi plăcere, nu pentru a primi.

– Am fost prea dur?

– Ați fost blând în comparație cu alții, credeți-mă!

– Blând!?

M-a privit pe sub gene, aruncându-mi un zâmbet încurajator, apoi s-a ridicat, căutându-și bucata de țesătură care-i acoperea trupul.

– Sir, dacă mai aveți nevoie de mine, îi spuneți lui James. Numele meu este Mika. Îl anunțați pe el și voi reveni, mi-a spus, apoi s-a îmbrăcat repede și a ieșit în fugă pe ușă. Aș fi vrut să o mai întreb câteva lucruri, dar am văzut-o de la fereastră, alergând prin întunericul nopții.

William Gray, ești de-a dreptul un animal! Nu ai dram de control! Te porți precum porcii pe care-i detești. Bravo ție! India asta cred că ți-a încins creierii, mă certam singur, regretând comportamentul avut mai devreme.

Gândul care mi-a dat liniștea necesară pentru a putea dormi a fost faptul că, niciodată, mama, care mă crescuse ca un gentleman, nu avea cum să afle cât de imbecil a fost fiu-su!

A doua zi, dis-de-dimineață, i-am cerut lui James să îi transmită un mesaj fetei:

– Te rog să-i spui că vreau să o văd.

– Deja, Sir???

– James, fără alte comentarii și te rog să-ți ții gura!

Zâmbetul lui ironic mă enervase.

– Sir, Mika a anunțat că este indispusă în următoarele zile.

– Cum adică?!?

Simțeam cum mă apucă toate nebuniile. Îmi era teamă ca eu să fi fost adevăratul motiv din spatele indispoziției sale.

– Adică... știti dumneavoastră, chestiuni femeiești.

– Da, da, am înțeles. Îmi poți spune unde locuiește?

– Pentru ce?

– Să merg să o văd. Sunt medic. Poate are nevoie de ajutor. Poate nu se simte bine!

James continua să își păstreze zâmbetul în colțul gurii, în timp ce tensiunea mea continua să crească.

– Dă-mi adresa ei, te rog!

– Sir, cu siguranță, glumiți! Aici, așa ceva nu există. Adrese au englezii. Pentru noi, pentru indieni sunt inexistente. Am să vă conduc eu la casa ei, după micul dejun.

Capitolul 3

Începusem să mă mai liniștesc, cu toate că mustrările de conștiință încă persistau. Am mâncat pe fugă ceva, apoi însoțit de James, am ieșit pe porțile fortăreței.

Aveam să descopăr o lume ce se afla la cea mai subțire limită a subzistenței. Bătrâni și copii de le numărai oasele, aruncându-le o simplă privire; femei tinere gârbovite din cauza greutăților pe care erau nevoite să le care, case improvizate, ape îngrozitor de murdare, animale înnămolite... o lume în care nici măcar soarele arzător nu avea puterea de a da sclipire acelei mizerii inumane, pe care ei o numeau simplu: viață.

– Pff...Dumnezeule mare, James ce-i cu nenorocirea asta!?

– Sir, dacă peste 2.000.000 de zei ai noștri nu ne-au putut ajuta, mă îndoiesc de faptul că Dumnezeul vostru o să o facă, mi-a replicat ștergându-și sudoarea de pe față cu mâneca bluzei.

– Cum pot trăi oamenii ăștia așa!?

– Ei o duc bine în comparație cu restul lumii. Toate resturile de la fortăreață sunt aduse aici. Sunt hrănite mii de guri, zilnic...

Mi-am continuat drumul, impunându-mi să văd totul fără să mă șochez. La un moment dat, am văzut oameni ce stăteau în poziții ciudate de ai fi spus că sunt practicanți de contorsionism. James mi-a explicat că sunt cei care încearcă să se conecteze cu Divinitatea. Puțin mai departe, am auzit răcnetele unui om ce alerga smulgându-și părul din cap, oferindu-l cică ofrandă zeilor.

– James, mai este mult până ajungem la Mika?

– Sir, deja v-ați săturat? Nu vă cutremurați. Este perfect normal în India să vedeți toate aceste imagini. Hinduismul și budismul sunt cele mai răspândite religii, însă mai mult de jumătate sunt practicanți ai altor culte sau sunt ghidați de superstiții din cele mai diverse.

Îmi venea să plâng, să râd sau să strig de furie. Încă nu îmi era clar ce sentiment era predominant. După alte două minute de mers, James m-a băgat într-o „ceva" pe care o numea casa Mikăi.

– Sir, scoateți-vă ghetele! am fost avertizat.

– De ce să le scot? Este mizerie peste tot!

– Ssst! Sir, noi nu intrăm încălțați în casă. Toate astea fac parte din credințele noastre.

Fără să mai comentez, am tras o înjurătură puternică în gând și mi-am lăsat încălțările la intrare. Am fost condus într-o altă încăpere, unde în mijlocul camerei, pe jos, pe suprafața unei rogojini din bambus, o mulțime de oameni și copii erau adunați în jurul unor blide cu orez. Probabil că nimerisem la o oră nepotrivită. Din rândul lor, cu privirea mirată, o tânără minionă, cu pielea arsă de soare, dar strălucitoare, cu mâini fine și părul negru lucios, s-a ridicat, mi-a zâmbit și m-a invitat să mă alătur celorlalți. James se așezase la masă. Își băgase degetele într-un blid cu orez, din care mânca de zor. Mirosul în aer era înțepător și îmbâcsit din cauza amestecului de condimente necunoscute.

– Sir, luați loc. Mâncați cu noi.

– Mika, presupun că tu ești Mika?

Întrebarea nici că avea să sune mai prost de atât. În realitate, eu o privisem prea superficial ca să o pot recunoaște. Parcă și vocea îi suna altfel.

– Da, eu sunt. Ce căutați în văgăuna asta?

– Mika, te rog, nu am venit să mănânc, ci să vorbesc cu tine. Se poate?

Un bărbat destul de în vârstă care urmărea foarte atent discuția noastră i-a făcut fetei semn cu mâna, ca și când i-ar fi dat acordul să-mi vorbească.

– Putem să ieșim afară?

Ea a încuviințat din cap, prinzându-mi mâna și deschizându-mi calea.

– James, în cinci minute te aștept la intrare! i-am cerut pe ton poruncitor.

– Da, Sir, am înțeles!

Era sfârșitul lunii iunie. Aici, lumea nu mirosea a trandafiri, așa cum o știam eu și nici soarele nu lăsa să cadă praf auriu peste colinele pline de ciulini. Aerul putea, eu puțeam a transpirație, iar soarele îmi ardea pielea ca dracu'!

– Căcat! Mare căcat! am țipat prinzându-mi capul în mâini.

– Sir Gray, ce s-a întâmplat?

– Mika, tocmai am rămas fără ghete! Mi-au fost furate!

Fata izbucni în hohote de râs, dezvăluind cea mai frumoasă și mai strălucitoare dantură pe care o văzusem vreodată în viața mea.

– Sir, îmi pare rău. Din păcate, nu am ce să vă dau să încălțați pe drumul de întoarcere, mi s-a adresat cu seriozitate, zâmbetul dispărându-i imediat de pe chip.

– Lasă-le dracu' de ghete. Spune-mi, te rog, te simți bine?

– Vă referiți la noaptea trecută?

– Da, am fost foarte brutal. Nu am scuze pentru asta!

– Sir, nu, nu vă îngrijorați. Sunt foarte bine, numai că... pentru câteva zile nu vă pot servi din cauză că...

– Am înțeles, am înțeles. Voiam să mă asigur că este strict o situație de natură fiziologică și nu una... animalică. Ciclul îți este normal? Ai dureri? Amețeli, greață?

Mika se fâstâci toată.

– Sunt medic înainte de toate. Nu se poate să te rușineze astfel de întrebări.

Fata continua să tacă. Căuta să își agațe privirea de orice, mai puțin de a mea.

– Nu mi s-a mai pus o astfel de întrebare, Sir, până acum. Da, cred că este normal. Nu am rămas grea, nu am întrerupt nicio sarcină. Mă doare burta, dar nu o bag în seamă, sunt amețită, dar nu cad, iar de greață... zilnic apare ceva în viața mea care să îmi întoarcă stomacul pe dos. Sunt bine, Sir, nu vă îngrijorați!

O priveam ca un prost și încercam să îmi dau seama cum o femeie ca Mika, în asemenea condiții - la cele de viață mă refer - putea să zâmbească. Mintea, fără ca eu să vreau, încerca să o compare cu sutele de femei din Londra pe care le consultasem de-a lungul anilor de stagiu și imediat după. Fără să am prea multe informații despre poporul indian, aveam să constat că una din cele mai izbitoare caracteristici este puterea lui de renaștere din propria-i cenușă. Dintr-odată, Mika pentru mine nu mai era femeia pe care o posedasem cu brutalitate cu o noapte în urmă, ci un studiu de caz, unul de natură psihologică.

– Mika, uite, vreau să îți ofer niște bani. Habar nu am de ce fac asta. Cumpără-ți ceva frumos, i-am spus, îndesându-i în palmă câteva rupii.

A deschis pumnul și s-a uitat la bani.

– Sir, cu banii ăștia, eu și familia mea am putea trăi mai bine de un an. Mulțumesc, dar nu-i pot primi, mi-a răspuns și ochii i s-au umplut de lacrimi.

– De ce!?

– Guvernatorul General a făcut o înțelegere cu tatăl meu, iar eu trebuie să o onorez.

– Ce fel de înțelegere?

Mika și-a coborât privirea în pământ.

– Aici, pentru noi, femeile, este ceva normal. Numai pentru că ne naștem, comitem un păcat. Fie ne căsătorim și muncim pentru familia bărbatului și rudele acestuia, fie întreținem relații sexuale cu alții pentru a putea supraviețui, pentru a avea ce mânca.

– Bine, dar am înțeles că surplusul existent la Lucknow vă este dat vouă, locuitorilor din zonă!

– Resturile, Sir, resturile...

– Da, cum spui tu...

– Sir, văd că sunteți un alb cumsecade. Guvernatorul General face legea aici: cine mănâncă și cine nu, cine trăiește sau cine moare! Întoarceți-vă liniștit la fortăreață și nu îmi mai purtați de grijă. Întotdeauna mi-am găsit propriul drum!

S-a asigurat că rupiile nu-mi cad din palmă, apoi Mika a intrat în casă, lovindu-se de James care depășise de mult cele cinci minute anunțate.

– Sir, putem pleca!

– Sigur, James. Eram îngrijorat că nu o să-mi dai voie!

– Sir, glumiți???

În acele momente, îmi venea să-l spulber, pur și simplu. Nu doar pentru că privirea-i era tâmpă, dar și din cauza faptului că, numai din vina lui, acum trebuia să merg în jur de doi kilometri desculț.

– Sir, nu uitați să vă încălțați înainte de a porni la drum.

– James, din secunda asta, nu vreau să-ți mai aud vocea, decât în momentul în care mă vei anunța că mi-ai pregătit baia! M-am făcut înțeles!?

Valetul a înghițit în sec, și-a băgat capul între umeri și nu a scos niciun cuvânt tot drumul. Începutul, în picioarele goale, a fost dificil, pentru ca în apropierea fortăreței să-mi simt tălpile umezite din cauza sângelui care începuse să curgă. Așa cum am putut, m-am târât până în cameră, unde imediat mi-am spălat, mi-am dezinfectat rănile și le-am pansat bine. Mă dureau îngrozitor de tare tălpile. Trei zile, nici că m-am putut ridica din pat. Cu toate acestea, nu am ratat nici cel mai mic moment în care să-i fac viața amară lui James, care începuse să se roage la zeii lui, pentru a mă vindeca mai repede.

Imediat după ce mi-am revenit, mi-am luat în serios activitatea de doctor. Zilnic, controlam și îngrijeam diferite persoane, pierzând noțiunea timpului și îngroșând caiete cu tot felul de notițe. Cazurile de aici erau unice. Însemnările mele erau extrem de importante, menite să dea medicinei un avans considerabil pe viitor. Adesea mă gândeam la tata și la cât de încântat ar fi fost să-mi fie alături. Din când în când, îmi aminteam să scriu acasă sau mă bucuram când, la rândul meu, primeam vești de la ei. Scrisorile de la Lucy erau tandre, încărcate de dragoste și parfumate cu cele mai moderne arome existente în Capitală. Acestea erau unele dintre puținele momente care îmi aminteau cine eram, înainte de a sosi în lumea cea nouă...

Capitolul 4

Trecuseră mai bine de trei luni de când, luat cu multă treabă, uitasem de invitațiile insistente lansate de Lady Anne sau de soțul acesteia, Generalul Rock, la cină. În timpul liber, preferam să discut cu simpaticul bătrânel Jim care, între timp mă inițiase destul de bine în ceea ce însemna cultura indiană. Bạ mai mult, începusem chiar să rup și câteva cuvinte în hindi, o limbă grea, vorbită în mai multe dialecte, de provenineță indo-europenă și care a evoluat din sanscrită.

Într-o seară însă, am decis să-mi las lecțiile și să răspund invitației la cină. De data aceasta, cercul de prieteni avea să fie restrâns: eu, familia Generalului și alți doi ambasadori veniți nu știu de pe unde. Pe întreg parcursul serii, m-am simțit norocos de atenția deosebită a domnișoarei Cora, care nu mă mai slăbea din a-mi face tot felul de complimente.

– William, oamenii vorbesc despre tine că ai fi un adevărat zeu coborât printre noi.

– Cora, aici imaginația, misticismul, credulitatea și credința religioasă sunt ridicate la cel mai înalt grad. Nu apleca urechea la tot ce se spune, i-am răspuns încercând să elimin pe cât se putea orice formă de dialog cu ea.

În schimb, ideea și dorința mea, din nou nu corespundeau cu intențiile ei.

– În plus, am auzit că poți spune care va fi sexul copilului la naștere, dinainte ca el să vină pe lume.

– Pff... alte exagerări. Pot face niște prezumții absolut de ordin medical. Pot avea dreptate în cel mult 10% dintre cazuri, nu mai mult.

După alte linii de dialog impuse de ea, cu siguranță din dorința de a-mi tortura creierii, când aveam impresia că va înceta pleiada de întrebări, tocmai atunci și-a amintit de Lucy.

– Ăăă...William, nu ne-ai povestit nimic despre miss Lucy, norocoasa care ți-a furat inima, mi s-a adresat pe un ton cât se poate de ironic.

– Cora, nu este politicos să-i pui o asemenea întrebare lui William, a mustrat-o Lady Anne.

Așezată confortabil în scaunul tapisat, Cora îmi pândea răspunsul.

– Nu este nicio problemă. Voi fi bucuros să vă pot răspunde, am contrazis-o pe Lady Anne, numai de dragul de a-i da peste nas Corei. Minunata miss Lucy, la fel ca și mine, așteaptă cu nerăbdare momentul revederii, când ne vom și căsători, am răspuns urmărindu-i reacția.

Imediat, Cora s-a îmbujorat, începând să își miște piciorul cu nervozitate pe sub rochia cu crinolină. De dragul teatrului însă a continuat suspinând din adâncul sufletului, în timp ce Lady Anne, emoționată, a vărsat o lacrimă de natură britanică sută la sută.

Desprins din interogatoriul doamnelor, m-am alăturat discuțiilor ce se purtau între domni, numai pentru câteva momente, apoi m-am retras în camera mea.

Discuția despre Lucy și insistențele Corei m-au făcut să mă simt brusc excitat. Trăiam momentul unei erecții fantastice când, am auzit bătăi delicate în ușa de la intrare. În gând mi-a venit un singur nume care mi-a adus ditamai zâmbetul pe buze: Mika. Am deschis larg ușa:

– William, William, nu vreau să mor!

Nici bine nu m-am dezmeticit pentru că, imediat, m-am pomenit cu miss Cora în brațele mele.

– Cora, ce s-a întâmplat? am întrebat-o pentru a-i justifica reacția oarecum mult prea îndrăzneață.

– Tocmai ce l-am auzit pe Papa vorbind despre un nou val de holeră! Și îmi este frică! Tu ești medic! Spune-mi, William, spune-mi că nu am să mor! Promite-mi!

– Cora, liniștește-te, te rog. În primul rând, slăbește măcar un pic strânsoarea, că mă lași fără aer!

De abia mai puteam respira. Aveam să constat că brațele ei firave ascundeau o forță incredibil de mare pentru o tânără de vârsta ei.

– Poate ar fi mai bine să mergi în camera ta. Ce ar putea să spună sau să creadă tatăl tău, dacă cineva te-ar fi văzut că intri în camera mea?

– Tocmai din acest motiv, poate ar fi bine să închizi ușa, doctore...

Brusc, vocea ei, din cea a unei copile speriate, a devenit glasul femeii sigure pe intențiile ei. Cora mi-a dat drumul din îmbrățișare, apoi cu talpa piciorului a închis ușa de la intrare.

– Cora, ai băut ceva? am întrebat-o uimit de reacția ei.

– Nu, dar nu ar fi târziu să mă servești tu cu un pahar de brandy.

– Orele sunt înaintate, mai bine te-ai retrage, te rog...

Nici bine nu am terminat propoziția că m-am trezit atingând cu limba cerul gurii fetei de Guvernator.

Cora gemea de plăcere în timp ce erecția mea se instalase din nou.

– Cora! Încetează! i-am spus, îmbrâncind-o ușor, gândind dincolo de ceea ce sexul meu ar fi vrut să-i facă în momentele acelea.

– Ohh, doctore, ești doctor, nu-i așa? Cum poți refuza o pacientă excitată la maximum? m-a întrebat adoptând un ton asemenea unei femei ușoare.

Nu îmi venea să-mi cred ochilor. Miss Cora pe care eu o știam, în acel moment era cu totul alta. M-a lipit de unul dintre pereți, îngenunchind în fața mea și țintuindu-mă total cu o privire incredibil de obscenă. În viața mea nu mai întâlnisem o asemenea femeie. Instinctiv am vrut să-mi fac semnul crucii, dar imediat, ca o posedată ce fugea de apa sfințită, mi-a prins încheietura mâinii, izbind-o cu putere de perete.

– Nu joci corect, William!

– Cora, termină! Asta nu ești tu!

– Serios!? Dar cum sunt eu? m-a întrebat urmărindu-mă cu privirea.

Pe neașteptate, mă simțeam o pradă ușoară în fața unui prădător experimentat...

– Cora, dacă vor afla...

– Maman și Papa? Dimineață la micul dejun, promit să nu

le spun ce gust ai avut, William, mi-a răspuns, continuând să caute în pantalonii mei.

Până să mai apuc să spun ceva, mi-am simțit penisul alunecând în gura ei. Trebuia să recunosc că avea o măiestrie deosebită în a face un sex oral de calitate, pentru o englezoaică pur sânge. După ce s-a jucat cu el prin gura ei, s-a oprit asupra capului, ciupindu-mă ușor cu dinții, provocându-mi imediat orgasmul, senzație ce am simțit-o atât de intens încât pentru câteva secunde toți mușchii mi-au rămas paralizați pentru ca imediat să simt cum mă scurg din picioare.

– Ia spune, Will, ți-ai schimbat părerea despre mine?

Vocea ei era ușor ascuțită.

– Nu am să înțeleg...

M-am lăsat să alunec pe marginea peretelui, prinzându-mi capul între brațe. Din „n" motive, nu puteam să o privesc în ochi. Sentimente aflate la poluri opuse îmi răscoleau mințile. Gândurile mi se abrutizau sau se civilizau, imaginile se acopereau - se descopereau, spiritul mi se agita - mi se calma, mă alarmam - mă linișteam, replicile mi se adunau - mi se împrăștiau, cred că și la față mă albeam sau mă înnegream. Dintr-odată, mă simțeam confuz.

– Ești confuz, dragule?

Întrebarea ei m-a făcut să reacționez. Nu puteam să-mi imaginez că vrăjitoarea de Cora mai nou îmi putea citi și gândurile.

– Am tot dreptul să fiu derutat. Nu mi-am imaginat niciodată că domnișoara sofisticată și prețioasă pe care eu o știam este în stare de așa ceva!

– Adică?! m-a întrebat, culmea, mirată!

– Că intri peste bărbați în cameră și le-o sugi cu talent! La dracu', Cora, uite cum mă faci să vorbesc!

În timp ce mie mi se ridicase tensiunea, în ochii ei se citeau un calm și o pace interioară, inexplicabile, cel puțin pentru mine.

– Și altă dată, cu plăcere, dragule, mi-a răspuns cu bucurie, apreciind cuvintele mele ca pe un compliment.

– Nu, Cora. Nu va mai exista „și altă dată"! Nu știu ce crezi tu despre mine, dar eu nu vreau să cred altele în plus despre tine!

– Ușor, nu te înfierbânta, doctore...

– Am să te rog să uiți seara aceasta, să uiți întâmplarea asta pentru că și eu voi face la fel!

– Ooo, seara o pot uita, dar pe a ta... mai greu, mai greu aș putea să-ți fac o asemenea promisiune, mi-a răspuns fixându-mi membrul, devenit flasc.

Și pentru că nu mai aveam chef de discuții în contradictoriu, în plus și inutile, am deschis ușa camerei, poftind-o să iasă afară. Cora a plecat, aruncând în urma ei o bucățică de hârtie cu care, cel mai probabil ștersese stropii săriți pe rochia ei din mătase.

M-am așezat pe marginea patului, luându-mă cu mâinile de cap. Simțeam că ceea ce tocmai se întâmplase nu îmi poate aduce nimic bun. În cazul în care generalul afla, eram pasibil de ani grei de muncă silnică, dacă nu mă împușca pe loc.

În minte, memoria îmi crease imaginea unui film care începuse să mi se arate, cadru cu cadru, în care retrăiam anumite etape ale copilăriei, unde Cora era prezentă. Era drept că devenise o femeie extrem de atrăgătoare.

Blondă, cu ochii albaștri ca azurul cerului, cu trăsături fine și piele albă și catifelată, parțial colorată de atingerile soarelui, ce-i conferea un aspect chiar apetisant. Eram absolut convins că o astfel de fată, în orice colț al lumii ar fi întors cu ușurință privirile a zeci de bărbați. În plus, datorită familiei al cărei renume era răsunător, ar fi putut să își aleagă oricând, orice alt aristocrat. Eram îngrozit. Și asta pentru că, în continuare aveam să dau ochii cu ea, iar locul în care ne aflam era cu mult prea mic pentru a o putea ocoli. Realizasem că dincolo de încăpățânare și determinare, Cora era o femeie imprevizibilă.

Obosit din cauza a mii de gânduri ce-mi alergau prin minte, m-am lungit pe pat, cu palmele sub cap, dorindu-mi să adorm cât mai repede. Toată noaptea m-am luptat cu vise ce aveau să-mi fie spulberate de prima lumină a zorilor. Trezit dis-de-dimineață, i-am cerut lui James să-i comunice Mikăi că vreau să o văd urgent, seara, după lăsarea întunericului. Văzându-mă că nu sunt în apele mele, indianul nu a pus nicio altă întrebare suplimentară. Și-a aplecat privirea, părăsind camera cu spatele.

Simțeam nevoia, pur și simplu, să am o femeie cu care să pot face sex. Un sex normal, la finele căruia să mă prăbușesc alături de ea, asudat, satisfăcut, să o iau în brațe și tot în patul meu să o găsesc și în dimineața zilei următoare.

Capitolul 5

Ziua avea să treacă cu repeziciune în ciuda căldurii toride. Înfruntaserăm cu toții una dintre cele mai călduroase zile din ultimii ani. Localnicii se scăldau în apele murdare care împrejmuiau fortăreața, iar britanicii renunțaseră la hainele pastelate din bumbac, ascunzându-se fiecare, într-un colțișor de umbră.

În aer se simțea o duhoare grea, amestecată cu un miros îmbâcsit de condimente. Orice pală de vânt avea să fie topită de la bun început de razele fierbinți ale soarelui. Toată lumea era apatică, lipsită de vlagă sau de dorința de a face ceva. Până și James, pe care nu aveai cum să-l determini să tacă, părea pierdut în gânduri cu privirea fixată în diverse locuri. Căldura ne îngenunchiase pe toți, de la mic la mari.

La cabinetul meu improvizat aveam destul de mult de lucru. Masa îmi era plină de eprubete cu mostre de apă din câteva râuri ce abia mai țârâiau în vecinătatea fortăreței, dar care perpetuau focare de infecție. Noul val de holeră ne băgase în sperieți pe toți.Vitele mureau pe capete în ultimul timp și din ce în ce mai mulți copii și bătrâni sufereau de dizenterie, cauzată în mare parte de mizerie și bacteriile din apă. Ofrandele, sacrificiile pe care hindușii le ofereau sau le făceau în numele sutelor de zei venerați erau purtate de ape. Mii de lumânări erau aprinse și lăsate pentru a fi duse de curenți fără ca nimeni să țină cont de reziduurile lăsate în urma consumării ritualurilor. Săracă, bogată, haotică, exasperantă, minunată, murdară și de cele mai multe ori descurajatoare, India, în felul ei, avea un farmec aparte...

În pofida căldurii și a stării de letargie, am reușit să termin toate analizele pe care le aveam de făcut. În afara bacteriilor cunoscute, cel puțin pentru moment, eram în regulă. Mi-am tratat pacienții pe care îi aveam în carantină, apoi m-am retras în camera mea, sperând să pot prinde măcar o oră de somn.

M-am aruncat pe pat, azvârlind cât acolo hainele de pe mine. Mă uitam la piept, la brațe chiar și la picioare, zâmbind în colțul gurii – niciodată nu avusesem un bronz atât de strălucitor. Dacă la Londra mă feream de atingerea ocazională a razelor de soare, acum mă gândeam că tocmai ele îmi vor lipsi cel mai mult la întoarcerea în capitală. Gândul m-a purtat fără să vreau la Lucy, confundând albul cearșafului cu pielea ei. Am închis ochii și mi-am imaginat-o cum se întinde lângă mine și cum îmi mângâie pieptul, coborând în jos și continuând cu mișcări ușoare să-mi maseze penisul.

Gândul meu măreț de a-mi imagina cea mai curtată femeie din Londra, mi-a provocat o nouă erecție de zile mari. Încercam să mă liniștesc, gândindu-mă că mai era puțin până ca Mika să-mi bată la ușă dar, în imaginația mea bolnavă, Lucy continua să se întindă și să se foiască sub mine. Când am deschis ochii, eram ca și strangulat de cearșaf, iar de la brâu în jos, totul era umed.

Sunt irecuperabil, am mormăit și m-am ridicat pentru a mă spăla și a schimba așternuturile.

*

Noi, britanicii, eram obișnuiți să luăm de la Indii tot ceea ce voiam, crezând că totul ni se cuvine. Cine era supus și împărtășea ideile noastre, stătea la masa mare; cine nu, era considerat din start inamicul curții. Și această concepție avea să depășească granița economicului și a socialului, extinzându-se și asupra relațiilor interumane. Multe dintre tradițiile și ritualurile lor erau abolite sau transformate. Multe concepții erau judecate, noi crezând că în felul acesta puteam reeduca și reinterpreta o cultură greoaie, vastă, care dăinuia de mii și mii de ani. Ceea ce părea să nu deranjeze pe nimeni era statutul aproape mizerabil la nivel uman al femeii în general.

Ajunsesem să cunosc și soțiile maharajahilor care, la un punct, nu se deosebeau cu nimic față de Mika, de exemplu. Erau hrănite mai bine, sari-urile erau din mătăsuri din cele mai fine, mâinile le erau îngreunate de podoabe, dar în schimb, pe dinăuntru erau goale. Nici una dintre ele nu știa ce înseamnă să iubești și să fii iubit.

Probabil că, în ceea ce mă privește, petrecând mai mult timp printre cei de jos, încet, încet, începusem să mă detașez de discursurile politice explozive, încercând să-mi aduc propria contribuție la procesul de cucerire, de schimbare.

Și de aici, cu siguranță că avea să mi se tragă și dorința chiar inexplicabilă, prin care voiam ca Mika să mă descopere așa cum eram eu, nicidecum ca pe un violator aflat în libertate. La scurtă vreme după ce am înlăturat orice urmă erotică a gândurilor mele, indianca bătea la ușă.

– Intră, i-am spus, apucând-o de mână și trăgând-o delicat în încăpere.

– Bună seara, Sir.

– Bună seara! Vino, ia loc!

Mika arăta chiar bine. Purta un sari de culoare verde, simplu, prins în centura de la talie, partea rămasă alunecându-i peste umăr. Părul lung îi era prins într-o coadă împletită, împodobită cu flori naturale, culese în grabă cred, din grădinile fortăreței. Deși nu aveam nici cea mai mică intenție de a mă grăbi, gândeam cu mintea oricărui bărbat, pus în fața unei frumuseți naturale, că cel mai mic gest de-al meu putea să-i desfacă dintr-o mișcare rochia care-i ascundea sfârcurile ce se arătau a fi deja excitate. Nu am putut rezista și i le-am atins în trecere, iar ea a tresărit. Mi-a zâmbit, privindu-mă pe sub genele-i lungi și dese, rămânând în mijlocul camerei, în același loc ca și prima dată.

– Am senzația că locul acesta are o mare putere de atracție pentru tine, i-am spus detașat, surprinzându-i un zâmbet încurcat pe chip.

– Mă așez acolo unde vă doriți, Sir, mi-a răspuns cu o voce supusă.

– Aș vrea doar să te simți bine.

– Nu înțeleg prea bine ce vreți să spuneți, Sir.

– Adică să fii în largul tău, să te simți ca la tine acasă, i-am spus și am luat-o de mână așezând-o pe marginea patului, văzând că nu înainta singură nici măcar un centimentru.

Gestul meu a făcut ca ochii să i se mărească și să mă privească cu mare atenție. Practic, nu-mi ierta nicio mișcare.

– Mika, vrei să mănânci? Vrei să bei ceva? Un brandy, apă?

– Nu, Sir, mulțumesc. Vă sunt recunoscătoare.

– Recunoscător îți sunt eu, pentru că ai venit, imediat ce te-am chemat.

– Sir, trebuie să recunosc că de multă vreme vă așteptam invitația.

Nu îmi venea să-mi cred ochilor: Mika era cu obrajii îmbujorați precum o fetișcană, căzută în mrejele iubirii.

– Ce am făcut să merit atenția ta? am întrebat-o, ridicându-i bărbia, pentru a-i surprinde privirea.

Când ochii ni s-au întâlnit m-am simțit ușor răvășit. Simțeam că ar vrea să-mi spună mai mult, dar îi era imposibil sau chiar interzis. Pentru o clipă, am putut citi o mulțime de mesaje în privirea ei, însă total necunoscute. Am retrăit o clipă visul cu femeia de pe vas care îmi vorbea fără ca eu să pot înțelege nici măcar un cuvânt. Undeva în subconștient, probabil că eu încă o căutam pe ea, acea ființă a ființelor.

– Sir, am auzit numai lucruri bune despre dumneavoastră. Într-un fel sunt fericită că v-am cunoscut. Sunteți un bărbat respectabil. Nu așa spun britanicii?

– Ba da. Bănuiesc că da, i-am răspuns amuzat de exprimarea ei.

– Eu sunt sigură de asta! Sunteți altfel...

Răspunsul ei m-a făcut să-mi doresc și mai mult să-i arăt că pot fi așa cum crede ea. Știam că pentru femeia trimisă de Guvernator, în prima seară, orice formă de afecțiune nu ar fi contat, însă, pentru ea, pentru Mika, cu siguranță ar fi fost binevenită. Și cum aș fi putut eu, un nobil englez, să-i explic unei fete, condamnate din naștere numai pentru că s-a născut femeie, că deși este indiancă, merita măcar un dram de respect și că până la urmă și ei îi este permis să fie iubită sau cel puțin, bărbatul care o folosește, să-i ofere măcar un orgasm?

Mi-a întins mâinile și m-a tras mai aproape de ea. Mi-a mângâiat fața, părul, apoi mi-a dat un sărut timid pe obraz.

I-am zâmbit, i-am răspuns la atingeri și ușor i-am desfăcut părul. Era încă umed. Puteam simți încă mirosul proaspăt de orez înmuiat, apă cu care își clăteau femeile podoaba capilară pentru a avea un păr sănătos și strălucitor. Mika și-a dat capul pe spate, mișcându-l de câteva ori, iar părul i-a căzut peste umeri, atingând cu vârfurile patul.

– Ți-a mai spus cineva că ești frumoasă?

Rușinată, a lăsat capul în jos.

– Nu, Sir, din contră. Tata mereu îmi spune că un dram de frumusețe de aș fi avut, mi-ar fi găsit un soț, mi-a răspuns cu tristețe.

I-am alungat imediat tristețea cu un sărut. Mi-am lipit buzele de ale ei, umezindu-i-le cu limba, pentru a se deschide doar pentru mine. S-a lăsat greu, până ce mi-a simțit gustul pentru ca imediat să-mi răspundă flămândă. Îi simțeam trupul în brațele mele cuprins de vibrații și îi auzeam gemetele de plăcere, șoptite. M-am lăsat peste ea, mângâindu-i trupul și desfăcându-i ușor picioarele. Când i-am ridicat sari-ul, aveam să constat că, din nou, era goală. Mi-am băgat încet mâna între picioarele ei și era deja ușor umedă.

– Ce aș vrea să îți fac, Mika, am șoptit excitat.

– Totul vă este permis, Sir. Corpul meu vă aparține.

M-am oprit și i-am căutat privirea.

– Nu te vreau așa, Mika. Vreau să ne simțim amândoi bine. Vreau să îți dai drumul pentru mine. Vreau să te aud cum țipi, cum îmi strigi numele...

– Sir? mi s-a adresat făcând ochii mari.

– Nu. Sir! William! i-am replicat tăios.

M-a privit din nou un moment și mi-a zâmbit. De data asta era ceva nou, era ca și cum ceva înăuntrul ei se luminase. S-a ridicat în genunchi, apoi s-a urcat deasupra mea. A ridicat mâinile, iar eu i-am tras rochia, prinsă numai pe un umăr. A început să-și mângâie sânii, la început încet apoi mai repede, sugându-și rând pe rând degetele și umezindu-și sfârcurile. La un moment dat, și-a aplecat corpul asupra mea, unduindu-se precum o barcă purtată de valuri, atingându-mi pielea cu sfârcurile umede.

– Ahh, Mika...

– Cuminte, William, cuminte, mi s-a adresat asemenea unui câine în călduri.

– Lasă-mă să te ating, acolo, îi ceream, încercând să-mi eliberez penisul de sub strânsoarea vulvei.

S-a oprit o clipă pentru a se așeza mai bine, apoi mi-a căutat gura pentru a se hrăni, începând să se miște din ce în ce mai rapid. Am reușit să prind un moment în care m-am agățat cu mâinile de șoldurile ei și am tras-o sub mine.

– Cum este acum când altul este la conducere? am întrebat-o strivindu-i sfârcurile între buze.

– Coboară, mi-a cerut, împingându-mi capul între picioarele ei desfăcute.

Am început să o sărut, iar gemetele ei sunau a poezie erotică. M-am jucat cu limba, făcând loc unui deget cu care încet am început să-i penetrez vaginul, iar ea se împingea cu toată forța. Picioarele începuseră să-i tremure, respirația îi era inegală, iar clitorisul îl simțeam între degete, tare ca piatra. Am început să i-l masez încetișor, iar ea se umezea din ce în ce mai tare…

– William, mi-a strigat șoptit numele.

– Nu este suficient, draga mea, i-am spus continuând să o penetrez cu degetele până când i-am simțit strânsoarea puternică, urmată de un geamăt transformat într-un strigăt puternic.

– Ahh…William...

De unde întreg corpul îi era încordat, acum tremura ușor precum gelatina. Am lăsat-o să-și savureze momentul, mângâindu-i ușor buzele rămase întredeschise pentru a-și regla respirația.

– Acum e rândul meu, mi-a spus, aruncându-mi o privire de-a dreptul năucitoare.

– Facem schimb? am întrebat-o râzând.

Mi-am înghițit imediat zâmbetul, când i-am simțit buzele cărnoase de jur împrejurul penisului meu erect. Limba ei umedă și fină, la fiecare atingere îmi producea un altfel de fior. Nimeni niciodată nu îmi mai făcuse un astfel de sex oral. În interiorul gurii ei eram tratat mai ceva decât un rege. Îi simțeam fiecare mișcare a limbii, fiecare mușcătură sau ciupitură de fiecare dată altfel, de fiecare dată mai intens. În clipa în care devenisem tare ca piatra, s-a ridicat, m-a încălecat, mi-a atins penisul și a început să se frece de el. Clitorisul ei era la fel de excitat.

– Mika, lasă-mă să intru, i-am cerut printre gemete.

În loc să-mi asculte dorința, mi-a luat mâna și a început să-mi sugă degetul mijlociu, confuzându-mi toate simțurile, apoi încet s-a lăsat să alunece în penisul meu. M-am ridicat, înfigându-mi degetele în coapsele ei și am început să o trag și să o ridic deasupra mea, sincronizându-ne trupurile cu bătăile violente ale inimii. Am ridicat-o și am întors-o cu spatele, penetrând-o din ce în ce mai tare până a început să țipe. Erau urletele unei plăceri pe care singură și-o făcuse interzisă.

– Ahh, William, ahh, îmi striga numele, ceea ce mă excita și mai tare.

Când am simțit cum mă iau furnicăturile pe șira spinării, când am simțit acel curent cum îmi invadează întreg trupul, m-am apăsat de două ori și mai adânc în ea, ejaculând în timp ce vaginul ei se contracta și se relaxa, în același ritm cu eliberarea mea.

Ne-am prăbușit transpirați unul lângă altul, gâfâind ca după un maraton.

Inima îmi bătea cu putere. Nu aș putea spune cât la sută era efortul depus din timpul actului sexual sau cât era acea emoție infantilă, că uite, pot fi și altfel. Să cucerești punctul G al unei femei precum Mika nu avea cum să fie deloc o luptă ușoară. Mă simțeam ca soldații care pierduseră bătălii după bătălii, dar acum câștigaseră războiul.

– Uau! a exclamat ea, dându-și o șuviță de păr de pe față.

– „Uau", atâta poți să îi spui bărbatului care tocmai ți-a provocat trei orgasme la rând? am întrebat-o năpustindu-mă asupra ei și învăluind-o în sărutări ce o gâdilau.

Mika râdea, râdea cu o poftă de-a dreptul molipsitoare.

– Sir, recunosc că pentru mine a fost ceva nou.

– Nou???

Îmi stârnea iar curiozitatea.

– Da, nou! Până acum nu am mai avut un astfel de sex.

– Nu înțeleg, explică-mi, te rog.

M-am dat jos din pat, mi-am aprins un trabuc, am pus un pahar de brandy și m-am lungit din nou lângă ea, în așteptarea răspunsului.

– Acesta cu siguranță a fost genul de sex pe care îl fac albii.

– Sexul este sex, Mika, termină cu prostiile! Nu ți-a plăcut?

Nu am putut rezista să nu o întreb. Bărbatul din mine începuse să se trezească, să scoată colții.

– În primul rând, pentru noi, sexul este o artă. Și, da, mi-a plăcut.

– Dar nu ai văzut arta, așa-i? am întrebat-o dându-i un ghiont sub formă de glumă.

– Arta am văzut-o, însă artistul nu s-a desfășurat pe toată lungimea pânzei, ca să spun așa.

Încercam să îmi mențin atenția la cote maxime, dar nu reușeam. Vocea, modul în care încerca să-mi explice, mă făceau să mă pierd cu totul în privirea ei, venită parcă din vremuri străvechi. În timp ce eu îmi alimentam propriul ego, ea încerca să mă facă să înțeleg că, din punct de vedere sexual, mă aflam încă la baza muntelui lui Venus.

– Ai auzit de Kamasutra, de Tantra? m-a întrebat aruncându-mi o privire jucăușă.

– Sigur! Nu toată lumea știe despre ce este vorba?

– Poate, a răspuns, ridicând o sprânceană. Dar asta nu înseamnă că sunt și practicanți.

– Adică!?

– Kamasutra, Tantra sunt adevărate filosofii care îți explică pe îndelete ce înseamnă cu adevărat armonia sexuală și cea spirituală. Pozițiile senzuale nu fac altceva decât să te determine să experimentezi modul în care se poate realiza această legătură în relația cu partenerul. Sexul făcut cum trebuie îți permite să-ți urmezi visul și dacă știi cum să abordezi situația, vei simți cum ți se deschid chakrele înainte de a te dezmetici.

Ceea ce Mika îmi povestea credeam că știu deja. Pe limba mea, aceste chakre erau amplificatorii plăcerii, responsabilii principali de intensitatea și durata punctului culminant într-un act sexual. Mai târziu, am realizat că nu despre asta vorbea ea. În acea noapte, Mika mi-a înmuiat buzele în același pahar din care zeii lor gustau adevărata plăcere. Pentru câteva ore, nu am mai fost eu și ea, ci Shiva[8] și Parvati[9], două simboluri ale culturii indiene, diametral opuse, ce se uneau în intimitatea legilor Kamasutra pentru prima oară.

Fata arvunită de către Guvernatorul General nu mai era acea femeie menită să-mi satisfacă nevoile sexuale, ci ființa de la care învățam cum și în ce fel se poate iubi cu adevărat o femeie sau cum poți atinge extazul. Experimentasem plăcerea absolută, dăruind-o la rândul meu. Realizasem că orice gest, orice atingere, orice mângâiere, orice privire, fiecare ultimă parte a corpului are secretul ei și aduce fericire celui ce știe să o trezească.

8. Conștiința și principiul masculinității

9. Energia și principiul feminității

A urmat o perioadă de două luni și ceva în care aproape noapte de noapte, uneori chiar și pe timp de zi, respirațiile noastre în timp ce făceam sex reflectau nu dorința, ci chiar gestul creator divin. Mika mă învățase să mă regăsesc în propria-mi ființă prin inspirare și prin expirare, pentru ca mai apoi, să ating din nou cu vârful degetelor realitatea. Sexul cu ea era o adevărată bombă. O armă deosebit de puternică fascinantă, dar, recunosc, că erau momente în care mă speriam ca dracu'. Senzațiile pe care le trăiam erau cu totul noi, de cele mai multe ori, de-a dreptul copleșitoare. Nu o dată mi s-a întâmplat să fiu atât de excitat, încât să-mi fie teamă că inima ar fi putut să-mi cedeze sub imperiul acelor trăiri incendiare. Nu voiam să renunț la ele, dar în același timp stăteam în permanență cu degetul pe buton. Puteam întrerupe totul, în orice clipă, când gradul de excitare ar fi putut deveni sfâșietor. Toate aceste practici ale indiencei mă învățaseră să privesc și să simt actul sexual altfel. Nu mă mai limitam la corp, realitate sau minte. Senzația era ca și cum ai înota într-un ocean de impresii nelimitate, îmbibate cu probabilități de trăiri și emoții infinite. Orgasmul îmi devenise existența în sine.

Capitolul 6

Arșița continua să ardă pământurile implacabil. Orice ieșire dincolo de zidurile fortăreței o simțeam precum o condamnare. Razele soarelui nu îmi mai ardeau pielea, ci pur și simplu simțeam cum o biciuie.

Pe timp de zi, aerul era irespirabil, asta până ce se lăsa noaptea. Uneori, adieri blânde ale vântului purtau cu ele miresemele delicate ale unor flori rare, plantate în grădina fortului. Erau momente rare, ce-mi dădeau curaj pentru o nouă zi.

În astfel de seri, până și sclipirea cerului era alta. Pe boltă, stelele erau coborâte și sclipeau mai puternic, decât niciodată. Păreau mai mari, mai vii, încurcându-mi gândurile și tulburându-mi mintea, vrăjită parcă, de spectacolul celest, care seară de seară se derula după un alt scenariu.

Pentru câteva ore, răsăriturile mă îmbătau cu frumusețea lor. Nu știam cum să o numesc, cum să o descriu sau să-i găsesc similaritate în memoriile mele. Chiar și în scrisorile trimise mamei, îi povesteam cum de multe ori, India mă izbea de frumusețea ei, în fața căreia cuvintele-mi deveneau lipsite de nuanță.

Când mă găseam singur cu mine, priveam bărbatul ce pusese pentru prima dată piciorul pe aceste pământuri, asemenea unui băiețandru dornic să vadă și să descopere secretele vieții.

Timpul scurt petrecut aici avea să mă schimbe, să-mi creeze o personalitate condensată, în pofida celei împrăștiate. Și, în mod cert, Mika jucase un rol important, chiar definitoriu. Întâlnirile noastre din ultimul timp se mai răriseră, dorința de a face sex căpătând de acum alte conotații, alte valori.

Ba mai mult, îmi încălcasem principiile, temerile și i-am oferit Corei, în repetate rânduri, poziții și senzații, pe care ea le numea „furt din avutul divinității".

Cora îmi devenise o parteneră de sex impresionantă. Nu îi era teamă să experimenteze noi teritorii, nu îi era frică să îmi pună la dispoziție toate găurile de care dispunea, doar pentru celebrarea orgasmului. Ba mai mult, reușisem să refacem o relație de prietenie veche, evident, dându-i o notă absolut particulară.

În schimb, toată această viață de huzur la un moment dat a căpătat o altă turnură. S-a întâmplat într-o dimineață când James mai avea puțin și intra peste mine în cameră, cu ușă cu tot în cap.

– Sir, treziți-vă! E urgent, Sir!

– Ce este, omule? Ce te-a apucat? l-am întrebat cu ochii împăienjeniți încă de somn.

– Sir, Generalul Rock vă cere prezență imediată!

– Ce s-a întâmplat? am întrebat sărind din pat, bănuind că ceva grav se întâmplase.

– Sir, oamenii maharajahului Reymund au adus-o pe brațe pe prințesă, unica lui fiică!

James avea ochii săriți din orbită. Alerga încurcat de la un capăt în altul al camerei, încercând să-mi dea la mână hainele să mă pot îmbrăca mai repede.

– Stai ușor, James! am ridicat vocea la el când s-a năpustit asupra mea să mă îmbrace chiar el.

– Sir, trebuie să ne grăbim! Prințesa de abia mai respiră! De două zile ucenicii presară drumul cu ofrande aduse zeilor, pentru a o ține în viață!

-- Nu zeii au ținut-o în viață, am replicat abia șoptit, știindu-l pe James pe cât de dezghețat, pe atât de sensibil când era vorba de obiceiuri.

Grăbit, am început să mă îmbrac, amintindu-mi de poveștile localnicilor legate de fata Maharajahului. Uniunea celor doi reprezenta o mare bucurie în rândul monarhilor, dar și al localnicilor. Resturile celor trei zile de ospăț urmau să hrănească sute de oameni.

– Auzi, dar nunta nu a început deja? l-am întrebat mirat.

Eram ușor defazat. La cină, în urmă cu trei zile, Generalul Rock făcuse din această căsătorie subiect principal de discuție. Mai mult, chiar anunțase că urmează să participe și el în cea de-a treia zi de ceremonie. Ceea ce însemna, din calculele mele, că ar fi trebuit să fie deja pe drum.

– Ba da! Nunta a și început numai că, aproape de apusul primei zile, prințesa a căzut din picioare, inconștientă!

– Tu ai văzut-o!?

– Eu, Sir!?? a sărit ca și ars mărind ochii.

– Da, James, tu!

– Nu, Sir, prințesele nu sunt pentru a fi văzute de ochii noștri...

– Bun și acum, unde este?

– La infirmerie, Sir. Generalul a poruncit să fie dusă acolo.

Se temea să nu fie ...

– Termină, James! Nu este nicio holeră!

– Atunci? a întrebat cu respirația tăiată pe jumătate.

– Am să văd, i-am răspuns, intrând în dispensar.

Locul în care îmi tratam pacienții era un corp de clădire, aflat la o distanță de aproximativ 600 de metri de grădinile fortului, dărăpănat, cu două ziduri laterale, lipsă. În timpul răscoalei, locația fusese grav avariată. Împreună cu indienii, am reușit să încropim un loc cel puțin curat. Aveam la dispoziție patru camere. Le separasem cu ajutorul unor perdele semi-transparente din bumbac, în acest fel, reușind să fac o selecție a cazurilor. Încăperea pentru carantină era separată. Singura de altfel cu trei ziduri, iar intrarea se făcea direct din exterior.

Ne îndreptam spre infirmerie cu pași uriași când, de la o distanță considerabilă, m-a trăznit un miros iute, de a trebuit să-mi acopăr nasul și gura.

– Ce dracu' pute în halul acesta!? l-am întrebat nervos pe James.

– Praf de ardei, Sir! Alungă spiritele rele!

– Ia-o la fugă și până să ajung eu, să nu mai văd nici praf de mamă aprins! Nici nu pot respira!

– Dar, Sir...

– Fă așa cum ți-am cerut. Ajung și eu în cinci minute. Merg înainte să discut cu Generalul, l-am înștiințat.

M-am abătut de la drum și m-am dus în salonul principal, unde familia lua deja micul dejun. De cum m-a văzut, Cora a sărit de gâtul meu, vărsând lacrimi de crocodil, impresionată la maximum de condiția fetei.

– Bună dimineața, le-am urat tuturor, rămas în picioare și făcând eforturi de a mă desprinde din îmbrățișarea ei.

– Nu este prea bună, a murmurat doamna casei, lăsând privirea în jos.

– William, este absolut necesar să o aduci la viață pe prințesă! Căsătoria dintre ea și Maharajahul Muruthy trebuie să aibă loc!

– Trebuie!? am întrebat ridicând o sprânceană.

– Da, chiar așa! Pentru noi, la nivel diplomatic înseamnă foarte mult. Ne-am putea lărgi și consolida în același timp legăturile de pace cu doi suverani foarte puternici. Faptul că prințesa a fost adusă direct la noi, înseamnă un avantaj în plus.

Motivațiile Generalului mă făcuseră să-mi dau seama că pierdusem timpul, făcând cale întoarsă din drumul spre infirmerie.

– Am să fac tot ce pot, i-am răspuns sec. Voiam să știu numai dacă sunt anumite restricții ce țin de cultură, obiceiuri...

– Or fi! Tu fă ce știi! Mă interesează doar să trăiască! Zeii lor acum pentru mine sunt ca și inexistenți! a răsunat puternic vocea lui, urmată de un pumn oprit în masă.

Am tresărit cu toții, luați prin surprindere de reacția lui.

– William, te pot ajuta? Ai nevoie de mine? m-a întrebat Cora, înainte de a pleca.

Aș fi avut nevoie de ea, dar în cu totul și cu totul alt fel decât se oferise ea.

– Nu, mulțumesc Cora. Nu putem risca. Mai întâi trebuie să văd ce se întâmplă cu prințesa, să nu fie ceva contagios. Ne vedem poate mai târziu, i-am răspuns făcându-i discret cu ochiul iar mina ei brusc avea să se lumineze.

– Bine, anunță-mă dacă ai nevoie de mine! mi-a replicat, tăindu-și în farfurie o felie de portocală zemoasă.

Am părăsit salonul principal și m-am oprit direct la infirmerie. La intrare, ucenicii Maharajahului, un alai în toată regula, erau în genunchi, cu brațele ridicate spre cer, cu ochii dați peste cap și bolboroseau cuvinte înțelese numai de ei, în timp ce făceau mătănii.

Unul dintre ei, un bărbat înalt, cu o constituție atletică, cu ochii negri, pătrunzători și mustăți lungi bine conturate, s-a pus în fața ușii, împiedicându-mi intrarea.

– Cine ești? m-a întrebat într-o engleză stricată.

– Dar tu cine ești? l-am întrebat la rândul meu.

– Sunt Apu, mâna dreaptă a Maharajahului Muruthy! mi-a răspuns umflându-și și mai puternic pieptul.

– Atunci, Apu, eu sunt doctorul William Gray, Sir William Grey, am făcut caz de titulatura mea. Cred că ar fi înțelept din partea ta să te dai din drumul meu. De acum, viața prințesei, se pare că este responsabilitatea mea, am mormăit, neplăcându-mi deloc situația.

Neașteptat, privirea de neclintit a bărbatului s-a înmuiat, la fel ca și vocea lui, rugându-mă să le salvez prințesa.

Am intrat în infirmerie. Fata Maharajahului era în camera destinată carantinei. Era întinsă pe pat, cu mâinile adunate pe piept. De jur împrejurul ei, ardeau bețișoare parfumate, pe care le-am aruncat în secunda următoare, pentru a lăsa aerul să-și facă simțită prezența.

M-am apropiat de ea și am început examinarea. La o primă vedere, starea ei era de semi-comă, dar pulsul avea să îmi dea speranță și să mă determine să reconsider pe loc starea. Prințesa era inconștientă, într-o formă de leșin profundă. I-am ridicat ușor pleoapele, pupilele îi erau strânse. Pulsul îi era slab, asemenea respirației, de-abia vizibilă ieșită la testul cu oglinda. Temperatura corpului era scăzută, iar culoarea pielii - ceea ce m-a pus pe gânduri - era galben-vineție.

– Doctore, o să trăiască? m-a făcut să tresar vocea lui Apu.

– Da, o să fie bine. Starea ei este definită ca o pierdere temporară a cunoștinței și a controlului muscular din cauza reducerii fluxului sanguin la nivel cerebral, i-am răspuns continuând examinarea pacientului.

– Ăăă...

– Mai bine, ajută-mă puțin, i-am cerut bărbatului cu brațe puternice.

Dincolo de testul oglinzii, care îmi arăta că respiră, verificarea trebuia făcută în poziție de hiperextensie pentru a preveni ca baza limbii să acopere căile respiratorii. I-am pus mâna pe frunte, două degete sub bărbie, am tras și am împins pentru a avea siguranța că nu își va înghiți limba. Avea 22 de respirații pe minut. Prea puține, dar fără să-i pună viața în pericol.

Apu îmi urmărea fiecare mișcare îngrozit.

– Ridică-i picioarele, te rog!

– Cum să fac așa ceva, Sir?!

– Apu, vrei să trăiască sau...?

I-am arătat cum să-i țină picioarele ridicate la un unghi de 45 de grade, pentru oxigenare. Prin această manevră, urma să stimulăm întoarcerea venoasă, ceea ce ducea la o circulație mai bună a sângelui încărcat cu oxigen către creier.

Un minut, i-am monitorizat respirația care ușor începuse să se accelereze, la fel și pulsul.

– O să fie bine, Apu, i-am confirmat zâmbind.

– Sunteți sigur!? Ochii i se luminară și un zâmbet slab i se ivise în colțul gurii.

– Cel puțin pentru moment da, sunt convins. În plus, nu există niciun semn care să mă ducă cu gândul la vreo boală contagioasă. Va trebui să mai rulez, totuși, câteva teste, după ce își revine. Un leșin poate avea mai multe cauze. Hai să-i dăm timp să își revină. Acum doarme.

Indianul s-a lăsat în genunchi și la picioarele patului a început să facă plecăciuni, scoțând tot felul de sunete ciudate. M-a făcut să zâmbesc pentru o clipă, până când ochii mi s-au oprit asupra ei.

– Cum se numește prințesa ta, Apu?

– Rhenna, Sir, Rhenna, a șoptit numele ei.

– Rhenna...ce frumos sună, am spus admirativ.

– Dacă îi știți numele, Sir, nu înseamnă că-i știți și povestea, mi-a replicat Apu, apăsat.

– Probabil că nu diferă față de a multor femei hinduse, mi-am exprimat părerea.

– Rhenna, Sir, este cea mai iubită prințesă a noastră. Se spune despre ea că este urmașa directă a zeiței Lakshmi.

– Uite că de zeița asta nu am auzit, i-am răspuns zâmbind, iar atitudinea mea l-a iritat.

– Lakshmi este zeița frumuseții, a fertilității, a bogăției, luminii, înțelepciunii și destinului, Sir!

Vorbele indianului sunau a măreție, respect și incomensurabilă iubire.

– Îmi cer scuze, Apu. Nu am vrut să fiu ironic, dar pentru noi, chiar și zeitățile ar trebui să se oprească la un număr. Zi de zi aflu de altele și altele.

– Renumele Rhennei este purtat de adierea vântului, de mirosul florilor, de murmurul apelor și cântecul păsărilor, Sir, a continuat Apu să-mi explice, atingându-i ușor poalele rochiei roșii de mireasă.

Mi-am întors privirea spre pacienta mea și, dintr-un motiv necunoscut, m-a lovit o tristețe inexplicabilă. Văzusem de atâtea ori oameni ce își pierduseră cunoștința, dar pe chipul ei adormit parcă se citea o durere ascunsă. O grea apăsare care nu avea nicio legătură cu descrierea fabuloasă făcută de Apu.

Mă gândeam la un moment dat, ce caută o fată atât de tânără să se căsătorească cu un bărbat atât de bătrân, chiar de este el un Maharajah puternic.

– Apu, și de ce a fost dată stăpânului tău!?

– Sir! Asemenea frumusețe și înțelepciune îi vor purta sufletul, mintea și trupul încă tânăr mulți, mulți ani de acum înainte! mi-a răspuns tăios.

– Adică, Rhenna este într-un fel responsabilă de gradul de îmbătrânire a Maharajahului? l-am întrebat, încercând să-mi țin în frâu hohotele de râs.

– Va fi mai mult decât atât!

L-am lăsat pe Apu cu ideile lui, încercând să grăbesc procesul de recuperare. Nu-mi doream decât să își revină mai repede pentru a o trimite mirelui înapoi.

Întinsă pe pat și privind-o cu ochii bărbatului, nu ai medicului, Rhenna într-adevăr arăta ca unul dintre cele mai frumoase gesturi ale creației, adus și expus într-o formă umană, feminină.

Era minionă, cu musculatură frumos conturată, cu sâni voluptuoși, tari ca piatra, cu talie subțire, șolduri înguste, cu picioare lungi și glezne subțiri. Fața, un oval perfect, îi evidenția trăsăturile fine – sprâncenele frumos conturate, nasul mic în echilibru perfect cu forma gurii și buzele cărnoase. Mâinile îi erau delicate la fel ca degetele, tatuate temporar conform tradiției *mehndi*, în diferite culori henna, pictură ce se afla și pe față, dar și pe picioare. Avea părul lung, de culoarea castanei coapte, jumătate prins, jumătate lăsat lung pe spate, în acord cu Ramayana, o poveste hindusă ce data din secolul IV î.Hr. Șuvițe rebele, desprinse din coafură purtau greutatea unor ornamente specifice, menite să înfrumusețeze capul miresei. În cazul ei, al Rhennei, toate aceste podoabe erau inutile. Ea chiar era prințesa adormită…

Urma partea cea mai delicată – dezbrăcarea miresei.

Am început, rând pe rând să-i dau podoabele jos, dându-i-le lui Apu să aibă grijă de ele. Apoi, i-am desfăcut sari-ul și am înmuiat o bucată de tifon într-un lighean cu apă pentru a o curăța de toate vopselurile cu care fusese pictată. În urma apei, pielea îi rămânea curată, strălucitoare, catifelată.

Mă pregăteam să o acopăr pentru a o lăsa să se trezească în liniște când am văzut bucata de țesătură, pe care tocmai o aruncasem pe noptiera de lângă pat. În amestecul de culori, predominant era galbenul. Am luat-o și am apropiat-o de nas, când un puternic miros de șofran mi-a înțepat nările. Imediat mi-am dat seama ce îi declanșase leșinul – șofranul. Mai exact, Rhenna se intoxicase din cauza pastei realizate din praf de șofran de India, amestecat cu ulei de muștar, compoziție cu care îi fusese uns întreg corpul, potrivit unei alte tradiții, denumită local *ubtan*. Am răsuflat ușurat, acum știind sigur că prințesa avea să se trezească curând.

Am ieșit din cameră, lăsând loc aerului să-i umple plămânii, căutându-l cu privirea în mulțimea de oameni, ce stăteau gură cască, pe Apu.

– Îi poți transmite Maharajahului că viitoarea soție în câteva zile va fi aptă, din nou, să primească miile de invitați, i-am comunicat cu siguranță.

– Sunteți sigur, Sir!?

– Foarte sigur! Și Apu, te rog ia-i pe oamenii ăștia de aici și interzis total la orice fel de bețișoare aprinse sau alte obiceiuri ce încarcă aerul de miros. Prințesa are nevoie de oxigen, nu de fum!

– Dar, Sir!

– Apu, aici tradiția o fac eu! i-am răspuns pe un ton ferm.

Capitolul 7

Epuizat după o jumătate de zi plină de incertitudini și o alta de explicații și asigurări date Generalului Rock, m-am retras în camera mea. Am aruncat pe mine puțină apă, apoi m-am întins pe pat.

De-abia ce ațipisem, când am simțit cum cineva mă înghiontește. M-am întors și am văzut-o pe Cora, cu părul ei auriu lăsat pe spate, pe jumătate goală. Îmi întindea un pahar de brandy, căruia îi umezise marginile, lingându-l de jur-împrejur. Mă privea cu un zâmbet melancolic, dar în același timp posedat de dorință.

– Ce-i cu tine, blondino? am întrebat-o cu ochii încă mici de somn.

– Gândul tău m-a purtat aici, mi-a răspuns, lipind paharul de buzele mele.

Am luat o gură, apoi m-am sprijinit pe coate și am lăsat paharul pe noptieră. Am luat-o pe Cora în brațe și am trântit-o lângă mine pe pat, mângâindu-mi fața nerasă de pielea ei fină. Era rece, iar senzația devenise de două ori mai plăcută.

– Te gândești la ceva anume, m-a întrebat cu substrat și bătând din genele ei lungi.

– La futut! i-am răspuns scurt. Te-aș fi futut și dimineață la prima oră, dacă aveam loc, dar…

– Dar cu gândul la prințesă…, continuă ea cu ușoară ironie.

– Vino încoace, nesuferito, i-am spus prinzând-o de mijloc și înfigându-mi limba adânc printre buzele ei, într-un sărut lung și umed.

Cora începuse să geamă și să își împingă sânii în pieptul meu cu forță. Mi-am luat o clipă de răgaz, să o miros, să o adulmec. Îmi făcea o deosebită plăcere să-i văd mimica feței chinuite de plăcere, să-i urmăresc sfârcurile obraznice cum se strâng, se ridică și devin săgeți ce-mi atingeau pielea. I-am desfăcut picioarele și ochii mi-au rămas fixați asupra crăpăturii umede. Ușor cu degetele, strecurate printre labii, le-am desfăcut, desfătându-mi privirea cu găurica rozalie, pe care urma să o pătrund.

Și, cum nu îmi era îndeajuns doar să privesc, am început să-i sărut pielea, bucățică cu bucățică, bucurându-mă de modul delicat în care coapsele ei se loveau de ale mele, de modul încurcat în care picioarele ei căutau să-mi prindă bazinul ca într-o menghină.

M-am aplecat și mi-am ascuns fața între picioarele ei, sărutând-o năvalnic.

– La naiba, femeie…gustul tău, am mormăit, excitat la maximum de sunetele pe care continua să le scoată.

– Ah…Will, Doamne! iar glasul ei suna de parcă ar fi alergat la maraton.

Pe lângă limba mea ce se juca printre labiile-i umezite, am făcut loc unui deget, apoi altuia, pe care i le împingeam într-un ritm susținut, în vagin. În scurt timp, un prim orgasm avea să-i străbată năvalnic trupul, simțind-o cum începe să tremure și să-mi strângă degetele fără milă. S-a ridicat în șezut și mi-a prins cu putere capul între mâini trăgându-mă înspre ea, pentru a-și înăbuși țipătul în gura mea.

– Te doresc la nebunie, William Grey! mi-a spus și în secunda următoare era deasupra mea, frecându-și păsărica umedă de penisul meu erect.

Și-a mișcat fundul de câteva ori, apoi s-a înfipt până la capăt, alunecând în siguranță, simțind cum capul se izbește de un punct adânc al vaginului ei umed, pregătit pentru un nou orgasm.

La o primă ridicare a mea, a început să tremure, iar eu am început să-i șoptesc cuvinte obscene ce știam că o excitau la maximum, trăgând-o cu mâinile de șolduri. Îi plăcea să audă cât de fină îi este pielea, cât de tari îi sunt sânii, ce senzație îmi produc sfârcurile, ori de câte ori se strâng și capitulează sub plăcerea atingerilor mele.

Cora se mișca în ritmul cuvintelor pe care eu le rosteam mai intens sau mai domol, până când, nici măcar brațele nu au mai putut să o țină în frâu. A început să se frece cu putere, înecându-mi penisul într-un orgasm care până și pe ea a luat-o prin surprindere. Genul acela șiret care așteaptă cel mai mic impuls prin care tensiunea să se elibereze și să scalde mărimea penisului, în valuri de ape dulci și calde. A țipat scurt și s-a topit toată peste mine.

– Și tu...? m-a întrebat, ridicându-și capul și prinzându-mi privirea.

– Eu, ce? am răspuns sărutând-o pe frunte.

– Tu nu ți-ai dat drumul…

Am început să râd, văzându-i privirea încărcată de regrete.

– Am încredere în tine, Cora, i-am spus zâmbind, frecându-mi penisul încă ud de palma ei.

Gestul meu a reușit să-i smulgă un zâmbet pervers. A început să mă mângâie, pentru ca imediat să-i simt umezeala buzelor, cum mă sugea. Gura când îi era ventuză, când lăsa aerul binefăcător să-mi mai domolească din arsura ce urma să-mi însoțească, curând orgasmul. Nici nu putea fi altul, atâta timp cât în mâinile mele, sânii îi deveniseră asemenea unui aluat care îți permitea să-l modelezi după imaginație. Am avut nevoie de câteva clipe pentru ca erecția să mi se umfle, să simt acel curent pe șira spinării și să-mi dau drumul, lăsând un tremur scurt să mă readucă cu picioarele pe pământ.

Sexul cu Cora era brutal și aproape murdar, dar surprinzător de satisfăcător. Nu terminam bine, căci imediat scula mi se întărea din nou.

Așa a urmat să facem sex și a doua oară, mai lent, mai lipsit de zgomote și gemete puternice, dar cu aceleași contracții puternice în jurul penisului meu.

Și, a urmat și o a treia oară, când pe rând, ne-am masturbat unul în fața celuilalt, gustându-ne pe rând și tremurând înaintea finalurilor de-a dreptul apocaliptice.

– Ohh… ce mai noapte! a exclamat Cora, întinzându-se și relaxându-și mușchii.

– Îhî…i-am răspuns pe jumătate adormit.

Eram extenuați fizic, dar satisfăcuți, întinși pe pat ca doi oameni lipsiți și de ultimul dram de vlagă. Somnul, în acele momente, îl simțeam ca pe o îmbrățișare răcoroasă, binevenită și bine meritată, ce ne aștepta timidă după colț. Atingerea ei o puteam simți numai dacă închideam ochii.

Ceea ce s-a și întâmplat, imediat după ce Cora, tiptil a părăsit camera plăcerilor interzise.

Capitolul 8

M-am trezit dis-de-dimineață, cu un zâmbet de-a dreptul enervant, care nu mi se mai ștergea de pe față. Continuam să mă gândesc la Cora și la grimasele ei, la imaginea ei înainte și după orgasm, când privirea îi era mai senină decât cerul.

Trebuia să ajung la infirmerie, unde prințesa Rhenna ar fi trebuit să se trezească. M-am spălat repede pe ochi, pe dinți, atingându-mi fața și simțind cum buricele degetelor îmi sunt înțepate de vârfurile nerase de barbă.

„Vai de pielea bietei Cora", mi-am spus în gând, amintindu-mi de noaptea lăsată în urmă. Mi-am tras o pereche de pantaloni, o cămașă proaspăt spălată, deschisă la primii trei nasturi și mi-am suflecat cât de sus am putut mânecile. Deși erau primele ore ale dimineții, soarele ardea cu putere. Primele sudori îmi apăruseră pe frunte, imediat ce simțisem materialul moale cum mi se lipește de corp.

Am ieșit din cameră, trăgând cu putere ușa în urma mea. De ceva vreme îl tot rugasem pe James să se ocupe de clanță, căreia îi sărise un arc și din nou, aveam să constat că nu făcuse nimic.

Am ajuns la infirmerie, unde eram deja așteptat de alți pacienți. I-am luat pe ei primii, gândul fiindu-mi la starea prințesei. Imediat ce am terminat, m-am ridicat de la birou și m-am îndreptat spre zona de carantină, unde încă se afla fata.

Am străbătut camerele sărăcăcioase, una după alta unde, în ciuda paturilor extrem de modeste și a unor perne învechite, mirosea a curat, a proaspăt. Una dintre femei tocmai spălase podelele folosind un amestec de flori cu proprietăți dezinfectante, a cărui mireasmă mă însoțea la fiecare pas.

Imediat, ochii mi s-au mărit, pupilele mi s-au dilatat, mi-am simțit brusc gâtul uscat și am simțit nevoia să fac încă un pas pentru a verifica dacă paralizasem sau erau doar impulsuri puternice date creierului meu.

În fața mea, goală, întoarsă cu spatele, pitită de transparența perdelelor se afla cea mai frumoasă femeie din lume! Era EA, *ființa - ființelor*, acel corp perfect de clepsidră, femeia ce îmi apăruse în vis, înainte ca ancora să fi fost coborâtă.

Rhenna se trezise. Era în picioare, la marginea patului, mângâindu-și delicat pielea cu petale de flori, aruncate într-un mare lighean cu apă. Mișcările ei erau de-a dreptul hipnotizante pentru privirea mea. Mâinile ei în acele momente de curățire făceau dragoste cu trupul ei. Fiecare alunecare a petalelor asupra pielii ei îmi frământa simțurile într-un tempo desprins parcă din facerea lumii – cu grijă, pricepere și unicitate.

Razele soarelui i se împletiseră în buclele largi, ce-i cădeau bogate și strălucitoare, dincolo de umeri, acoperindu-i o parte din goliciune.

Rămăsesem mut, blocat în fața unei asemenea frumuseți lăsate de Creator pe aceste pământuri.

– Dumnezeule, îmi ești nu doar gând, ci și făptură interzisă, am șoptit în continuare fiind fascinat de ea.

Am văzut-o cum tresare și se întoarce brusc, acoperindu-și sânii cu o mână și pubisul cu cealaltă. Am făcut un pas înainte și m-am încumetat să dau perdeaua încetișor într-o parte. Privirea ei era de-a dreptul hipnotică, iar verdele ce-i strălucea în ochi pentru câteva clipe avea să-mi arate că putea însemna viață și deopotrivă moarte. Asistam la un spectacol absolut impresionant, amețit de săgețile verzi în fața cărora mă predasem înainte de a-mi fi ciuruit trupul.

– Cine ești? m-a întrebat, glasul ei fiind mângâiere adusă sufletelor zeilor.

– Ăăă..., iar cuvintele nu puteau să-mi iasă.

Din fericire, ezitarea mea nu a deranjat-o și nici nu a încurcat-o, căci a continuat să vorbească.

– Mai bine ai fugi cât mai repede, să nu te găsească Apu, mi-a spus, încercând să-și acopere trupul cu sariul roșu, căzut pe podea.

Am dat din cap în semn de nu, apoi am încercat să-mi umezesc gura cu propria-mi salivă pentru a putea articula.

– Nu trebuie să îți faci griji. Eu sunt William Grey, doctorul care te-a avut în grijă, până acum...

Dintr-odată, s-a aruncat asupra mea și m-a tras lângă ea, pe pat.

– Doctore, te rog, te rog, te implor, nu mă trimite Maharajahului! apoi din ochi au început să-i cadă lacrimi grele, mari, aproape rotunde.

– Dar...nu pot decide eu asta, prințesă, i-am spus, luând-o pe după umeri, încercând să o liniștesc cumva.

– Trebuie! mi-a repetat, țintuindu-mi privirea și refuzându-mi posibilitatea de a mă elibera.

– Nu pot face asta. Nu am cum! Uite, ești bine, ți-ai revenit!

– Asta vrei cu adevărat, doctore!?

Întrebarea ei mi-a secerat conștiința. Mi-a încurcat gândurile și mi-a împleticit limba. Ce aș fi putut să-i spun? Că mi-aș fi prețuit de o mie de ori în plus viața, dacă ar fi fost a mea? Că sentimentele ce le aveam pentru miss Lucy deveniseră atât de repede inexistente? Că sunt iremediabil și absolut nebunește îndrăgostit de ea!?

Și-a clătinat capul, aruncându-mi o privire în care era adunată întreaga dezamăgire existentă pe pământ sau cel puțin eu așa am simțit-o.

Apu a intrat în cameră, iar eu m-am ridicat brusc și m-am oprit lângă fereastră. Nu mai suportam să-i văd amărăciunea din privire, nu mai puteam rămâne atât de aproape de ea. Nu atâta timp cât îmi cerea aproape imposibilul, iar eu mă gândeam să-mi scot sufletul la licitația Diavolului, pentru a face posibilă rugămintea ei.

– Prințesă Rhenna, ești bine!? a întrebat-o Apu, văzându-i ochii plânși.

– Da, sunt bine, mulțumesc. Obosită, încă amețită…

– Apu, parcă era vorba să pleci și să dai vestea Maharajahului, l-am întrebat fără menajamente. În plus, de acum înainte aș prefera să nu mai intri aici fără permisiunea mea!

Tonul vocii mele ne-a surprins pe toți trei. Apu a plecat ochii, Rhenna a schițat un zâmbet inocent, iar eu trăiam cu senzația că se umflaseră mușchii pe mine.

– Sir, trebuie să știu când mă întorc după prințesă.

– Am să vorbesc cu Guvernatorul să ia legătura cu stăpânul tău. Am nevoie de timp pentru a efectua și rula anumite teste. Maharajahul are nevoie de o femeie puternică, nu de una bolnavă!

– Da, Sir, așa este! Mahara...

– Gata, Apu! Te rog, părăsește camera. Cu siguranță Generalul Rock va găsi cea mai eficientă cale de comunicare.

Mirat de atitudinea mea, gigantul a făcut o plecăciune adâncă în fața fetei. Pe mine m-a salutat cu o mișcare scurtă a capului, apoi a plecat dând din mâini și încercând să înlăture perdelele ce i se lipeau de veșminte.

Rămăsesem eu și Rhenna și o grămadă vidă de aer între noi.

– M-ai întrebat mai devreme dacă asta vreau prințesă, făcând referire la întoarcerea ta acasă.

– Da, te-am întrebat, doctore.

– Mi te poți adresa cu William.

– Și tu cu Rhenna, fără titluri.

– Acum este rândul meu să te întreb: tu ești sigură că asta vrei cu adevărat? și am simțit cum mă ia amețeala.

Ea s-a apropiat de mine și mi-a mângâiat delicat fruntea și obrazul, dăruindu-mi un zâmbet desprins nemuririi.

– Mai bine te-ai așeza câteva minute. Te rog să mă ierți. Nu ar fi trebuit să-ți cer asemenea lucru. Nu ar fi trebuit să-ți cer să minți pentru mine. Ți-am riscat viața, gândindu-mă numai la mine.

– Din păcate totul are un preț. Acum depinde de noi să spunem și care ar fi el. Nu mă întreba de ce, dar... iar vocea începuse să-mi tremure copleșită de o emoție necunoscută.

– Dar?

– Cred că pentru tine, orice bărbat din lumea asta ar fi dispus să plătească cu propria viață, fără să i se pară mult.

Cuvintele mele păreau a o fi impresionat. Deși din priviri îmi dădeam seama că are încredere în ceea ce spun, limbajul feței era ușor precaut. Contradicțiile ei interioare, determinarea în combinație cu timiditatea îmi extrăgeau gânduri pe care nu le recunoșteam ca fiind ale mele.

Mă fascina. Acesta este cel mai potrivit cuvânt care să corespundă cu adevărat situației.

Am închis o clipă ochii, pentru a-mi trage sufletul alergat și schingiuit de gânduri, iar ea a făcut mișcarea catastrofală: un sărut ușor lăsat pe buzele mele, o amprentă a divinului asupra muritorului.

Am deschis ochii brusc.

– Nu, nu-i a bună, am spus răgușit.

– William, toată viața am fost învățată să fac numai ceea ce mi se spune, să nu ridic ochii spre cer, decât pentru a căuta lumina, să-i cobor mai tot timpul, să nu îmi dau frâu liber inimii, sentimentelor, gândurilor. A trebuit din propria-mi viață să-mi construiesc o colivie artificială, învățată fiind să nu ating cheia, deși se afla tot timpul la mine. Cunosc tot ce se poate despre religii, zei și zeițe. Vrei să îți spun un secret!?

– Da, i-am răspuns abia șoptind.

– Nu cred în zei! Cred în predestinare și reîncarnare! a sunat vocea ei, asemenea unui mesaj clar și răspicat.

Cu siguranță, poate aceasta era și explicația pentru care, deși nu interacționasem decât de vreo două ore, aveam senzația că o cunosc de ani de zile.

– Rhenna, mă bulversezi de-a dreptul! Chiar nu te înțeleg, nu-ți înțeleg gestul de mai devreme, făceam pe căposul, având nevoie de confirmare.

– Nu vreau să plec de aici. Și de ar fi să se întâmple, nu vreau să o fac înainte de a simți ce este cu adevărat mângâierea dragostei.

Pupilele i se dilataseră brusc, iar sub pallu, sfârcurile i se arătau precum două boabe de mazăre. Obrajii începuseră să i se coloreze, iar respirația să i se accelereze.

În mintea mea se dădea un adevărat război al gândurilor, un război haotic în care lupta se dădea pe toate fronturile. Totul, absolut totul îmi spunea să-mi văd de viața mea, să mă ridic și să plec, numai sufletul îmi punea piedici.

– La dracu', nici eu nu mai vreau să pleci! Nu știu ce simți sau dacă simți ceva, eu în schimb...

Presiunea la care îmi supunea sentimentele era maximă. Câteva cuvinte, o singură dorință de-a ei aveau să-mi dea peste cap întreaga lume. Din pacient, Rhenna devenise ca o datorie cosmică, pe care trebuia într-un fel sau altul să o plătesc. Și cu siguranță, totul se petrecea numai în mintea mea. Privirile ei parcă îmi trimiteau mesaje, în care mi se spunea că ea trebuie să cunoască și să trăiască cele mai puternice senzații pe care le poate trăi o minte de om, într-un trup divin.

În vreme ce încercam să-mi aliniez gândurile, Rhenna s-a aplecat și m-a sărutat din nou. Mai întâi blând, apoi mai intens, până când nu m-am mai putut abține și i-am răspuns. S-a împins în față, s-a urcat în brațele mele, tresărind când mi-a simțit penisul umflat și tare.

– Ai vrea să încetezi în a-ți mai face gânduri? m-a întrebat. Te rog, spune-mi da, spune-mi că nu mai vrei să pierdem timpul.

I-am zâmbit, am clătinat ușor din cap și am sărutat-o din nou.

– Un singur lucru.

– Nuu, se văita ea.

I-am prins mâinile și i-am sărutat încheieturile.

– Rhenna, siguranța ta ...

Nu îmi găseam cuvintele. Știam ce vreau să-i spun, dar era ceva la fel de intim precum sexul. Am luat-o de la început, încercând să-i spun ce gândeam.

– Ești mult prea tânără.

– Am 20 de ani. Aici sunt considerată extrem de bătrână. La vârsta mea, femeile au deja trei, patru copii, sări în apărarea ei.

Aici îmi câștigă un zâmbet.

– Îmi este frică să nu facem cea mai mare prostie. Da, Rhenna, te doresc cum nu am dorit nicio femeie în viața mea. O eternitate alături de tine cu siguranță nu aș simți-o plictisitoare, însă îmi este teamă să nu îți fac rău!

Privirea ei a căutat-o pe a mea, apoi săgeți verzi mi se înfigeau fără milă în inimă. Nu erau menite să mă omoare, ci să-mi trezească sentimente pe care nici nu știam că le am.

– Mie nu îmi este teamă. Sunt dispusă să încerc cu tine, să învăț cu tine...

Pentru prima dată, simțeam nevoia să mă rog zeilor lor pentru a-i da măcar o urmă de îndoială și nu o siguranță atât de mare.

– William, câteva ore am fost ca și moartă. Am scăpat din ghearele ei, promițându-i că voi învăța înainte de a mă reîntoarce să trăiesc. Dă-mi, te rog, șansa asta…

Rugămintea ei, pornită parcă din străfundul inimii, mă topise definitiv.

– Bine, ființă divină, vom face cum vrei tu, numai că avem nevoie de un plan!

Am luat-o în brațe, iar ea și-a cuibărit capul la pieptul meu, ridicându-și privirea și furându-mi un alt sărut.

Pentru prima dată în viața mea, am dus mâna la inimă, pentru a-i acoperi strălucirea…

Capitolul 9

Zilele ce au urmat au fost de-a dreptul haotice. Mai aveam puțin și mă mutam în infirmerie, timp în care îi serveam Guvernatorului Rock tot felul de povești însoțite de motivații puternice, menite să prelungească șederea Rhennei, în fort.

În plus, Cora îmi pândea fiecare mișcare, simțind că ceva nu este în regulă. La un moment dat, mi-am dat seama că am nevoie de un aliat în tabăra adversă, motiv pentru care mi-am luat inima în dinți și i-am spus Corei adevărul.

– Pleosc, s-a auzit palma ei lipită de obrazul meu.

Cora fumega de nervi.

– Cum ai putut să te îndrăgostești de ea!? Will, ești într-atât de idiot să-ți semnezi singur sentința la moarte!? Tata de ar afla te-ar spânzura direct! Oamenii Maharajahului te-ar îngropa până la gât, lăsând ciorile să-ți ciugulească ochii și carnea, bucată cu bucată. Apoi, înainte de a-ți da sufletul, te-ar lega de cai și i-ar biciui, rupându-te în două! Trimite-o cui i-a fost promisă, Will! țipa cât o țineau puterile.

– Nu, Cora! Nu am să o trimit înapoi. Și pentru asta am nevoie de ajutorul tău.

– Oh, nu, nu, nu, doctore! La așa ceva nu mă bag!

– Cora, am un plan. În următoarele zile, o voi lua și vom pleca la Londra. Vreau să mă căsătoresc cu ea, să-mi petrec restul vieții alături de ea, ce nu înțelegi!

– Doamne, omule, ești nebun!

– Mă ajuți? am întrebat-o pe un ton mieros. Te rog, Cora, te implor!

– Și ea te iubește, Will? m-a întrebat cu lacrimile jucându-i în ochi.

– Da, Cora, mă iubește…

Cora a oftat din adâncul sufletului, apoi mi-a dat un sărut peste obrazul pălmuit.

– Să înțeleg că nopțile noastre devin zile goale, începând de acum, mi-a spus cu tristețe în glas.

Am luat-o în brațe și am strâns-o cu putere. Chiar și atunci am simțit că în afară de prietenie, alte sentimente nu mai puteam avea pentru nicio altă femeie. Rhenna îmi acaparase întreaga inimă. Și, în acea zi îmi bătea cu putere. O dată pentru că *alianța* cu Cora îmi lua o piatră de pe suflet, dar și pentru că, noaptea urma să o aduc pe Rhenna în camera mea.

Pe furiș, am adus cele mai frumoase flori cu care am ornat încăperea. Am pus cearșafuri din mătase fină, peste care am presărat petale colorate. Într-un borcan, pus deasupra tăbliei patului, am adunat greieri, pentru a ne cânta în surdină. Am spălat podelele, am adus lumânări parfumate, vin, fructe și patiserii din cele mai fine.

Când vreodată m-aș fi gândit că sunt în stare să țin prizonieri o serie de greieri numai pentru un ambient cât se poate de romantic?

Din momentul în care Rhenna a pășit în camera mea și ușa s-a închis, am auzit în surdină glasul fericirii ce ne striga numele, iar pe geam vedeam cum stelele tremurau pe cer.

În piept simțeam cum ceva minuscul, fragil, se zbătea cu putere, iar eu continuam să rămân încremenit în fața unei asemenea frumuseți.

Rhenna purta un pallu din mătase fină, verde închis, brodat pe alocuri cu fir de aur și ornat cu flori, în mijlocul cărora pietre prețioase străluceau în lumina lumânărilor. Era prins pe după gât, lăsându-i spatele frumos arcuit, descoperit de-a dreptul ademenitor. Părul îi era lăsat să cadă pe spate, de data aceasta firul fiindu-i perfect drept și mătăsos la atingere. Am atins-o, m-au cuprins fiori și m-am cutremurat la gândul că urma să fie a mea.

– Nu te panica, mi-a spus zâmbind.

– Doar m-am pierdut pentru o clipă în privirile tale...

Începusem seara bine, cu o minciună. Tremuram la gândul că urma să fac dragoste cu singura femeie din viața mea pe care o iubeam cu adevărat și de care îmi păsa. Tremuram la gândul că știam că o să o doară, o să o usture, că va sângera și nu voiam să simtă nimic din toate astea, ci exclusiv plăcere. Îmi doream în acel moment să am un penis mic, în capul căruia să pun un strop de anestezic, numai să nu o fac să treacă peste ceea ce inevitabil urma să se întâmple.

Am început să o sărut ca un nebun, flămând de mirosul pielii ei, de gustul dulce-amărui, dat de pomada fină cu care își hidrata pielea.

– Will, vreau să fiu a ta, învață-mă cum să-ți aduc plăcere, mi-a șoptit la ureche.

Mi-am retras buzele de pe gâtul ei și am strâns-o la piept. I-am mângâiat sânii obraznici și mi-am coborât mâinile spre talie, strângându-i ușor fesele.

– Îți place așa? am întrebat-o sărutându-i lobul urechii.

A început să râdă încetișor.

– Da, îmi place. Deja încep să mă simt femeie, aici, acum, în brațele tale.

– Ah, iubito, am șoptit, sorbindu-i gustul și mângâindu-i respirația cu un alt sărut pasional.

Am simțit-o cum se lasă cu greutate în brațele mele, am ridicat-o și am așezat-o cu blândețe pe pat, plimbându-mi un deget peste buzele ei cărnoase și umede. A deschis ușor gura, mi-a țintuit privirea și a început să se joace cu degetul meu în gura ei. Eu am scos un icnet de plăcere, iar ea a dat capul pe spate, mângâindu-și sânii sub privirile mele excitate la maximum.

– Rhenna, iubito, și eu care mă gândeam să te învăț, i-am spus zâmbind.

Și-a mușcat ușor buza de jos, spre disperarea mea, mi-a sărutat degetul, pentru ultima oară, apoi m-a prins de mână și m-a tras înspre ea.

– Nu așa se face? Arată-mi cum!? suna vocea ei a provocare.

Mi-am îndreptat spatele și i-am făcut semn cu degetul să se ridice. M-a privit pe sub genele-i lungi și s-a supus imediat. I-am căutat pe sub păr funda ce-i ținea sariul prins și am tras de o parte pentru a o desface. Rochia i-a alunecat pe trup, atingând podeaua rapid, într-o atingere fină, iar Rhenna s-a lăsat să alunece pe pat, cu picioarele ușor desfăcute. M-am lăsat în genunchi și m-am înfipt cu degetele în pulpele ei, trăgând-o spre marginea patului. Era momentul în care aveam să-i ofer plăcere, înainte de durere.

M-am ridicat și i-am împins două perne sub cap.

– Să nu-ți fie teamă să privești. Să vorbești cu mine, iubito. Să-mi spui ce îți place și ce nu. Bine?

– De acord, Will, mi-a spus cu o voce marcată de o ușoară incertitudine.

M-am lăsat din nou în genunchi și am început să-i sărut picioarele, pe rând, de la glezne până sus. Îi simțeam mușchii pulpelor cum se contractă, cum eliberează tensiunea, timp în care mâinile ei se jucau în părul meu.

I-am desfăcut larg picioarele și am început să-i ating labiile, ușor cu vârful limbii. Mi-am ridicat privirea să-i văd reacția. Era cu capul lăsat pe pernă, cu ochii închiși și își mușca degetul arătător pentru a nu face zgomot.

– Iubito, dă-i glas plăcerii, nu o înăbuși, i-am spus suflând aer rece peste labiile ei, încinse.

– Ahhh, Will...

– Așa, Rhenna, spune, vorbește cu mine.

– Will, îmi place...

– Știu, iubito, și mie îmi place când ție îți place, i-am răspuns, atingându-i clitorisul deja întărit.

A început să tremure ușor sub degetul cu care îi apăsam încet vulva deja umezită. Încetișor, am încercat să-mi strecor un deget în vaginul ei, pe care mi l-a respins direct. Am continuat să o mângâi și să-i ling păsărica, împingându-mi de data aceasta încetișor, limba înăuntrul ei. A icnit scurt, numai că acum era de plăcere.

Și, din nou, încercam marea cu degetul care, spre bucuria mea, a intrat un sfert, apoi a început să-mi dea semne că ar fi durut-o și m-am retras rapid.

Mi-am ridicat capul dintre picioarele ei, lăsându-mi în continuare două degete drept garanție, pentru ceea ce urma să se întâmple. Îi mângâiam vulva și clitorisul, în timp ce sfârcurile îi trosneau în dinții mei, iar Rhenna gemea copleșită de plăcere. Mi-am ridicat trupul, lăsându-mă asupra ei, numai cât să-mi simtă erecția. I-am luat mâna și am îndrumat-o spre penis, arătându-i cum să mă mângâie. Am gemut când i-am simțit prima atingere, stângace, dar promițătoare.

– Simți cât de tare este?

Ochii i se făcuseră mari, iar roșeața din obraji i se accentuase. Părul îi era răvășit, iar mici brobonele de transpirație îi străluceau pe frunte.

– Uite, chestia asta mare și lungă, la un moment dat o să intre în tine.

– Cum? Este mult prea mare, mi-a spus în șoaptă, privindu-mi chipul.

Am mângâiat-o pe păr, apoi i-am sărutat gura cărnoasă cu tandrețe.

– Nu îți face griji. Corpul tău îmi va răspunde, ai să vezi. Ceea ce te rog este să ai încredere în mine, Rhenna.

– Da, am, mi-a răspuns ca și când ar fi fost ușor amețită.

Nu mă mai aflasem niciodată în pat cu o virgină. În gândul meu, nu puteam decât să-i mulțumesc Mikăi pentru câte mă învățase despre cum pot aduce plăcere maximă în trupul unei femei. Așa că, am lăsat joaca la o parte, explicațiile și ușor, ușor am început să o trag pe Rhenna de partea mea.

Am luat de pe noptieră o sticluță cu ulei de cardamom, afrodiziac, a cărui aromă era condimentată și avea efect de încălzire și relaxare a mușchilor. I-am cerut prințesei să se întoarcă pe burtă, apoi am început să-i masez și să-i sărut ușor spatele, coborând ușor spre fese, lăsându-mi două degete să alunece printre ele, lent, atingându-i cu mișcări circulare, pe rând cele două găuri. Rhenna se ridicase deja în coate, împingându-și fundul ușor înspre degetele mele, umede și alunecoase. Mi-am dat jos de tot pantalonii, m-am aplecat înspre ea, mi-am petrecut brațul în jurul taliei apoi, ușor am început să-mi ating capul sculei de păsărica ei umedă. Gemea, se ridica și se cobora, păstrând deja un ritm perfect de care urma să mă folosesc, când avea loc penetrarea. La spatele ei, încercam să mă gândesc la orice pentru a-mi alunga gândul de la ea. Puțin mai aveam și îmi dădeam drumul, fapt inacceptabil.

– Rhenna, întoarce-te, iubito, i-am spus, dându-i o ușoară palmă la fund.

S-a răsucit cu grație în brațele mele și m-a privit aruncându-mi un alt zâmbet, acum altfel, încărcat de pasiune.

Mi-am lăsat trupul asupra ei, ridicându-i cu mâna picioarele, pentru a se agăța de mine. A fost suficient un singur gest, iar jumătate din corp îmi era captiv. M-am sprijinit în coate, pentru a nu o strivi apoi, încet, mi-am poziționat capul penisului în dreptul vulvei rozalii, mici și foarte strâmte, rugându-mă zeilor să-mi dea voie să dezvirginez o făptură zămislită din dragostea lor. Am început să i-o mângâi ușor la intrare și am simțit-o cum se lupta cu teama momentului penetrării. A început să geamă, iar eu am strâns-o și mai tare în brațe, acoperindu-i gura cu un sărut, în timp ce m-am împins ușor în ea, simțind cum capul penisului reușise să pătrundă, cel mult un centimetru.

S-a arcuit sub mine, căutând să-și depărteze buzele de ale mele, icnind și strângând puternic din ochi. Sufletul în mine se făcuse cât un purice, dar știam că dincolo de câteva secunde de durere, Rhenna va putea gusta pe deplin din adevăratele plăceri trupești.

– Nu te trage, deja am intrat, iubito. Încearcă să te relaxezi, ai să vezi o să fie bine, i-am șoptit la ureche și am simțit cum vintrele au început să i se înmoaie.

Am prins curaj, i-am acoperit din nou gura și am împins iar, simțind cum umezeala începe ușor, ușor să se prelingă în afară.

– Dumnezeule, ești atât de strâmtă, am mormăit simțind cum picături de transpirație încep să mi se preligă pe șira spinării și pe piept în jos.

Din cauza încordării, am început să tremur ușor în același ritm cu ea.

– Vrei să ne oprim? m-a întrebat cu vocea plină de regret.

– Când ? Acum? Nici să nu te gândești, prințesa mea.

– Atunci, împinge-te mai mult, mi-a cerut, desfăcându-și larg picioarele.

Mi-a luat mâna și mi-a adus-o deasupra clitorisului, cerându-mi să o mângâi. Dorința ei era poruncă pentru mine, deși poziția era al naibii de incomodă. Am început să i-l frec între degete, iar ea a început să se împingă ușor, alunecând în penisul meu până la capăt, fără să scoată un singur sunet. Mâinile îi erau înfipte adânc în cearșaf, suportând durerea eroic. La ultima ei mișcare, i-am pus presiune pe clitoris, împingându-mă cu putere în vaginul ei. A scos un țipăt scurt și s-a arcuit cu putere sub mine, iar eu am paralizat.

– Te-a durut rău? Te doare? Vrei să ies?!

– Da. Acum nu, sunt bine, doar că ...lasă-mi o clipă să mă liniștesc.

Am vrut să mă retrag încet, dar s-a prins la timp cu brațele de gâtul meu.

– Să nu îndrăznești, William Grey! Ai promis că îmi vei arăta ce senzații poate trăi corpul meu!

Acum că eram deja înăuntru, puteam să-mi folosesc mâna pentru a o atinge. Am început să mă mișc lent, înainte, înapoi, orice avansare fiind calculată.

Și, imediat am simțit cum întreg trupul i s-a relaxat, iar vaginul ei virgin începuse să dea ușor de gustul plăcerii. Și-a desfăcut din nou larg picioarele și a început să-și mângâie clitorisul, atingându-mi în trecere testiculele excitate la maximum.

– Ahh, iubito...

Îmi plăcea al naibii de tare ce își făcea singură și ce îmi făcea mie. Am început să alunec din ea din ce în ce mai ușor, vaginul ei devenind ca un manșon protector pentru penisul meu. Am început să-i mușc sânii tari cu lăcomie, căutându-i respirația și gura, ori de câte ori, gemetele de plăcere căutau să se piardă în aerul nopții.

Nu îmi puteam explica starea în care mă aflam. Mika mă făcuse să mă descopăr, Cora să mă simt bine, însă Rhenna făcea parte dintr-o cu totul și cu totul altă poveste în care dragostea era omniprezentă.

A urmat un altfel de țipăt și am simțit-o cum se împinge în mine și se cutremură toată în jurul meu.

– Așa, iubito, așa, eliberează-te, i-am șoptit strângând-o cu putere de șolduri și împingându-mă cu putere până la capăt.

– Ahh, Will, pe toți zeii! a exclamat puternic, iar strigătul ei mi-a chemat orgasmul de la origini, ejaculând cu jet puternic.

– Doamne! am spus prăbușindu-mă lângă ea.

– Mai vreau, doctore! a fost ultimul ei cuvânt.

Capitolul 10

Libidoul ei mă înspăimânta, dar recunosc că îmi și făcea o plăcere deosebită. Niciodată nu mai fusesem atât de îndrăgostit, atât de dornic să mă afund în păsărica umedă și caldă a unei femei. Prințesa indiană mă amețea cu prezența ei, mă învăluia și mă vrăjea cu privirile ei, umplându-mi sufletul de o bucurie imposibil de exprimat în cuvinte. Și aici nu era vorba numai de dorința sexuală, de pofta carnală, ci de sentimente peste care Rhenna venise și trăsese propria linie ce ajunsese să diferențieze o senzație de alta.

Ceea ce se întâmplase între noi venise brusc, ca o ploaie de vară, încărcată cu fulgere de pasiune și gemete puternice care, atunci când se ciocneau, formau un sunet puternic asemenea tunetelor.

Spălați, curați, ne-am întors din nou în pat și am luat-o de la capăt, încercând pe rând noi poziții în care penisul meu să fie bine primit în vaginul ei.

Am ațipit pentru o clipă, trezit fiind de propria-mi erecție ce pulsa în mâinile ei. I-am zâmbit somnoros, apoi am luat-o în brațe.

– Vrei să facem dragoste, prințesă? Nu ai obosit? Este și mâine o zi, i-am spus.

– Dacă ești obosit…

Am sărit în fund și am luat-o în brațe, așezând-o în poala mea. I-am trecut peste cap cămașa pe care i-o dădusem să doarmă în ea, lăsând-o din nou goală. Mi-am înfipt o mână în gâtul ei, iar cu cealaltă, îi trăgeam capul pe spate, lingându-i pieptul și sfârcurile excitate.

Începuse din nou să geamă. Pulsul îi era crescut, la fel ca ritmul respirației pe care o simțeam fierbinte, mângâindu-mi obrajii. I-am desfăcut picioarele și mi-am sprijinit mâna în pubisul ei, de care ea a început să se frece apăsat.

– Nu vrei să-ți dau altceva pe care să-l frământi, prințesă? am întrebat-o curgându-mi bale din gură, văzând-o din nou cât era de frumoasă.

– Ba da, haide, dă-mi-l...

Mi-am băgat mâna în pantaloni și mi-am scos scula întărită, făcându-i loc printre labiile umede și fierbinți de-a dreptul. Iar ea a început să mă călărească, ținându-se de umerii mei și făcând un adevărat spectacol cu părul ce-i cădea excitant pe spate. Puțin mai aveam și simțeam cum îmi dau din nou drumul. Atunci am cuprins-o de mijloc, am ridicat-o și am întors-o cu spatele. Mi-am lăsat trupul asupra ei, greu, special pentru a mă face simțit.

– Will, ești greu...

– Fă-mă ușor, Rhenna i-am șoptit mușcându-i urechea.

A început să râdă, apoi și-a arcuit spatele, împingându-și fără milă fesele în bazinul meu. S-a aplecat, lipindu-și abdomentul de pat, rămânând cu fundul în sus, căutându-mi penisul erect. Am ajutat-o să-l găsească, apoi și l-a poziționat în jurul vulvei.

– Rhenna, să nu te doară. Hai să schimbăm poziția.

– Vreau să încerc, te rog, Will, mi-a cerut privindu-mă peste umăr, emanând o senzualitate desprinsă din cărțile erotice.

Am ascultat-o, nu înainte de a mă asigura că era îndeajuns de umedă.

– Uite, am să te las pe tine să conduci. Eu nu am să mă mișc.

Imediat a început să își miște bazinul circular, mulându-se pe dimensiunile penisului meu. Când a ajuns la jumătate, s-a oprit, cutremurându-se.

– Încetișor, iubito, nu ne grăbește nimeni, i-am spus, gemând copleșit de plăcere.

Mi-am înmuiat un deget în salivă, apoi i-am desfăcut fesele și așa umed am început să îi apăs delicat anusul. Sub imperiul unor dorințe până atunci interzise, Rhenna și-a arcuit spatele, continuând să se împingă în scula mea, în timp ce eu, excitat la maximum, mi-am vârât vârful degetului în gaura superioară. A început să se zvârcolească, prinzându-mi încheietura mâinii și dorindu-și degetul mai adânc. Am început penetrarea, păstrând același ritm în ambele găuri. La început mai lent, iar apoi mai repede, ambele locuri fiindu-i calde și umede.

Eram atât de excitat, încât ceea ce se întâmpla nu îmi mai era îndeajuns. M-am retras și am întors-o cu fața la mine, intrând și ieșind din ea cu repeziciune, sărutându-i fiecare centimetru de piele.

Și am ieșit din nou, gâfâind ca după un lung și obositor maraton, dornic să-i simt gustul. Am început să o ling în timp ce o penetram cu două degete, în care ea se împingea ca și posedată. M-a tras deasupra ei și din nou s-a înfipt în penisul meu, înfingându-și unghiile în fesele mele. Am simțit-o cum se eliberează și în loc să mă opresc am început să mă mișc din ce în ce mai tare, frecându-i apăsat clitorisul. A urmat un al doilea orgasm cu țipăt puternic, urmat de al meu care aveam senzația că nu se mai oprește. Câteva secunde, am simțit cum trupul îmi este pedepsit cu fulgere, trăsnete și curenți puternici care îmi paralizaseră mușchii.

– Rhenna! Tu ești viața, tu ești moartea! am strigat eliberat.

– Folosește cuvintele chibzuit, William Grey! mi-a replicat, încercând să-și facă vânt cu mâna.

Trupurile ne erau epuizate. Numai dorința nebună acum ne mai ținea în viață...

Am adormit la câteva minute, unul în brațele celuilalt. Nu voiam ca acea noapte să se termine. Fusese cea mai frumoasă din întreaga mea viață...

*

Am dormit ca un nou născut. Dimineața, o rază răzleață de soare, ce se juca peste pleoapele mele, a reușit să mă trezească. Și nu doar ea, ci și bătăi puternice în ușă. Am sărit din pat, dându-i Rhennei un sărut însoțit de zâmbet și făcându-i semn să stea liniștită. În fond, în camera mea nu putea intra nimeni fără permisiune.

– Imediat, am strigat neștiind cine insista în asemenea hal.

Înainte de a deschide, i-am mai aruncat Rhennei o privire. Nu mai era copila de cu o zi în urmă, ci o femeie mai frumoasă decât diminețile cu soare, mai frumoasă decât marea liniștită și cerul lipsit de nori. Nu mai era nici măcar o prințesă. Era regina inimii mele, ce-mi purta coroana dincolo de moarte. În continuare fascinat de tot ce însemna ea, i-am făcut cu ochiul și am întredeschis ușa. Cora s-a năpustit asupra noastră ca furtuna.

A salutat-o pe Rhenna, apoi s-a asigurat să nu fie nimeni în împrejurimi.

– Ce s-a întâmplat, Cora? am întrebat-o ridicând o sprânceană.

– William, mi-ai cerut să vă fiu aliat. Trebuie urgent să luați o hotărâre!

– Ce hotărâre!?

– Rhenna – plecați împreună sau o trimiți bătrânului Maharajah!

– Ți-am spus că vom pleca împreună!

– Atunci trebuie să inventezi un motiv să mai tragi de timp. L-am auzit pe tata vorbind cu una dintre slugi și transmițându-i lui Muruthy că poate relua în câteva zile ceremonia de nuntă.

În spatele nostru, Rhenna s-a ridicat din pat și am auzit cum s-a izbit ceva de noptieră.

– Will, a strigat Cora, arătând cu degetul spre Rhenna și punând mâna la gură.

– Rhenna, am strigat și am alergat spre ea.

Era căzută la podea, din nou inconștientă. Am luat repede un plic de ierburi din geanta mea, i le-am trecut prin dreptul nasului, iar Cora a început să-i facă aer cu evantaiul. Și-a revenit imediat numai că, privirea îi era tulbure și inundată de lacrimi...

Capitolul 11

– Rhenna, m-ai speriat, iubito. Ce s-a întâmplat? am întrebat-o îngrijorat din cale afară.

De pe marginea patului, o privea cu amărăciune pe Cora.

– Noi nu avem șansa de a alege cu cine vrem să fim, lângă cine vrem să trăim.Totul ne este impus de când începem să umblăm în două picioare.

Eu am rămas pe vine în fața ei, iar Cora s-a așezat lângă ea, mângâind-o pe cap.

– Off, Rhenna, tu ai să vezi că vei fi fericită. Vei pleca cu William la Londra și veți trăi fericiți până la adânci bătrâneți, o încuraja, și chiar era sinceră.

– Vreau să cred că ar putea fi adevărat ceea ce spui, apoi a început să se înece în propriile-i lacrimi.

– Hai, gata, liniștește-te, Rhenna. E păcat de ochii tăi frumoși. Am să găsesc o cale, ai răbdare. Mă gândesc la ceva.

Între timp, îmi venise o idee salvatoare, cel puțin pentru moment.

– Cora, unde este Guvernatorul?

– Pe terasă, cu mama.

– Rămâi tu cu Rhenna, merg să-i vorbesc.

– Will, fii atent! Când am venit spre tine, era cam nervos!

– Am să fiu, i-am răspuns, trăgându-mi o cămașă peste pantaloni și ieșind în grabă pe ușă.

– Rhenna, rezolv, promit! i-am spus trimițându-i în aer un pup de încurajare.

Nici nu știu cât trecuse de când ieșisem din cameră, dar simțeam cum transpirația îmi curgea șuvoaie pe mijlocul spatelui. Cu siguranță emoția era cea care îmi dădea această stare de disconfort.

Am străbătut în grabă marele salon, apoi m-am oprit direct în fața mesei Guvernatorului, salutându-i cu respect. Lady Anne m-a poftit să iau loc cu ei la masă, în timp ce atenția lui era captată de o pagină de ziar.

– Bine că ai venit, doctore. Chiar voiam să vorbesc cu tine, astăzi.

– A, da? m-am făcut că nu aveam nicio idee.

– Care este starea prințesei? I-am promis viitorului soț că cel târziu poimâine vom pleca cu ea la drum.

Vorbele lui Rock m-au lovit direct în moalele capului.

– Generale, dacă îmi permiteți să vorbesc liber...

– Termină cu prostiile, Will. Tu poți vorbi oricum vrei, numai să-mi dai vești bune, mi-a răspuns, întorcându-și capetele mustăților.

– Problema este că cel puțin o săptămână de astăzi înainte, nu este indicată nicio călătorie pentru Prințesa Rhenna.

Ochii lui s-au întunecat brusc, iar buzele i s-au țuguiat, stăpânite de nervozitate.

– Imposibil! Poimâine plecăm la drum!

– Generale, leșinul i-a provocat câteva afecțiuni neuronale.

– Vorbește?

– Da!

– Mănâncă?

– Da!

– Merge pe picioare?

– Da, i-am răspuns agasat de întrebările puerile.

– Foarte bine! Poimâine plecăm să i-o ducem lui Muruthy! Și tu ai să ne însoțești!

– Dar…

– Doctore, am zis! Pregătiți-vă de drum!

Acestea aveau să fie ultimele cuvinte ale prietenului tatălui meu.

– William, am impresia sau tu vrei să o mai ții aici, pe fată? m-a întrebat cu blândețe mama Corei.

– Nuuu! Sigur că nu! În calitate de medic pot să am dreptul la o opinie medicală sau cel puțin așa am crezut până acum, i-am răspuns abătut.

– Deh, fata asta este chiar o problemă. Din ce am înțeles de la soțul meu, joacă un rol foarte important în noile tratate și alianțe care urmează a fi făcute.

– Probabil, i-am răspuns încercând să-mi ascund frustrarea și nervii întinși la maximum.

M-am ridicat de la masă, am salutat și am plecat spre cameră, unde mă așteptau fetele.

– Cora, astăzi, mâine cel târziu va trebui să plecăm.

– Nu putem astăzi? m-a întrebat Rhenna, tremurând ca varga.

– Rhenna, de ce îți este așa de teamă? am întrebat-o.

– De moarte, William, de moartea ce mă pândește din mijlocul luminii!

– Ce prostie mai este și asta? a întrebat Cora

– Nu este prostie, miss Cora! i-a răspuns pe un ton tăios. Se numește ritualul Sati!

– Rhenna, iubito, ritualul acesta a fost scos în afara legii de mai bine de doi ani. Este interzisă arderea unei persoane vii.

– Ce este cu Sati? a întrebat Cora năucă.

– Este o altă tradiție a hindușilor. Când un Maharajah moare, soțiile sunt arse de vii odată cu trupul neînsuflețit al soțului. Sau, de multe ori au fost împinse de rudele acestuia.

– Vai, termină, Will! Nu mai vreau să aud! Ce barbarie!

– William, îmi este frică...

– Rhenna, îți promit că vom pleca, mâine cel târziu.

M-am dus și am luat-o în brațe. Am strâns-o la piept cu putere, șoptindu-i mai bine de două minute că o iubesc mai mult decât orice pe lume. Am insistat, până ce i-am adus zâmbetul pe buze.

– Uite cum facem. Eu am să dau o fugă până în port să văd când pleacă primul vas. Tu, Cora, o iei pe Rhenna și ieși cu ea la o plimbare, încercând să păreți relaxate, lipsite de gânduri. Ne vedem pe seară, aici sau de nu în infirmerie. Este în regulă!?

– Will, îmi promiți că te întorci?

– Dacă până la lăsarea serii nu m-am întors, înseamnă că am murit. Și nici moartea nu cred că mă va ține pe loc să nu mă reîntorc la tine. Rhenna, tocmai ce ți-am spus că inima mea bate numai pentru tine!

– Hai, hai, lăsați declarațiile astea că mă faceți geloasă, a glumit Cora încercând să mai destindă atmosfera.

Am plecat spre port, rupându-mă cu greu din brațele femeii pe care o iubeam ca un nebun.

Drumul până acolo însuma în jur de două ore de galop, pe care îl simțeam, prin fiecare os și fiecare fibră musculară. Am ajuns însetat și ars de razele soarelui destul de puternic, deși avusesem grijă să mă protejez. Eram amețit și mă durea foarte tare capul. Am coborât din șa, distrus de mirosul de pește și amestecul de condimente ce plutea în aer. Zeci de vase plecau la câteva zile, traversând oceanele și mările, ajungând în porturi de care nu auzisem niciodată. Eram ferm hotărât, căci și asta era o posibilitate, să ne îmbarcăm în orice vas, indiferent de destinație cu condiția ca în dimineața zilei următoare să ridice ancora.

Am întrebat marinarii ce-mi ieșeau în cale care ambarcațiune pleacă spre Londra. Nici unul nu știa. Ridicau din umeri și mă priveau ca pe cine știe cine, având ochii înroșiți din cauza alcoolului de proastă calitate. La un moment dat, am simțit o mână grea ce-mi apăsă umărul.

– Domnule, am auzit că vă căutați un drum spre Londra!

– Da, așa este, i-am răspuns marinarului slinos, ignorând duhoarea ce o emana.

– Queen Victoria pleacă la prima oră. Mai avem două cabine libere. De lux, a ținut să-mi specifice sugându-și tutunul dintre dinți.

– Bun. Perfect! Să îmi arăți care este și ne vedem dimineață. Să-mi spui la ce oră, i-am răspuns strângându-i mâna cu bucurie.

M-a privit uimit de gestul pe care tocmai îl făcusem, apoi și-a șters mâna de pantalonii murdari și plini de pete.

– Sir, trebuie să urcați mai întâi la bord, să vorbiți cu căpitanul și să plătiți locul.

– Locurile. Suntem doi: eu și soția mea.

M-a scanat din nou din cap până în picioare, apoi mi-a făcut semn să-l urmez. Am mers până aproape de capătul portului, unde se afla ambarcațiunea. O mână de oameni, cărăuși, încărcau cala ambarcațiunii cu diverse ceaiuri indiene, foarte prețuite de către englezi.

– Cheamă-l pe căpitan, i-am cerut când am ajuns în fața corabiei.

– Nu, Sir, dumneavostră îl căutați, mi-a răspuns, făcându-mi semn să urc.

Cu grijă am pășit peste podețul de lemn, aproape putred. În fața mea, a apărut un ins înalt, slăbuț, curat îmbrăcat și cu accent pur britanic.

– Sir, bine ați venit la bordul navei noastre. Cu ce vă putem fi de ajutor? m-a întrebat politicos.

– Am nevoie de transport, urgent, mâine dimineață pentru mine și soția mea. La Londra, acolo trebuie să ajungem. Știți, probleme în familie, am mințit din nou.

– Sigur! Spuneți-mi numele dumneavoastră și al soției, pentru rezervare.

– William Grey și Rhen…

Atât am putut spune, când o lovitură puternică m-a lăsat lat la pământ, inconștient.

*

M-am trezit într-o căldură de-a dreptul înăbușitoare. Eram transpirat, iar capul mă durea îngrozitor . Îmi simțeam pleoapele umflate și nu îmi găseam echilibrul. M-am ridicat cu greu în coate și m-am speriat când am simțit acel balans, unic specific călătoriilor pe mare. Inima a început să-mi bată cu putere, pulsul să mi-o ia razna, iar puseul de adrenalină m-a lipit cu pumnii de ușa cabinei, închisă cu cheia, în care am început să bat cu pumnii până ce m-am umplut de sânge.

– Rhenna! Doamne! Rhenna! am strigat cu putere apoi, m-am prăbușit neputincios, lângă ușa blocată.

Nu înțelegeam ce mi se întâmplase. Nu știam cât timp rămăsesem inconștient, nu știam cât trecuse de când eram pe apă, încotro mă îndreptam și de ce tocmai mie trebuia să mi se întâmple una ca asta. Curând însă, aveam să primesc toate răspunsurile care aveau să-mi schimbe viața pentru totdeauna...

Trecuseră mai bine de două ceasuri de când mintea continua să găsească logica situației în care mă aflam, când ușa a fost deschisă larg, dată de perete. Doi marinari, înalți, cu umerii lați și brațe vânjoase, au apărut în cadrul ușii, studiindu-mi fiecare mișcare. Eram mult prea lipsit de puteri pentru a mai putea țipa sau pentru a mă arunca asupra lor.

– Apă, pot avea apă? i-am întrebat simțindu-mi buzele crăpate de sete.

– Ține aici, doctore, mi-a răspuns unul dintre ei, întinzându-mi o cană metalică, mare, plină.

Am băut-o pe nerăsuflate, apoi i-am luat la întrebări.

– Sunt cumva prizonier!? i-am întrebat.

Bărbații s-au uitat mirați unul la celălalt.

– Depinde de dumneavoastră, doctore!

– Nu înțeleg, mă cunoașteți? De unde știți că sunt doctor? Nu v-am văzut niciodată în viața mea!

– Luați asta, mi s-a adresat cel mai vânjos dintre ei, înmânându-mi o scrisoare.

Marinarii au plecat, lăsând în urma lor ușa deschisă. Oricum nu aveau nici un motiv să o mai închidă, căci mie mi s-au tăiat picioarele, văzând deasupra plicului, sigiliul personal al Generalului Guvernator.

Cu mâinile tremurânde și cu lacrimile ce mi se înnodau în bărbie, mi-am făcut curaj și am deschis scrisoarea. Am recunoscut imediat scrisul Generalului și am simțit cum o piatră deosebit de grea mi-ar fi fost aruncată fără de milă pe piept. Cu privirea încețoșată și sufletul ca și mort, am început să citesc:

Dragă Will,

Dacă citești această scrisoare, înseamnă că ceea ce eu am bănuit de la început s-a și întâmplat. Poate mă crezi sau nu, dar regret enorm această situație. Indiferent de motive, pentru mine rămâi copilul, unicul băiat al dragului meu prieten de o viață. Nu puteam să-l lipsesc de prezența ta pământeană, motiv pentru care am recurs la această ultimă soluție, pentru a nu fi nevoit să te condamn la moarte. Iubirea ta absolut nebună pentru prințesa Rhenna îți era total interzisă. Știai, ai nesocotit tradițiile, obiceiurile locului, ba mai mult ai nesocotit ordine directe ce ar fi putut avea grave consecințe pe cale diplomatică. Trebuia ca povestea asta să se termine odată, într-un fel, cel gândit de mine sau altul, aspru pedepsit de legile locului.

Pentru liniștea ta, nu Cora a fost cea care te-a trădat. La rândul ei va avea de suportat consecințele nerușinatelor ei desfrâuri și mai ales pentru că mi-a nesocotit cuvântul, încercând să te ajute cu furatul Rhennei.

Consideră-mi gestul nicidecum ca pe o crimă, ci ca pe o nouă șansă la viață! Uită de Rhenna, de India, de toată perioada petrecută departe de Londra! Trăiește-ți viața onorabil și nu uita că nu toate poveștile de dragoste sunt permise sau pot avea un final fericit!

Viața este un curcubeu - apare când nu te aștepți, te lași vrăjit de culori, dar nu știi niciodată ce te așteaptă la capătul lui!

Generalul GUVERNATOR,

Rock

Capitolul 12

– Tati, tati, mergem în parc? răsuna vocea ei în toată casa.

– Da, Annie, mergem, i-am răspuns deschizându-mi brațele și ridicându-i corpul micuț și fragil sus, deasupra capului.

– Sir William, să vă chem trăsura? mi s-a adresat majordomul, aducându-mi pălăria și umbrela.

– Da, John, te rog. Ies pentru câteva ore, maxim două cu *miss* Annie, la o mică plimbare, i-am spus zâmbindu-i tandru mogâldeței cu părul blond și plin de onduleuri.

– Tati, vine și mami cu noi?

– *Miss*, lady Lucy este la pălărier. A transmis că întârzie. Ia prânzul în oraș cu prietenele sale, i-a răspuns John înainte mea.

– Hai să mergem! i-am spus pe un ton vesel, alungându-i urma de tristețe din ochișori.

Mi-a întins mânuța, iar eu i-am prins-o cu responsabilitate. Și asta pentru că, încă dinainte de a învăța să meargă, Annie mai mult țopăia. Zâmbetul ei îmi era bucurie și alinare a sufletului.

– Trăsura a sosit, Sir, m-a anunțat John, deschizându-ne larg ușa.

Am urcat-o pe Annie, am bătut în geam, iar caii s-au pornit la trap.

– Tati, tati, îmi mai povestești de India, m-a întrebat ea, sărind de bucurie pe banchetă.

– Nu astăzi, puiule, în altă zi, te rog.

Annie s-a încruntat și și-a strâns brațele în jurul pieptului, îmbufnată. Mutrița ei serioasă mi-a stârnit râsul ca de fiecare dată, iar ea avea să uite pe loc că, în urmă cu doar câteva secunde, era supărată pe mine.

Parcul central se afla la o distanță de zece minute de casa în care locuiam. Ajunși aici, Annie a coborât în fugă, cu brațele deschise, încercând să prindă aerul în timp ce vântul i se juca printre pletele aurii.

Eu m-am așezat la o terasă, în apropierea locului de joacă, fără a o pierde nici măcar o clipă din priviri. Era mică, firavă, dar plină de energie și, la fel ca și mine când eram copil, era însetată de cunoaștere. Era fascinată de-a dreptul de poveștile mele despre India, spre disperarea mamei ei care, ori de câte ori ne auzea povestind, își găsea diferite motive pentru a ne întrerupe.

Astăzi se împlineau zece ani. Zece ani nenorociți, în care nu eu – William Gray – aveam să pun din nou piciorul pe țărm, ci fantoma mea, blestemată să nu își mai găsească liniștea niciodată…

După câteva luni de călătorie pe mare, am ajuns în port, slab, cu ochii duși în fundul capului, cu o barbă stufoasă și cu plete ce-mi treceau de umeri. Eram slinos, miroseam, uitasem de apă, uitasem de mine, de viață în general. Și acum îmi amintesc cu groază de clipa în care simțeam cum sufletul mi se îndepărtează de trup, cu fiecare metru ce mă aducea mai aproape de Anglia. Refuzasem să mă hrănesc aproape trei săptămâni. Cu siguranță, numai o pedeapsă celestă a vrut ca eu să trăiesc.

În port, fusesem așteptat de familie. Rock găsise căile necesare pentru a-mi anunța părinții că urma să sosesc, dar și motivele pentru care fusesem practic expediat din India. Aveam să aflu că disperarea lor era dublată de faptul că ne aflam în pragul celui mai rapid și urât faliment. Tata investise aproape toți banii familiei într-o afacere păguboasă, din cauza căreia urma să pierdem absolut tot.

Aproape pe brațe, m-au dus acasă sperând într-o minune, sperând ca eu să redevin bărbatul dinaintea plecării. Timp de mai bine de o lună, tata nu îmi adresase nici un cuvânt, nu îmi deschisese nici măcar o dată ușa camerei. Mama, tăcută, stătea pe marginea patului, plângând ori de câte ori îmi vedea privirea pierdută.

În schimb Lucy, care între timp aflase și ea de Rhenna, era singura care încă îmi adresa vorbe bune, vorbe frumoase. Mai mult, datorită ei, tatăl ei avea să-l ajute pe tata să își revină financiar, nu în schimbul intereselor bănești ci, mizând pe faptul că eu și Lucy ne vom căsători.

Fără să vreau, după multe insistențe din partea mamei, după un an și câteva luni, am acceptat să mă căsătoresc cu Lucy. Pentru mine, gestul a fost doar o formalitate, căci în realitate simțeam că destinul meu era legat pentru totdeauna de al Rhennei.

Deși eram căsătorit, nu exista zi sau noapte în care gândurile să nu-mi zboare la femeia pe care încă o iubeam cu disperare. În zadar am încercat să o găsesc, în zadar scriam, căci toate scrisorile îmi erau returnate. Uneori îmi era atât de dor de ea încât ajungeam să-i simt mirosul în aer, iar atunci fața mi se transforma în vânt și o luam la goană ca nebunul, oriunde mă purta parfumul ei... mereu spre nicăieri.

Ajunsesem să cred că, de undeva de Sus, relația dintre mine și Rhenna fusese văzută precum păcatul originar, în urma căruia omului i-au fost luate toate privilegiile, aruncat fiind să trăiască după regulile pământului...

Viața îmi era o minciună totală, asumată până la cel mai mic detaliu.

În ceea ce privește căsătoria cu Lucy, de la bun început am avertizat-o că în inima mea nu mai este loc pentru nicio altă femeie, dar s-a încăpățânat crezând că mă va putea schimba.

Nu s-a întâmplat nici atunci, cu atât mai mult acum, singura legătură dintre noi fiind Annie, care numai prin mila cerească poate să existe, pentru că relațiile fizice dintre noi sunt pur ocazionale, învăluite în parfumul a cel puțin o sticlă de brandy.

Am fost și sunt conștient că Lucy nu are nicio vină în toată această poveste. Ea, din păcate, poartă asupra ei povara păcatului și a trecutului meu, deși ar fi putut alege să fie iubită de orice alt bărbat din Londra.

Îmi amintesc de noaptea nunții noastre, care s-a consumat la mai bine de două luni trecute după eveniment.

Dormeam ca de obicei în camera mea, cu sticla la capul patului. O visasem pe Rhenna, cum mă striga, cum îmi spunea că mă iubește, cum îmi spunea să-i salvez sufletul din ghearele nimicului.

M-am trezit lac de apă și împins de furia neputinței, m-am dus peste Lucy în dormitor. Fără cuvinte, mi-a făcut loc în patul ei, sperând ca orice altă femeie la o noapte plină de tandrețuri. Eu în schimb, i-am ridicat cămașa de noapte, i-am tras chiloții la o parte și am întrebat-o dacă mă voia în halul în care eram: amețit din cauza băuturii. Am avut nevoie doar de o scurtă încuviințare din cap, pentru a mă năpusti asupra ei și a o poseda, pentru prima dată, în forță, animalic, nefiind capabil să simt decât impulsul unei erecții slabe urmată de o slabă ejaculare.

Și pentru ca pedeapsa să-mi fie și mai mare, a doua zi de dimineață, la micul dejun, Lucy îmi șoptea cât de minunat fusesem cu o noapte în urmă.

Mai bine de doi ani, după acea noapte, nu mă mai atinsesem de ea și nici ea de mine. În societate ne purtam ca un adevărat cuplu, până când intram în casă și închideam ușile. Atunci, ne retrăgem în încăperi diferite, în spații diferite. Comunicarea dintre noi era simplă, civilizată, concentrată în general în jurul nimicurilor.

Între timp, eu mi-am continuat cariera de medic, câștigând numeroase titluri care nu făceau altceva decât să mă onoreze, ocupându-mi zilele nicidecum sufletul.

Despărțirea de Rhenna, chiar și după ani, o simțeam la fel de dureroasă. Aveam zile când mă așezam în genunchi, simțind cum îmi venea să mușc podeaua, să-mi despic pieptul în două sau să mă arunc de la mare înălțime. Eram dispus să fac orice numai să nu mai simt acea durere, acea apăsare crudă și bolnăvicioasă.

Și toate aceste stări interioare au continuat până într-o zi, când mi-am impus să mai încerc măcar o dată, cu Lucy. Mă simțeam vinovat, dator, voiam să-mi ispășesc într-un fel lipsa de umanitate de care până la urmă dădusem dovadă.

Am ieșit într-o seară la teatru. La întoarcere, în loc să o las să meargă spre camera ei, am tras-o de mână. I-am zâmbit, apoi am invitat-o în camera mea. La început surprinsă, apoi temătoare, Lucy a acceptat să se culce cu mine.

Pentru ea, a fost o noapte de vis. A avut patru orgasme, unul după altul de-a dreptul copleșitoare. Pentru mine în schimb, a fost o încercare eșuată. De la început până la sfârșit nu am putut să deschid ochii, să-mi privesc propria soție. Fiecare atingere a ei o simțeam ca pe o arsură lăsată de urma unui bici. Fiecare sărut îmi făcea gura pungă, fiecare geamăt mi se părea un urlet...

Numai Dumnezeu îmi este martor cât de mult mi-am dorit să simt ceva pentru Lucy în acea noapte, dar nu am putut, mi-a fost imposibil.

Și, dacă am reușit să o fac să se simtă atât de bine, a fost numai pentru că, inima, trupul și mintea mea făceau dragoste cu Rhenna...

După nouă luni, avea să apară pe lume Annie, o piticanie cu ochi verzi, fetița noastră, pe care am iubit-o din prima clipă în care am văzut-o. Datorită ei, aveam să-mi simt din nou inima cum bate cu putere.

Simpla amintire a celor zece ani îmi făcea rău. Amalgamul de sentimente sau de mustrări de conștiință îmi producea nu doar strângere sufletească, dar și puternice arsuri în piept.

Am ridicat ochii spre cer și am văzut cum nori din ce în ce mai negri, aidoma gândurilor mele, se luau la întrecere pentru a acoperi soarele. Plouase de zile întregi. Diminețile și serile erau copleșite de perdele groase de ceață. De abia la amiază, uneori, specific primăverii londoneze, soarele strălucea pentru câteva ore.

Am strigat-o pe Annie, când, am simțit pe obraz, alte noi picături de ploaie.

– Vin, tati! a strigat cu putere, venind spre mine alergând și cu un zâmbet larg pe chip.

Am prins-o în brațe, am învârtit-o de câteva ori în aer, apoi ne-am îndreptat spre trăsură.

La un moment dat, unul dintre șireturile de la pantofiorii ei s-a desfăcut. De teamă să nu se împiedice, m-am aplecat încercând să i-l leg la loc. De abia ce mă lăsasem pe vine, când am simțit cum de mine se lovesc două picioare și o voce extrem de cunoscută mi-a creat o emoție puternică. M-am ridicat pentru ca în secunda următoare, sufletul să-mi înghețe.

– Will, Dumnezeule mare! Nu pot că cred! Câți ani au trecut de când nu ne-am văzut! a exclamat Cora, strângându-mă cu putere în brațe.

– 10, ca și când ar fi fost 1000? am întrebat-o cuprins de tristețe și de o nostalgie de-a dreptul bolnăvicioasă.

– Will, îmi pare rău! Jur! Nu am avut nicio vină!

– Tati, mergem? Cine-i doamna? a intervenit Annie.

– „Tati", uau, Will, te felicit! mi s-a adresat cu bucurie, dar și foarte surprinsă în același timp.

– Da, ea este Annie. Salut-o, te rog, pe *miss* Cora, o bună prietenă de-a mea.

Annie a salutat-o, lăsând privirea în jos, rușinată.

– Îmi pare bine să te cunosc, Annie!

– Și mie, *miss* Cora!

– Annie, te rog, intră în trăsură până ce eu termin de vorbit cu *miss* Cora, i-am cerut, ajutând-o să urce pe prima treaptă.

Deși așteptarea nu era punctul ei forte, Annie s-a așezat cuminte pe banchetă, privind trecătorii și numărând umbrelele doamnelor.

– Will, spune-mi despre tine. Ce faci, cum ești!?

– Mulțumesc, sunt bine, Cora.

Încercam din răsputeri să-mi mențin zâmbetul pe buze, să mă prefac că totul era în regulă.

– Spune-mi , te-ai căsătorit cu Lucy până la urmă!? iar privirea dintr-odată i s-a întunecat.

– Nu îmi spune că te-a apucat gelozia, am încercat să fac o glumă nevinovată.

– Will... cât de aiurea puteți gândi voi, bărbații.

– Era o glumă, Cora.

– Dacă ai știi prin ce a trecut Rhen...

– Cora, te rog, nu-i rosti numele, te implor!

Din cauza emoțiilor am simțit brusc cum ochii mi se umezesc, la fel ca și palmele.

– De ce?!?

– Tu chiar crezi că mie mi-a fost sau îmi este ușor, Cora?! Mai bine decât mine, nimeni nu știe prin ce am trecut în anii ăștia. Nu a existat oră sau zi fără să nu mă gândesc la ea! Uneori am senzația că amintirile își pierd din strălucire și atunci mă apucă groaza!

– Încă nu ai renunțat, Will?

– Nu, niciodată nu am să renunț!

– Și atunci de ce nu m-ai lăsat să-i pronunț numele? Nu te înțeleg...

– Îmi este teamă!

Cora mă privea încruntată și ușor dezorientată.

– Iartă-mă! Nu am vrut să mă răstesc la tine. Doar că am nevoie să-mi las măcar astăzi amintirile deoparte. Astăzi, când se împlinesc 10 ani de când mă lupt să-mi scot speranța din abisul negru al Infernului.

Îmi venea să mă trântesc la pământ și să-mi car singur pumni după pumni! Ani la rând, am visat la un astfel de moment în care cineva cunoscut să-mi apară și să pot afla măcar o veste despre ea, iar acum eram atât de speriat încât nici numele nu suportam să i-l aud. Mintea, cuvintele îmi erau adânc scufundate în întuneric.

– Ce faci tu? Te-ai măritat? am întrebat-o la un moment dat, încercând să mă deblochez cumva.

– Nu și nici nu am de gând! De când a murit tata, mă simt liberă ca pasărea cerului, mi-a răspuns cu zâmbetul până la urechi.

În urmă cu doi ani, vestea morții fulgerătoare, cauzate de un infarct, a Generalului Rock, ținuse prima pagină a ziarelor aproape o săptămână.

– Cora, vreau să te întreb ceva, totuși: știi ceva de tonele de scrisori pe care le-am trimis?

– Off... din păcate, da. Tata a dat ordin să-ți fie înapoiate, de fiecare dată.

I-am zâmbit plin de amărăciune.

– Știi, cu timpul, total împotriva firii și mai ales a profesiei, ajunsesem să pun întoarcerea plicurilor pe baza supranaturalului.

– Nu, Will, a fost mâna tatei, au fost ordinele lui. Uite, dacă te vei simți pregătit să-ți povestesc ce s-a întâmplat în anii ăștia, ne putem vedea oricând. Mai rămân în Londra o lună de zile și apoi plec pentru jumătate de an la Paris.

Nu știam ce să-i răspund. Era ca și când ar fi trebuit să-mi înfrunt propriii demoni cu care, sub o formă sau alta ajunsesem să trăiesc, în baza unui acord de pace inexistent. Era ca și când ar fi trebuit să mă despart de corpul fantomatic, pentru a coborî din nou cu picioarele pe pământ, iar asta mă speria îngrozitor.

Brusc am început să tremur, iar Cora m-a mângâiat cu compasiune, gestul ei făcându-mă să mă simt incomod. Și asta nu din cauza orgoliului, ci pentru că... îmi făcea plăcere. Durerea, atât de puternică, uneori mă ducea în pragul neputinței. Și atunci aveam nevoie ca altcineva să plângă în locul meu, când eu rămâneam fără de lacrimi.

Deodată, tăcerea ce se lăsase între noi a fost întreruptă de vocea stridentă a unui puști cu ziare care țipa cât îl ținea gura, o nouă apariție.

– Ce naiba s-a mai întâmplat? am întrebat constatând ora târzie pentru apariția jurnalului.

– Poate o fi ceva grav, afirmă Cora. Sper numai să nu aibă legătură cu Parisul, mi-a răspuns, zâmbind cu ironie.

Din pură curiozitate, i-am făcut semn puștiului să se apropie. I-am pus un bănuț în palmă și mi-am luat un ziar din teancul ce-l purta pe braț.

– Despre ce este vorba?

– Cum este să trăiești și în același timp să mori? am întrebat-o și i-am pus ziarul în brațe, simțind cum pământul îmi fuge de sub picioare, în timp ce eu îl alergam încercând să mă îngrop în el.

Cora m-a privit cu mirare, apoi brusc din ochi au început să i se reverse râuri de lacrimi.

– Oh, Dumnezeule, nu! Nu se poate una ca asta!

În titlul ziarului, scria cu litere îngroșate :

India nu renunță la propriile-i ritualuri barbare! Deși interzis prin lege, ritualul Sati continuă să facă victime. Prințesa Rhenna a fost aruncată în flăcări de vie, de către rudele Maharajahului Muruthy, în timpul ceremonialului de incinerare a trupului neînsuflețit al suveranului.

O lume întreagă plânge acum cea mai iubită prințesă indiancă, despre care se spune că aproape zece ani a umblat în veșminte albe, de doliu, îndemnând femeile hinduse să aibă curajul de a iubi.

Cu ultimele-mi puteri, i-am spus Annei că ne vedem curând acasă. Din amintiri, am reușit să schițez un zâmbet pentru a nu o îngrijora. I-am cerut vizitiului să i-o predea direct lui John.

Când trăsura s-a pus în mișcare, pașii au început să mi se miște lent, unul după altul, într-un vals al muribundului. Am lăsat-o pe Cora în urmă. Ecoul vocii ei devenise obsesiv de sonor :

„- Rhenna te-a iertat, Will! A continuat să te iubească, la fel ca în prima zi!".

Din acel moment, aveam să încetez să mai exist! Nu îmi

mai vedeam trecutul, iar viitorul nu mă mai interesa. Timpul devenise cenușă.

*

Din cer, au început să cadă picături de ploaie. De undeva de Sus, Rhenna îmi zâmbea, simțindu-se pentru prima dată liberă. De jos, pleoapele îi mângâiam imaginea atât de vie din mintea mea, știind că persoanele pe care le iubim cu adevărat nu ne părăsesc niciodată.

În sictir, îi zâmbeam morții, arătându-i cerul cu degetul.

– Acolo Sus, sunt legături pe care nici măcar tu nu le poți atinge! am exclamat pe un ton încărcat de durere, apoi mi-am continuat călătoria...

Cu timpul, mi-am găsit speranța în întunericul zilei, iar zâmbetul în lumina nopții, ori de câte ori imaginea ei îmi stăpânea visele.

În fiecare dimineață, când deschideam ochii, eu continuam să o iubesc. La fel ca la început. Nicio zi mai mult, nicio zi mai puțin. O iubeam ca un nebun!

*

Amintirea Rhennei avea să rămână vie în inima poporului indian. Unele dintre persoanele prezente la funeraliile Maharajahului aveau să o considere o adevărată zeitate. Spuneau că, în momentul în care trupul îi era cuprins de flăcări, din ochii ei a izbucnit o lumină albă ce s-a ridicat la ceruri. Alții spuneau că ar fi auzit-o strigând numele doctorului britanic de care ea, odată, se îndrăgostise pentru totdeauna...

Ritualul Sati sau Suttee, cum mai este denumit, a fost recunoscut pentru prima dată în Mahabharata, una dintre cele mai cunoscute și importante poezii ale Indiei.

„LAMPĂ a vieții mele, buzele Morții
Te-au stins pripit cu-a lor suflare;
Nicicând va reînvia scânteia-ți dispărută. . .
Iubire, sunt nevoită să-mi țin sălașul în întuneric viu?"
– Suttee de Sarojini Naidu -

PARTEA A DOUA

Karma-i o zdreanță

Capitolul 1

București, 2020

De multă vreme nu mă mai simțisem atât de plin de energie. Lumina zilei, razele soarelui ai fi spus că străluceau cu putere doar pentru mine. Era o zi maxim de importantă. Actrița de origine română Kassandra M. urma să semneze un contract important cu noi, iar eu trebuia să fiu numit în consiliul director al agenției britanice de impresariat „International Films & Actors". Englezii puseseră monopol pe piața de film românească, pe care mulți o dădeau ca a fi la pământ când, în realitate, actorii români ajunseseră repede să fie apreciați peste granițe, bineînțeles cu promovare intensă și trecerea printr-un criteriu valoric exigent.

Încă de la deschiderea agenției, am început să lucrez pentru britanici. La început cu pași mici, până am descâlcit situația existentă din lumea filmului, apoi, în scurt timp, am devenit unul dintre cei mai apreciați impresari, iar astăzi urma să beneficiez și de roadele muncii mele.

De la primele ore ale dimineții, muzica răsuna în întreg apartamentul, în timp ce eu îmi dădeam telefoanele ce îmi erau urgente pe lista întocmită de Eli, asistenta mea.

– Bună, Maria, sunt Matteo Rossi!

– Matteo, ce surpriză! a exclamat cu bucurie.

– Da, iubito, știu. Și eu sunt la fel de încântat ca și tine. Filmul iese din post-producție. Trebuie să ne vedem. Mai este puțin până la premieră!

– Da, sigur! Numai să îmi spui când!

– Până atunci, te rog spune-mi că poți amâna orice ai în plan astăzi, te rog!

– Orice?! a întrebat cu uimire.

– Da, orice, începând cu ora 17:00.

– Aaa, păi, sunt liberă. Ce trebuie să fac?

– Iubito, te rog să mergi să te aranjezi. Vreau să strălucești în după-amiaza asta!

– Pentru tine? îi simțeam deja nerăbdarea.

Fără intenție, la un anumit moment, Maria făcea parte dintre femeile care mi se încurcaseră prin așternuturi, o singură dată.

– Pentru fotograf, draga mea. Avem nevoie de poze pentru campania de promovare afișe, apariții, etc.!

Maria, ca orice altă fată trecută de 25 de ani, avea nevoie de bani pentru a-și susține marea pasiune- scrisul. Iar pentru asta, dincolo de studii, pentru că era o meserie bănoasă, din când în când era și escortă. Propriile-i istorii și nu numai ajunseseră să o facă celebră. Scrisese o poveste extraordinar de reală, despre ceea ce se întâmplă cu adevărat în viața fetelor de acest gen. O poveste despre tot felul de psihologii și comportamente umane, care dintre care mai strigătoare la cer. Era o carte situată la granița dintre clasica poveste de dragoste și thrillerul psihologic. Vânduse în România într-un an, câți alții în trei, iar de curând îi era gata și traducerea și mai mult decât atât reușiserăm să-i vindem și scenariul, iar la casting, fără să aibă studii de actorie, producătorului îi căzuse cu tronc. Și așa, în scurt timp, dintr-o ilustră necunoscută, Maria devenise vedetă peste noapte.

– Dar, Matteo...

– Fără nici un *dar*! Trebuie să fii strălucitoare! Uită de trecutul tău și privește în viitor. De acum înainte nu mai trebuie decât să-ți menții silueta, să dormi nopțile și să-ți păstrezi mintea limpede. De restul mă ocup eu!

Deși ani de zile fusese escortă, Maria nu era nicidecum o femeie ușuratică, din contră. Ce se întâmplase între noi a fost doar un moment în care feblețea pe care o avea pentru mine a făcut-o doar să se împiedice.

– Să privesc spre viitor, îmi ceri? Sună provocator! o auzeam cum râde domol.

– Atunci ia-o ca pe o provocare din partea impresarului tău, cel mai sexy și mai capabil din piața de film, i-am răspuns pe ton de glumă.

– Bine, dar...

– Nu! Nu! Te rog, nu începe. Pierdem timpul. La ora 16:00 ne vedem la studioul foto. Îți trimit locația prin mesaj. Fă-te mai frumoasă decât ești! i-am spus și am închis imediat telefonul, pentru a nu mai lungi convorbirea.

Alergam pe bandă de 46 de minute, la o viteză constantă de 9,8 kilometri pe oră. Părea că nimic nu m-ar fi putut determina să mă opresc dacă nu aș fi simțit la un moment dat cum mușchii îmi iau foc. Am încetinit ușor ritmul, apoi am oprit banda. Tricoul de pe mine era tot ud, prosopul de pe ceafă la fel, sticla cu apă era băută, iar eu nu-mi dădusem seama când zburase aproape o oră de când fugeam ca nebunul. Când am pus piciorul pe podea, urmat de al doilea, simțeam că zbor, nicidecum că merg. Deși pulsul îmi era crescut și gâfâiam, mă simțeam bine. Atât de bine, încât gândul m-a purtat excitat la o frumusețe siliconată, botoxată și injectată, dar frumusețe, ce mă aștepta dincolo, dormind liniștită, un somn pe care numai eu i l-aș fi putut deranja cu plăcere. Așa că, am ieșit din apartamentul pe care îl țineam exclusiv pentru sport și petreceri, pentru a mă muta în cel de lângă, aflat perete în perete, unde și locuiam.

Față de restul prietenilor mei de 29 de ani, mă puteam considera un răsfățat al vieții. Român de origine, dar pe jumătate italian, cel puțin jumătatea din partea tatei, am crescut într-o familie desprinsă din povești – pe de o parte nemuritoare, pe de alta, mafiotă.

Tatăl meu este italian, unul cu tradiție. De cinci generații, familia noastră deține cea mai prestigioasă companie de uleiuri de măsline din lume: „Olio di olive Rossi".

Povestea părinților mei este clasicul basm al Cenușăresei, în care fata a trebuit să se descurce pe cont propriu. Bunica mea a murit la doi ani de la nașterea mamei. Bunicul, un tip extravagant, s-a însurat cu o cucoană care nu i-a mâncat doar banii, ci i-a mâncat și zilele, până la urmă. Mama s-a trezit dintr-o dată orfană pe lume, dar înconjurată de un suflet vitreg și alte trei surori, una mai rea și mai proastă decât cealaltă. La vârsta majoratului, ea a fugit în Italia. Nu avea avioane în cap ca orice tânără de vârsta ei, ci o dorință imensă de a munci și de a strânge bani, cu care să își plătească facultatea de arhitectură. După o lună petrecută la Roma, prin intermediul altor români deja plecați, a ajuns în Toscana, în casa bunicilor mei, ca menajeră. Aici l-a cunoscut pe tata.

Ce să vezi?! Soarta!

Tata, un tip bine, mama, o frumusețe de femeie, s-au îndrăgostit nebunește unul de altul, iar bunicul le-a dat binecuvântarea. La scurt timp, am apărut eu, iar mama a început facultatea, aici în România. De atunci, ne-am stabilit cu toții la București. Bunicii au rămas tot în Toscana. Din când în când, vin însă să ne viziteze. Acum, mama este un arhitect renumit, iar tata este mai mereu pe drumuri, încercând să țină numele Rossi în topul producătorilor internaționali. Atât am reușit să înțeleg și eu din afacerea familiei: cel mai bun și mai scump dintre toate uleiurile de măsline este cel italienesc, motiv pentru care este și cel mai falsificat dintre toate.

Mai mult nu m-a interesat niciodată. Eram departe de lumea afacerilor de acest gen, iar tata ar fi făcut orice numai să mă aibă de partea lui. Am fost trimis și la studii în Singapore și Anglia pentru masterat în domeniul afacerilor, experiență pe care am pus-o la bătaie în agenție. Deschiderea trustului britanic la București mi s-a potrivit ca o mănușă, în timp ce tata și acum speră ca într-o bună zi să-mi bag mințile în cap și să preiau afacerile familiei. Încăpățânat din cale afară, tot pe el l-am moștenit la acest capitol, nu a avut ce să-mi facă, la rândul meu făcându-i promisiunea că voi rămâne implicat din umbră, urmând să o sfătuiesc pe sora mea, mai mică cu nouă ani decât mine, atunci când ea va prelua afacerea. Oricum, mai era mult până atunci pentru că tata era încă în putere și un tip mișto din toate punctele de vedere. La fel ca mama. Chiar și acum, după ani și ani, unul lângă altul împrăștie raze de lumină, o strălucire pe care numai sentimentul de dragoste împlinită îl poate da.

Am deschis ușa apartamentului și înainte să intru la duș, nu am rezistat fără să arunc o privire în dormitor, să privesc femeia și în lumina zilei. Natalia era o altă frumusețe de plastic, ai fi zis că în patul meu doarme o păpușă Barbie. Era un „preț" pe care îl plăteam noi, marea majoritate a bărbaților fără a ne plânge direct, ci fiecare în sinea lui, atunci când ne gândeam la femeia de altădată: nu neapărat perfectă, dar feminină. Mă obișnuisem cu noua modă când, uneori, mă trezeam cu șuvițe de păr în mână sau când genele 3D îmi intrau în ochi, în timpul vreunui sărut mai pasional. Era natural, normal să ai o asemenea femeie sau erai considerat prost dacă nu o aveai!

Dormea liniștită. Părea că nici nu mă aude. Părul natural, blond, puțin trecut peste umeri îi era tot răvășit peste pernă. Sub privirile mele, s-a întins, torcând ca o pisicuță, dornică de mângâierea stăpânului. Cearșaful i-a alunecat ușor peste trup, în tandem cu mișcările ei pline de senzualitate, dezvelindu-i sânii. A fost suficient cât să uit de duș și de întâlnirea importantă ce o aveam la mijlocul zilei. Și a fost destul cât să intru în transă, excitat de modul în care cearșaful se strânsese sub ea, iar sfârcurile rozalii i se încrețiseră ușor. Am înghițit în sec, trecând cu mâna ușor peste pieptul ei dezgolit, iar ea, fără drept de apel, m-a tras de mână cu putere, lângă ea.

– Bună dimineața, frumosule! mi-a spus zâmbind, cu ochii încă încețoșați din cauza somnului.

– Și ție, zână, i-am răspuns, dându-i un mic sărut pe vârful nasului. Fug să-mi fac un duș. Ține-mi locul călduț, până mă întorc, vrei? am întrebat-o cu gândul grăbit înspre baie.

– Lasă dușul, Matteo, mi-a spus, ridicându-se în cot și țintuindu-mă cu privirea-i albastră, de husky.

– Sunt transpi…

Până să mai apuc să-i spun că sunt încă transpirat, mi-am simțit penisul alunecând în gura ei. Natalia mi-l sugea la mare artă, contribuind cu toate componentele posibile ale unei guri în mișcare. Îi simțeam partea moale de dedesubtul limbii pentru ca imediat să-mi lovească capul, cu delicatețe, de bolta palatină. Mi-l lingea apoi, când cu partea inferioară a limbii, când cu cea superioară, pentru ca imediat să mă lase să mi-l sprijin de cerul gurii. Îmi plăcea al dracului de tare, mai ales când mă lăsa să mi-l frec înainte și înapoi, mai tare sau mai încet printre buzele ei umede. Am țâșnit precum cafeaua ce dă în foc, incontrolabil...

– În Iad. Direct în Iad o să ajungem! i-am spus râzând, încercând să-mi relaxez mușchii.

– Poate tu, Matteo Rossi. Iadul este prea mic pentru amândoi, mi-a răspuns zâmbind.

– Să înțeleg că mă încurajezi?

– Și eu să înțeleg că mă expediezi!?

Mi-am dat seama repede că fusesem porc, uitându-mă la ceas în timp ce orgasmul îmi storcea ultimul geamăt.

– Îți promit să mă revanșez, Natalia. Te rog, scuză-mă. Am o zi mega importantă. Probabil ar fi trebuit să ies demult din casă, dar nu m-am putut abține să nu te mai ating, i-am răspuns încercând să dreg busuiocul.

Am pupat-o pe creștetul capului și am sărit din pat, energic, așteptând câteva secunde să o văd și pe ea ridicată.

– Bine, bine! Îmi rămâi dator! mi-a răspuns , în timp ce se ducea spre baie și lăsând să cadă provocator cearșaful ce-i acoperea trupul absolut perfect.

Am inspirat și am expirat scurt, am ridicat neputincios dându-mi ochii peste cap, și am fugit la duș, în camera alăturată, simțind încă pericolul. Orice mic gest pe care Natalia l-ar fi făcut m-ar fi băgat direct sub duș cu ea, iar asta însemna să întârzii la întâlnirea de conducere, ceea ce ar fi fost inacceptabil.

Proaspăt spălat, ras și dat cu un strop de Penthaligon's, parfumul meu preferat, m-am îndreptat spre dressing, lăsând în urma mea un miros sublim de rom și bergamotă, ascuns în notele de mijloc ce includeau turta dulce, trandafirul și tutunul.

– Mmm, pur și simplu ador parfumul acesta, mi-a atras atenția Natalia, apărută în spatele meu, înfășurată toată într-un prosop mare, alb, pufos.

Am zâmbit în colțul gurii. Nu era prima dată când auzeam o asemenea remarcă care bineînțeles îmi făcea plăcere.

– Hai, fuguța și îmbracă-te! Trebuie să plecăm! i-am spus apucând-o de umeri și întorcând-o cu fața spre ieșire.

Natalia a început să râdă, aruncându-mi o privire plină de senzualitate, atunci când mâna a pălmuit-o ușor peste fundul obraznic, protejat de prosop.

Costum Cezare Attolini, bleumarin, cămașă alb-clasic Canali, curea Gucci, pantofi Stefano Bemer și ceasul Vacheron Constantin, primit recent cadou de la tata avea să-mi completeze ținuta impecabilă ce urma să marcheze o nouă etapă în cariera mea.

Ochii mari, de un negru intens îmi erau clari, lipsiți de cearcăne sau alte semne de oboseală, la fel ca tenul ce îmi arăta proaspăt după bărbierit. Trăsăturile puternic masculine îmi erau subliniate și de părul castaniu cu ușoare reflexe arămii, căpătate de expunerea la soare, pe care aveam obiceiul să-l port într-o neglijență permanent controlată. Deși pare narcisistă declarația, chiar și mie îmi plăcea ceea ce vedeam în oglindă. Moștenirea genetică făcea însă ca totul să-mi fie ușor. Înălțimea și constituția atletică le-o datoram în întregime tatălui meu și celor câteva ore petrecute la sală, la fel ca și culoarea pielii ce repede îmi căpăta nuanțe arămii. Restul, în special acea strălucire din priviri o recunoșteam ori de câte ori o vedeam pe mama.

Pentru unii și alții, viața mea părea desprinsă dintr-un basm, văzută din afară și asta în principal datorită condiției financiare pe care o aveam. Era inutil să dau explicații, ținând cont că oamenii te judecă indiferent ce le oferi pe tavă. Mă obișnuisem cu reacțiile *haterilor,* cu tot felul de injurii și *sfaturi* vizavi de cum ar trebui să-mi trăiesc viața. Probabil că toate astea mă determinaseră să-mi repoziționez felul de a fi – lipsit de orice sentiment ce mi-ar fi adus suferință, implicit iubire. Îmi era suficientă cea primită din partea familiei, cu care aveam o relație pe bună dreptate, aici, de invidiat. Restul...povești mai mult neadevărate create de minți atotștiutoare.

Capitolul 2

Am lăsat mașina cu motorul pornit, chiar în fața intrării, aruncându-i băiatului de la intrare cheile.

– Bună ziua! Sunt pe fugă! O poți parca tu, te rog?

– Sigur că da, Matteo! mi-a răspuns cu un zâmbet larg, sărind la volan.

M-a durut sufletul când am auzit cum a icnit motorul Astonului meu, când eu eram obișnuit să-l fac să geamă de plăcere.

– Mai încet! am țipat fără să mă audă și cu inima în continuare strânsă.

M-am îndreptat spre lifturi. Birourile erau la etajele superioare ale unei clădiri nou construite, cu fațade de sticlă impunătoare.

– Eli! am exclamat, când asistenta mea a ieșit din lift ca apucata.

Eli, femeia bărbat cum i se spunea în agenție, era o tipă la fel de înaltă ca mine, cu trăsături masculine, cu mers apăsat și o limbă extrem de ascuțită. Ținuta ei era permanent business, fustă, cămașă și sacou, de uneori mă întrebam cât de rău i-ar fi făcut în copilărie vreo pereche de pantaloni. Coafura îi era permanent impecabilă, nici măcar un fir nu avea dreptul la o secundă de lejeritate, strangulat zi de zi într-un coc complicat.

Cu ochelarii pe vârful nasului și cu ochii în tabletă, puțin mai avea să mă dărâme.

– *Boss*, bine că ai ajuns! mi-a spus trăgându-mă de mână și ducându-mă într-un colț mai puțin ferit de ochii curioșilor.

– Eli, știm că îți plac femeile și nicidecum bărbații, i-am spus glumind și ușor bulversat de atitudinea ei.

– Matteo, termină cu glumele! Avem o mare problemă, adică ai! și un zâmbet sarcastic i s-a afișat în colțul gurii.

– Spune-mi!

Atitudinea ei reușise să mă îngrijoreze.

– Tot forumul conducerii este sus, mai puțin președintele.

– Și!?

– Președintele este în birou, stă de vorbă cu Kassandra M.!

– Așa, și? Foarte bine, i-am spus dând-o la o parte, încercând să mă îndrept din nou spre lifturi.

– Stai! Kassandra M. nu mai semnează cu tine, cu noi!

În secunda doi am simțit greutatea cerului în capul meu. Și asta pentru că semnarea cu ea însemna promovarea mea directă.

– Nu se poate! De ce!?

– Am auzit cum spunea că soțul ei îi găsise un alt contract.

– Unde!? Cu cine!?

– Nu știu, nu am auzit mai mult!

Val – vârtej, cu Eli ce îngrămădită pășea în urma mea am ajuns la birou.

– Matteo, ce bine arăți! mi-a șoptit recepționera, scoțând un mârâit șoptit în urma mea.

Nu i-am dat nicio importanță, gândul fiindu-mi la ceea ce apreciam a fi un mare dezastru.

– Matteo, salut! Hai că astăzi te așteaptă ziua cea mare! Noroc, partenere! mi s-a adresat bătându-mă pe umăr un alt coleg, în timp ce nori grei a furtună se abătuseră asupra mea.

– Hai, capul sus, boss! Ce o fi, o fi! mi s-a adresat Eli, scuturându-mi ceva imaginar de pe spatele sacoului.

– Lasă-mă! Nu mă mai bibili atât! i-am cerut, dându-i mâna la o parte.

În acvariu, cum numeam sala de ședințe, toate locurile erau ocupate, mai puțin două. Al meu și al președintelui.

– Eli, mergi și fă ce știi tu mai bine!

– Hm! mi-a replicat țâfnoasă! Pentru trasul cu urechea pe la uși, nu mă plătești suplimentar!

– Du-te! am șoptit și am împins-o de la spate, iar ea mi-a aruncat o privire speculativă peste umăr urmată de o strâmbătură.

Trăiam cu adevărat într-o junglă. În jur totul era verde, frumos colorat, penajul papagalilor era luminos și fluorescent, însă ciocurile le aveau extrem de puternice, iar invidia le era tenace. Eram o echipă unită în aparență și individualistă în realitate. Vindeai sau erai vândut. Semnai contracte avantajoase sau îți semnai propria demisie. Nu exista negru sau alb. Existau doar bani și câștiguri. Valoarea omului era dată de numărul de zerouri din contract. Crudă, dar adevărată, aceasta era lumea impresariatului, chiar dacă vorbeam de vedete autohtone.

– Ooo, ce prezență! exclamau cei aflați deja la masă. Ia zi, Matteo, ți-ai luat costum nou pentru ziua cea mare, comentau invidioșii.

I-am salutat fără să le bag în seamă comentariile impertinente și mi-am ocupat locul pe scaun, lângă Sergiu, coleg și prieten, ce își câștigase deja locul în consiliul director.

– Salut! mi s-a adresat zâmbind. Ce este cu tine? Nu îți este bine? m-a întrebat arcuindu-și sprâncenele.

– Nu, sunt ok, i-am răspuns, invocând o simplă durere de cap.

Imediat și Președintele a intrat în sală.

– Salutare, tuturor! După cum bine știți și vreau să vă felicit pentru asta, cifrele arată bine în compania noastră. Contractele din ultimul timp au făcut inimile celor de la Londra să crească. Avem actori cu contracte semnate în Franța, Italia, Spania, urmează Statele Unite! a spus pe ton triumfal.

Urmează Statele Unite, contractul acesta ar fi trebuit semnat cu Kassandra M.

– Dar, din păcate ne vom rezuma la...urmează, a continuat el.

În sală, dintr-odată s-a lăsat tăcerea și toate privirile îmi erau adresate. Care dintre care mai *colorate* .

– Matteo!

– Da, domnule, m-am grăbit să răspund, dregându-mi vocea.

– Kassandra M. a renunțat la a mai semna cu noi! mi s-a adresat sec, urmărindu-mi cu maximă atenție cea mai subtilă grimasă.

– De ce!? am continuat ca și cum nu aș fi știut nimic!

– Ți-am tot spus în ultima vreme că tu nu înțelegi femeile!

Am clipit de câteva ori și am simțit cum tot sângele mi se oprește în urechi, în timp ce restul colegilor mei își dădeau coate.

– Dacă le-o tragi bine, asta nu înseamnă că le și înțelegi, *bro*, mi s-a adresat în șoaptă Mihai, aflat în dreapta mea la masă.

– Chiar nu înțeleg ce a determinat-o să nu mai semneze, i-am răspuns revoltat. Până la urmă, am reușit să-i satisfac toate nemulțumirile contractuale!

În dreapta mea, Mihai continua să mă tachineze.

– *Mamaie, mamaie*, cum ziceai că se mulge vaca!?

– Invers de cum îți belești tu scula, mă! i-am răspuns cât să mă poată auzi numai el și să-i dispară zâmbetul de bou de pe față.

– Kassandra mi-a spus că s-a simțit neînțeleasă, atâta tot, Matteo!

– *Neînțeleasă!?!* am exclamat nervos peste măsură. Am suportat ifosele ei preamărite două luni și acum să spună una ca asta!?!

Răspunsul meu avea să fie total ignorat de Președinte, care ne-a și anunțat că numirea unui nou membru în consiliu cel puțin pentru moment a fost suspendată.

La ieșire, Sergiu m-a bătut prietenește pe umăr, încercând să mă consoleze.

– Lasă că ai să intri, nu îți face griji. Deja ți-ai câștigat locul în rândul elitelor. Cei de la Londra și Madrid sunt extrem de mulțumiți de tine. La fel și Președintele, numai că faza asta legată de Kassandra...

– Numai tâmpenii feministe! Jur! i-am răspuns apăsat. Cum dracului să spună că este *neînțeleasă*!?

– Trece, trece! Vine altceva bun, ai să vezi! mă încuraja Sergiu. Ne vedem mâine seară, la petrecere, ok!? , m-a întrebat înainte să ni se despartă drumurile.

– Da, da, i-am spus dus pe gânduri și trezit dintr-odată pentru că uitasem efectiv de petrecerea burlacilor.

În spatele meu, mereu la un pas de mine era Eli.

– Boss, cadoul a fost ambalat. În blugii Tom Ford, în buzunarul din spate, fesa dreaptă ți-am pus două prezervative. Suficiente, nu!? m-a întrebat privindu-mă cu neîncredere pe sub ochelari.

– Ce naiba tot îndrugi acolo, Eli? De când știi tu cu ce vreau eu să mă îmbrac!? am întrebat-o nervos, aruncându-mi sacoul pe spătarul scaunului și suflecându-mi cu nervozitate mânecile cămășii.

– Sigur, sigur, așa se întâmplă când toate îți sunt aduse la botul calului! îngână Eli nemulțumită.

– Stai, mă, așa! Eli! să nu îndrăznești să-mi întorci spatele acum! i-am replicat nervos

– Îmi mărești salariul dacă mă întorc? m-a întrebat când deja se pregătea să iasă din biroul meu.

– Eliii!

– Da, *boss*! mi-a răspuns, cunoscându-mi tonul lipsit de orice tentă glumeață.

– Tu ce crezi despre mine!?

Pe chipul ei a apărut o grimasă ca și când o crampă puternică i-ar fi contorsionat stomacul.

– Bine, ce cred alții despre mine!? Ce vorbesc cei de aici!?

– Ei sau ele, boss!? m-a întrebat temătoare.

– Toți! La dracu'!

– Păi, să vedem...pot să încep cu ei, este mai ușor.

– Spune odată, femeie!

– Bărbații te invidiază. Pe scurt.

– Mai exact!?

– Bărbații te invidiază tare!

– Eliiii! m-am răstit la ea pierzându-mi răbdarea.

– Bărbații te invidiază...

– Mi-ai spus de trei ori asta!

– Pentru femeile cu care te afișezi, pentru numele tău, haine, bani, reputație, mașină. Femeile...gem și își fac scenarii erotice, legate de tine. Tu nu le auzi cum freamătă, ori de câte ori treci pe lângă ele!?

Câteva secunde am tăcut, dus pe gânduri și cu privirea pierdută în traficul aglomerat ce se vedea pe cele două bulevarde principale, de pe geamul brioului meu.

– Și tu, Eli!?

– Știi bine că mie îmi plac femeile, Matteo! mi-a răspuns ușor revoltată.

– Nu la asta mă refeream, Eliii...cum mă vezi tu pe mine ca om!?

– Auzi, am și eu o întrebare. Tu te simți bine!? m-a întrebat mirată.

– Da, sunt bine, i-am răspuns ca și absent.

– Pe mine să nu mă mai întrebi *d'astea* niciodată pentru că s-ar putea să am impresia că lucrez pentru un om! mi-a replicat fără să respire, văzând pentru o clipă în ochii ei ceea ce nu mai văzusem niciodată – un dram de compătimire.

– Ai dreptate, i-am răspuns energic, gustul competiției revenindu-mi și spulberându-mi tot amalgamul de sentimente, pe care de obicei nu le aveam. Cât este ceasul!?

– Trei!

– Gata! Am fugit! Preia toate telefoanele și sub nicio formă să nu mă deranjezi. Merg la studio să mă întâlnesc cu Maria!

– Iar, Maria?! a întrebat oftând.

– Hai, că în alte condiții te-aș fi înțeles, dar așa…de ce oftezi!? am întrebat-o ridicându-i bărbia cu două degete și privind-o în ochi.

Gestul meu reușise să o fâstâcească câteva secunde, apoi iritată a scuturat din cap.

– Bine măcar că ți-ai revenit! Nu uita de masa cu părinții tăi! Este joi! a strigat în timp ce eu eram deja la mijlocul culoarului, fluturând mâna în semn de înțelegere.

*

Luam masa cu ai mei în fiecare zi de joi pentru că sâmbetele și duminicile, de obicei se lăsau pentru fiecare dintre noi cu dimineți târzii sau cu ieșiri din oraș. Era rândul meu să aleg restaurantul, așa că, pe fugă, am ales o Trattoria din București unde mâncasem cele mai bune fructe de mare, pe care mama și sora mea le adorau.

– Și, ia spune, ce sărbătorim astăzi!? m-a întrebat mama cu privirea radioasă .

– Nimic! i-am răspuns ca și când vestea de astăzi nu mă afectase.

Tata mă privea tăcut în timp ce zgâtia de soră a mea își înăbușea râsetele.

– Nu ai semnat contractul!? m-a întrebat mama mirată,

în timp ce tata tăcea, pândind momentul, iar Lia a început să râdă.

– N-ai semnat! N-ai semnat! chicotea de parcă ar fi scandat o lozincă.

– Termină, Lia! i-am cerut amuzat în același timp de reacția ei copilărească.

– Ce s-a întâmplat? m-a întrebat tata.

Tonul lui era calculat, rece.

– Kassandra M. a semnat cu altcineva, i-am spus eu.

– Prostii, Matteo, ești tu sigur de asta?

Întrebarea lui mă pusese pe gânduri.

– A fost răspunsul președintelui, i-am răspuns cu privirea mirată.

– Matteo, lasă-mă cu stupidul de Preston! Nu mai lua în seamă tot ce spune. Te-am avertizat de asta!

Tata se cunoștea cu Preston de ceva timp, de la clubul privat unde era înscris și el. În plus, președintele agenției era nelipsit de la orice eveniment de tip monden, în special de la cele de caritate, pentru a-și etala, chipurile, mărinimia. În ochii tatei nu era o persoană de prea mare încredere, dar era totuși șeful meu.

– Tată, așa mi-a spus, cel puțin.

– Eu te-am crescut să judeci cu mintea ta, nu să iei de bun tot, suna a reproș replica lui. Câte agenții crezi tu că aleargă după această Kassandra M.? Matteo, suntem în România, nu în State! apoi a luat tacticos o gură de vin, sărutând mâna mamei.

Discuția cu el mă pusese pe gânduri. Se putea să aibă dreptate, să fi fost altceva la mijloc, numai că, pentru moment nu aveam nici cea mai mică idee.

În compania lor, timpul trecuse iute. Fără să ne dăm seama, deja era trecut de ora 21.00, iar Lia a doua zi , cu noaptea în cap, avea cursuri, ai mei același program încărcat, iar eu la ora 9.00 aveam o întâlnire importantă la birou cu PR-ul de la Victoria's Secret, ce deținea în portofoliu o fată pe care o vânam de ceva vreme pentru un spot publicitar, un alt domeniu în plină dezvoltare de către agenția britanică.

La ieșire, trecând pe lângă bar, privirea mi-a fost reținută de un chip de-a dreptul...

– Matteo, Matteo! m-a zgâlțâit Lia, care nu avea loc să treacă.

– Da, da, i-am răspuns scurt, ochii fiindu-mi deja căzuți în prizonieratul fetei de la bar, care îmi zâmbea cu o oarecare timiditate.

– Haideee, să mergem!

– Stai, Lia. Mamă, tată, eu mai rămân puțin. Am văzut un prieten, le-am spus silabisind ultimul cuvânt.

– De când ai tu alți prieteni, necunoscuți!? m-a întrebat Lia pe ton ironic.

– Bine. Salut! Ai grijă de tine! mi-a răspuns tata zâmbind și atingându-i vârful nasului cu degetul, Liei.

– Ce limbă ascuțită ai, i s-a adresat mama, zâmbind.

Eu am rămas în urmă, îndreptându-mă ca și hipnotizat, spre fata de la bar. Nu era genul de femeie cu care aveam obiceiul să mă întâlnesc, să fac sex. Era minionă, cu un trup delicat și fin, cu părul castaniu, prins într-o coadă de cal, răvășită, cu o față curată, luminoasă, pe care era poziționată o gură cu buze cărnoase, naturale, pe care aș fi dat orice să i le pot săruta. Și toate aceste trăsături poate că nu m-ar fi atras atât de mult, dacă nu îi vedeam ochii de un verde intens, absolut strălucitor. Privirea pe care mi-o aruncase mă târâse într-o furtună de pasiune și erotism. Ochii ei mă furaseră, mă vrăjiseră. Erau hipnotizanți, de-a dreptul mistici, greu de susținut.

– Bună seara, i-am spus, așezându-mă pe scaunul de la bar.

– Bună seara, mi-a șoptit zâmbindu-mi și frecând energic interiorul unui pahar.

Răspunsul ei șoptit, trecut prin deschizătura buzelor, l-am devorat. Am rămas câteva clipe cu ochii ațintiți asupra degetelor delicate cu care ținea paharul, imaginându-mi-le cum s-ar juca în jurul penisului meu. La primele semne, când am simțit cum încep să mă strângă pantalonii, mi-am retras gândurile.

– Ochii tăi cumva mi-au pătruns în suflet! i-am spus, chiar fără să o mint.

– Sunt sigură de asta! mi-a răspuns în batjocură, legănându-și capul în semn de neîncredere.

– Bine, dacă nu mă crezi, să-ți demonstrez că îți spun adevărul, mă las la mâna ta. Ce-mi oferi!? Îmi poți pune chiar și otravă, i-am sugerat zâmbind, iar ea mi-a răspuns pe același ton.

– Ce ai spune de o băutură unică, făcută absolut pentru tine? Așa cum îți este și costumul, făcut la comandă!

Deja începea să-mi placă mai tare. Era nu doar incitantă, dar și provocatoare.

– Pentru mine!? am accentuat strângând privirea.

– Da, pentru tine. Lasă-mă numai să te privesc, o clipă.

Verdele deja mă amprentase și eu mă simțeam pe jumătate gol. Am început să râd, jucându-mă cu degetele peste un șervețel pe care ea mi-l pusese înainte în față.

– Nu, nu, nu râde, mi-a cerut, zâmbetul larg dezvăluindu-i o dantură frumoasă, albă, strălucitoare.

– Fumezi!? am întrebat-o în glumă și ușor ironic.

– Numai după ce fac sex de calitate, mi-a răspuns ea, făcându-mă să înghit în sec.

– Și asta se întâmplă des?

– Des pe cât de rar și rar precum de des! mi-a răspuns oferindu-mi un pahar cu o băutură pe care între timp o preparase.

– Sper că ai uitat de propunerea mea…

– De otravă!? Moartea subită este ușoară și plictisitoare, mi-a răspuns, în vocea ei răsunând un sadism total fals.

Trei cuburi de gheață pluteau în paharul pe care ea îl pregătise special pentru mine. Am simțit cât să îmi placă la nebunie o ușoară înțepătură la limbă cauzată de ghimbir, vodka, lichior, suc de mere și încă ceva ce mi se părea cunoscut ca gust fără să-l identific.

– Mmm, excelent, i-am spus lingându-mi buzele .

– Chartreuse verde și Sauvignon blanc sunt ingredientele pe care nu le cunoști, mi-a răspuns, sprijinindu-și capul între coate și țintuindu-mă cu privirea, un loc de unde nu aș mai fi vrut să plec.

– Tu, tu parcă mi-ai citi gândurile, i-am răspuns acaparat de ea toată.

– Dacă mă mai privești așa, s-ar putea să-ți fur un sărut, de aici, de peste bar! mi-a spus fără nicio reținere, iar mie mi s-a tăiat aerul.

– Atunci, fă-o! i-am cerut, ridicându-mă ușor de pe scaun. Două degete de ale ei mi s-au lipit ca o ventuză de buze.

– Dacă o fac, s-ar putea să mă dea afară!

– Foarte bine! Să te dea! Te duc la mine acasă! i-am replicat vrăjit, de intensitatea momentului.

– 15 minute!

– 15 minute, ce? Am întrebat-o?

– Până mi se termină tura!

Am lăsat privirea în jos, rușinat precum un puști începător.

– Și mergem la mine acasă, nu la tine! mi-a spus pe un ton ferm, întorcându-se și dispărând din raza mea vizuală.

Totul despre ea îmi provocase o erecție puternică, fără posibilitatea de a o controla.

Îmi simțeam sângele cum clocotește, cum mi se blochează parte din creier, iar dorința gemea în mine ca nebuna. O doream în disperare, pe această străină, până la urmă, atât de naturală și lipsită de inhibiții. În timp ce o așteptam, în imaginația mea se petreceau lucruri, nu glumă. Îmi doream să o iau și să o trântesc goală pe masa de bar, să mă împing în ea cu putere, să o pleznesc încetișor, să o pedepsesc pentru că îmi făcuse penisul să zvâcnească. Voiam să o fac să sufere, păsărica ei să i se înece în urma celui mai puternic orgasm pe care l-ar fi putut avea vreodată. Voiam să-mi bag…

– Mergem? i-am simțit un deget cum îmi înghiontea coastele și mâna cum o trăgea pe a mea.

Ca un năuc, am lăsat câțiva bani pe masă și am plecat, lăsând-o să-mi călăuzească pașii.

Când am ajuns în parcare, mi-a zâmbit, apoi mi-a cerut să las mașina acolo, chemând un taxi.

Capitolul 3

Mașina gonea pe străzile aproape goale ale Bucureștiului, la acea oră. Era trecut de ora 22:00 iar eu, alături de o femeie care parcă îmi luase mințile, mă îndreptam spre o adresă total necunoscută.

Stăteam unul lângă altul, tăcuți pe bancheta din spate, nici prea departe, dar nici prea aproape. Aveam senzația că împărțeam o călătorie, fără să știu în practică ce însemna asta în realitate.

– De ce nu ai vrut să mergem cu mașina mea?

M-a privit o secundă zâmbind, apoi a întors capul, uitându-se pe geam.

– Nu știu de unde vii tu, dar în lumea mea, este periculos să lași o asemenea mașină în fața blocului.

Deja știam că stă la bloc, era un prim pas.

– Eu sunt Matteo, Matteo Rossi, apropo. Nici măcar nu știu cum te cheamă, *străino*! i-am spus în glumă.

– Nici nu trebuie. La ce ai nevoie? Oricum, mâine la aceeași oră va fi ca și cum eu nici nu aș fi existat, mi-a replicat tăindu-mi macaroana.

Eram perplex. O astfel de femeie nu mai cunoscusem în viața mea.

În tăcere, am ajuns în Drumul Taberei. Ne-am dat jos din

mașină și am intrat într-o scară de bloc. Un miros greu, ce venea de la ghenă, ne-a tăiat respirația. Ea a început să tușească, iar eu mi-am acoperit nasul și gura.

Ce naiba căutam eu aici?

Norocul era că liftul se afla la parter. Ne-am urcat, iar ea a apăsat la etajul 9. Din cauza tusei, prinsese culoare în obraji. Așa îmbujorată, arăta delicios.

– Câți ani ai? am întrebat-o, dacă numele nu vrei să mi-l spui?

– 23, mi-a răspuns. Tu?

– 29, în curând împlinesc 30.

Zdruncinătura liftului ne anunța că am ajuns.

– Acoperă-ți nasul, m-a avertizat, aruncându-mi un alt zâmbet, peste umăr.

Mirosul greu ajunsese până sus. Aici aerul era cu adevărat irespirabil. Am urmat-o până în dreptul unei uși metalice, altfel decât restul celor de pe palier.

– Aici stau, intră repede, mi-a spus, trăgându-mă de mână și închizând ușa.

S-a aruncat apoi în brațele mele, sărutându-mă cu aceeași pasiune pe care și eu o trăiam în acele momente. Eram obișnuit să amețesc femeile, nu să fiu amețit, așa cum mă simțeam după ce mi-a dat drumul din îmbrățișarea puternică.

– Fă-te comod, mi-a spus, aprinzând lumina din hol, apoi din sufragerie.

Apartamentul era mic, dar aranjat cu mult bun gust și înăuntru mirosea discret a iasomie.

– Vrei să bei ceva? m-a întrebat.

– Nu mai vreau combinații periculoase, i-am răspuns gândindu-mă la ce băusem înainte și aproape că îmi luase mințile.

– Un Martini, atunci?

– Da, i-am răspuns gândindu-mă că este lejer, de seară.

S-a întors repede, cu paharul aburind și cu o măslină jucăușă ce se tot fâțâia pe fundul transparent. S-a așezat pe un fotoliu în fața mea, sorbind dintr-un pahar asemănător cu al meu. Era pentru prima dată când îi vedeam fața, în sfârșit. Nu era o frumusețe, ci era doar incredibilă. Fantastică. Uluitoare. Era genul de femeie din cauza căreia pierdeai averi de bună voie, duceai războaie infinite în care termenii păcii și de apărare erau făcuți inexistenți. Avea pomeți bine conturați, înalți, nasul mic, delicat, iar buzele de o senzualitate incredibilă. Ochii îmi era greu să-i descriu, pentru că undeva, de câteva ore eram înecat de privirea ei pătrunzătoare, dar inocentă în același timp. Îmi inspira o sexualitate puternică, combinată cu puritate, o amestecătură de-a dreptul mistică. Desfrâul și virginitatea se contopeau în privirile ei, într-o împletitură ce-mi ținea strâns gândurile deja prinse. Feminitatea ei nu era decât o iluzie confuză a realității.

Avea ceva. Ceva ce îmi producea un tremur interior și îmi stârnea senzații pe care nu le recunoșteam ca fiind ale mele. Să o privesc fără să o ating era o penitență la care mult nu mă mai puteam supune.

– Ce noapte nebună! am spus încercând să mă desprind din mrejele privirii ei.

A început să zâmbească, făcându-mi semn cu degetul să mă apropii de ea.

M-am ridicat și m-am așezat pe marginea fotoliului, apoi i-am simțit capul cum se mângâia ușor de coastele mele. Am sprijinit-o cu mâinile, apoi m-am lăsat în jos, dezvelindu-i gâtul și sărutându-i din loc în loc clavicula, iar ea a început să tremure ușor.

– Nebună, da, a șoptit, răspunzându-mi la întrebarea de dinainte.

Vocea îi era sunetul unei dulci melancolii, amestecată cu geamătul răgușit născut din pântecele plăcerii.

– Ochii ăștia cu străluciri verzi, gura asta apetisantă, i-am șoptit, făcându-mi loc sărutului printre buzele ei umezite, ce mi s-au predat de bună voie.

– Stai! mi-a cerut, retrăgându-se din îmbrățișarea mea.

– S-a întâmplat ceva!?

– Nu. Vreau să pun muzică. Nu ți-ar plăcea?

– Ba da, i-am spus cu erecția ce era gata să-mi descoasă pantalonii.

O doream ca un nebun. Mă incitase groaznic. Și dincolo de dorință era curiozitatea. În pat nu putea să fie decât bombă, explozie, îmi spuneam în gând, pregătit pentru momentul detonării.

Era imposibil să nu fi recunoscut melodia din „Cinzeci de umbre ale lui Grey – Earned it", ceea ce mi-a adus zâmbetul pe față.

– Nu trebuie să ne grăbim, mi-a spus continuând să se îndrepte spre mine, ca un adevărat pericol.

– Ai pus-o pe *repeat*?

– De unde știi? Faci la fel!?

– Nu, chiar niciodată, i-am confirmat ascunzându-mi privirea.

– Trebuie să-ți mărturisesc ceva: mereu mi-am dorit să fac sex cu un bărbat așa ca tine, pe muzica asta.

Am pufnit direct în râs.

– Nu mai râde. Și noi avem dreptul la fantezii erotice. Și noi putem fi atrase, la fel ca și voi bărbații de cineva care arată bine, mi-a explicat plimbându-și mâinile prin părul meu.

– Pe principiul ochii văd, inima cere?!

– Cine a pomenit de inimă!? Nu inima a fost cea care mi te-a vrut în pat, Matteo!

– Ai dreptate, nici a mea!

Am luat-o în brațe și din instinct probabil, am nimerit cu ea în dormitor. Pe ritmurile muzicii, așa cum își dorea, iar pe mine numai dorința ei mă excita la maximum, am lungit-o pe pat. Mi-am dat jos cămașa, pantalonii, rămânând numai cu chiloții pe mine. Ochii i s-au făcut mari și un zâmbet excitat i-a ridicat colțul gurii când privirea i s-a oprit sub buricul meu.

M-am lăsat să alunec ușor peste ea, înlăturându-i, rând pe rând, fiecare obiect vestimentar, în locul lor, acoperindu-i trupul cu sărutări umede și fierbinți.

Îi simțeam, în mod ciudat, vibrațiile interioare care cereau din ce în ce mai mult, mai multe atingeri, mai multă acțiune. Și-a împletit picioarele în jurul taliei mele, ridicând și coborându-și bazinul, ca și când ea ar fi vrut să preia controlul.

Am început să-i sărut gâtul coborând pe piept, atingându-i ușor sfârcurile cu limba și apoi bătându-le ușor cu vârful nasului, până ce le-am simțit tari și curajoase în gura mea, care îi mușca încetișor cu dinții. Respirația ei începuse să se accelereze și încet, încet am început să-i aud gemetele de plăcere, muzica preferată a lui Cupidon.

Mâinile au început să-mi alunece deasupra ei, plimbându-se în libertate, fiind cerute în locul cel mai fierbinte cu putință. Două degete, mai îndrăznețe, mi s-au oprit peste labiile ei fierbinți, dându-le la o parte și intrând ușor, în vaginul ei.

– Oh, daaa, Matteo! mi-a strigat numele, arcuindu-se sub imperiul plăcerilor.

– Vorbește cu mine, regină, i-am spus murmurându-i la ureche și înfigându-mi limba adânc în gura ei.

– Atinge-mă, acolo...

– Aici? Așa îți place? am întrebat-o mângâindu-i clitorisul cu degetul arătător și penetrând-o încet cu cel mijlociu, din ce în ce mai adânc, până ce am simțit cum un fir de umezeală fierbinte se prelige din vagin, făcând-o să tremure toată. Am continuat să o frec, în timp ce capul penisului meu se lovea de clitorisul ei întărit și vibrant.

– Doamne, cât te doresc! am mormăit disperat să simt cum îmi alunecă penisul în vaginul ei.

Ea s-a ridicat în coate și a scos dintr-un sertar din noptieră un prezervativ, pe care mi l-a întins.

– Nu vrem complicații, i-am spus, iar ea a încuviințat, ridicându-se în picioare și sărutându-mă cât eu mi-am pus prezervativul.

– Întoarce-te, i-am cerut, trecând cu mâna apăsat peste sternul ei și strângându-i ușor pubisul.

Ea s-a întors, s-a lăsat în genunchi, lipindu-și fesele de penisul meu erect și mișcându-și fundul pe ritmul muzicii.

– Vrei așa?

M-a privit peste umăr, aprobator, apoi și-a lipit sânii și jumătate de bazin de pat, mângâindu-mi printre picioare scrotul. Eram la fel de umezit ca și ea, numai că prezervativul îmi masca într-un fel dorința.

M-am aplecat deasupra ei, cuprinzându-i talia cu brațul și poziționându-i fundul pentru penetrare. Am continuat să o mângâi câteva secunde până ce am simțit deja cum un ușor tremur i-a străbătut coapsele, moment în care am alunecat înăuntrul ei, iar ea a scos primul icnet. Am rămas pe loc, fără să împing, pentru a-i da timp vaginului ei strâmt să se acomodeze dimensiunilor mele. Când am simțit-o că se relaxează, am început să ies și să intru, la început mai încet, apoi din ce în ce mai puternic, până ce a început să țipe de plăcere, astupându-și sunetele cu perna. În jurul penisului meu, vaginul i se contracta și i se relaxa, la fiecare împingere. Am simțit cum mă strânge puternic, cum mâinile i se încleștează în jurul cearșafului și cum ușor, din nou pulpele începuseră să-i tremure.

Pe mine, simțeam cum începuseră să apară mici broboane de transpirație. Respirația mi se accelerase, iar gemetele mele le întâlnea, undeva prin colțurile camerei pe ale ei.

Devenise din ce în ce mai strâmtă și mai umedă. Se împingea în același ritm cu mine, iar capul penisului simțeam cum se atinge de pereții vaginului ei, excitat la maximum.

S-a încordat, s-a ridicat și s-a înfipt cu putere în mine, prinzându-se cu brațele puternic de gâtul meu. A început să tremure toată când și-a dat drumul, sfârcurile înțepându-mi palmele umezite. Imediat, cu strigăt înăbușit, am venit și eu, simțind preț de câteva secunde ejacularea la o intensitate maximă. Ne-am prăbușit unul lângă altul, încercând să ne calmăm respirația și să ne potolim bătăile inimilor ce ne spărgeau piepturile, în timp ce Earned It continua să se audă din camera alăturată.

– Doamne, ce a fost asta!? am întrebat-o, încercând să-mi șterg zâmbetul tâmp de pe față.

– Ahh, Matteo, a fost mai mult decât perfect! a îngânat, băgându-și mâinile între picioare, prinzând un ultim tremur răzleț.

Și noaptea nu avea să se termine aici. Am mai continuat alte două partide, la fel de puternice, cu sex viu, băuturi tari și gheață, o adevărată magie dacă o ții în gură și îi lași picăturile să cadă acolo... unde arde cel mai tare. Sau, o adevărată vrăjitorie, când penisul încins ți se răcorește prin crăpătura unor buze moi, cărnoase și delicios de reci sub atingerea miraculoasă a cubului de gheață...

De abia spre dimineață, răpuși de tot felul de plăceri pe care niciunul dintre noi nu le mai experimentase la o asemenea intensitate, am adormit buștean.

Am avut impresia că visez, când la capul patului, în dreptul meu, prin lumina ce străbătea draperiile, o fetiță, nu mai mare de 5-6 anișori, brunetă, cu părul buclat trecut de umeri, ce sugea dintr-o acadea, mă înghiontea cu mânuța ei mică și lipicioasă.

– Cine ești!? mă întrebă, toată un zâmbet.

Am deschis ochii. M-am ridicat în șezut, lipit de tăblia

patului. Din instinct, am tras cearșaful deasupra mea. Am deschis ochii, nu înainte de a-i freca bine. Credeam că totul este în imaginația mea.

– Cine ești!? am auzit din nou întrebarea și am sărit ca ars, total cuprins de panică.

– Cine ești tu!?

– Eliza, nu trebuia să ajungi mai târziu? Cât este ceasul, a sărit și ea ca arsă, la fel de surprinsă ca și mine.

– Noi am ajuns la timp. Nu vezi cât este ceasul?

Am înnebunit nu doar că eram gol, acoperit de cearșaf în fața unui copil, dar și pentru că era aproape de ora 9.00, iar eu trebuia să fi fost deja la agenție.

– Hai, micuțo, te rog, poți ieși puțin din cameră?

Cuminte, copila mi-a zâmbit din nou, și-a băgat acadeaua în guriță și s-a dus în ...restul casei.

Am sărit din pat și din nouă mișcări eram îmbrăcat, gata să ies pe ușă.

Mai frumoasă decât pe timp de noapte, ea rămăsese în așternuturi, ascunzându-și parte din chip cu mâna. Aș fi vrut să o sărut, dar dintr-odată, mă simțeam din nou eu, Matteo Rossi.

– Serios!? Mă gândeam că nu poate fi adevărat! Ești căsătorită, probabil. Dar să mai ai și un copil?!? Doamne, unde mi-o fi fost capul!?

– Nu! Nu este copilul meu! Este nepoata mea, fetița fratelui meu! am auzit-o țipând în timp ce eu trăgeam cu putere ușa în spatele meu.

Capitolul 4

– Puteți să o călcați puțin mai tare? m-am adresat taximetristului plictisit care în mod normal ar fi trebui să mă ducă în maximum 15 minute, în apropiere de Calea Victoriei.

– De unde, dom'le. Atâta poate mașina! mi-a răspuns în sictir, aruncându-mi o privire pe măsură în oglinda retrovizoare.

Cu ochii când pe ceas, când pe trafic, mi-am amintit că îmi lăsasem mașina în parcarea restaurantului. Era târziu pentru a mai face un ocol, în condiția în care deja timpul mă împingea de la spate.

Să nu mai spun de stresul pe care în câteva minute călătoria cu taxiul mi-l provocase. Șoferul, un bărbat trecut de 50 de ani, malac, burtos cu ceafa groasă, cânta la unison cu Cd-ul *Mână, birjar,* din toată puterea ființei lui! Nu doar timpanele, dar și urechile mi se strepeziseră!

Am încercat să-i ignor impresionantul repertoriu și am apelat la Eli.

– Alo, de ce mama dracului nu răspunzi!?

– Bună dimineața și ție! *Mă bucur să te aud, Eli!* mi-a răspuns iritată de modul în care o luasem.

– Lasă-mă, că nu îmi arde acum de politețuri. Trimite pe cineva să-mi ia mașina, te rog!

– Astonul?!?

– Am alta, Eli!? Ți-am trimis locația prin sms.

– Bine. Am primit. Și cine să meargă să o ia!? m-a întrebat atât de senină încât mi-a provocat o adevărată pleiadă de urlete.

– Fratele tău! Iubita ta! Habar nu am! De ce toate soluțiile trebuie să le găsesc tot eu?!?

– Bine! Am înțeles! Ai avut o noapte grea! mi-a răspuns gata să închidă telefonul.

– Eli, ma-și-na!

– Da, boss, este ca și rezolvată. Nu trebuie să țipi să-mi spargi timpanele. S-ar putea ca data viitoare când cine știe ce mai am de recuperat de pe urmele tale, să nu mai aud deloc. Te-ai gândi că ar putea fi chiar chiloții!?!

Îi auzeam râsul de-a dreptul diabolic în telefon. I-am închis, lăsând-o să trăiască în lumea ei. Cu Eli nu aveam nicio șansă de a cădea la pace. Probabil că și pentru asta o țineam ca asistentă. Pe lângă faptul că era foarte bună, comentariile ei mă țineau tot timpul în priză. Ținea enorm de mult la mine, iar eu începusem să mă obișnuiesc atât de mult cu ea, încât dacă trecea vreo zi fără să mă întrebe de mărire de salariu, o întrebam dacă nu cumva venea de la spovedanie sau era bolnavă.

Când mai împiedicat, când mai vioi, taxiul înainta pe străzile Capitalei. O aglomerație mai mare decât la balamuc. Ai fi spus că toată populația României se mutase la Capitală. O imagine deconcertantă, total pestriță a Bucureștiului reușise pentru câteva minute să-mi strămute gândurile. Pentru o clipă, aveam să regret că ieșisem ca nebunul din casa fetei, zâmbind și parcă ușurat, auzind că fetița nu era decât nepoata ei. De unde această eliberare, habar nu aveam. Și asta pentru că, ea, mătușa, nu însemnase decât o altă aventură de o noapte. Am înghițit totuși în sec, reamintindu-mi de suculența cuburilor de gheață, când o frână bruscă mi-a curmat orice urmă de amintire.

– Am ajuns, dom'le! Îmi dați cât e scris pe aparat.

Mi-am băgat mâna în sacou să scot portofelul când...surpriză: nu îl mai aveam.

– Stai o secundă, te rog. Așteaptă-mă aici, i-am cerut șoferului și am sărit din mașină fără să-i mai dau drept la replică.

Am intrat în sediu și am sunat-o din nou pe Eli, rugând-o să îmi aducă bani pentru taximetrist.

– Pentru treaba asta, obligatoriu îmi mărești salariul!

– Eli, nu am chef astăzi, te rog! i-am spus mormăind cuvintele.

– Stai! Stai! a țipat la mine în lift, mai să îmi sară inima din piept.

– Femeie! Unde aș putea să plec? Suntem în lift, Eli!

– Cred că traversez un moment de cromatism sau tu arăți...

– Ce?!? Ce traversezi!?!

– Cromatism! Mai pune mâna și pe o carte nu doar pe fesele femeilor! Aberație vizuală! Asta este! mi-a spus repezită și a oprit ascensorul între etaje, brusc.

Eli avea dreptate. Arătam ca întors de pe câmpul de luptă. Tras la față, cu cămașa mototolită, mai mult de jumătate ieșită din pantaloni, sacoul mototolit și cu șireturile desfăcute la unul dintre pantofi.

– Sunt dărâmat, Eli.

– Da, da, știuuu, mi-a dat dreptate făcându-se că plouă.

– Nu ai tu de unde să știi prin ce trec eu!

– Prin multe paturi, multe nopți pierdute, mulți chiloței din dantelă...

– Gata! Nici soacră de ai fi nu ai avea o asemenea gură! Jur!

În mai puțin de două minute, cât de cât aranjat, am ajuns la birou.

– Bună, Matteo!

– Bună, Margo, bine ai venit. Scuză-mă că te-am făcut să aștepți.

– Noapte grea, așa-i!? m-a întrebat PR-ul de la Victoria Secrets.

– Pfff...de ai ști!

Din glumă în glumă, de la o cafea la alta, am reușit să perfectez cu ea noul contract pentru fata ce urma să apară în spotul publicitar, o frumusețe apetisantă în lenjerie intimă. Până și în poze, Gabi nu putea să lase indiferentă nicio privire, masculină sau feminină.

Ne-am luat la revedere, ne-am strâns mâinile, stabilind semnarea contractului, pentru săptămâna ce urma să vină.

Am plecat de la birou, lăsând-o pe Eli ca de obicei comentând, bucuros că în față mă aștepta sfârșitul de săptămână în care nu îmi doream să fac nimic altceva decât să dorm.

Seara în schimb, am mers la Sergiu, la petrecerea burlacilor.

Sacou Zegna în carouri gri cu nuanțe de bleumarin, batistă de mătase la buzunar, cămașă albă Mirto, blugi Tom Ford, pantofi sport de la Tod's, câteva pufuri de Killian cu o carismă inconfundabilă, eram pregătit pentru ultima noapte de libertate a prietenului meu.

Petrecerea se ținea undeva, la un club privat, în afara Bucureștiului, iar intrarea se făcea numai pe bază de invitație.

De-abia la intrare aveam să înțeleg de ce. Cred că un sfert din populația masculină din împrejurimi era adunată aici. Un dezmăț în adevăratul sens al cuvântului. Muzică, lasere, fete pe jumătate dezbrăcate, dansatoare cu cizme înalte urcate pe cuburi sau băgate în cuști își zdruncinau formele sub privirile, unele deja băloase, ale unor tipi hipnotizați de jocul erotic al fetelor.

– Matteo! Ai picat la țanc, frățioare! Vino!

Era Sergiu, extraordinar de bine dispus, cu cravata înfășurată în jurul gâtului, cămașa scoasă din pantaloni, plin de buze rujate pe față și cu privirea sticloasă. Îmi era mai mult decât clar!

– Stai, omule, ușor! i-am spus dându-i cadoul pregătit de Eli și o sticlă de șampanie, aleasă special pentru acest moment.

– Vino! Hai la privat! mi-a spus ignorând cu totul cadoul și agățându-se de sticla de șampanie.

L-am urmat în aglomerație, lăsând sunetul muzicii să se estompeze în spatele nostru, când am urcat la al doilea etaj.

– Sergiu, n-am chef de gagici, acum, i-am spus crezând că mă aștepta cu vreo fată.

– Nuuu, nu te așteaptă nicio *păsărică*, ai încredere!

Am intrat într-o cameră mare, spațioasă, cu câteva canapele din piele și o masă mare la mijloc și o alta într-un colț.

– Hai, Matteo, de când te așteptam! le-am auzit vocile prietenilor noștri, băieții din gașcă.

– Mamă, facem noaptea băieților!? apoi am dat mâna cu toți cinci.

– Cică, auzi la Sergiu, ne-a pregătit surpriza vieții, făcea mișto Dan.

– Serios!? Ce surpriză!? am întrebat dând peste cap un pahar de șampanie ce mă aștepta pe masă. Mi-a găsit portofelul?! mi-am amintit brusc de el.

– Păi, cum dracu' l-ai pierdut!? m-a întrebat Sergiu.

– Habar nu am. Problema îmi e de acte, cardurile le-am blocat și bani cash nu prea aveam în el.

– Deh, femeile astea și goana după putere ți-au mâncat mințile, *bro,* a intervenit Dan, glumind și închinându-mi un pahar.

– Lasă, *bro,* mai bine ca mine decât ca alții care fac slugi la *păsări leșinate*! i-am replicat, sorbind o altă gură de șampanie. Mai bine, hai să vedem care ne este surpriza!

Sergiu s-a ridicat de la masă, a ieșit câteva momente din încăpere, revenind cu un alt bărbat. Un tip mărunțel, subțirel, cu barbă și plete, la vreo 40 de ani cel mult, cu blugi rupți și geacă de motor. Am rămas toți cu gura căscată.

– El este Kay, astrolog și cel mai bun clarvăzător din toată Europa.

Am început să râdem, la început mai cu perdea, apoi cu gura până la urechi când Kay și-a tras un scaun între picioare și a început să râdă și el cu gura până la urechi.

– Băi, ce glumă mai este și asta? a întrebat Dan, ștergându-și lacrimile de râs.

– Nu este nicio glumă, o să vă convingeți singuri, ne-a spus Sergiu, pe un ton ce suna a promisiune.

Am vrut să mă ridic de pe scaun și să ies, total neinteresat de stelele verzi, galbene sau albastre din capul astrologului, când i-am simțit mâna mică, dar vânjoasă cum mă apucă și mă trage la loc.

– Chiar cu tine trebuie să încep! mi-a spus făcându-le semn celorlalți să iasă din cameră.

– Sergiule, asta este o glumă, nu-i așa!? am strigat după el.

S-a întors, mi-a trimis o bezea în aer, apoi hohotind a ieșit din cameră în compania celorlalți băieți. Am rămas mut de uimire când, bărbatul, meticulos a scos o pânză uzată, ce părea că-i veche de când e lumea, toată marcată cu cercuri, linii și cifre romane. Lângă ea, a așezat un teanc de cărți, la fel de vechi, dar plastifiate, pe care erau desenate niște chipuri cel puțin bizare de oameni cu trup de animale sau invers.

– Kay parcă ai spus că ți se spune. Zi drept, ești vreun *showman*, am dreptate. Vor ăștia să își bată joc de mine!

M-a privit pe sub ochi, cu maximă atenție preț de câteva clipe, fără să scoată nici un sunet, apoi a început să bălmăjească ceva fără sens.

– Hai, măi, omule, mai bine să coborâm la fete! i-am spus amuzat.

Evident deranjat de remarca mea, mi-a cerut să mă abțin un moment.

– Matteo Rossi este numele tău! mi-a spus sigur pe el și cu un zâmbet șiret în colțul gurii.

– Ți-a spus, nemernicul de Sergiu…

– Mi-au spus astrele, Matteo. În ele stă scris totul, mi-a răspuns foarte serios.

– Da și ce altceva îți mai spun *stelele* tale? am întrebat cu ironie.

– Ai probleme la serviciu.

– Toată lumea are!

– Lumea în care te învârți este total falsă în afara familiei și prietenilor tăi.

– Așa este cursul lumii, astăzi!

– Pierzi nopțile cu multe femei. Prea multe.

– Pentru că îmi face plăcere!

– Ai răspunsuri la toate, nu-i așa, Matteo?

– Mi-au plăcut jocurile. Mereu am avut răspunsuri!

– Acum nu este un joc, Rossi!

– Nu, dar ce este!?

– Glasul Karmei!

– Hai, termină cu prostiile, i-am cerut, încercând din nou să mă ridic, dar picioarele mi le-am simțit dintr-odată grele.

– Nu te grăbi! Acesta este marele tău defect! mi-a spus zâmbind, iar vocea dintr-odată i-a devenit caldă.

– De ce nu-mi pot mișca picioarele!?

– Ba poți, stai liniștit. Trebuie numai să ai puțină răbdare, să asculți.

Kay și-a mutat privirea asupra hărții, ca și când cineva i-ar fi spus să facă asta. La un moment dat, mi-a pierit orice chef de glumă, iar pielea mi s-a făcut de găină. Am simțit cum un fior rece îmi străbate întreg trupul. Acum puteam să-mi mișc picioarele.

– Matteo, ai o mare problemă cu femeile, a continuat Kay.

– Da, clar asta este o glumă. Ți-a povestit Sergiu de pățania cu Kassandra M., am înțeles…

– Actrița a fost doar un semn. Nici de data asta nu ai înțeles nimic.

– Ce semn!?

– Ai să vezi luni, la birou...până atunci, atinge cărțile astea.

Mai în glumă, mai în serios, am făcut ce mi-a cerut astrologul sau clarvăzătorul sau ce o fi fost bărbatul din fața mea.

– Rena! Îți spune ceva numele acesta? iar în următoarea secundă, privirea avea să i se lumineze.

– Un nume frumos. Nemaiauzit, nemaivăzut! i-am răspuns fără a renunța la tonul ironic.

– Păcat...a spus el, oftând.

– *Păcat*, pentru ce!?

– Pentru că te închizi și nu lași loc sentimentelor pentru a te ghida, pentru a te completa. Greșești din nou, Matteo!

– Omule, deja mă faci să mă simt ca cel mai mare prostănac de pe fața pământului sau ai spune că eu sunt autorul păcatului suprem! Ce naiba!

– Cu Rena ai o relație. O relație veche.

– O poți avea tu, eu nu cunosc nicio Rena!

Kay a început să râdă ușor, ascunzându-se printre firele lungi din barba-i stufoasă, în timp ce mie îmi creștea starea de nervozitate. Voiam să plec, dar ceva parcă mă ținea în loc.

– Nu toți suntem atât de norocoși ca tine! Hai să vedem ce mesaje au astrele pentru tine, mai bine!

A început din nou să bolborosească ceva pe limba lui. Era cu ochii închiși când făcea asta și din când în când, cu coada ochiului se uita când la hartă când la pachetul de cărți, pe care l-a desfăcut și a început să etaleze carte după carte, până la ultima.

– Da! a spus sec.

Jocul lui Kay începuse să mă prindă. Altfel, confirmarea lui nu avea de ce să mă facă să tresar.

– Trebuie să ai răbdarea de a asculta. Trebuie să ajungi să înțelegi femeile, nu doar să le recunoști cum sunt la pat de la o poștă.

– Și cum pot face asta!? l-am întrebat încruntat și deja cuprins de o stare cumplită de toropeală. I-aș fi acceptat orice sfat, numai să pot pleca acasă, să mă arunc direct în pat.

La un moment dat, bărbatul și-a scos lănțișorul de la gât. De el era prins un medalion, în formă de sticlă. L-a deschis și din el, mi-a pus un praf de culoare galbenă în paharul de șampanie.

– Bea-l, gândindu-te la ce lipsește sufletului tău. Un singur gând și paharul până la fund. Alege bine, Matteo Rossi, a sunat vocea lui impunătoare.

Era greu să mă gândesc la lipsuri pentru că nu le aveam, iar la cele sufletești cu atât mai mult. Nu mă simțeam nici singur, nici înjumătățit. Îmi era bine așa cum eram, nu aveam nevoie de mai mult sau cel puțin așa simțeam. M-am lăsat însă purtat de jocul lui Kay și m-am gândit la șansă, apoi am băut paharul până la ultima picătură.

– Ești mare jucător, Matteo Rossi, mi-a spus Kay, începând să râdă ca la început.

Nu am înțeles ce voia să însemne afirmația lui cu atât mai mult cu cât brusc, totul se învârtea cu mine.

– Ce mi-ai pus în pahar, om nebun!?

– Praf de stele, Matteo, praf de stele…în zece minute ai să

fii ca nou, nu te îngrijora! mi-a răspuns continuând să râdă.

În timp ce eu încercam să-mi găsesc echilibrul, el și-a strâns cu atenție pânza, cărțile apoi mi-a pus în palmă cartea lui de vizită și a plecat.

– Pe curând, Matteo, mi-a spus, lăsând sunetul slab al muzicii să pătrundă și puterea bașilor să zgâlțâie pereții.

Am avut nevoie de mai mult de zece minute să-mi revin din starea de amețeală. Când mi-am revenit, aveam o poftă de sex exacerbată. Eram disperat să simt sfârcurile unei femei lipite de pieptul meu, să-i simt unghiile cum îmi sfâșie carnea în timp ce eu aș trasa cărări cu limba peste întreg trupul ei, excitat, la fel ca al meu.

Am coborât în fugă cele două etaje, ajungând în forfota de la parter. I-am văzut pe băieți înconjurați de fete și pe Sergiu, la o canapea mai retrasă, cum pipăia o blondă cu sânii mari și grei.

M-am amestecat în mulțime, vânând cu o primă privire o frumusețe, cu care am și ajuns acasă.

Karina, o brunetă focoasă, cu păr negru, mătăsos, cu sâni voluptuoși și gură apetisantă mi-a smuls hainele de pe mine, aruncându-mă pe pat. S-a așezat călare, deasupra mea, desfăcându-și sutienul din care doi sâni rotunzi și mari, cu sfârcuri excitate, se plimbau peste pieptul meu, în timp ce limbile ni se contopiseră într-un sărut sălbatic.

M-am prins de șoldurile ei, am ridicat-o ușor și fără să apuce să-și dea seama era deja sub mine. M-a privit, în ochii ei sclipind o dorință absolut neobrăzată. I-am desfăcut picioarele și am sărutat-o apăsat pe interiorul coapsei. A tremurat și s-a ridicat ușor, străbătută de un fior de plăcere, iar gestul ei m-a excitat și mai tare.

Am continuat să o sărut mai spre interiorul coapsei, iar ea gemea și se arcuia puternic când barba mea se freca de pielea ei fină.

– Îmi place, Matteo! Ah!

Am zâmbit golănește, apoi mi-am înfipt mâinile cu putere în fundul ei ușor ridicat de pe pat și am strâns-o.

– Matteoooo! din nou mi-a spus numele, scoțând un icnet scurt, de plăcere.

– Oare asta îți place la fel de mult!?am întrebat-o , apoi fără să mai stau pe gânduri mi-am lipit buzele de labiile ei roz, desfăcându-i-le pentru a-i atinge din nou clitorisul cu toată limba, apăsându-l cu putere. Gemea, zvârcolindu-se toată deasupra cearșafului.

– Doamne, Dumnezeule! exclama cu putere. Îmi place, oh, da, îmi place tot ce îmi faci, striga posedată de trăiri puternice.

Și mie îmi plăcea la nebunie. Eram excitat la maximum, iar în timp ce îi sugeam clitorisul, aveam senzația că din ea curge cel mai delicios nectar din lume. Nu mă mai săturam parcă să-mi retrag capul dintre picioarele ei. Nu știam dacă o luasem eu razna sau de vină era *praful de stele* pe care Kay mi-l băgase în paharul de șampanie.

Și-a înfipt fără de milă degetele în părul meu și a început să mă tragă cu putere, în timp ce durerea îmi umflase penisul la maximum. Se împingea cu putere în limba mea, în timp ce plăcerea ce știam că i-o produc creștea nivelul excitației mele.

Știam că era aproape de orgasm. Totul o trăda: grimasele,

sunetele, încordarea și relaxarea pulpelor. O simțeam pe buzele mele cum se uda din ce în ce mai tare cu fiecare atingere de limbă pe care i-o dădeam.

Momentul dezlănțuirii pândea la colț. Și-a încleștat din nou pumnii în părul meu și și-a înfășurat cu putere picioarele în jurul gâtului meu, țipând cu putere.

– Doamne, Matteo!

Cu fața blocată în strânsura puternică a coapselor ei, am simțit cum pulsa incredibil de umedă, fierbinte, efervescentă și satisfăcută.

Ușor, Karina, frumusețea sălbatică din patul meu cobora cu picioarele pe pământ, în timp ce eu o așteptam mângâindu-i sânii de-a dreptul fabuloși.

– Sărută-mă din nou, Matteo!

Vocea îi era ușor răgușită și suna al naibii de sexy în timpanele mele. Eram pregătit să-i ofer o a doua porție, cu gândul de a păstra la final, propriul meu deliciu. Am început să o sărut cu plăcere, simțind cum voia să preia controlul. Era lacomă, pasională, cu o poftă carnală de neoprit.

Dintr-o singură mișcare, era deasupra mea, imobilizându-mi umerii și lăsându-și greutatea trupului peste a mea. Îi simțeam vulva moale, umedă cum se freacă de scula mea tare ca piatra. S-a ridicat ușor, făcându-i loc mâinii. Degetele ei fine, se plimbau de sus în josul penisului meu peste măsură de excitat.

– Mmm, nu mă gândeam că ești chiar atât de dotat, s-a aplecat și mi-a șoptit la ureche.

Aerul fierbinte pe care l-a suflat ușor în urechea mea mi-a

produs un fior ce mi-a străbătut întreg corpul.

– Niciodată nu poți fi sigură de ce găsești în pantalonii unui bărbat, i-am răspuns printre gemete și continuând să mă împing între degetele ei.

Karina a continuat să mi-o frece, sucind încheietura mâinii într-un fel știut numai de ea. Puteam foarte bine, să-mi dau drumul într-o secundă în palma ei, laba pe care mi-o făcea provocându-mi senzații fabuloase. Și totuși...

– Ești pregătită de o nouă rundă!? am întrebat-o , căutând cu mâna un prezervativ.

– Absolut, mi-a răspuns, apucând să își frece clitorisul de două ori de capul sculei mele, pentru a mă asigura că este deja udă.

Felul în care mă privea mă determina să o las să îmi facă orice mi-ar fi cerut în momentul acela. Să o las să mă atingă, să mă zgârie precum pisica, să-mi facă franjuri pielea, numai să mă lase să o fut așa cum voiam eu.

S-a ridicat și dintr-odată, pe de-a întregul, vaginul ei m-a primit în strânsoarea lui. Am scos amândoi un geamăt lung, de plăcere ce părea că nu se mai termină. A început să se miște deasupra mea din ce în ce mai repede, producându-mi plăceri pe care le simțeam rostogolindu-se pe șira spinării, pe care trupul le percepea asemenea unor adevărate unde de șoc, din cap până-n vârful degetelor picioare.

Simțindu-mi descătușarea aproape, m-am înfipt cu mâinile în șoldurile ei, împingându-mă în ea cu forță. Am simțit cum pulpele i se înmoaie din nou și i-am văzut sfârcurile cum încep să i se încrețească odată cu pielea ce i se făcuse de găină. Un orgasm surprinzător m-a lăsat cu degetele încleștate în carnea ei și mi-am dat drumul în același timp cu ea!

Era lipită de pieptul meu, ca și când ar fi căzut de la mare înălțime. Gâfâiam amândoi de ai fi zis că trecusem linia de finish al unui maraton redutabil.

Am mângâiat-o pe cap, trecându-mi mâna printre șuvițele-i încurcate, lăsându-mi mâna să alunece peste spatele ei frumos arcuit. Între timp, corpul continua să-mi vibreze sub imperiul unui orgasm capcană.

– Degetele tale delicate m-au stârnit la greu, i-am spus încercând să-mi dreg vocea.

– Abracadabra ! Abracadabra! mi-a spus cu mâinile ridicate în aer.

Am zâmbind, sărutând-o pe creștetul capului, simțind cum fiecare mușchi avea să se relaxeze.

Karina s-a ghemuit la pieptul meu, respirația căpătându-i vibrații normale, cele ale unei persoane mai mult adormite.

Am luat-o în brațe, am tras cearșaful deasupra noastră și mi-am scufundat nasul în părul ei.

– Somn ușor, Rena, oriunde te-ai afla și oriunde ai fi! am spus abia șoptit, un zâmbet adormindu-mi instantaneu în colțul gurii.

Capitolul 5

M-am bucurat de liniștea sfârșitului de săptămână, ascuns de lume, în apartamentul meu, profitând de ultimele noutăți de pe Netflix. Gânduri albe, gânduri negre de tot felul și-au găsit răgazul necesar pentru a-mi face mințile praf. Dintr-un motiv ce fie îmi aducea zâmbetul pe buze, fie îmi întuneca privirea, mă tot gândeam la clarvăzătorul *nebun*, iar numele Rena mi se tot învârtea în cap, în cercuri brutale, în timp ce mă pregăteam pentru un nou început de săptămână.

Am condus până la birou, unde singur de această dată, mi-am parcat cu grijă *motanul Aston*, la subsolul clădirii, găsindu-i loc lângă o distinsă *pisicuță* din gama Toyota.

– Să nu faceți nimic din ceea ce nu aș face eu! m-am adresat celor două mașini parcate, apăsând butonul de alarmă.

Mă trezisem binedispus încă de dimineață. În plus, mă simțeam și ușor euforic probabil și datorită exercițiului pe care îl făcusem, la nivel mental, pentru a-mi îndepărta orice gând negativ sau incertitudine. Citisem undeva că, dacă te abandonezi lor, până la depresie mai este un singur pas, ceea ce în situația mea era total irelevant. Doar eu fusesem cel care îi spusese lui Kay că mă simt bine în pielea mea, ceea ce am și pus în practică. Tocmai vorbisem cu două mașini. Ei, și!? Important nu era răspunsul lor, ci faptul că mergeam și zâmbeam. Cine a spus că ai nevoie de motive pentru a zâmbi!?! În acea zi, eram pregătit parcă să înlătur orice obstacol sau barieră, de orice natură, care ar fi putut să-mi schimbe buna-dispoziție.

Am urcat la birou, fluierând și aruncând zâmbete și complimente fiecărei doamne sau domnișoare ce îmi ieșea în cale. Ba mai mult, am fost deosebit de amabil cu toți colegii mei, pe care reușisem să-i lasă cu gura căscată. Și asta nu datorită noilor mei jeansi din colecția Luis Vuitton sau a pantofilor, ci a noii atitudini.

– Hei, tu! Ce ai făcut cu șeful meu!? mi s-a adresat Eli, total bulversată de gestul meu.

Pe birou, îi lăsasem o orhidee.

– Ce, nu îți place *noul* Matteo Rossi!? am întrebat-o făcându-i semn să mă urmeze în birou.

Eli a intrat și s-a asigurat că ușa este bine închisă.

– Auzi, ai luat ceva...droguri? Să nu mă minți!

Am început să râd în hohote văzând uimirea de pe chipul ei. Uneori aveam senzația că îi pot auzi toate gândurile, dinainte să capete voce. Eli era total nepricepută în a-și ascunde emoțiile sau temerile.

– Nu am luat nimic, i-am răspuns pe un ton neutru, încercând să o liniștesc. Am avut timp să mă gândesc la o seamă de lucruri zilele astea.

– Cum ar fi și la mărirea mea de salariu? a sunat întrebarea ce marca începutul săptămânii.

– Trebuie să meriți! i-am replicat încercând să-i stârnesc acel gen de reacție la care nu făceam altceva decât să mă tăvălesc pe jos de râs.

– Să vedem..., m-a surprins calmul ei. În sala de consiliu te așteaptă Kassandra M.

– Ești sigură!? am întrebat-o sărind de pe scaun în picioare, amintindu-mi de ceea ce îmi spusese Kay.

– Ochelarii nu mă înșală niciodată...

Am dat să ies din birou, dar picioarele mi s-au împiedicat de un nume și am făcut cale întoarsă.

– Eli, spune-mi...tu m-ai auzit vorbind, pomenind numele Rena!?

– *Boss*...pe timp de zi nu. Acum nu știu...ai obiceiul să vorbești noaptea în somn!?!

– Era o întrebare serioasă, i-am replicat încruntat.

– La fel și răspunsul meu! Nu, nu te-am auzit!

M-am răsucit pe călcâie și din acel moment tot ce voiam să fac era să îmi scot din minte acel nume și să ajung să aflu motivul pentru care *femeia neînțeleasă* mă căuta.

– Bună dimineața, Kassandra! Domnule!

– Matteo, el este soțul meu David!

– Încântat, am răspuns scuturând mâna unui bărbat cu umeri lați, mușchi la greu lucrați și mai înalt cu un cap ca mine.

Mi-a aruncat o privire de Oscar, nu alta. Nu doar că era la fel de blond ca și Dolph Lundgren, dar când s-a uitat spre mine a doua oară, nu știam de ce să mă feresc mai degrabă: de un eventual pumn sau de el, pur și simplu ca om.

– Kassandra, cărui motiv îi datorez prezența ta? am întrebat-o după ce mi-am găsit un loc la trei scaune distanță de malac.

Femeia a lăsat capul în jos, s-a uitat spre soțul ei iar el a încuviințat din cap, în semn de *poți vorbi iepuraș*.

Kassandra M. nu făcea parte din categoria *senzația vieții*, nici fizic, nici măcar la nivel de actorie, dar era un artist complex: juca, cânta, dansa și uneori chiar și scria. Colabora cu diverși scenariști și vorbea perfect engleza britanică, plusuri ce-i creșteau valoarea pe piață.

– Matteo, am vrea să știm dacă putem relua negocierile.

Vocea îi era spășită, mieroasă, iar privirea îi mătura podeaua, în timp ce pe sub masă, eu îmi frecam palmele, în semn de pre-victorie.

– Nu cred că se mai poate, i-am răspuns pe un ton indiferent.

Ea a ridicat capul, iar ochii îi jucau în lacrimi.

– Vezi, ți-am spus eu, i s-a adresat îndurerată soțului.

– Și totuși ce te-a determinat să te răzgândești?

Stăteam relaxat pe scaun, picior peste picior, mă învârteam dintr-o parte în alta, încercând să par cât se poate de detașat de cererea ei.

– David. David a spus că are un prieten în America cu conexiuni importante în lumea filmului...

– Aha, să înțeleg că era vorba de bani!

– Nu! Nu neapărat, a intervenit soțul ei în discuție la fel de brutal precum privirea lui.

– Ți-aș propune să te calmezi, David. Banii au fost și vor fi motive de dispută pentru...micime, i-am răspuns arogant. Personal, nu m-am supărat. Decizia a fost a voastră. Eu știu foarte bine ce contracte îi puteam oferi Kassandrei. Garantat conexiunile fabuloase ale prietenului s-au dovedit a fi doar fabulații!

– Da, Matteo. În plus, pe lângă un comision mai mare

decât al agenției, voia să-i plătim nu știu ce taxă în valoare de 10.000 de dolari, încerca ea să-mi explice.

Am rămas tăcut câteva secunde, continuând să mă învârt pe scaun. Mi-am încrucișat brațele, luând poziția omului care încearcă să găsească cea mai bună soluție. Evident, ea exista, însă îmi făcea o enormă plăcere să-i văd cum fierb în suc propriu.

– Bine! am exclamat și m-am ridicat de pe scaun, sub privirile lor întrebătoare. Am să aduc la cunoștință comitetului director revenirea ta în cadrul agenției și te voi contacta imediat ce voi avea un răspuns.

– Și o să dureze!? m-a întrebat cu voce abia șoptită.

– Habar nu am, Kassandra. Nu vreau să te mint! S-ar putea până la urmă să nu reușesc să mai fac nimic pentru tine, i-am răspuns surprinzând privirea apăsată a soțului ei, devenit monument de tăcere.

Am rămas în holul de la intrare schimbând alte câteva cuvinte, când, ca și de nicăieri, am simțit mâna președintelui Prescot pe umărul meu și am văzut privirea Kassandrei cum se însenineează.

– Kassandra, David, li s-a adresat el cu un zâmbet excesiv de larg.

– Domnule Președinte, ei tocmai se pregăteau de plecare.

– Care este graba, Matteo? m-a întrebat el încruntat.

– Am discutat despre contractul…

– Aaa, minunat, Kassandra, dacă ai luat decizia de a veni din nou la agenție, a exclamat strângând-o în brațe.

Preston îmi stricase toată joaca. Îmi ruinase posibilitatea unei mici răzbunări bine-meritate.

– Asta înseamnă că semnăm contractul!? Că nu sunt probleme!? sună fericit glasul ei.

– Daaa, am apucat să-i răspund eu repede, luând-o pe după mijloc și încercând să o fac să meargă spre lifturi.

– Așa te porți cu toate femeile pe care le reprezinți!? mi s-a adresat soțul ei vizibil deranjat.

Pentru o clipă, zâmbetul tuturor a înghețat, în special al lui Preston, din ale cărui priviri, către mine, zburau cuie direct.

– Nu înțeleg, David, i-am răspuns, chiar spunând adevărul.

– D'aia nu aveam încredere să o las să semneze contractul. Din cauza unuia ca tine: tânăr, frumușel, arătos, cu o reputație care te precede... Cum îți permiți să-ți încolăcești brațul în jurul taliei nevesti-mii!?! mi s-a adresat furios la maximum.

Vocea ridicată a bărbatului a stârnit curiozitate. Imediat se adunaseră mai toți cei aflați în birouri în jurul nostru. Eli, cu antenele ei, era de ceva vreme în dreapta mea.

– *Boss*, mi-a șoptit, ăsta cred că a citit multe cărți de Sandra Brown... auzi la el, *ți-ai încolăcit brațul!?!*

Am încercat să nu bag în seamă remarca asistentei mele pentru a găsi repede un răspuns cu care să calmez gelozia de-a dreptul nebună a bărbatului. Ce mă deranja cel mai tare era că nevasta lui nici măcar nu era genul meu.

– Îmi pare rău, David. Nu am vrut să te ofensez și nici să o lipsesc pe Kanssandra de respectul cuvenit.

– David...a încercat să intervină Prescot.

– Nici un David! Dacă agenții tăi ar fi bărbați serioși, Kassandra ar semna cu agenția ta, altfel... nu mai semnăm nimic! a sunat aprig vocea lui, asemenea unei decizii de neclintit.

Fără prea multă minte în capul lui, mare și prost cum s-ar spune, David reușise să ne reducă la tăcere. Zgomotul făcut de ușile liftului ce se deschideau parcă aveau să dea un restart timpului.

Sub privirile tuturor, în fața noastră, pășea cu atenție... fata de la bar.

Am rămas cu gura căscată pentru ca imediat să-mi vină ideea salvatoare. Dacă trebuia să fiu băiat serios, de casă cum voia matahala din dreapta mea, acesta era cel mai bun moment să-i demonstrez că...SUNT!

– Hei, iubita mea! am exclamat, îndreptându-mă spre ea cu brațele deschise.

Reacția mea reușise să surprindă pe absolut toți cei de față. Cei mai marcați erau Preston, Eli și bineînțeles, ea.

– Matteo, ai înnebunit, mi-a șoptit ea, la ureche.

– Ce mă bucur că ai venit! mi-am continuat șarada sub privirile ei evident marcate.

– Matteo, eu am venit să-ți aduc portofelul...

– Iubita mea, ce m-aș face eu fără atenția și grija pe care mi-o porți zi de zi! suna declarativ și admirativ tonul meu.

– Tu te-ai lovit la cap!?! Te-ai uitat la vreun film prost!?! continua să mă întrebe în timp ce eu o adusesem în mijlocul grupului format ad-hoc.

– Uite, David, Kassandra, mă bucur că iubita mea, de fapt logodnica mea, tocmai ce a sosit. Mi-a adus portofelul, vă vine să credeți ?!? l-am ridicat și apoi i-am dat ei un sărut pe frunte.

– Matteo, ce naiba se petrece aici!? m-a întrebat printre dinți, încercând să nu-mi distrugă șarada.

– Trebuie să vă recunosc tuturor că atunci când am cunoscut-o pe...

Am înghețat când mi-am dat seama că nu știam cum o cheamă.

– Rena. Rena Popescu! a întins mâna.

Eram deja sloi, iar cuvintele îmi erau gâtuite de emoție. Gândurile îl înjurau pe Kay. Unele. Altele îi mulțumeau.

– Pe... Rena, am reluat propoziția, când am cunoscut-o mi-am dat seama că este unica femeie din viața mea, în jurul căreia mi-aș *încolăci brațul* pe vecie, David, asta apropo de ceea ce spuneai tu, mai devreme...

Întreg actul meu teatral îmbibat cu intenții meschine avea și o parte de adevăr. Fără să-i cunosc numele, noaptea petrecută cu Rena nu fusese una oarecare, ci una specială. Apariția ei pe neașteptate îmi salva și sufletul, dar și un moment important din carieră.

– Ha, ha, ha! Ziua surprizelor! a exclamat Preston, dându-și seama că nu interpretam decât un rol de *băiat de casă*.

Zâmbetul încurcat al Renei reușise să-i cucerească pe toți, iar pe David să retragă refuzul semnării contractului, spre bucuria președintelui și a mea.

– Nu cred că ar putea exista un moment mai bun pentru a celebra acest moment, a adăugat Preston, decât balul de sâmbătă seară. Kassandra, David, sunteți și voi invitați. Am să aranjez să stați la aceeași masă cu Matteo și Rena, a completat el.

Gândurile brusc mi s-au încurcat. Rena avea ochii cât cepele, iar Eli butona nervos tableta.

– Bal, ce bal!? a întrebat temătoare Rena.

– Ăăă, voiam ca rochia să-ți fie o surpriză, iubita!

Îmi doream cu disperare ca lumea să se împrăștie, Kassandra M. să plece și să se termine odată tot circul . Am luat-o pe Rena pe după umeri și precum un pachet greoi, am dat-o la o parte, făcând loc de trecere.

– Bun. Atunci, eu trebuie să-mi iau la revedere pentru că mai am și altele de rezolvat pe ziua de astăzi. Ne vedem sâmbătă seară, la bal. Va fi o seară…și m-am oprit simțind brațele puternice ale lui David cum mă strâng, lăsându-mă fără aer.

– Îmi pare rău.Te-am judecat greșit! a sărutat mâna Renei și a plecat continuând să vorbească cu Preston.

Am rămas în mijlocul holului, cu mâinile în cap și ochii strânși. O mie de gânduri îmi străbăteau mintea fără să le pot stăpâni.

– Matteo, ce naiba a fost toată... asta!? m-a întrebat Rena, pe un ton tăios.

Am deschis ochii și o priveam ca un neputincios. Am fost salvat de Eli, care a intervenit încercând să își dreagă vocea.

– Sunt Eli, asistenta domnului Matteo Rossi!

– Încântată, Rena!

– Știți…poate că nu este treaba mea…

– Eli, nu îți stă bine să fii atât de protocolară, i-am spus eu, pe un ton de reproș, amețit de o durere de cap fulgerătoare.

– Uite, Rena, Matteo chiar are intenții serioase în ceea ce te privește.

Rena a privit-o ridicând sprâncenele, pe chipul ei citind uimirea, absolut firească unei astfel de situații.

– Până acum cinci minute nici nu știa cum mă cheamă, ce tot spui acolo!?

– Urma să te găsească, serios!

Era pentru prima dată când Eli reușea să mă păcălească până și pe mine.

Dintr-odată, am simțit verdele privirii ei cum mă învăluie, iar vocea i-a devenit blândă și caldă.

– Serios, Matteo!?!

– Da, i-am răspuns căzând pradă privirii ei amețitoare. Ne vedem sâmbătă seară!?! am întrebat-o și fără să-i cer permisiunea, m-am aplecat și mi-am lipit buzele de ale ei într-un dulce și amăgitor sărut.

– Nu am rochie…mi-a șoptit ghiduș.

– O să o ai. Vineri cel târziu!

Rena mi-a zâmbit, apoi în văzul tuturor și-a mângâiat obrazul de palma mea, iar eu am mângâiat-o pe cap cu cealaltă mână…

Trăiam ceva. Un sau o *ceva* ce nu se poate explica în cuvinte, dar care îmi făcea inima să bată ca nebuna. O doream în disperare, dar în același timp îmi era frică de ea. Și asta pentru că în fața ei mă simțeam vulnerabil. Era ca și când toate măștile, solide, trainice, muncite, la o simplă atingere de-a ei deveneau pulbere fină de nisip ce se pierdeau printre particulele de aer…

Era îmbrăcată într-o pereche de jeanși bleumarin, strânși pe coapse, cu un tricou roz, sacou alb, iar în picioare purta bascheți, simpli, de culoare albă. Părul îl avea prins la spate, lejer într-o coadă, iar câteva fire neglijente din când în când o făceau să clipească. Nu era dată cu gram de fard pe față, doar un gloss transparent îi evidenția gura frumos conturată și buzele pline.

Am deschis gura să-i spun cât este de frumoasă, dar i-am

simțit degetul cum îmi apasă buzele, urmat de un zâmbet larg și jucăuș.

– Ne vedem sâmbătă seară!

Mi-a făcut cu ochiul, mi-a mângâiat obrazul, s-a ridicat pe vârfuri, m-a sărutat scurt, cu buzele pe jumătate deschise, apoi s-a întors și a plecat.

Când ușile liftului s-au deschis, mi-a trimis un sărut prin aer și mi-a aruncat un zâmbet ștrengar peste umăr.

I-am prins sărutul strâns în pumn și fără să-mi fi fost cerut, l-am dăruit inimii. Mi-am forțat picioarele să se dezlipească de podea și ochii de ieșire. Voiam să pot păstra în minte imaginea ei, cel puțin până aveam să o revăd. Plecase de un minut și deja îi simțeam lipsa...

– Matteo, vrei un pahar cu apă? m-a întrebat Eli, după ce am ajuns în birou.

– Nu, îmi este bine...

– Nu prea pari, serios. Ea este Rena de care mă întrebai mai devreme?

– Da, i-am răspuns dus pe gânduri.

– Dar ce este cu fata asta!? Cine este!?

– Dacă îți spun că știu, dar în același timp nu știu, mă crezi!?

– Vrei să vorbești despre ea? Serios, niciodată nu te-am văzut în starea asta. Parcă ești sănătos, dar în același timp bolnav...

– Ce să-ți spun...că îmi este teamă de ea!?

– De ce, Matteo? Mă îngrijorezi de-a dreptul. Sigur nu ai luat ceva zilele astea? Poate ți-a pus cineva ceva în băutură fără să știi, zic și eu că prea nu ești în apele tale...

Părerile ei brusc m-au trezit la viață!

– Știu! am exclamat. Trebuie să dau de nebunul de Kay. El are răspunsurile!

– Kay!? cine mai este și acesta!?!

– Un astrolog, clarvăzător, pe care l-am cunoscut la petrecerea lui Sergiu.

– Doamne, ai luat-o razna! a spus Eli, făcându-și mare, semnul crucii.

– Sun-o pe mama, te rog, și întreab-o de unde poți comanda o rochie de seară pentru balul de sâmbătă! Măsura 36!

Eli rămăsese mască. Se vedea clar pe chipul ei că nu înțelege nimic, numai că nici eu nu aveam răbdare să-i explic. Am ieșit val-vârtej, oprindu-mă în fața mașinii.

*

– Kay, merci că m-ai primit într-un timp așa de scurt!

Bărbatul a dat din cap, pe jumătate adormit și mi-a făcut semn să mă așez.

Biroul lui era în mijlocul pădurii Codrii Vlăsiei. După câteva rateuri ale GPS-ului am ajuns la adresa indicată pe cartea de vizită, în dreptul unei căsuțe mici, ascunsă în mijlocul copacilor.

– Interesant loc în care să-ți stabilești reședința, am spus încercând să fac conversație.

– Îhî, a răspuns căscând cu gura până la urechi.

– Kay, știi...

– Știu! mi-a răspuns sec, turnând cafea în două căni mari. Cu zahăr sau fără?

– Cu, te rog.

– Două cuburi, mai multe?

– Unul este suficient, i-am răspuns nerăbdător să primesc răspunsurile pe care le căutam.

– Să înțeleg că *praful de stele* a funcționat? m-a întrebat rânjind.

– Este cumva vreun...drog nou!? M-ai drogat!?!

Astrologul a început să râdă cu putere.

– Este exact ceea ce tu ai vrut să fie!

– Adică!?!

– Adică efectul este diferit de la persoană la persoană, în funcție de gândurile pe care le are.

Am clipit, în continuare nedumerit.

– Uite, după ce mi-am revenit, seara eram îngrozitor de excitat. Am plecat acasă de la petrecere cu una, pe care am futut-o ca și când nu aș mai fi avut o femeie de o mie de ani!

– A fost bine!?

– Al naibii, da!

– Atunci de ce te plângi!?

– Nu o fac! Numai că nu înțeleg...

Kay mă asculta ca și când orice i-aș fi spus îl plictisea total.

– Sâmbătă, duminică, deși am încercat să mă deconectez puțin, în capul meu s-a derulat un adevărat maraton al gândurilor. Azi, m-am trezit parcă un alt om!

Pentru prima dată, Kay a ridicat privirea din cana de cafea, privindu-mă cu atenție.

– Și am înnebunit când, rând pe rând, au început să mi se întâmple lucruri despre care tu mi-ai spus, iar eu...

– Nu m-ai crezut. Nu ești primul, băiete! suna parcă a iertare tonul lui.

– Kassandra, contractul și...

Privirea dintr-o dată i se ascuți.

– A apărut ...ea! atât i-am spus pentru că am simțit cum mi se usucă gâtul.

– Înseamnă că ai primit strălucirea, Matteo! mi-a spus ridicând bucuros ambele mâini în sus de parcă ar fi ridicat ceva.

– *Strălucirea!?!* Ce naiba mai este și asta!?!

– Ai aflat cine este Rena? iar privirea dintr-odată i se trezi.

– Da, aveai dreptate, o cunoscusem în urmă cu câteva zile, dar...

– Sufletele care se regăsesc întotdeauna sunt aduse laolaltă.

– Stai, stai că m-ai pierdut. Ce este cu *strălucirea* aia, ce treabă are Rena în toată povestea asta și...cine este Rena! Te rog, omule, vorbește să înțeleg și eu!

Pentru Kay, totul părea a fi o glumă, în timp ce incertitudinea îmi trimitea fiori din cap până în picioare. O stare deloc comodă.

– *Strălucirea* este o nouă șansă pe care numai Karma o poate dărui omului. Față de Rena, ai o datorie. Ai grijă, Matteo, să nu o dai în bară și de data asta!

– Ce datorie!?! Nu înțelegi că astăzi am văzut-o pe femeia asta a doua oară în viața mea!?!

– A doua oară în viața asta, vrei să spui!?!

– Cum!?!

– Matteo, treci la fapte în loc să cauți răspunsuri. Ai curaj să simți și acționează în consecință. Numai celor aleși, Karma le dă *strălucirea*. Ai grijă ce faci cu ea! mi-a spus pe ton grav.

– Și ce trebuie să fac?!?

– Tu ai ascultat ce ți-am spus până acum!?! Trăiește și ai grijă să nu o dai din nou în bară!?!

*

Zilele ce au urmat au trecut sub blestemul melcului. De unde trăiam cu senzația că timpul mă alerga, de luni până sâmbătă am crezut că traversasem o veșnicie. Nu avusesem nici un chef de lucru și de unde o expediam pe Eli ori de câte ori găseam ocazia, îmi devenise un fidel confesor. Și culmea, nici măcar ea, care avea răspuns pentru orice, nu găsea nicio explicație logică la toată povestea legată de Kay, Rena, karmă și alte nebunii *strălucitoare*. L-am băgat și pe Sergiu la interogatoriu cerându-i mai multe detalii despre astrolog. Nu a putut să mi le dea. De existența și renumele bărbatului auzise de la logodnica lui, iar la petrecere avea să-l aducă în ideea de a ne face o farsă, de a ne băga în sperieți. Când i-am povestit însă ceea ce mi se întâmplase, reușisem să-l las căzut pe gânduri. Dintr-odată, lumea mea perfectă avea să mi se dea peste cap și tot ceea ce mi se părea normal până atunci să devină anormal.

La fel de absurdă era și reacția chimică ce se petrecea în corpul meu, ori de câte ori mă gândeam la Rena. Și mă gândeam aproape clipă de clipă, încercat de sentimente abstracte. Și întreaga agonie în care trăiam de câteva zile avea să înceteze în câteva minute…

Îmbracă orice bărbat în frac Armani, încalță-l în pantofii

potriviți, parfumează-l cu Killian, pune-i un ceas Vacheron Constantin la mână și ai să vezi adevărata strălucire a Karmei, direct la brațul lui!

*

Un zâmbet absolut seducător mi-a captivat privirea. Îmbrăcată într-o rochie lungă, de un roșu regal, cu tăieturi simple, o creație unică, semnată de un important creator român, Rena pășea atent, grațioasă, asemenea unei regine în venele căreia curgea sânge albastru. Sufletul îmi reproșa că nu am curajul să-mi desfac brațele, să alerg spre ea și să o strâng la piept în timp ce rațiunea îmi reamintea de etichetă.

Am lăsat privirea în jos, zâmbind, când am văzut zeci de perechi de ochi holbați, pe care îi ignora total în drumul spre mine. În urma ei, doamnele își dădeau ochii peste cap sau își dădeau coate, măcinate de curiozitate sau de invidie.

Inima începuse să îmi bată cu putere, iar emoțiile mi se înghesuiau mai să îmi spargă pieptul. Rena indiscutabil nu era doar apariția serii, ci senzație în sine. Eleganța și feminitatea răspândeau oriunde în jurul ei, fascicule de lumină absolut fascinante. O vedeam cum se apropie și îmi era teamă să nu mi se taie respirația, înainte de a-i spune cât era de frumoasă...!

– Hei, frumosule! mi-a șoptit, ajunsă în fața mea.

I-am zâmbit, i-am făcut discret cu ochiul, apoi m-am aplecat și i-am luat mâna sărutându-i-o delicat.

– Domnișoară, i-am spus, și i-am întins brațul.

Am străbătut întreaga sală de bal, ca și când podeaua ar fi

plutit sub picioarele noastre. Priveam înainte o secundă pentru ca restul să-mi fie furate de ochii ei hipnotizanți, ce sclipeau în nuanțe de verde primăvăratec.

– Ești incredibil de frumoasă, Rena! i-am șoptit la ureche.

– Uite cine vorbea, mi-a replicat, pe un ton seducător.

– Nu mă provoca, seara de abia a început, am mârâit, amuzat.

– Iar eu de abia aștept să se termine, mi-a spus cântat printre dinți.

Am ajuns în dreptul mesei noastre, unde doar două locuri, ale noastre, erau rămase libere.

– Bună seara, am salutat amândoi.

– Bună seara, Rena, Matteo, sunteți absolut superbi unul lângă altul, ne-a complimentat Kassandra, susținută de privirea lui David, pentru prima dată cu adevărat relaxată și prietenoasă.

Am tras scaunul, făcând loc Renei să se așeze. Înainte însă, i-am simțit brațele cum i se încolăcesc în jurul gâtului meu, dându-mi un sărut dumnezeiesc.

– Te doresc, Matteo Rossi! mi-a șoptit printre buze.

– Nu știu ce se întâmplă în mintea ta. În a mea, de când te-am văzut pe scări, suntem goi și umezi.

I-am simțit fiorul ce a străbătut-o direct în propriul meu stomac.

– Nu ești doar extrem de sexy, Matteo Rossi, dar ai și o minte perversă! Îmi place asta! mi-a replicat ciupindu-mi ușor buza de jos și trezindu-mi deja scula.

Și-a desprins brațele de gâtul meu, apoi, cu zâmbetul pe buze și cu o nonșalanță totală, s-a adresat celor de la masă.

– Ce să fac!?! Nu ai cum să rezişti unui asemenea bărbat!

Sub privirile uimite și zâmbetele pierdute, Rena și-a aranjat rochia, s-a așezat pe scaun și a dat startul discuțiilor de tot felul. O priveam absolut vrăjit de naturalețea și ușurința cu care putea să dialogheze. Și nu doar eu eram picat în mrejele sale, ci bărbați și femei deopotrivă. David cel puțin mi-a mărturisit că era eclipsat de prezența ei, iar eu nu făceam altceva decât să dau din cap și să-mi doresc ca seara să se termine mai repede pentru a o avea numai pentru mine.

Balul era un eveniment organizat anual de compania de impresariat. Beneficia de o prezență de elită, exclusivistă, iar scopul principal era reprezentat de actul caritabil. La fiecare ediție se reușea strângerea unei importante sume de bani, pe care compania o dona diverselor asociații. Anul acesta, fondurile urmau a fi vărsate în contul asociației culturale Visuri în Cuvinte, o organizație non-guvernamentală , non profit al cărei obiect principal de activitate este promovarea scriitorilor români.

Mai mult, chiar eu venisem cu această propunere de sponsorizare. Din întâmplare, am văzut o postare a unui scriitor pe care îl aveam în lista de prieteni. Am rămas plăcut impresionat, accesând site-ul www.visuriincuvinte.ro, de dorința unor oameni, din mai toate categoriile sociale, de a face ceva, real, pentru autorul român, a cărei condiție financiară, în 2020, a rămas în continuare neschimbată. I-am povestit lui Prescot despre ei. La început a mârâit, apoi cu siguranță a văzut o nouă oportunitate. Pentru el, evenimentele caritabile nu erau decât alte mijloace prin care să sporească avantajele companiei. Ideea de cifre urmate de cât mai multe zerouri, în lumea în care trăiam, era premiată, nicidecum pedepsită prin lege.

Și, în sfârșit, aveau să răsune primele acorduri de muzică, iar eu de abia așteptam să o simt pe Rena în brațele mele.

– Vrei să dansăm? am întrebat-o, întrerupând o discuție.

– Da, mi-a răspuns, iar privirea din nou îi scânteia.

– Nu te mai uita așa la mine, am mârâit excitat la maximum, lăsând zâmbetului loc să se instaleze confortabil.

– Atunci nu te mai gândi la ceea ce mă gândesc și eu, mi-a răspuns dregându-și vocea.

I-am tras ușor scaunul, apoi i-am oferit mâna, conducând-o pe ring, pe acordurile sublime din *Valsul Fluturilor.*

– Pentru ca totul să fie limpede, i-am spus, dacă am să te cuprind în brațe și am să-ți pun o mână pe șold, o fac numai pentru a te conduce pe ritmurile muzicii.

– Iar eu dacă am să mă lipesc mai mult de tine, am să o fac pentru a-ți simți penisul excitat.

Am început să râd, ascunzându-mi grimasa, sub o falsă tuse ușoară.

– Ești deja udă, îți simt deja mirosul…

– Iar eu te simt deja, adânc în mine…

Îmi plăcea la nebunie acest joc murdar, dar excitant al seducției. Îmi venea să-i sfâșii hainele de pe ea, în mii de bucățele și apoi să-i sărut fiecare centimetru de piele. Sau aș fi putut la fel de bine să i-o trag îmbrăcată în rochia aia senzațională, roșie, pe care urma să i-o ridic în timp ce îngenuncheam în fața ei și o sărutam la păsărică, până leșina de plăcere. Norocul avea să-mi surâdă, căci imaginile din capul meu au încetat în momentul în care am prins-o în brațe și am început să valsăm.

– Uită-te la tine câte priviri atragi, i-am spus văzându-i pe cei din jur cum o privesc.

– Ale cui? Ale lor?

– Ale tuturor! am exclamat cu admirație.

– Și la ce îmi trebuie când te am pe tine în fața ochilor!?!

Este drept că la un asemenea răspuns nu mă așteptam. Cel puțin, nu din partea ei, fata pentru care **eu**, până la urmă, nu eram decât o aventură de o noapte. O aducere în realitate a unei fantezii dorite, prin care ea visa să fie fututa exact ca în 50 de Umbre ale lui Grey, pe melodia din film care, până și acum îmi răsuna în urechi.

– Rena, eu pentru tine pot însemna ceva? mi-am luat inima în dinți și am întrebat-o în timp ce valsam.

Mi-a zâmbit, încurcând pasul.

– O creație unică care nu are cum să treacă neobservată.

– Parcă ai vorbi de rochia ta, i-am răspuns pufnind în râs.

– De rochie, de tine. Pe amândoi vă simt, în moduri diferite, cum îmi atingeți pielea sau îmi mângâiați sufletul…

Vocea ei suna precum un ecou smuls din ghearele timpului. Suavă, caldă și încărcată de emoție puternică, pe care am simțit-o la rândul meu precum un curent puternic ce-mi străbate întreaga ființă.

M-am aplecat în fața ei, la finele valsului, țintuind-o cu privirea. I-am sărutat delicat din nou, mâna, oprindu-mă o secundă cu buzele peste pielea ei catifelată.

O vedeam și o simțeam cum tremură cuprinsă de senzații erotice amestecate, pestrițe, electrizante, indecente, imorale.

– Matteo…

Brusc, zâmbetul i s-a arătat nerușinat, iar numele meu pe buzele ei suna indecent, de-a dreptul impudic. O adoram și pentru asta!

– Vrei să plecăm?

Capitolul 6

În mijlocul dormitorului meu, cu rochia desfăcută pe jumătate, mă privea peste umăr, agitându-mă cu priveliștea unui spate gol, pe care de abia așteptam să-l sărut. Părul castaniu i se revărsa peste umăr, de-a dreptul seducător, scoțându-i în evidență și mai mult verdele ochilor.

Stăteam lipit de tocul ușii, cu mâinile încrucișate, cu cămașa desfăcută și deschis la curea, neputând să-mi dezlipesc vederea de mișcările ei. Se dezbrăca pentru mine.

Rena avea acel *je ne sais quoi*[10]. Era nu doar atrăgătoare sau fermecătoare, ci avea mai degrabă un magnetism absolut magic.

Era lună plină. Raze încărcate de lumină vibrantă străbăteau țesătura draperiilor, suplinind lumina difuză răspândită de lumânările parfumate, ce ardeau de jur împrejurul podelei.

M-am apropiat de Rena și am sărutat-o apăsat pe ceafă. Mi-am lipit trupul de al ei. Era caldă, moale, iar pielea îi era fină ca de bebeluș și mirosea a floare de portocal.

În brațele mele, numai ale mele țineam o adevărată tentație a seducției. Era de-a dreptul uimitor pentru mine să mă gândesc continuu la ea, uitând de mine.

---

10. Nu știu ce – cuv.din lb. franceză

Deja aveam o erecție puternică, pe care încercam să o domolesc frecându-mă ușor de fesele ei, în timp ce mintea îmi număra gândurile obscene.

Am întors-o cu fața spre mine, căutându-i deschizătura buzelor. Am simțit cum se ridică ușor pe vârfuri și își întinde corpul peste al meu, când limbile ni s-au întâlnit. Îi simțeam mușchii coapselor cum i se încordează și cum i s-au întărit sfârcurile, în timp ce mâna mea îi mângâia curbura taliei, alunecând negrăbită pe șolduri.

Sărutările ei erau incitante, pișcătoare, ceea ce nu făcea decât să-mi agite și mai tare penisul.

– Oare cât am să mă mai pot abține, când în brațele mele se zvârcolește mama erotismului? am întrebat-o gemând ușor de plăcere.

– Nu trebuie, mi-a șoptit ciupindu-mi cu dinții lobul urechii.

Palmele ei îmi mângâiau pieptul, coborând în jos spre talia pantalonilor. M-a deschis la nasture, apoi s-a apucat cu mâinile de betelia pantalonilor, sărutându-mă peste tot, în timp ce ei îmi alunecau pe pulpe.

– Ah, Rena, am icnit scurt când i-am simțit respirația fierbinte deasupra penisului meu, încă în chiloți.

Picioarele mi-au fost cuprinse de un ușor tremur incontrolabil.

– Relaxează-te, Matteo, mi-a cerut, scoțându-mi scula din chiloți și țintuindu-mă cu privirea.

Mi-am lăsat capul pe spate, trecându-mi mâinile prin păr, încercând în același timp să mă sprijin puternic în podea. Vocea, ori de câte ori îmi rostea numele, era condimentată și asezonată cu plăceri sexuale permise, posibil zeilor de rang înalt. Acum, pentru o clipă am avut impresia că aud vocea Ispitei, nicidecum a Renei.

Ochii ei verzi deveniseră parcă mai deschiși la culoare.

– Matteo? a murmurat ușor răgușită apoi i-am simțit mâinile cum îmi cuprind fesele cu putere.

– Ah! am icnit din nou, când penisul îmi aluneca ușor în gura ei, umedă și fierbinte.

Buzele i s-au strâmbat ușor pentru o secundă. Nu îmi dădeam seama dacă era din cauza mărimii mele sau din cauza vreunui gând răzleț. Imediat însă, grimasa de pe chip i s-a dus când a început să-mi lingă de sus în jos și de jos în sus venele proeminente ce-mi făceau sângele să fiarbă. Mi-am înfipt mâinile în părul ei castaniu și am început să mă împing din nou în interiorul gurii, unde limba ei făcea adevărate magii. O vibrație ticăloasă m-a străbătut puternic, simțind-o în tot corpul. Din momentul acela, puteam să ajung la orgasm în orice moment, numai că devenisem dependent de gura ei și în plus, noaptea era de abia la început.

I-am ridicat capul și am dat-o ușor la o parte, luând-o în brațe și lăsând-o să alunece pe pat. Ca și flămândă m-a tras de șolduri, apropiindu-mă de ea. Mi-am luat scula într-o mână și cu cealaltă i-am împins ușor capul. Am privit-o, stând în picioare, urmărind cum buzele ei se modelau și-mi mângâiau perfect pielea fină, în timp ce eu îmi împingeam penisul din ce în ce mai adânc prin crăpătura gurii. Simțeam fiecare pătrundere, asemenea unei dulci mângâieri. La o nouă alunecare, ea a înghițit, strângându-mă cu putere iar eu m-a retras repede din gura ei, să fiu sigur că nu voi ejacula.

Și, o doream din ce în ce mai tare.

– Rândul meu, i-am spus, trecându-mi degetele peste buzele ei umede.

Privirea brusc i s-a limpezit și i-a devenit vioaie. Mi-a aruncat un zâmbet obraznic, apoi și-a desfăcut larg picioarele, mângâindu-și cu un deget clitorisul pentru ca apoi să-l lase să-i alunece în vagin. Sub privirile mele excitate, a început să geamă, atingându-și sânii cu mâna liberă.

– Îți place, așa, să te atingi singură? am întrebat-o masându-i interiorul pulpelor.

– Numai sub privirile tale, mi-a răspuns în pauza scurtă dintre două gemete, arcuindu-și spatele.

M-am lăsat în genunchi, am apucat-o de șolduri și am tras-o la marginea patului. Am început să o sărut pe interiorul coapselor, apăsând-o puternic cu palmele. A început să tremure ușor când mi-a simțit degetele cum îi desfăcea labiile, și am început să-i suflu aer fierbinte asupra clitorisului.

– Ah, Matteo, Doamne! a țipat puternic când limba a început să i se plimbe apăsat în susul și în josul găuricii rozalii, împiedicându-se în trecere de clitorisu-i excitat la maximum.

Am început să-mi rotesc vârful degetului în jurul găurii, trasând cercuri, cercuri din ce în ce mai umede. Continuam să o aud cum geme și să o privesc cum își ciupea pe rând sfârcurile, copleșită de plăcere.

Mi-am lăsat două degete să o pătrundă, în timp ce m-am ridicat și mi-am lipit trupul de al ei, înăbușindu-i sunetele cu sărutări umede și disperate.

O penetram când mai tare, când mai încet, simţind cum umezeala ei dulce permitea degetelor mele să alunece în voie. O simţeam că era aproape, dar era păcat să-i las dulceaţa să se risipească.

Mi-am retras sărutul de pe buze, coborându-l pe piept, pe abdomen şi oprindu-mă deasupra pubisului contractat. Am început să-mi frec firele de barbă, abia ieşite, de pielea ei fină, răsfăţându-mi auzul cu sunetele pe care le scotea.

Apoi, drept răsplată, în locurile prin care barba o înţepase, am început să fac cărări cu limba umedă şi caldă. Am coborât, mai jos, până ce faţa mi-a fost acaparată de picioarele ei pe care le-am simţit cum se încolăcesc cu putere în jurul gâtului meu.

– Nu te opri, Matteo! Ah! Ah! Matteo!

Era aproape. Foarte aproape.

Continuam să o penetrez cu limba şi să-i frec cu putere clitorisul când am văzut cum se arcuieşte şi îşi ridică şoldurile de pe pat. Pulpele începuseră să-i tremure, iar respiraţia dintr-odată i-a devenit inegală. Şi-a înfipt mâinile în părul ei şi s-a împins cu putere în gura mea, zvârcolindu-se sub imperiul unui orgasm puternic.

M-am ridicat imediat ce am simţit că picioarele tind să i se relaxeze şi fără să-i las timp să îşi regăsească respiraţia, m-am lăsat să alunec în ea, până la capăt.

– Matteo! mi-a spus făcând ochii mari.

– Hai, iubito, lasă-mă! Desfă-te pentru mine! Pregăteşte-te pentru runda a doua, i-am spus gâfâind puternic în urechea ei.

I-am simţit din nou picioarele încolăcite de trupul meu, iar cu mâinile se ţinea de umerii mei, urlând de plăcere la fiecare penetrare.

Am ieșit din ea și m-am așezat în lateralul ei, trăgând-o spre mine. I-am ridicat piciorul în sus, continuând să o penetrez într-o parte.

Îmi plăcea să mă joc cu penisul în vaginul ei. Îmi plăcea să-l scot și apoi să-l împing cu forță în ea, până la capăt. Îmi plăcea să-i simt trupul cum vibrează în brațele mele și să o văd cum mușca perna de plăcere. Îmi plăcea tot ce ținea de ea! Femeia asta mă excita și când deschidea ochii sau îi închidea!

Să o fut pe Rena nu era doar plăcere, ci o condamnare semnată în alb. Odată intrat în ea, oricând mă puteam aștepta să nu-mi mai pot controla orgasmul, ori de câte ori îi simțeam vaginul cum se contractă, iar umezeala îmi înconjura scula!

– Matteo! îmi striga numele puternic.

Spatele ei se lovea puternic de pieptul meu, în timp ce penisul intra și ieșea cu repeziciune. Și-a lăsat capul pe spatele meu, cuprinsă de un alt orgasm, iar eu continuam să mă mișc, mușcându-i ușor gâtul și ciupindu-i sânii.

– Ah! Matteo! Ah!

– Așa, iubito, vino pentru mine!

I-am simțit fiecare val de umezeală, fiecare tresărire. Ultima dintre ele, ultima scuturare a corpului ei mi-a produs orgasmul. Am țâșnit în jet incontrolabil, strângând-o cu putere de coapse încercând să-mi gâtui icnetul puternic, lipindu-mi buzele de spatele ei.

Când respirațiile ni s-au domolit, am împins-o ușor și am ieșit din ea.

– Sclipește, mi-a spus, trecându-și degetele cu grijă deasupra capului umed și lipicios.

– Rena, acum îmi dau seama ce bou sunt! Nu am folosit prezervativ!

În momentul acela, bolile nici nu aveau ce să caute în discuție. Singurul lucru la care mă gândeam era să nu-i fac rău.

– Stai liniștit. Am început să iau pastile după ce te-am cunoscut.

– Cum!?! Nu spuneai tu că e vorba de o noapte, am întrebat-o ironic, pleznind-o ușor peste fund.

– O noapte azi, una mâine...tot o noapte se numește, mi-a răspuns, jucându-se cu un deget deasupra buzelor mele și privindu-mă cum nu o mai făcuse niciodată până acum.

– Ah, Rena, ce îmi faci tu mie...

– În pat orice. Nu spăl, nu calc și nici mâncare nu-mi place să fac! Am primit repede răspunsul.

Am izbucnit amândoi în hohote de râs. Am luat-o în brațe, am strâns-o puternic la piept, apoi așa obosiți am dat startul campionatului de gâdilat.

A urmat un duș, în care pentru prima dată în viața mea, eu eram cel care invadam spațiul unei femei și nu ea mie.

Restul nopții...ce s-a întâmplat după a fost exclusiv pentru a-i crea ei plăcere.

Condimentat, iute, înțepător, nostim, seducător, impudic... așa îi place Renei.

Capitolul 7

Un soare mare, înălțător precum ziua de duminică își mângâia razele de cearșaful ce o acoperea parțial, încălzindu-i trupul. Chiar și cu o privire încă amorțită de somn, nu puteam să nu remarc că frumusețea ei, neîndoielnic, nu era nici forțată și nici trucată. În razele soarelui, părul îi strălucea de ai fi spus că este acoperit de o pulbere fină de diamante, identică cu cea care îi fusese bătută mamei pe o brățară, la bijutier.

Dormea adânc. Împins de un instinct protector, pe care nu știam să-l fi avut, am tras-o mai aproape de mine, protejând-o de atingerea aerului sau chiar a razelor cu trupul meu. În piept simțeam licărirea unei emoții prin care nu îmi mai doream doar să o posed pe Rena, ci să o am, să fie numai a mea.

– Dormi liniștită, i-am spus, mângâind-o și sărutându-i delicat părul, simțind că se trezește.

În realitate, nu mă mai săturam să o privesc.

– Nu știu cum s-ar putea să mai fac asta, în brațele tale, mi-a răspuns somnoroasă.

Dintr-odată, respirația mi-a devenit neregulată, iar pulsul îl simțeam cum îmi bătea puternic în vena de la gât. Mi-a lăsat gura apă, când un crâmpei de amintire mi-a readus în gânduri gustul ei dulce. În câteva secunde, mi-am răscolit toate gândurile, întrebându-mă dacă mai avusesem vreodată o femeie mai dulce ca ea.

Îmi doream în acele momente să o întind pe pat. Să-i desfac picioarele și să las soarele să poată străluci între coapsele ei, în timp ce limba mea să-i atingă fiecare părticică secretă.

Poate dacă aș fi trezit-o...

Penisul mi se întărise îngrozitor și îmi ardea palma ce începuse să-mi alunece de-a lungul lui, încă o dată și încă o dată. Nu îmi aminteam de când nu îmi mai făcusem o labă cu o asemenea poftă.

În mintea mea, ea arăta perfect alunecând în sexul meu umflat și tare, cu părul rebel și ochii încețoșați de somn. La început, la prima împingere, vaginul mi se împotrivea, pentru ca treptat să devină umed. Mâinile îi prinseseră șoldurile ca într-o menghină dând mișcărilor ei ritmul dorit de penisul meu ce voia să o pătrundă cât mai adânc și cât mai repede, până ce urma să fie adus la extaz.

Mi-am băgat nasul în părul ei, în timp ce mâna mi se mișca din ce în ce mai repede. Apogeul plăcerii l-am simțit asemenea unei călduri absolut încântătoare pe șira spinării, alunecând pe tot corpul precum razele de soare. Orgasmul a fost inevitabil. De neoprit. Extraordinar.

Tremurul eliberării a trezit-o.

Privirea ei covârșitoare urmată de o întrebare impudică mi-a făcut inima încă surescitată să o ia la goană.

– Sunt geloasă pe palma ta. Nu ai vrea să te freci așa și în mine?

Deși încă mă resimțeam, scula mi-a pulsat la auzul invitației. Mi-am ascuns privirea să nu-mi vadă zâmbetul larg.

– Rămâi așa! am exclamat, încercând ca tonul să-mi fie poruncitor.

– Pervers de la primele ore ale dimineții...îmi place așa, mi-a replicat privindu-mă peste umăr și dându-și părul într-o parte.

Stătea pe burtă, cu picioarele ușor desfăcute și obrazul lipit de pernă. Așa, în poziția aceea, privirea mi se bucura de fiecare curbă a trupului ei.

Am început să o mângâi pe spate, lăsându-i din loc în loc câte un sărut umed ce o făcea să tresară și să geamă ușor. M-am așezat deasupra ei, astfel încât bazinul ei era între picioarele mele. Foarte încet, mi-am lăsat greutatea trupului peste a ei, cerându-i să își desfacă picioarele cât mai mult.

I-am tras perna de sub cap și i-am băgat-o sub burtă, ridicându-i ușor fundul.

– Ai încredere în mine?

M-a privit o clipă, apoi a încuviințat.

– Doar ne vom juca, ok?

M-am ridicat în genunchi și ușor i-am băgat o mână între picioare, cu cea liberă ținând-o de șold și imobilizând-o. A vrut să se ridice ușor, am lăsat-o, iar la revenire, păsărica i s-a deschis, făcând loc degetului meu mijlociu, iar ea a icnit scurt.

– Ești bine, am întrebat-o?

– Da, mi-a răspuns ușor luată prin surprindere de reacția propriului său corp.

Și simțeam că nu-i era de ajuns penetrarea cu un singur deget. Am mai băgat unul și încă unul până când a început să se zvârcolească de plăcere...

I-am desfăcut fesele cu degetele umede, mângâindu-i cu blândețe anusul, lăsându-le să alunece din nou în vaginul ei excitat... Îi plăcea, iar imaginea ei chinuită de plăcere îmi lua mințile.

Mi-am luat penisul în mână și am început să îl lovesc ușor de fundul ei. Ușor, am încercat să mă împing, iar ea a tresărit puternic și s-a retras.

– Niciodată?! am întrebat-o mângâind-o liniștitor.

– Nu, mi-a răspuns cu teamă în priviri.

– Ne jucăm, îți promit, i-am șoptit tandru la ureche, maxim de excitat.

Degetul mi se mișca în cercuri, mici, perfecte deasupra celei mai mici găurici pe care o văzusem vreodată. O vedeam cum se relaxa și umezeala îi dădea o strălucire ce mă topea. Nu puteam să-i cer să facă sex anal, deși numai gândul putea să mă facă să-mi dau drumul.

În câteva clipe a început să tremure și i-am simțit mușchii topindu-se. M-am aplecat ușor deasupra ei, i-am împins capul în pernă și m-am lăsat ușor să alunec în ea, începând imediat să mă mișc.

Și-a arcuit spatele de două ori, gemetele ne-au strigat numele și în câteva clipe, ne-am prăbușit unul lângă altul, uzi, transpirați, leșinați de plăcere.

Rena a fost prima care s-a mișcat.

Și-a sprijinit capul cu mâna și stătea ridicată într-un cot, trecând cu buricele degetelor peste frunte, sprâncene, ovalul feței, oprindu-se să-mi fure inima cu un sărut inocent.

– Tu nu ai învățat că înainte de a face sex dimineața, se salută!? m-a întrebat zâmbindu-mi provocator.

I-am răspuns la zâmbet, pălmuindu-i în glumă fundul obraznic.

– Apropo de dimineață, i-am spus, dregându-mi vocea. Este trecut de 12.00 și sunt mort de foame.

– Și mie îmi este o foame de lup!

– Mă gândeam, dacă vrei, pentru că este duminică să mergem la ai mei.

– La ai tăi!?! La părinți te referi? a întrebat panicată.

– Relaxează-te! Îți promit că sunt mult mai drăguți decât mine!

Uimirea de pe chipul ei era de-a dreptul delicioasă. Ochii i se măriseră cât cepele și inima îi bătea cu putere.

– Vino încoace, i-am cerut și am îmbrățișat-o cu putere. Nu te cer de nevastă, promit!

Privirea i s-a luminat de parcă până atunci ar fi dormit.

– Cel puțin, nu astăzi! am continuat izbucnind în râs și trezindu-mă imediat sub un asediu direct al loviturilor de perne.

*

Câteva ore mai târziu eram în casa părinților mei. Nu știu dacă atmosfera caldă din familie sau primirea frumoasă care ne-a fost făcută reușise să schimbe ceva în interiorul ei.

Rena, dezinvoltă, lipsită de inhibiții sau prejudecăți, cu priviri focoase și incitante, acum era o altă femeie. Era la fel de provocatoare, dar sofisticată, manierată și nu în ultimul rând... viitor medic.

În fața familiei mele, Rena avea să-și deschidă cu adevărat sufletul.

Așa am aflat că era din Timișoara și că mama ei murise

când ea avea doar 14 ani. De atunci, până ce a plecat la facultate la Cluj, iar fratele ei s-a căsătorit la București, a trăit cu tatăl său, care era profesor de fizică.

Venise la București în urmă cu doi ani, transferându-se cu școala, motivul fiind fratele ei. Soția lui pe neașteptate se trezise cu un cancer la sân. Cât timp au durat ședințele de chimio, Rena a fost cea care s-a îngrijit de nepoțica ei, Eliza.

Nou venită în oraș, pentru a se susține în facultate, Rena a fost nevoită să își găsească un loc de muncă. În timp ce ea povestea, mă felicitam și îmi mulțumeam în gând ca un nebun pentru alegerea pe care o făcusem în privința Trattoriei, locul în care am vrut să o întâlnesc pentru prima dată.

– Matteo, chiar ai reușit să ne surprinzi cu decizia de a ne-o prezenta pe Rena, a afirmat mama extrem de încântată.

– Off, poate așa își bagă și el mințile în cap, mă dojenea tata.

În timpul ăsta soră-mea își dădea ochii peste cap și râdea pe ascuns. Iar ea...

Rena mă privea ca și cum era îndrăgostită, iar mie îmi creștea inima de bucurie, la rândul ei...amorezată, trebuie să recunosc. Îmi zâmbea duios și sincer fără să scoată un sunet. Și poate nici nu era nevoie pentru că simțeam cum bătăile inimii pentru prima dată își sincronizaseră ritmul...

– Vă propun să ieșim pe terasă pentru desert. Este o zi tare frumoasă! a propus mama.

– Vin cu tine la bucătărie să te ajut, s-a oferit tata, sorbind-o din priviri.

Soră-mea și-a luat la revedere și a plecat să se vadă cu noul ei iubit, a cărui identitate era încă secretă, pentru noi, cei din familie.

Eu am luat-o pe Rena și am ieșit pe terasă. Soarele încă strălucea pe cer. Nu era nici cald, dar nici rece. Din când în când, câte o boare de vânt i se strecura jucăușă, printre șuvițele de păr, ce îi căpătau ușoare sclipiri roșiatice, în lumina puternică a zilei.

– Ai avut dreptate, Matteo! Părinții tăi sunt extraordinari!

În privirile ei se răspândeau frânturi de melancolie.

– Mă bucur că îți plac. Chiar sunt ok, din toate punctele de vedere.

– Ești norocos, Matteo Rossi!

– Cu atât mai mult acum, i-am spus, trecându-mi brațele în jurul taliei ei și dându-i un sărut lung pe creștetul capului.

– Crezi că o să meargă? m-a întrebat la un moment dat.

– Ce?

– Chestia asta dintre noi…

– Stai liniștită. Am experiență în ceea ce privește mintea femeilor, i-am răspuns în glumă.

– Dacă știi ce este în mintea femeilor asta nu înseamnă că știi și ce este în sufletul lor.

– Nu este același lucru!? am întrebat-o ușor ironic.

– Adică, să facă bani și să și-o tragă?!? a întrebat mirată.

– Stai, Rena. Tu chiar crezi să asta vor bărbații, *să facă bani și să și-o tragă*?!?

– Să nu-mi leșini acum în brațe, Matteo! Nu-mi imaginam ca tocmai pe tine să te surprindă remarca mea, a început să râdă hohotind.

– Tu chiar asta crezi!?! am repetat întrebarea.

– Păi? Da, sigur!

Mi-am încruntat privirea și am simulat cum furia mă cuprinde. Ea și-a înghițit râsetele, neînțelegând ce este cu mine. Am făcut un pas mare și hotărât și m-am năpustit asupra ei, luând-o în brațe și aruncând-o peste umărul meu.

– Ce urât să crezi că bărbații vor doar *să facă bani și să și-o tragă*!

Am început să râd, bătând-o în glumă peste fund, pentru opiniile *injuste*, alergând prin grădină cu Rena, de acum în spatele meu. Se ținea strâns de gâtul meu. Mă săruta pe gât, pe cap, pe obraji, chicotind precum o adolescentă cuprinsă de primii fiori ai iubirii.

Am lăsat-o jos și am lipit-o de trunchiul puternic al bătrânului nuc, din spatele grădinii. I-am prins fața între mâini și am rămas preț de câteva secunde captivi în propriile noastre priviri.

Teama de a fi lângă ea se spulberase. Trăiam cu senzația că o cunosc de când era lumea și pământul. Mă făcea să mă simt altfel, să văd viața cu alți ochi și să-mi doresc să fiu mai mult decât ceea ce eram. Într-un timp extraordinar de scurt, femeia asta începuse să mă schimbe. Sau poate eram doar eu, împins de o dorință nebună de a o face fericită!

Ea s-a ridicat ușor pe vârfuri, căutându-mi buzele. Nu a fost vorba de un sărut năvalnic, cum ea mă obișnuise. Buzele ei aveau să se lipească de ale mele, suav, romantic, ca într-o poveste încă nescrisă a unui sărut…

Cum a continuat restul după-amiezii? Am fost și am văzut un film la Mall.

Eu îmi mâncam pumnii, în timp ce ea sugea cu poftă paiul de la un slushie multicolor.

Ce s-a întâmplat seara, târziu?

Adevărată poveste…

În 2020, până și îngerii uită de dragoste și fac sex ca dracii!

Capitolul 8

Timpul îmi devenise fără să-mi dau seama cu mult mai prețios decât înainte de a o cunoaște pe Rena. Între sală, birou, întâlniri și nervi pe care Eli continua să mi-i întindă la maximum, în stilul ei caracteristic, diminețile o duceam pe Rena la școală, seara o luam de la serviciu, iar parte din sfârșitul de săptămână îl împărțeam și cu piticania de Eliza. Îmi devenise cea mai bună prietenă. Mai bine decât ea nu mă putea înțelegea nimeni. La fel ca și mine, cum prindea controller-ul de la Play Station, eram ca și jurați ca nimeni să nu ne poată lua vreodată din fața televizorului.

Singurul pericol ce m-ar fi putut determina să mă abat de la *legământul sacru,* era Rena. Pentru ea nu doar că lăsam controller-ul, dar aș fi urmat-o până la capătul lumii și dincolo de el.

Venise o altă zi de sâmbătă. Una specială pentru prietenul meu Sergiu, care urma să se căsătorească.

Îmbrăcați la patru ace, pentru că urma să luăm parte la nunta anului, cum o numeau tabloidele, după slujba religioasă, pentru petrecere ne-am strâns rând pe rând la același club privat în care avusese loc petrecerea burlacilor.

Pentru o zi atât de importantă nu puteam alege decât o ținută pe măsură. Am renunțat la ideea formală a smokingului negru și am împrumutat ideea ținutei iconice a lui James Bond: sacou alb cu garoafă burgundie, pantaloni negri, cămașă albă, papion, pantofi oxford. Și pentru a-i da un aer de originalitate, am înlocuit pistolul Walther cu propria mea *armă mortală*: Rena.

Impozantă, la brațul meu, încotro se uita, privirea ei făcea victime. Purta o rochie neagră, cu decolteu căzut pe umeri iar partea din spate era marcată de o fundă impresionantă și o trenă supradimensionată. Părul îl avea strâns la spate, evidențiindu-i conturul frumos al feței, tenul luminos și buzele cărnoase, deși fardul îi era absolut discret.

Purtând acea rochie, Rena avea un aer cu adevărat princiar.

– Ți-am spus cât de frumoasă ești? am întrebat-o la intrarea în club.

– De cel puțin zece ori, în decurs de o oră, mi-a răspuns cu un zâmbet strălucitor.

– Ți-am spus cât mă faci de fericit?

M-a privit încruntându-și ușor sprâncenele, apoi mi-a replicat:

– Asta ți-am spus eu, *hoțule*, ori de câte ori mi-ai spus că sunt frumoasă! Se numește *furt de stare*. Pentru asta, când vom ajunge acasă, singur să îți ceri *pedeapsa*!

– Mă distrugi! i-am răspuns, foarte excitat, printre dinți.

– Respiră cât mai ai timp! a sunat vocea ei plină de erotism.

În văzul tuturor, Rena a mea era o adevărată doamnă. În

pat, însă, situația se schimba la o sută optzeci de grade. Avea nevoie de puțin doar pentru a trezi hiada din ea, ce deținea darul celor mai ascunse și nebănuite plăceri din lume! Sau poate că era doar spiritul ei liber, inteligența și frumusețea incredibilă, care trezeau în mine dorințe puternice, fără de nume și fără de număr.

Ne-am făcut loc în mulțimea de oameni, căutând masa la care eram repartizați. Eram înconjurați de prieteni pe care cu timpul și ea reușise să-i cunoască, iar ei ajunseseră să o adore.

Muzică bună, șampanie de lux și multe alte surprize ale petrecerii au făcut ca seara să devină cu adevărat specială. Nu-l mai văzusem pe Sergiu atât de fericit niciodată. În lumina candelabrelor, fericirea îi era parcă poleită cu aur. Începusem să mă gândesc că ar fi putut exista viață și după căsătorie.

Rena a dansat o noapte întreagă, deloc încurcată de amploarea trenei de la rochie. De cele mai multe ori am refuzat să o însoțesc, numai pentru a o privi. Zâmbetul îi era copleșitor, iar atunci când lipseam de lângă ea, privirea-i devenea de smarald. Mă urmărea în tot timpul, de parcă ar fi vrut să-mi reamintească cât de prețioasă era.

Discutasem să ne retragem când, la masa noastră a apărut un tip, înalt, trecut de 35 de ani, super arătos.

– Bună seara, ni s-a adresat cu politețe, țintuind-o cu privirile pe Rena.

– Salut! i-am răspuns, privindu-l de sus în jos.

Rena pe loc s-a schimbat la față și am văzut cum buzele au început să-i tremure nervos. Pe chipul bărbatului a apărut un zâmbet scârbos de curtenitor.

– Rena, îmi permiți un dans? a întrebat-o sub privirile mirate ale tuturor celor de la masă.

O secundă, tupeul lui mă înghețase.

El era cu mâna întinsă spre Rena. Eu începusem să-mi revin, simțind cum nervii îmi întunecă rațiunea. Ea m-a privit, apoi a lăsat ochii în jos rușinată. Totul avea să se întâmple într-o fracțiune de secundă.

În plus, după cum îi sclipeau ochii, tipul era deja pilit.

– Nu, Paul! Niciodată! a venit repede răspunsul ei, plin de ură și sictir.

– Hai, măi, Rena, nu te mai alinta atâta sau vrei să fac plecăciuni în fața rochiei tale luxoase?

M-am ridicat în picioare, punând mâna pe umărul ei. Simțeam cum sângele începe să-mi fiarbă și eram pregătit să-i dau un mare pumn mitocanului aflat în fața mea, indiferent cine ar fi fost el.

– Cred că ar fi mai bine să ceri o altă mână. A Renei nu-ți aparține.

– Serios?!? m-a întrebat el, arcuind o sprânceană, aruncându-mi o privire zeflemitoare .

– Matteo, te rog, mi-a spus ea văzând că încep să mă aprind.

– Chiar așa, puștiule, a continuat el.

– Cară-te! i-am spus printre dinți, cu pumnul deja strâns.

– Vezi-ți de treaba ta! Nu pe tine te-am invitat la dans, ci pe ea! mi-a replicat clătinându-se ușor pe picioare.

Rena s-a ridicat și s-a lipit de brațul meu încordat, mângâindu-mă ușor.

– Matteo, nu are rost, te rog. Nu merită, mi-a spus șoptit.

– Deci, prințesă!?! a insistat el.

– Nu, Paul! Nu vreau! s-a răstit ușor la el.

– De când porți rochii scumpe ai devenit și foarte prețioasă, văd. Pfff...!

Atmosfera începuse să se încingă. Băieții care stăteau cu noi la masă erau deja în picioare, fetele aveau privirile mărite și alte câteva capete curioase erau întoarse înspre noi.

– Ce ipocrit este, a șoptit Rena ascunzându-și o clipă fața între palme.

– Te-a refuzat clar de două ori. De ce nu ne faci tuturor un favor și să pleci!? l-am întrebat din nou cu nervii întinși la maximum.

Paul a început să râdă isteric, răspândind damf de alcool în jurul lui.

M-am forțat să-l ignor, dar el a continuat să comenteze.

– Ea, Rena, să mă refuze pe mine?!? Ha, asta-i mai tare decât petrecerea asta! De ce nu-i spui mai bine iubițelului tău, prințesă, în ce hal ți-am tras-o! a exclamat și brusc s-a năpustit asupra ei să o ia în brațe, încercând să o sărute!

Rena s-a dat un pas în spate, vărsând paharele de pe masă, cu privire îngrozită. Eu am apucat să-l trag de umăr și i-am dat un pumn, lăsându-l în toată *splendoarea* lipit de podea. M-am aplecat să-l ridic pentru a-i mai da una, însă Sergiu a apărut în spatele meu, insistând să mă liniștesc.

– Matteo, lasă-l! Nu-l vezi că e lat!?! Oricum nu mai simte nimic, acum!

– Cine-i ăsta? Îl cunoști? l-am întrebat cu ochii scoși din orbite de furie.

– Este Paul Stănescu, un important om de afaceri, mi-a răspuns, în timp ce făcea semn oamenilor de la pază să vină să-l ia pe arogant de pe jos.

– Ăsta, om de afaceri important!?! Roagă-te pentru el să nu se ridice în picioare și să-l văd, că îl adorm definitiv!

– Te rog, termină acum! a sunat gravă vocea lui Sergiu. Mai bine liniștește-te și spune-mi ce s-a întâmplat.

Rena era încă în picioare cu privirea înghețată și tremura din toate încheieturile.

– Gata, liniștește-te, a trecut, i-am spus șoptit la ureche și am luat-o în brațe.

Ea și-a lipit capul de pieptul meu, iar din ochi au început să-i curgă lacrimi.

– Nu plânge. Nu are rost. Nu așa mi-ai spus tu mai devreme? am întrebat-o mângâind-o pe cap și sărutându-i părul. Mergem acasă, i-am spus încercând să o liniștesc.

Între timp, Paul fusese luat pe brațe de cei de la pază, iar spiritele aveau să se calmeze, inclusiv curioșii și-au văzut în continuare de petrecere.

– Sergiu, frățioare, îmi pare rău pentru ce s-a întâmplat! Nu pentru nesimțitul ăsta, ci pentru că nu era nici locul și nici cazul pentru o asemenea scenă...

– Lasă, Bond, nu te mai scuza. Cu siguranță și eu aș fi reacționat la fel ca și tine. Au apucat băieții să îmi povestească. Îmi pare rău, Rena, sincer!

– Și mie, i-a răspuns, ștergându-și ușor lacrimile.

*

De cum s-a urcat în mașină, rămăsese cu privirea pierdută pe geam, fără să scoată un cuvânt. De dragul ei, încercam să îmi mențin calmul, dar mintea îmi era străbătută de un amalgam de gânduri și zeci de întrebări, referitoare la *acel* Paul.

În plus, o gelozie aproape incontrolabilă îmi produsese o gravă senzație de arsură în stomac pe care o simțeam și pe tot pieptul. Am încercat de câteva ori să-i surprind privirea, dar m-am panicat când, pentru prima dată, în privirea ei vedeam fantome ale trecutului, înlănțuite în jurul unui secret dureros.

Am auzit-o cum discret și-a tras nasul apoi lacrimile îi străluceau pe obraji.

Am redus viteza și am dat radioul mai încet.

– Doar întreb: vrei să vorbim despre ce s-a întâmplat?

Ea continua să tacă.

– Rena? i-am spus încet numele. Vorbește cu mine, te rog.

– Despre Paul, Matteo!?! Probabil că vrei să afli cum mi-a tras-o, nu-i așa!?! s-a răstit la mine, desprinzându-și dintr-o singură mișcare părul pe care îl avea strâns în coc.

Cu rimelul scurs, rujul mâncat de nervi de pe buze și cu părul răvășit, chiar și așa deborda o sexualitate feminină, amețitoare.

– Tu chiar asta crezi? am întrebat-o ridicând ușor tonul.

– Păi, nu asta este filosofia de viață a fiecărui bărbat pus într-o asemenea situație?!? Nu voi sunteți cei care vă întrebați gândurile: câți i-au tras-o înaintea mea !?!

Acum privirea-i strălucea de un puternic dezgust și lehamite.

– Nu începe iar cu prostiile astea, Rena! Din nou gândești tu în locul meu!? Te avertizez că acum greșești!

– Și ce ai vrea să-ți spun, Matteo!?!

– Ai putea să încerci adevărul...

– M-ai crede dacă ți-aș spune că am fost picată-n limbă după nemernicul acesta!?!

Pe moment, inima mi se făcuse cât un purice. Cu siguranță pentru că nu mă așteptam la un asemenea adevăr.

– Și că am făcut dragoste cu el ca o proastă îndrăgostită lulea, în timp ce el mi-o trăgea fără să însemn nimic pentru el!?

Aș fi vrut să am puterea să-i cer să tacă, însă cuvintele ei mitraliau. Îmi mitraliau mie inima.

– Să îți spun că eu pentru Paul nu am fost decât miza unui pariu nenorocit cu golanii lui ordinari, plini de bani care cred că toate femeile sunt la degetul lor mic?!? Da, am fost o proastă care a căzut în plasa unui monstru, pentru că om nu îl pot numi!!! a țipat apoi a început să plângă în hohote.

– Rena... voiam să o liniștesc.

– Stai liniștit, înțeleg dacă vrei să scapi de mine...

În secunda doi, am oprit mașina în mijlocul drumului. Claxoanele nu le auzeam, iar înjurăturile mă lăsau rece. M-am eliberat din centura de siguranță și am luat-o în brațe sărutând-o ca un nebun! Plângea și râdea în același timp, simțindu-i gustul asemenea caramelului salé, o esență dulce-sărată ce-ți mângâie simțurile.

– Cum să scap de tine, când sufletul meu de-abia te-a găsit!?!

Încerca să își regăsească ritmul respirației, mângâindu-mă

și țintuindu-mă cu o privire pe care, pentru o secundă, am crezut că am văzut-o...poate, într-o altă viață?

Îmi era atât de cunoscută și totuși...nouă.

– Am căutat printre sute de femei acel dram de fericire, fără să îl pot găsi. Acum tu îmi ești fericire și strălucire! Tot ce mi-am dorit, fără să știu era...inima ta. Cum să crezi că aș putea trăi fără ea!?!

Privirea îi strălucea din nou, eliberată de fantomele trecutului.

– Te iubesc, Matteo Rossi, mi-a declarat în premieră, cuibărită pentru o scurtă clipă la pieptul meu.

Sunt zeci, sute, poate mii de feluri de a săruta pe cineva. Există emoție, senzație, dorință. Nu cred însă că ar fi putut exista cineva în lumea asta care să mă facă să simt ceea ce sărutul ei reușise. Buzele ei peste buzele mele mă ardeau. Griji, îndoieli, temeri, bucurii sau supărări dintr-odată toate dispăruseră. Mă topeam pentru a mă redescoperi în privirea ei, un nou Matteo Rossi.

– Viața-i doar o aventură, Rena! Vom trece prin toate împreună! i-am șoptit la ureche, cu inima străbătută de emoții puternice.

*

Și dacă ne sărutasem de milioane de ori, noi voiam mai mult!

Cu umerii goi și sânii ridicați, Rena primise sărutul rece al întunericului, căutându-mi sărutul fierbinte, singurul care-i făcea piele de găină.

De undeva de sus, Luna ne zâmbea în timp ce Întunericul se înnegrea de ciudă...

În privirile noastre, timpul stătea pe loc. Singurele, mâinile, scăpaseră de sub vrajă, alunecând pe trupurile noastre încărcate de dorință.

Am luat-o ușor de umeri și am întors-o cu spatele spre mine. I-am ridicat părul, sărutându-i ceafa.

Rena a început să geamă discret, în timp ce degetele mele îi deschideau cu grijă fermoarul rochiei. Într-o clipită la picioarele noastre, metri de material acopereau podeaua, în valuri fine de mătase.

– Ești frumoasă, Rena!

A clipit de două ori pentru a-și stăpâni lacrimile, iar eu i-am atins obrazul într-o mângâiere.

Trupul îi era aproape gol.

Din reflex și-a încrucișat mâinile acoperindu-și sânii.

– Interzis! i-am spus, iar brațele i-au coborât ascultătoare pe lângă trup.

S-a întors cu fața spre mine și ochii zâmbind.

Singura pată de culoare era dată de chiloțeii din dantelă fină, cu fir de mătase, pantofii în culoarea pielii cu toc cui auriu și brățara, tot aurie, pe care o purta pe mâna dreaptă.

M-am aplecat ușor spre ea, suflând pe exteriorul gâtului și coborând spre piept, aer fierbinte, răcorindu-i pielea cu câte un sărut umed, lăsat din loc în loc.

Mâinile ei au început să-mi mângâie pieptul, nasturii cămășii cedând rând pe rând sub presiunea degetelor ei fine. A continuat spre abdomen, reușind dintr-o singură încercare să-mi dea pantalonii jos.

– Rochia mea are nevoie de companie, mi-a șoptit dulce la ureche.

Eu am gemut, iar ea și-a strecurat degetele pe deasupra marginii chilotului meu, mângâindu-mi penisul, moment în care urmele de rațiune mi s-au evaporat din minte, lăsând loc exclusiv dorinței. Mi-am împins pântecul spre ea, în timp ce îi simțeam buzele umede deasupra pieptului meu.

– Fă dragoste cu mine, Rena!

Nu sex.

– Fă dragoste cu mine, Matteo!

Nu sex.

S-a ridicat pe vârfuri și m-a sărutat pasional, mușcându-mi din loc în loc buza de jos.

Excitat la maximum, am luat-o în brațe și am așezat-o în pat. M-am lungit lângă ea, sprijinindu-mi capul în mână. Am continuat să o sărut, jucându-mă cu sânii ei și coborându-mi degetele sub pântecul ei, mângâind-o lent. I-am despărțit labiile cu două degete, apăsându-i din când în când clitorisul, deja umed.

Mâna ei aluneca de jos în sus, scula devenindu-mi tare și fierbinte. Degetele continuau să îmi provoace descătușări de plăceri inegalabile.

– Vreau să te simt în mine, Matteo, a scâncit tremurând de plăcere, în timp ce eu îi lingeam și îi sărutam păsărica dulce, la rândul meu amețit de atâta plăcere.

Mi-am retras ușor fața dintre picioarele ei, sărutându-i abdomenul, sânii și căutându-i gura pentru a-i astupa gemetele dezlănțuite, în momentul în care m-a simțit fierbinte și vibrant în interiorul ei. Am început să mă mișc, încet, dar ea mi-a cerut să măresc ritmul.

S-a agățat de umerii mei, icnind de plăcere, când penetrările au devenit din ce în ce mai adânci și sălbatice. Începusem să simt picături de transpirație pe șira spinării și un curent la început fin, ce îmi străbătea corpul. Eram aproape. La fel și ea, care și-a înfipt unghiile în spatele meu, arcuindu-se și împingându-se cu forță în scula ce mi se apropia de orgasm.

Sfârcurile i se transformaseră în săgeți ce îmi împungeau trupul, respirația i se accelerase, iar inima îi bătea ca nebuna.

– O să îmi dau drumul, Rena.

– Ah, și eu, Matteo, mi-a spus și am văzut cum pielea i se face de găină.

S-a agățat mai puternic de mine și imediat am simțit cum lichidul fierbinte o umple, iar ea începe să tremure, simțind cum vaginul zvâcnea în jurul penisului meu.

Am rămas îmbrățișați câteva minute, apoi am coborât de pe ea. Stăteam lungiți, ținându-ne de mână doar cu capul întors unul spre celălalt.

Eu îi zâmbeam.

Ea îmi zâmbea.

Pentru prima dată făcusem dragoste în timp ce făceam sex.

Inimile noastre făcuseră dragoste.

Trupurile voiau sex.

Capitolul 9

Simțeam cum toate îmi merg din plin.

Cu Rena totul era o poveste frumoasă. Între timp ajunsesem să-i cunosc întreaga familie, ba chiar tatăl ei venise câteva zile la București. Chiar și la nivel de companie, situația nu mai era așa de tensionată ca în urmă cu câteva luni.

Fusesem plecat la Londra, pentru câteva zile, dezamăgit că nu am putut să o iau și pe Rena care a profitat de timp pentru a învăța pentru examene. La întoarcere, aveam să înțeleg lucrurile total diferit. Tensiunile de la București aveam să aflu că erau alimentate de nimeni altul decât Prescot, care *împrumutase* prostul obicei de a da în cap tuturor pentru a câștiga ce își dorea. În cazul lui: voia să pună mâna pe clienții agenției și să își deschidă una a lui.

Președintele Thomas Brook, acționarul principal al companiei, mă anunțase că urma să-l schimbe pe Prescot, Sergiu fiind principalul lui contra-candidat.

În ceea ce privea activitatea mea, pe lângă multe alte contracte semnate cu ușurință, sosise și *ziua cea zi,* cum îi spunea Eli, în care Kassandra M. trebuia să semneze în sfârșit contractul.

Eram în birou, după o contră puternică cu Prescot, nervos peste măsură, așteptând să apară Kassandra și Rena cu niște acte în original pe care trebuia să i le dau asiguratorului de sănătate.

– Boss, ăsta presimte că îi sunt zilele numărate! mi-a spus Eli, martoră la discuția de dinainte.

Ei îi povestisem discuția de la Londra, tocmai pentru că aveam nevoie de urechile ei lipite de ușile altora.

– Pff, de ar pleca odată!

– În fond, pe mine nu mă interesează că...

– Da, Eli știu...salariul!

– Exact, Matteo – când ai de gând să-mi mărești salariul!?

– De azi! Începând de azi! i-am spus serios, privind-o cu colțul ochiului.

În sinea mea mă prăpădeam de râs.

Eli făcuse ochii mari, se albise la față și nu mai scotea nici un cuvânt. Cu Matteo mi se adresa de obicei când era nervoasă și cu *boss*, spre disperarea mea...mai tot timpul.

– Dacă știam că mărirea salariului te aduce la tăcere, pe cuvânt că o făceam zi de zi! i-am spus nemaiputând să îmi ascund hohotele de râs.

– Matteo...? Tu vorbești serios!?!

– Da, Eli!

– Matteo...? Chiar îmi mărești salariul!?!

– Da, Eli!

– Matteo...? Nu de alta, dar pe de o parte mor de bucurie că te-am învins, iar pe de alta...

– Ce?!? am întrebat-o scurt.

– Matteo...? Ar fi o cruzime din partea ta să faci o asemenea glumă!

Și, din nou începuse să respire.

M-am ridicat de pe scaunul meu de la birou și am luat-o în brațe.

– De astăzi, Eli, îți promit că salariul tău va fi dublu! Este bine așa!?!

Capul ei stătea precum o cărămidă pe umărul meu: grea și țeapănă.

– Boss și de triplat...pe când !?!

– Eli! am exclamat, amândoi izbucnind în hohote de râs.

Nu cred să o fi văzut vreodată așa de fericită, cum era acum. Chiar mă întrebam dacă banii îi pot aduce o asemenea fericire, ceea ce până la urmă am făcut-o și cu voce tare.

– Boss, nicio clipă nu a fost vorba despre bani. Câștigul este că am reușit să te înving, să cedezi , crezând că asta vreau! mi-a răspuns toată un zâmbet.

– Atunci, încă...

– Matteo...? Acum ai zis, ai zis! Să fie primit, *boss*! mi-a continuat propoziția, frecându-și mâinile cu bucurie.

*

În sala de consiliu se lăsase o liniște deplină. Toate privirile erau îndreptate spre mine: Eli, Kassandra, David, Sergiu și asistenta lui.

– Kassandra, am așteptat atâtea luni, în ideea că până la urmă semnăm contractul acesta, i-am spus pe un ton foarte calm.

– Matteo, știu și te rog, iartă-mă. De data aceasta îți spun adevărul sută la sută!

– Și care este el? a întrebat Sergiu suspectând altceva la mijloc.

– Am decis cu David că vrem un copil, o familie, a spus lăsând privirea în podea.

– Ba chiar trei, trei copii, a corectat-o David, arătând triumfător trei degete tuturor.

Dintre toți, numai Eli părea a fi mai entuziasmată decât ei. Era toată un zâmbet, cu capul băgat între umeri și cu un deget pe care îl ridica și îl cobora, în semn de ok.

– Am înțeles cu toții, Eli. Lasă degetul acela jos dacă nu vrei să ți-l bag eu pe gât! Parcă ai juca în filme cu proști! i-am spus lăsând capul să-mi atârne în palmă.

– Suntem la București, boss. Toți jucăm în filme d'astea, pe rând: când bogații, când săracii. Politicienii...ei dețin rolurile principale!

– Eli, chiar nu ai de gând să termini!?!

– Gata, *boss*, am tăcut. Ai să vezi când curge genericul că am dreptate!

– Te dau afară, serios!

– Nu ai cum! Nu ai cum! Tocmai am semnat că primesc salariul dublu!

– Din sala de conferințe, Eli, la asta m-am referit..., i-am replicat simulând o durere de cap.

– Las-o Matteo, fără Eli unde ar fi sarea și piperul? a intervenit Sergiu amuzat permanent de fițele asistentei mele.

A lui era lemn!

– Bun și acum să ne strângem mâinile și să ne urăm numai de bine, m-am adresat Kassandrei, fără să mai continui cu nicio altă întrebare.

– Renunți așa ușor? a întrebat Sergiu.

– Nu poți obliga un om de dragul unei semnături. Cel puțin, eu refuz să o fac. Dacă ei vor altceva de la viața asta, este treaba lor. Am dreptate, Eli?!?

Am întrebat-o pe ea, special pentru a-i distrage atenția lui Sergiu și pentru a vedea reacția Kassandrei.

– Clar ca apa de izvor, *boss*! mi-a răspuns făcându-mi cu ochiul.

Nu aveam nici un motiv să mă supăr pe ea, pe David, cu atât mai mult pe dorința lor de a avea un copil. Și asta pentru că, în ultimele zile, ori de câte ori prindeam o clipă de singurătate, răscoleam internetul pentru a găsi inelul perfect.

Voiam să o cer pe Rena în căsătorie.

Am luat contractul și l-am rupt sub privirile tuturor, păstrându-mi calmul și zâmbetul pe față. Sergiu nu a avut nimic de comentat până la urmă nici la adresa mea și nici la a Kassandrei.

Un lucru era cert, într-o discuție ca între noi, băieții, Sergiu mi-a apreciat schimbarea comportamentală din ultima vreme, felicitându-mă.

Și da, avea dreptate.

Făcusem pace cu mine însumi.

Tocmai ne îndreptam spre lifturi când, ca un rău de care nu ai cum să scapi, dăm nas în nas cu Prescot. Aflând că nu s-a semnat contractul, s-a dezlănțuit Apocalipsa.

– Am să te dau afară! Tu îmi vorbești despre dorințe domestice când puteam avea un contract cu șapte zerouri! urla ca un nebun

– Prescot, calmează-te! Fiecare are dreptul de a își trăi propria viață cum dorește. De ce să obligi omul?!

– Pentru că avea un contract! D'aia! continua să se răstească la mine sub privirile îngrozite ale Kanssandrei.

Între timp, ușile liftului s-au deschis și din doi pași, Rena era lângă noi, neînțelegând ce se petrece.

– Aha...bine că ți-a sosit iubita! a spus zeflemitor.

– Prescot, te rog!

Eram deja enervat.

– Ce s-a întâmplat? m-a întrebat Rena cu voce șoptită.

– Nimic, iubito, i-am răspuns la fel, rugând-o să mă aștepte în birou.

– Stai, Rena! Cum văd că iubitul tău îmi face numai surprize neplăcute în ultimul timp, ai grijă că s-ar putea să te ia și pe tine prin surprindere.

S-a oprit în mijlocul holului și m-a privit insistent, ridicând din sprâncene, întrebătoare. Nu avea nicio idee la ce se referea Prescot și nici eu.

– Aha...deci nu știi nimic, Rena, i s-a adresat pe un ton plin de falsă drăgălășenie.

– Prescot, serios, dacă ai ceva cu mine, discutăm, dar, te rog, nu o băga pe Rena în cine știe ce poveste de a ta!

Vocea îmi era fermă, iar tonul rece.

– Tu ai băgat-o, nu eu! David, îți amintești când îi reproșai lui Matteo că este un fustangiu?!? Ai avut dreptate!

Soțul Kassandrei l-a privit la început încurcat, apoi și-a amintit de altercația avută în urmă cu luni de zile.

– Ei bine, Rena, Matteo de care tu te-ai îndrăgostit este nu doar impresar, ci un mare actor! a exclamat cu putere.

În fața mea, brusc, Rena s-a albit la față.

– Un actor grăbit, Rena! Nu a făcut altceva decât să se folosească de tine pentru a-l impresiona pe David că e băiat de casă! Tu ai fost doar miza acestui contract!

– Prescot! am strigat la el gata să-i dau un pumn dacă David nu m-ar fi ținut.

– Ce? Crezi că îmi e frică de tine sau de mafiotul de taică-tău!?! Cine știe? Până la urmă, poate că i-ai tras-o și Kassandrei și nu i-a plăcut de nu mai vrea să semneze contractul!

Nu am fost eu cel care să dea primul pumn, pentru că fața i-a fost desfigurată de loviturile pe care David i le-a dat fără milă în văzul tuturor.

Prescot era căzut la pământ. Sergiu încerca să-i recompună nasul spart. Kassandra și-a luat bărbatul și la prima deschizătură a ușilor de la lift a plecat, iar Rena…

– Te rog, lasă-mă să îți explic! Nu este așa cum crezi!

– Rena, ascultă-l, o ruga Eli.

Devenise stană de piatră. Nu scotea un sunet, nu tremura, nu plângea. În ochii ei, se derula cu repeziciune întreaga noastră relație. Imaginea mea devenea din ce în ce mai tulbure, până ce am dispărut cu totul din privirile ei.

– Credeam că femeile și bărbații deopotrivă vor același lucru la un moment dat: să aibă alături o persoană de încredere, pe care să o iubească și lângă care să se simtă în siguranță.

Privirea îi era în continuare fixă. Vocea îi era calmă, iar tonul neutru.

– Da, Rena asta vreau și eu. Prescot bate câmpii!

– Este adevărat că ai vrut să-l impresionezi pe David, în ziua când ți-am înapoiat portofelul?

– Da, Rena, dar asta a fost atunci. Hai să plecăm și îți explic tot, te rog!

M-am apropiat de ea și am vrut să o iau de mână, dar mi-a împins-o cât acolo.

– Te rog, să nu mă mai atingi! mi-a spus cu calm, dar aruncându-mi o privire care mă îngropase.

– Rena…

– Pentru Paul am fost miza unui pariu, tu m-ai folosit ca scuză pentru a pune mâna pe un contract, în timp ce eu, eu… nu am decât o biată inimă.

O primă lacrimă avea să-i curgă.

Se spune despre lacrimi că ard numai obrajii celor ce le varsă. Atunci însă, simțeam cum lacrimile ei nu-mi ardeau doar obrajii, ci îmi ardeau inima, iar…nu mai era nimeni să privească.

Am vrut să o iau în brațe, dar mi-a dat mâinile la o parte. O vedeam cum face eforturi să plece, dar picioarele parcă i se lipiseră de podea.

I-a dat actele lui Eli, apoi s-a îndreptat spre lifturi.

În flăcări, inima îmi urla să cumpăr timp, de la timp! Să nu mai urce liftul! Să nu o las să plece!

– Rena, iubito, te rog, iartă-mă! Lasă-mă să-ți explic!

Mâna ei s-a ridicat și s-a așezat cu grația unui fluture pe obrazul meu. În acele momente aș fi preferat să-mi dea o palmă sau zece, decât să mă atingă cum o făcuse sau să mă privească, cum mă privea.

Atingerea îi era divină, iar în privirea ei vedeam noi răsărituri…

– Matteo, să nu mă mai cauți niciodată!

Înainte ca ușile liftului să se închidă, am făcut un pas uriaș spre ea, dar un NU hotărât avea să-mi răsune în minte, multe zile de atunci încolo.

Am căzut în genunchi, ținându-mi capul între mâini. Urlam de durere, de furie, de ciudă, de neputință.

*

Când am ajuns acasă, pentru câteva clipe, momente ce s-au transformat în ore și apoi zile, am trăit cu speranța că se întoarce. Toate lucrurile ei erau acolo unde eu le știam.

Am sunat-o la telefon, îl avea închis. Am căutat-o la facultate, nu era. Am căutat-o la bar, unde încă se mai ducea, nu era nici acolo. Am fost la fratele ei și mi-a spus că-i pare rău de toată povestea, dar că nu poate să îmi spună unde este Rena. În plus, m-a rugat să nu sun sau să o caut la Timișoara pentru că nu ar fi acolo, dar important era să nu afle tatăl ei care ar fi suferit enorm. În vechiul ei apartament erau doar chiriașii.

Rena nu era nicăieri. Parcă ar fi înghițit-o pământul.

Primele zile au fost grele. Restul, cele ce au urmat, au fost de-a dreptul crude, criminale, diabolice.

Nu știam că dragostea doare așa de rău.

Nu știam că amintirile îți pot sparge inima în mii de cioburi, că altele o recompun la loc, numai de dragul suferinței.

Nu am știut că până și sentimentele pot lupta în tabere diferite, miza fiind rezistența inimii.

Nu știu câți știu. Nu știu câți au trăit ce am trăit noi doi. Nu știu câți au rămas în picioare și câți trăiesc, mințindu-se zi de zi că le este bine...

Într-una din zile, am mers să-l întreb pe tata. El avea mereu toate răspunsurile, deși niciodată nu am avut nevoie de ele.

– Ce să fac? Unde să o găsesc? l-am întrebat.

Slăbisem, eram tras la față, cu cearcănele cât roata carului, nebărbierit și cu părul nepieptănat de vreo trei zile.

– Ai putea să începi prin a avea grijă de tine în primul rând, Matteo.

Vocea îi era caldă, blândă, părintească.

– Tată, nu înțeleg, chiar nu o înțeleg!

– Matteo, poate nu privești cum trebuie situația. Iubirea aduce cu ea răspunderea de a spune întotdeauna adevărul. Că ești bărbat sau femeie, este dureros să fii miza unuia sau scuza altuia.

– Tată, dar nici măcar nu mi-a dat o șansă să-i pot explica!

– Cum nici tu nu-i dai timp, Matteo. Las-o și poate își va reconsidera sentimentele.

– Au trecut nouă zile…

– Lasă timpul să-i vindece rănile, Matteo. Lasă timpul să te vindece și pe tine. Dacă acum, în momentul acesta se întoarce, ai ști ce să-i spui!?

– Că o iubesc?

– Și crezi că un cuvânt poate repara o inimă ruptă?

*

Trecuseră două săptămâni de când nenorocitul de Prescot adusese dezastrul în viața noastră. Rena tot nu-mi răspundea la telefon, nici la școală nu o văzuse nimeni sau în alte locuri…

Împins de disperare, în mare taină, am bătut din nou la ușa astrologului clarvăzător, Kay.

– Salut !

A apărut în ușă cu părul ciufulit și ochii umflați de somn, precum una din arătările lui de pe cărțile desenate.

– Nu mă bucur să te văd, Matteo! mi-a răspuns bosumflat.

– De ce?!?

– Simplu: nu îți pot spune ceea ce dorești să afli.

– De unde știi ce îmi doresc eu?

– Cu toții ne dorim același lucru, Matteo, numai că suntem prea mândri să recunoaștem, uneori prea proști sau prea lași și ne complacem în minciună! Pe pământ existăm doar pentru a iubi, Matteo! Mulți zic că știu, prea puțini o mai și fac!

– Am dat-o-n bară, Kay!

– Știu, măi băiatule, știu… a sunat extrem de tristă vocea lui.

– Spune-mi, ce să fac!?! Uită-te în cărțile tale, în hărți, habar nu am. Dă-mi să beau alte prafuri, te rog, Kay, ajută-mă să o găsesc!

A rămas tăcut câteva clipe, momente pe care le-am simțit ca pe o eternitate.

– Matteo, nu se mai poate face nimic! mi-a spus sec cu o mină într-atât de serioasă încât m-am speriat.

– Nu se poate! am exclamat puternic.

– Ba da, se poate, Matteo!

– Kay, de abia am găsit-o!?! Atunci, de ce am mai găsit-o!?! l-am întrebat sfâșiat de durere.

Începuse să-mi fie frică de cuvintele lui. Și asta pentru că nu se înșelase niciodată.

– Off...ai regăsit-o, Matteo! V-ați regăsit unul pe altul! Sufletele voastre s-au recunoscut!

– Nu mai înțeleg nimic, omule, i-am spus trecându-mi mâinile prin păr cu nervozitate.

– Matteo, între voi doi există o relație karmică sau cel puțin exista dacă nu o dădeai din nou în bară. Și te-am avertizat... a spus cu tristețe.

– Ce karmă, ce relație!?!

– Relația dintre voi nu este una actuală, ci sufletele voastre, voi, în alte trupuri ați mai împărtășit o altă viață.

Brusc inima a început să-mi bată cu putere și am simțit cum sângele mi se scurge din corp. Cuvintele lui Kay mi-au amintit de momentul în care, după episodul cu Paul, în mașină, la un moment dat, pentru o clipă am crezut că mai văzusem undeva acea privire a Renei.

– Te-ai albit la față. Ești bine? m-a întrebat îngrijorat.

– Nu sunt, dar te rog, continuă! i-am cerut nerăbdător.

– V-ați cunoscut în India, în jurul anilor 1800. Rhenna de atunci ca și cea de acum te-a iubit mai mult decât orice pe lume, în schimb tu...

– Eu ce?!? Și eu o iubesc la fel de mult!

– La fel ai iubit-o și în altă viață și nu a fost suficient. De ce crezi că acum este?!?

– Spune-mi tu ce a fost atunci. Eu știu ce simt acum!

– Și la vremea aceea ai simțit la fel, Matteo, numai că nu ai avut destul curaj.

– Și ce s-a întâmplat!?! Spune-mi! Simt că o iau razna! Că o iau din loc!

A făcut o altă pauză, aprinzându-și o țigară. Era pentru prima dată când îl vedeam fumând. Nu era tutun normal. Era marijuana.

– Ai pierdut-o și ai crezut că ai făcut totul pentru a o regăsi, dar nu a fost așa. Biata de ea a avut parte de cea mai dureroasă moarte posibilă...

Începusem să tremur, iar sudori reci mi se prelingeau pe șira spinării. Kay îmi vorbea ca intrat în transă.

– Rhenna a fost arsă pe rug!

Cuvintele lui pentru câteva clipe au avut puterea de a-mi opri bătăile inimii.

– Iar tu, Matteo...tu ai trăit cu sufletul bântuit - trist, singur, cu inima ruptă. Cu propria-ți respirație ai hrănit fantoma a ceea ce ai fi putut face și nu ai reușit niciodată...

– Kay, spune-mi, te rog, că țigara te face să îmi spui asemenea atrocități!

– Aș fi vrut, dar nu, nu țigara...karma este cea care îmi șoptește, suna vocea lui înfiorător ca un ecou care îți răspunde.

– **Karma-i o zdreanță**! am exclamat cu putere, bătând cu pumnul în masă.

Kay a început să râdă încetișor.

– Să știi că te-a auzit, Matteo, și i-a plăcut atitudinea ta.

– Atunci, să-i spui că nu îmi este teamă de ea și că dacă nu face ceva să o am pe Rena înapoi, am să o urmăresc până la capătul lumii!

– Matteo! Iubirea Rhennei a înduplecat karma o dată. Ura ta ce crezi că o să facă!?!

– Ura!?! Ura va învinge karma! Nu ea îmi conduce viața

și stelele tale nenorocite. De la pământ până la ele e cale lungă! Am să mă descurc singur!

– Nu o amenința! Are propriile-i reguli. Karma este doar o altă femeie cu capricii!

– Kai, nu mă interesează. Am să merg și am să o caut pe Rena și în gaură de șarpe!

– Nu va fi nevoie...te rog însă nu o face. Lasă lucrurile așa. Poate, cine știe...

– Aaa, sigur, Kay, i-am spus ironic, vorba aceea - poate a treia oară o să fie cu noroc!

– Poate...

Un zâmbet rupt melancoliei îi ridică colțul gurii. Privirea i se lumină, iar cuvintele din nou deveniseră rotunde.

– Matteo, ultimul lucru pe care ți-l spun: lasă lucrurile așa cum sunt. Ai să mai suferi o zi două și o să-ți treacă. Lasă durerea pe care o ai să se consume de la sine. Nu acuza karma pentru greșelile tale!

– Kay, i-am cerut iertare Renei!

– Când spui *iartă-mă* celui pe care îl iubești, în limbajul sufleului se traduce prin *începutul-sfârșitului*...

*

Între prea mult și prea puțin, reușisem să-mi găsesc locul în brațele fericirii.

Acum înțelesesem totul.

Toată lumea aleargă fericirea. Nimeni nu aleargă după durere.

Și dacă vrei curcubeu în viața ta, trebuie să fii pregătit sau să aștepți ca norii să se risipească, iar ploaia să ude pământul.

– Și ție îți este dor de ea, motane?

Eram în mașină, la volan și îmi întrebam Astonul, cu inima mare cât un elefant. Toată durerea din ultimul timp strânsă în sufletul meu se transformase în cu totul altceva, ce-mi făcea inima să bată cu putere. Acel ceva se numește *nu știu cum*. Sentimentul este mai puternic decât fericirea.

Reușisem să o găsesc pe Rena. Am sunat și mi-a răspuns la telefon. Nu i-am cerut iertare. Am întrebat-o direct dacă vrea să fie soția mea și ea mi-a răspuns *DA*!

Nu am mai avut timp nici de emoții mărturisite și nici de alte gânduri. M-am urcat repede în mașină și am plecat direct spre Timișoara. Nu am reușit să vorbim prea mult. Convorbirea s-a întrerupt brusc și imediat după, îi intra doar robotul.

Tocmai intrasem pe Dealul Negru. Nu era aglomerat, dar erau multe camioane. Cu ele în trafic, până și epoca vitezei se mișca tot în ritmul lent al melcului.

Am profitat de mersul încet și m-am uitat la telefon. Aveam 11 apeluri de la Rena, deși telefonul nu îmi sunase niciodată și un mesaj.

Am apăsat cu degetul pe ecran și s-a deschis :

Sunt în drum spre București, am plecat de la Timișoara. Cred că ultimul up-date de la telefon are o eroare. Am încercat să te sun, dar nu reușesc. Ne vedem acasă! Te iubesc!

Brusc, fericirea mea purta numele unei direcții și a unui loc: București, acasă - locul unde ea avea să apară!

Am ridicat ochii din telefon. S-a întâmplat într-o fracțiune de secundă.

Cu toată strălucirea ei, karma a fost o zdreanță!

*

După câteva săptămâni

Povestea lor a cutremurat o lumea întreagă. Matteo a murit pentru a o proteja pe ea.

Uneori diferența dintre viață și moarte poate însemna lungimea unui blestemat de tir.

Acolo, pe Dealul Negru, mașina pe care Rena o conducea avea să se lovească puternic de cea a lui Matteo. Ambele mașini au fost daună totală.

Karma a fost cea care a tras la sorți și a ales sufletul lui, pentru a-l purta dincolo de nori.

Rena a stat mai bine de o lună de zile internată în spital.

Deși nu mă cunoștea, zi de zi, am stat la ușa salonului, privind-o numai când dormea.

Într-o zi însă, a deschis ochii și ea mi-a zâmbit.

De abia atunci am simțit disperarea lui Matteo de a nu o pierde.

– Cine ești tu? m-a întrebat, încercând să se ridice în capul oaselor.

O clipă am ezitat.

– Numele meu este Kay, iar în minte încercam să-mi construiesc o falsă identitate.

A închis ochii, pe chipul ei apărând grimasa unei dureri fizice.

– Tu ești *nebunul* astrolog și clarvăzător. Îmi cer scuze, Matteo te numea așa, mi-a spus încercând să schițeze un zâmbet. Era transparent.

– Spune-mi dacă ești bine.

– Îmi lipsește, Kay...

– Timpul vindecă orice rană, Rena, i-am spus venindu-mi să-mi dau palme.

Suferință mai mare decât cea pe care o vedeam în ochii ei nu mai văzusem în viața mea. Era pentru prima dată când îmi doream să fiu orb. Și cred că era degeaba pentru că vibrația ei era atât de înaltă, încât îmi înghețase sufletul.

– Îmi este dor să-l aud, Kay...să-i simt respirația caldă, să-i mângâi părul, să-i sărut ochii, să-i simt mângâierile.

– Rena, el ar fi vrut ca tu să fii fericită! Să trăiești, să râzi, să iubești din nou și să fii iubită!

În ochii ei, era Matteo. Sau poate era doar proiecția minții ei îndurerate.

– Kay, cum crezi că în inima mea ar putea să mai existe altcineva, când știu că sufletul lui încă mă caută!?!

*

Știam că trebuie să plec, să mă înalț pentru a putea zbura mai departe. Trecuse prea mult timp de când, de sus o priveam, clipă de clipă, ceas de ceas, ceea ce pentru mine însemna o eternitate.

Uneori, cu aburul ce se ridica din pământul umed îi ștergeam lacrimile, cu picături de ploaie o sărutam, cu razele soarelui îi încălzeam pielea și cu vântul mă jucam în părul ei...

Rugam păsările să ciripească voioase la urechea ei pentru a nu se simți singură, pentru a o înveseli.

Suflam verdele ierbii înspre ochii ei, pentru a le da din nou culoarea aceea unică, vibrantă, vie.

În fiecare seară, la culcare, mă așezam lângă ea, mângâindu-i părul cu mâini transparente și sărutând-o cu raze, cât lumina era încă aprinsă. Lângă ea, îmi țineam respirația minute în șir. Era rece și umedă.

Bătăile inimii ei îmi aminteau de inima mea, cum odată bătea numai pentru ea.

Amintirile noastre, aruncate de timp la un colț, pe care le voia uitate, le-am regăsit pentru a le lua pe toate. Unde? Nu știu...dacă atât de mult m-a vrut, cine m-a vrut acolo Sus, nu avea decât să mă ia la pachet!

Jurasem răzbunare Karmei!

Ea nu știa prin ce trecusem noi. Ea nu știa ce aveam noi. Ea nu știa ce am simțit noi. Ea nu știa că sute de ani de-ar trece peste noi, sufletele noastre nu vor uita niciodată că s-au iubit ca nebunele. Ea nu știa că undeva, ascuns de ea, acolo în lumină, eu aruncasem tot ce a fost între noi...

Karma nu știa că reușisem să cumpăr timpul. Cu cât el trecea, eu mă apropiam din ce în ce mai mult de ea.

Karma nici nu bănuia că din strălucirea ei se renăștea Rena, răsăritul meu de neînlocuit!

Karma nu știa că, pe pământ, a treia oară e întotdeauna cu noroc...

– Dormi, iubita mea, i-am șoptit pentru ultima oară. Este rândul meu să iubesc pentru amândoi!

Partea a treia

Pariu cu Karma

Serenissima, 2330

Se spunea că prima șansă ți-o dă Dumnezeu, iar a doua omul.

Mie, mi-au fost furate amândouă.

Dumnezeu era mult prea departe, iar la naștere am fost aruncată sub o punte antigravitațională, în apropiere de Puntea Suspinelor.

Uneori mă întrebam dacă viața nu-mi fusese doar un accident nedorit al karmei – prea multă durere, singurătate și lacrimi pentru o biată inimă.

Am fost găsită de Ritta, o femeie atunci trecută de 35 de ani, care în urma preselecțiilor ajunsese cerșetoare. Ei îi datorez *nimicul* cu care m-a hrănit sau bâtele pe spinare, ori de câte ori ajungea nopțile duhnind a alcool ieftin. Acum, însă venise timpul să își primească răsplata pentru anii în care îmi dăduse un acoperiș și un nume de familie fals.

Tocmai ce împlinisem 19 ani, trecusem de selectarea mahalagiului și urma să intru în faza de pregătire, pentru a deveni curtezană.

Viitorul meu statut, de altfel visul oricărei femei născute în mahalale ascunse printre canale, îl uram la fel de mult ca propria-mi viață...

Veneția de odinioară, actuală Serenissima, era acum doar o poveste a trecutului, ștearsă de trecerea timpului, dar pe care noile tehnologii și societatea în care trăia, o rescriau în mare viteză.

Marele Război Economic ce învrăjbise o lume întreagă, la care s-au adăugat schimbările climatice, reușiseră să schimbe tot: societăți, politici, obiceiuri, religii.

Sistemele de tip piramidal care funcționau după o ierarhie strictă și imuabilă fuseseră înlocuite de diamant - noul tip de societate care nu permitea rocade între nivelele ierarhice și nici amestecături. Un sistem dur, cu un mijloc impenetrabil, din cauza căruia pătura de mijloc a populației de mai bine de o sută de ani dispăruse. Eram noi sau ei, săracii sau bogații, sclavii sau stăpânii.

Viața se derula într-o antiteză totală: beneficiam de un suport tehnologic avansat, dar trăiam după normele și dogmele societăților existente la 1800, cel puțin aici, în Serenissima.

Clasa elitelor era împărțită în trei categorii: doge, duci și conți. Restul populației erau ca și mine, cei care trăiam la limita subzistenței: sereni și serene.

Războiul Lumilor lăsase în urmă o mare disperare de unde, până la denaturare, nu a mai fost decât un pas.

Serenissima, Statul dintre Ape, renăscut din duhoarea propriului mâl, după criză se ridicase într-un ritm accelerat. Singura industrie aducătoare de bani era turismul sexual.

Religia, un instrument indispensabil, indiferent de eră, a slujit la fel de bine agenda și buzunarele elitelor.

Sfatul Înțelepților - așa cum se numeau cei 40 de consilieri ai Cardinalului, prin noul curent religios denumit *remodelator* - propăvăduia sexul și vânzarea trupului, ca fiind cea mai pură formă de dăruire a omului față de noua ordine mondială condusă de bani și interese. Geniali, tenace, iscusiți și fără scrupule ei erau cei care conduceau masele.

În noua formulă a credințelor, *remodelatoare*, păcatul primordial îl reprezenta iubirea.

Sentimentul se pedepsea cu moarte în rândul celor bogați, iar pentru noi, cu lovituri de bici în urma cărora implorai moartea să te ia mai repede.

Printre duci și conți, căsătoria era permisă numai pe bază de interese ce aduceau Serenissimei confort și bunăstare. În ziua nunții, mirii erau supuși unor teste efectuate de scanere precise care măsurau intensitatea emoțiilor și a reacțiilor bio-electro-chimice. Pe rând, cuplurile erau introduse în tubulaturi de tip RMN, unde erau puse să privească un film, realizat în timpul perioadei de probă, cu ei doi. Pe baza imaginilor din montaj, cercetătorii puteau spune dacă viitori miri erau îndrăgostiți sau nu, în funcție de strălucirea mai multor zone din creier, datorată vitezei de circulație a sângelui și a adrenalinei.

Pe premiza că Serenissima nu ar fi putut supraviețui sub imperiul emoțiilor și al extazului pe care sentimentul de dragoste îl naște, femeile erau omorâte, lângă zidul Catedralei San Marco, unul dintre vechile edificii rămase în picioare.

În cazul bărbaților, timp de o lună de zile erau trimiși în locuri special amenajate, unde erau pedepsiți fizic, prin metode sexuale dure, sadice. În opinia clericilor, aceasta era adevărata față a dragostei: crudă și lipsită de milă. De multe ori, cei mai mulți dintre *păcătoși* nu rezistau și mureau înainte de finalul perioadei de *dezintoxicare*, așa cum era numită.

Economic, inteligența artificială era susținătoarea sistemelor sociale, bursiere și bancare, cu ajutorul unor algoritmi exacți. Cu timpul, aceste entități electronice ajunseseră să știe mai multe despre noi decât noi înșine.

În Serenissima, politicul și religia la nivel de interes erau asemănătoare, cu excepția puterii supreme deținute de Dogele Vincenzzo Cassian. Cu ani în urmă, în urma unor altercații urmate de crime abominabile, despre care nimeni nu avea voie să vorbească, dogele s-a autodenumit Altus. Între el și Cardinalul Fiore Orsini, interesele creaseră o legătură indestructibilă.

DMC[11] 1, 2, 3 și așa mai departe erau prescurtările cluburilor de sex în care curtezanele, odată intrate, deveneau proprietatea directă a statului, pe viață. Nu aveau voie să se căsătorească, iar la finele perioadei, în funcție de cât le ținea frumusețea, cele mai multe ajungeau târfe prin mahalale sau bodegi, profitând și încurajând poftele turiștilor care nu își permiteau o curtezană agreată. Bani, bijuterii sau alte bunuri materiale intrau direct în vistieria statului, nobilimea fiind cea care împărțea profitul.

Curtezanele se vindeau pentru nimic și se hrăneau cu iluzii, o soartă pe care curând urma să o îmbrățișez și eu.

Curtezanele erau alese din rândul fetelor tinere din mahalale, trecând prin preselecții organizate anual, uneori chiar și de două ori, la interval de șase luni, de către mahalagii. Erau selecționate fete cu vârste de 18 și 19 ani, cu trăsături feminine, forme apetisante și înălțime potrivită. Cele mai frumoase dintre ele erau trimise în primele cinci DMC-uri, cele mai luxoase, dar și cele mai costisitoare. Pentru o seară în compania unei curtezane, cel ce o revendica plătea valoarea salariului unui seren, pe cel puțin doi ani.

11. DMC – inițiale pentru doge, ministru și cardinal

An de an, mahalaua care dădea cele mai multe fete către DMC-uri primea cele mai mari fonduri de întreținere.

În afara hranei, care era un lux, mahalalele erau civilizate, curate, pline de doctori plătiți de către stat, care vegheau asupra sănătății. Orice tip de virus era depistat și anihilat la timp, tocmai pentru a nu afecta industria.

Capitolul 1

Era început de primăvară. Vântul alerga prin canale, jucându-se cu razele timide ale soarelui ce se spărgeau în milioane de fascicule luminoase, atunci când atingeau sticla de mura.

În urma inundațiilor, când insulele fuseseră acoperite de ape și vechea Veneție era acoperită de mâl, experți de la Murano cu ajutorul noilor tehnologii realizaseră un nou model de sticlă – mura glass. Cu ajutorul nanonaniților și al noilor tehnologii, oamenii de știință au dat particulelor fine de nisip o duritate aproape indestructibilă și o strălucire unică.

Apele fuseseră evacuate, iar canalele curățate pentru a fi căptușite cu acest nou tip de sticlă care nu mai permitea apei să se infiltreze. Prin același procedeu de reabilitate trecuseră și fațadele caselor sau interioarele. Doar podurile nu au mai putut fi salvate, însă în locul lor, existau acum punți antigravitaționale care asigurau traversările, iar hologramele refăceau vizual arhitectura vechilor edificii.

Gondolele continuau să circule pe canale, legănate fiind de motoare cu autopropulsare, conduse de gondolieri care cântau acum preamărirea societății moderne.

Și, iată-mă pe mine prinsă la mijloc, între falsa strălucire a Serenissimei și un nou mod de viață, unicul pentru mine, cum încerca Ritta să mă convingă, sperând să-și umple buzunarele de holocarduri.

– Hai, Renna Angelo, mișcă-te!

Ritta striga la mine din cealaltă cameră cât o țineau puterile, în timp ce eu îmi trăgeam prima pereche de ciorapi din mătase, peste picioarele lungi și slăbănoage.

– Ai răbdare, i-am răspuns fără nicio tragere de inimă.

Nu mă gândisem niciodată la viitor. Nici nu mă gândeam că-l voi avea vreodată. Acum era pentru prima dată când o făceam, iar ochii îmi erau din nou în lacrimi. Verdele proaspăt din priviri acum îmi era șters și învechit de gânduri negre, pe care nu puteam să mi le șterg din minte. Îmi doream din toată puterea sufletului să nu trec de preselecție. Aveam de gând să fug în lumea largă, oriunde, numai să scap din Serenissima. Aveam câteva holocarduri, ascunse sub podea de Ritta, pe care voiam să le folosesc pentru plecare.

– Hai, fată! mă strigase din nou.

– Un singur an, Renna, unul singur și ai scăpat! am șoptit.

– Ce ai zis!?!

– Vin, vin acum, i-am răspuns atentă fiind să nu îmi rup ciorapii.

La 20 de ani, fetele erau considerate bătrâne pentru a deveni curtezane. Până atunci mai aveam nevoie de un singur an. Apoi, speram să pot face altceva cu viața mea.

– Sunt gata!

– Ia să te văd! Ești curată, epilată, semnul ți l-ai mascat!?!

– Sunt, nu mai trage de hainele de pe mine! Lasă-mă! i-am răspuns enervată, dându-i la o parte mâinile care începuseră să-mi pipăie sânii.

Ritta era o femeie mică de înălțime, grăsună, ușor adusă de spate, cu păr roșu și ochi albaștri și permanent agitată. Cu ani în urmă, din cauza înălțimii, fusese respinsă la preselecție, iar taică-său o aruncase în stradă. De la 19 ani a trăit singură, până ce m-a luat pe mine de pe stradă.

Trebuia să ajungem în piața centrală. Acolo se ținea preselecția anuală a curtezanelor la care participau toate mahalalele, fiecăreia fiindu-i distribuit câte un număr, în funcție de districtul în care ne aflam. Al nostru era 8 și speram să-mi poarte noroc, să nu fiu aleasă.

Ritta a chemat gondolierul, să nu cumva să-mi stric pantofii pe care îi împrumutase sau să calc poalele ample ale rochiei. Am rămas dusă pe gânduri, în timp ce Ritta comenta, privind orașul ce încă părea desprins din alte timpuri.

Serenissima nu semăna cu nimic. Avea propria-i identitate, strălucitor de obscenă și plină de poveste la fiecare pas. Puteam să înțeleg turiștii. Erau fascinați de clădirile restaurate, de gondolele plutitoare, de hologramele vechilor poduri, de melodiile ce răsunau de-a lungul canalelor. În plus, erau vrăjiți de frumusețea curtezanelor care ziua umpleau străduțele cu mirosuri fine de parfum și râsete cristaline.

– Hai, ridică-ți rochia. Am ajuns, mi-a spus Ritta, înghioldindu-mă cu degetul.

Am coborât cu inima cât un purice, rugându-mă ca mahalagiul să își amintească de episodul de anul trecut când mă respinsese.

– Renna, să nu vorbești fără să fii întrebată și atunci ai grijă ce spui!

– Nu am uitat. M-ai pus să repet chestia asta de 100 de ori, îți amintești?

– Termină cu prostiile astea! Uită-te în jurul tău: niciuna nu este mai frumoasă ca tine! Tu ești fată deșteaptă! Vei fi o curtezană pe cinste!

Era prima dată când îmi făcea un compliment. Probabil că mirosul banilor o sensibilizasă.

– Asta nu este o viață! Eu nu o vreau! Te rog, Ritta! îi spuneam simțind cum încep să tremur din toate încheieturile.

Ea s-a oprit o clipă în drum. Și-a trecut mâinile prin păr, cu nervozitate. S-a înroșit și buza de jos îi tremura nervos.

– Tu ești chiar idioată? Ai 19 ani, este ultima ta șansă! Și a mea! Crezi că e ușor să crești un copil!?! Tu ai nevoie de asta, iar eu am nevoie de bani! Mergi și să nu te mai aud că te smiorcăi!

Am tăcut, trăgându-mi nasul în surdină, apoi am urmat-o.

Mahalagiul ne aștepta la intrare.

– Ia zi, Ritta, ea este?!?

– Da, îmi place…

Am văzut negru în fața ochilor. Mahalagiul nu era același cu cel de anul trecut care mă respinsese din cauza semnului pe care îl aveam din naștere pe interiorul pulpei. Aveam ca o stea, cu cinci colțuri, peste care ai fi spus că cineva ar fi trecut cu mâna, deformând-o ușor.

Am intrat în primul separeu. Dacă treceam de preselecție, eram dusă la control de sânge și ginecologic.

Mahalagiul mi-a cerut să mă dezbrac, iar eu a trebuit să-l ascult. Ritta stătea lipită de paravan și aștepta răspunsul cu sufletul la gură.

– Să vedem: 1m 73, 90 bust, 59 talie, 89 șolduri...cam slăbuță, s-a strâmbat el.

– Iți promit că am să o îngraș! a sărit repede Ritta cu gura.

– Este foarte frumoasă în rest, trebuie să recunosc. Părul îi este lung, asta e bine. Mătăsos..., îmi freca firele între degete. Fața ovală, tenul curat, pomeți bine definiți, sprâncene frumos arcuite, buze pline...măi fată, dar ai niște ochi de-a dreptul magici! exclamă într-un final.

– Uită-te să vezi ce corp de clepsidră are! Slăbuță, dar uite ce osatură fină are și ce mușchiuleți frumoși definiți! În plus, părul ăsta șaten cu reflexe castanii este o adevărată comoară, continuă Ritta exaltată.

– Nu știu unde ai găsit-o, dar o să iei bani frumoși pe copila asta, Ritta! a spus încântat.

Ritta a început să țopăie și a sărit bucuroasă, prinzându-se de gâtul bărbatului.

– Hai, ia-ți hainele pe tine și fuga la doctor, mi-a cerut ea, în timp ce îmi completa datele pe o tabletă.

Am urât momentul în care începusem să-mi văd viitorul. Știam de acum că orice avea să mă aștepte înăuntrul DMC-urilor, indiferent ce număr ar fi avut el, avea fie să mă omoare, fie să mă salveze. Așa că mi-am propus din momentul în care am simțit placa rece a scannerului pe mine, în cabinetul doctorului, să rescriu istoria!

– E virgină, a spus el, după ce a interpretat parametrii.

Am ieșit din cabinet, mergând spre separeul în care mă aștepta mahalagiul și Ritta. Primise toate informațiile în sistem, iar ea își număra holocardurile. Când a ajuns la 250 s-a oprit, ochii sclipindu-i de fericire.

– Ai venit săracă și pleci bogată! i-a spus mahalagiul, un zâmbet larg arătându-i-se pe față.

– Și restul pentru pregătire!?! a întrebat îngrijorată.

– Poftim! Ai încă 50 în plus pentru asistență și 25 bonus din partea DMC-ului.

Am făcut ochii mari și un nod brusc mi s-a pus în gât.

– Va fi repartizată în DMC 3.

– Uau! Serios?!? a întrebat Ritta, cu ochii cât cepele.

– O asemenea frumusețe, cred și eu, i-a răspuns el, sorbindu-mă din priviri.

M-am întărit și i-am zâmbit. În fond, din momentul acesta numai asta trebuia să fac – să zâmbesc pentru a aduce plăcere în viața altora.

*

Mă reeducasem. Îmi setasem gândurile, simțurile, sentimentele, eram o nouă Renna, eleva sârguincioasă a Anemonnei, verișoara Rittei, una dintre cele mai impozante foste curtezane care își câștiga existența nu doar oferind plăcere turiștilor, dar și pregătind fete, ca și mine.

La primele lecții, Ritta o plătea numai pentru a-mi șterge lacrimile. Și asta s-a întâmplat până într-o zi.

Eram la o terasă în San Marco împreună cu Anemonna. Continuam să învăț arta seducției. De jur împrejurul nostru, domni, nobili însoțiți de doamnele lor reci cu priviri înghețate și turiști cu nemiluita, se uitau oriunde, mai puțin spre noi, spre disperarea profesoarei mele.

– Renna, în felul acesta nu vei învăța niciodată! Ori de câte ori ieșim, mănânci de zici că ești o femeie gravidă! Lasă prăjiturile și fii atentă! mă mustra ea.

– Am memorat tot ce mi-ai spus, îți jur, Anemonna! Totul se găsește aici, în capul meu! i-am spus ușor amuzată de ochii ei dați peste cap.

Verișoara Rittei era o femeie încă foarte frumoasă, elegantă și cu maniere de-a dreptul princiare. Alături de ea aflasem că existau și momente frumoase pentru curtezane și că finalul perioadei putea fi și altul. Nu neapărat fericit, dar nici așa cum știam eu.

Anemonna - pentru că fusese extrem de apreciată pentru serviciile ei - primise o casă modestă și o rentă lunară de la stat, la fel de modestă, dar pe care ea o aprecia în locul nimicului. Și astea erau lucruri despre care nu știam și nici nu se vorbea despre ele.

– Trebuie să devii puternică, Renna, pentru lumea în care pășești! Va trebui să te descurci! Este o lume frumoasă, dar nu uita că în orice moment poate deveni periculoasă! De multe ori ai să te afli pe culmile plăcerii care sunt vecine însă cu ale durerii!

– Bine, gata! Promit să te ascult fără a mă mai lăsa distrasă de prăjituri.

M-a privit inițial neîncrezătoare, apoi când m-a văzut dând farfuria la o parte, mi-a zâmbit, continuând lecția.

– De la distanță, un bărbat niciodată nu o să-ți poată vedea culoarea frumoasă a ochilor. Nu o să-ți vadă nici cât de arcuite îți sunt sprâncenele sau cât de pline îți sunt buzele. Dacă îi vei vorbi, nu îți va auzi vocea și nici nu îți va simți mirosul parfumului.

– Și atunci cum m-ar putea cunoaște?!?

– Nu de asta ai nevoie. Oricum nu îți va folosi la nimic. Tu vei fi un nume și atât. Singurul reper este silueta, în cazul acesta. Asta le va stârni interesul.

– Am înțeles, i-am spus cu jumătate de gură, uitându-mă cu regret la prăjituri.

– Și când nu îți convine ceva, așa ca acum, învață să zâmbești.

– Cum?!?

– Zâmbetul obligatoriu trebuie să îți fie atrăgător.

– Și ce anume face ca zâmbetul să fie *atrăgător*, cum spui tu?

– Te minți. Crezi în propria-ți minciună. Aplici!

– Regula lui TCA? am întrebat-o râzând.

– Renna, zâmbetul are efect asupra interlocutorului numai dacă este sincer.

– Păi, cum poate fi sincer, din moment ce mă mint!?!

– Draga mea, de îndată ce vei păși pragul DMC-uli, doar corpul îți va rămâne real, carnea, atât! mi-a spus, sesizând în glasul ei o ușoară urmă de tristețe, ce m-a pus pe gânduri.

– Dar, hai să nu ne întristăm! Acum bagă la cap cum este cu privirea.

– Ascult…

– Privirea trebuie să-ți fie scanner, scurtă, asemenea unei săgeți pe care o îndrepți asupra țintei și directă, când eliberezi săgeata.

– Am înțeles: scanner, scurtă și directă!

– Nu te grăbi. Urmează partea cea mai importantă: cârligul! Odată avut contactul vizual, figura trebuie să-ți fie surprinsă ca și când l-ai întreba – *vrei ceva de la mine?*

Din acel moment, te poți juca cu o șuviță de păr sau poți freca piciorul paharului de vin. Practic poți face orice, fără să îl scapi din vedere. Sau poți deschide ușor, fără să vorbești, buzele, mușcându-ți-le încet, deliberat.

– Adică așa? am întrebat-o, simulând un bot de rață.

Anemonna a început să râdă.

– Aerul de bosumflată este opțional. Important este ca el să-ți vadă buzele pline, să își dorească să le posede, într-o formă sau alta. Dacă te va plăcea, semnalele pe care tu i le transmiți vor fi de la sine înțelese și va veni lângă tine.

– Și atunci ce fac? sună întrebarea mea mirată.

– Corpul tău, în mod accidental, se va lovi de al lui sau sânii la fel de întâmplător vor atinge pieptul lui.

– Și dacă este la distanță?

– Atunci, imaginează-ți că ești un magnet cu o forță de atracție atât de puternică, încât el nu va putea rezista fără să te atingă. Imaginează-ți că ești un pahar ce conține o șampanie scumpă, iar el nu poate pleca fără să-i simtă gustul.

– Curtezana are nevoie de imaginație, nu glumă.

– Curtezana este un vasal al plăcerilor fără de număr, Renna. Este un conductor al excitațiilor de tot felul. Când transferul se produce, când prima atingere are loc, totul trebuie să devină sexy și provocator!

– Oare am să mă descurc?!? am întrebat temătoare.

Aveam momente când simțeam că pot conduce și altele când mă simțeam slabă.

– Sigur! Ești nu doar frumoasă, ci și inteligentă. O femeie curtată este cea care stârnește dorința bărbatului cu o singură privire. Uite!

S-a întors pe scaun și a scanat împrejurimile. În mai puțin de șapte secunde, un domn se îndrepta spre masa noastră.

– Bună ziua, doamnelor. Vă pot oferi ceva de băut!?!

– Nu, mulțumim, i-a răspuns Anemonna, privindu-l altfel, iar bărbatul a plecat imediat.

– Ești incredibilă! am exclamat surprinsă de șarmul din ochii ei. Cum ai făcut asta!?!

– Ai spus că memorezi tot ce spun!

Am lăsat ochii, rușinată.

– Doar l-am privit. Intens. Ochii mei au grăit în locul vorbelor. Îți imaginezi totul de la început până la sfârșit. Ai nevoie de câteva secunde pentru asta, important este să ai planul. Apoi ochești, țintuiești și tragi. Privirea trebuie să-ți fie un cârlig, amintește-ți. Încearcă și tu!

Am inspirat adânc, am expirat, mi-am îndreptat spatele, apoi am început să privesc pe la mese.

– Ai ochit!?!

– Nu-mi place niciunul, i-am răspuns dezamăgită.

– Renna, cine a spus că trebuie să-ți placă? În imaginație, și dracu' trebuie să ți se arate înger! Folosește-o!

– Încerc, mă străduiesc, i-am spus pe un ton ușor nervos.

– Uită de atracție! Nici asta nu îți va folosi. În plus, este și periculoasă. Îți încetinește conștiința, dar îți accelerează instinctele, iar atunci simțurile preiau controlul. Inconștient în astfel de momente, corpul tău va lua decizii în defavoarea minții.

Hormonii vor fi cei care vor acționa și vor vorbi în numele tău.

M-am concentrat la spusele Anemonnei și am încercat din nou. Câteva clipe am crezut că nu voi reuși niciodată să pun în practică sfaturile ei. Asta însă, până când, în raza mea vizuală a apărut...el. Înalt, cu părul negru ca pana corbului, răvășit într-un mod absolut modern, cu umeri lați, bine făcut. Ochii îi erau căprui, mari, amețitor de frumoși. Avea un maxilar puternic ce-i încadra gura cu buze cărnoase și nasul masculin. S-a oprit în dreptul unei mese și i-a aruncat unei doamne un zâmbet impersonal și disprețuitor. Era cu adevărat prea frumos, dar în același timp, aerul îi era dur și privirea, gândeam eu, impenetrabilă.

– L-ai găsit!?! m-a întrebat Anemonna, ușor amuzată.

– Stai! i-am șoptit, urmărindu-mi în continuare prada.

De cum a ridicat privirea, ochii mei se făcuseră deja cârlig în ai lui și venea spre masa noastră. Inima începuse să-mi bată cu putere și un val de emoții mi-a încins pieptul. Când s-a oprit în dreptul mesei, îmi simțeam picioarele precum două bucăți de gelatină.

– Bună, Anemonna. Văd că ai o nouă elevă, i s-a adresat ei, pe mine ignorându-mă total.

– Bună, Stefano! Ce-i cu tine pe aici?!? l-a întrebat ea, zâmbindu-i larg.

Ea s-a ridicat în picioare și s-au îmbrățișat. Peste umărul ei, el mi-a aruncat o privire neutră.

– Am ieșit la o plimbare. Sunt mega plictisit. Cred că am să dau o raită mai încolo pe la DMC 3, i-a răspuns la fel de neutru.

– Ce mai este pe la DMC?

– Nimic deosebit. Totul cum știi. Și ea? a întrebat-o ca și când eu nici nu eram acolo. S-a așezat o clipă cu noi la masă și dintr-odată eram în centrul atenției tuturor. Femeile îl priveau cu pofte ascunse, iar bărbații începuseră să șușotească.

– Ea, am intervenit bățoasă, sunt Renna Angelo! Sunt viitoare curtezană!

Anemonna înghețase, auzindu-mi tonul, iar el mi-a zâmbit în colțul gurii.

– Dacă ne vom reîntîlni într-un DMC și îmi vei vorbi la fel…

– Adică!?! am întrebat la fel de ințepată.

– Renna! m-a mustrat ușor Anemonna. Tonul.

Obrajii începură să-mi ardă ușor, iar sângele îmi coloră pielea. Nu știam dacă era din cauza nervilor sau a stării de nervozitate pe care Stefano reușise să mi-o provoace.

El mă luase pe nepregătite, iar eu clar îl enervam și asta îmi făcea plăcere. Măcar atât. Măcar îmi vorbea.

– Mai ai multe de învățat, copilă, mi s-a adresat, dându-mi ușor cu degetul peste nas, în glumă.

– Se răsfață, Stefano, a intervenit Anemonna, ușor schimbată la față.

– Nu am comis o greșeală capitală, am spus, schimbând tonul. Cât despre răsfăț, nu știu ce este asta…

– Renna, așa ai spus că te cheamă? Am să țin minte. Ai un bonus de la mine când te voi prinde în DMC!

Mă privea atât de intens și de intim, încât un fior mi-a străbătut trupul din cap până în picioare. Stefano s-a ridicat, ne-a salutat, apoi s-a pierdut în mulțime. Picioarele mele încă erau moi și tremurau.

– Eu ți-am spus să pui ochii pe un oarecare, nu pe băiatul prim-ministrului, Rena!

– Stefano este...

– Da! Stefano Visconti! Un tânăr pe cât de șarmant, pe atât de periculos! a spus Anemonna cerând nota.

– Ai fost cu el? Ai făcut...

– Sex?!? Spune, Renna! Nu este în afara legii!

Era nervoasă.

– Da, sex. Ai făcut sex cu el?

– Nu. Sunt bătrână pentru gusturile lui. În plus, am auzit că are ceva probleme. Sper să nu fie el primul la tine!

Vocea îi era rece și calculată. Când am auzit *primul*, din nou inima mi-a luat-o la trap.

– De ce nu? am întrebat temătoare, dar încolțită deja de o dorință absurdă.

– Frumusețea de suprafață are adâncimi înșelătoare, Renna!

Am strâns buzele, făcând un efort să nu-i pun o altă întrebare. Am tăcut și mi-am mutat privirea de la ea. De la o masă, un domn cu privire glacială continua să ne urmărească. I-am zâmbit amabil, iar el și-a reluat discuțiile cu prietenii lui. De data asta îmi ieșise. Era privirea de *sunt ocupată.*

Capitolul 2

Cerul purta un veșmânt în nuanțe de roz și auriu cu inserții fine de bleu, la fel ca rochia pe care urma să o port câteva ore mai târziu, în timp ce se crăpa de ziuă. Se auzea cântecul păsărilor și de sub fereastră, câteva pisici miorlăiau pe la coșurile de gunoi.

Mi-am acoperit ochii cu palmele și am tresărit, simțind gust de sânge și durere. Era ziua în care urma să-mi pierd singurul bun pe care-l aveam: virginitatea.

O așteptam pe Anemonna să vină pentru a mă însoți la DMC 3, locul ce urma să-mi devină noua casă. M-am spălat pe față, am îmbrăcat o rochie lungă, largă cu buzunare, fucsia și m-am dus spre bucătărie. Ritta nu venise încă acasă și asta nu pot spune că mă întrista, din contră. Mi-am făcut o cafea și, în gânduri mi-a apărut din nou el, Stefano, cel care nopți la rând mi-a chinuit visele și mi-a dat naștere unor sentimente pe care aș fi putut jura că nu le voi avea niciodată. În rolul de curtezană, îmi era permis să mă îndrăgostesc pentru că nu era decât foc de paie – orice altă legătură sau relație de cuplu, oricum ne era interzisă prin lege.

Mă puteam îndrăgosti de Stefano, dar știam că nu îl voi avea niciodată. Era un risc la care îmi supuneam sufletul, o joacă de copil, fără să știu însă în ce mă bag.

Era ora 11 și Anemonna urma să apară. Băusem două căni mari de cafea în timp ce trăiam sentimentul acela de liniște dinaintea furtunii. După ce am privit la ceas, am început să simt cum îmi fuge pământul de sub picioare, iar când am văzut-o pe verișoara Rittei, am început să tremur ca varga.

– Bună dimineața, frumusețe! Ești gata? m-a întrebat, mângâindu-mă pe spate.

Am reușit să dau din cap, dar emoțiile mă lăsaseră fără cuvinte. Nu puteam nici să-mi desfac degetele lipite în jurul cănii de cafea.

– Este absolut normal să ai emoții. Toate le-am avut. Vor trece, ai să vezi.

– Știi cine va fi primul?

– Cine te va dezvirgina!?!

– Îhî...

– Speri să fie Stefano?

– Îhî...

– Ai grijă ce îți dorești, copilă. Și de nu va fi el, cu siguranță la un moment dat, sper eu, cât mai târziu, îl vei avea.

– Nu am avut niciodată curaj să te întreb: ce ai cu el?

– Nimic, Renna, chiar nimic. Doar că... Stefano este un bărbat frumos cu siguranță, dar interiorul lui nu este chiar așa. Este precum planta carnivoră. Frumoasă, dar mortală!

– A comis vreo crimă?!?

– Nu, Renna. Stefano desconsideră grav femeia în general. Știu de la una dintre fete căreia i s-a destăinuit.

– De ce?!?

– Se pare că din cauza ducesei, mama lui. Ea vine din

Franța, unde iubirea este permisă. Era îndrăgostită de un altul, când familia a forțat-o să se căsătorească cu prim-ministrul, tatăl lui Stefano. Pentru a-și potoli ura față de el, aproape noapte de noapte, în patul ei se afla un altul, de multe ori ducele auzind de orgiile sexuale ale soției sale. Stefano o surprins-o de câteva ori cu unul sau mai mulți bărbați deodată. Imaginea ei și modul în care reușea să-i seducă l-au marcat atât de tare, încât se spune că după sex, vomită o jumătate de oră. În plus, nu se atinge decât o singură dată de aceeași curtezană.

– Probabil că a fost greu și pentru el, am spus cu regret.

– Probabil că da. Ai tu destule regrete. Nu te împovăra și cu ale altora.

Vocea îi era caldă, calmă, prețioasă pentru starea mea de nervozitate incontrolabilă.

Am plecat, fără să mă uit în urmă. Nici măcar peste umăr. Purta ghinion, mi-a spus Anemonna și de orice aveam nevoie, mai puțin de alte nenorociri în viața mea.

Am ajuns la club, unde mă așteptau alte curtezane pentru a mă pregăti pentru seara inițierii.

Era cel mai frumos loc pe care îl văzuseră vreodată ochii mei. Părea un palat desprins din poveștile cu zei, pe care singură am învățat, pe furiș, să le citesc.

Coloane de marmură albă susțineau tavanele înalte, pe care erau pictate scene de sex, trupuri de femei și de bărbați în ale căror priviri se citeau plăcere și extaz. Din loc în loc, perdele din catifea fină, de culoare roșie, cu margini brodate în fir de aur separau diverse camere sau coridoare cu scări ce urcau la etaj.

De tavan erau agățate candelabre din cristal de Murano, cu detalii de aur roșu, cu câte 12 brațe largi, sofisticate și impunătoare.

Mobilierul - executat manual de artiști renumiți - era făcut din cel mai scump lemn din lume, un arbore african, denumit Mpingo, cu o culoare ce varia între roșcat și negru pur.

Canapele din piele moale, primitoare, ce confereau un sentiment de intimitate, erau aruncate în spatele diverselor figurine din mura glass în forma unor organe sexuale sau de obiecte pentru stimularea plăcerii.

Pielea începuse să mi se facă de găină, când mi s-a prezentat scenariul pe care urma să-l pun în practică seara, când mi s-a arătat camera privată sau masa, din încăperea dedicată ocaziilor de acest gen.

Am urcat apoi la etaj, luându-mi camera mea în primire care era de fapt un apartament de lux.

Covoare înalte și moi la atingere, mobilier nou, canapele confortabile, dulapuri pline cu cele mai luxoase ținute, pantofi, genți, sertare întregi cu lenjerie intimă din dantelă, cusută manual, din cele mai fine fire de mătăsuri, parfumuri și farduri pline de culoare și mirosuri delicate.

Un pat mare, cu baldachin înconjurat de perdele transparente și îmbrăcat în lenjerie din cea mai fină, trona în mijlocul dormitorului ca o adevărată piesă de rezistență.

– Ar fi bine să te odihnești pentru diseară, Renna. În două ore, venim să te aranjăm, mi-a spus una dintre curtezane, ireal de frumoasă, apoi au ieșit lăsându-mă singură.

Zeci de gânduri pe secundă au început să-mi străbată mintea deja obosită.

– Lux și opulență, Renna, am șoptit. Poate nu o fi așa de rău să fii curtezană! am spus și fără să-mi imaginez că pot, am adormit buștean.

*

Am făcut pentru prima dată baie în lapte de bivoliță, apoi am fost curățată cu apă termală. Nu aveam fir de păr pe mine, exceptând o șuviță îngustă deasupra pubisului. Pielea mi-a fost dată cu uleiuri hidratante, parfum și pulbere de aur ce forma de jur împrejurul meu, atinsă de lumină, o aură protectoare.

Părul mi-a fost prins într-o coadă lejeră, ornată cu flori proaspete de iasomie ce emanau un parfum plăcut, discret. Am fost fardată discret, iar pe față mi-a fost pusă o mască pe care urma să o port pentru zece minute, cât dura spectacolul.

Am îmbrăcat rochia lungă, în culorile răsăritului, o rochie în stil roman, prinsă în talie cu o centură aurie, fără să port lenjerie intimă. În picioare purtam pantofi cu toc stiletto, metalic auriu.

M-am uitat în oglindă și de abia atunci mi-am dat seama că nu era o joacă, ci că totul era real. Am început să tremur, cuprinsă de panică.

– Uite, înghite pastila asta, mi-a spus Anabella.

– Ce este, am întrebat, uitându-mă la pastila roșie în formă de inimioară ce stătea nemișcată în palma mea.

Așa îmi doream să fie și inima mea, în schimb ea bătea mai, mai să îmi spargă pieptul.

– Este lejeră, nu îți face griji, mi-a zâmbit. Te ajută să te relaxezi.

– Aș prefera să nu o iau, i-am spus, amintindu-mi de fetele ce cădeau pe la colțuri prin mahala, consumatoare de diverse substanțe narcotice.

– Atunci, ai face bine să îți revii. În cinci minute, coborâm. Nu uita de spatele drept și vocea gravă!

– Nu, nu am să uit. Anabella, știi cumva cine...

– Cine te va dezvirgina?!? a continuat fraza mea, aruncându-mi un zâmbet compătimitor.

– Da!

– Nu știu, îmi pare rău. Indiferent cine, amintește-ți că în gândurile tale, în acele momente poți fi cu oricine!

– Dar o listă a celor prezenți în seara asta ai?!?

Gândul blestemat îmi era tot la Stefano. Fără să recunosc, undeva în inima mea, speram să nu fie numai în mintea mea, ci în seara asta, el să mă penetreze prima oară.

– Ba da, asta poți vedea direct, dacă apeși proiectorul.

Am activat holograma și o serie de nume, necunoscute, cu fotografii și alte date personale au început să curgă unul după altul. Pe listă nu apărea niciunde Stefano Visconti.

Mi-am luat inima în dinți și am întrebat de el.

– Cumva, Stefano Visconti vine în seara asta?

– Îl cunoști pe duce?!? a întrebat uimită Anabella.

– Da, într-un fel! am zâmbit și obrajii brusc mi s-au îmbujorat.

– Ducele frecventează în mod normal DMC 1 și 2. Chiar aseară ne-am mirat că a fost aici. A luat-o pe Ana. Nu vrei să știi cum este, săraca de ea.

Brusc mi s-a făcut pielea de găină. Era a doua persoană care mă avertiza, într-un fel, să-mi iau gândul.

– Nu o cunosc pe Ana. Ce i s-a întâmplat!?!

– Stefano este un bărbat foarte dotat, înțelegi ce spun. În plus, practică sexul în forță. La un moment dat, devine dureros. Crezi că lor le pasă!?! Eu sper să nu vină! Din tot sufletul îmi doresc asta!

M-am simțit ca într-un montagne russe din centrele spațiale, gata să pornească. Am început să respir din nou și să mă lupt, pe de o parte cu teama care mi se zbătea în piept și pe de altă parte cu dorința incontrolabilă, ilogică, nebună, de a fi a lui.

M-am uitat pentru o ultimă oară în oglindă.

– Parcă aș fi o zeiță, am spus cu tristețe.

– Ești foarte frumoasă, Renna. Ai să vezi, de mâine o să fie mai bine! m-a încurajat Anabella, care înainte de a ieși din cameră mi-a agățat de umeri o pereche de aripi, ca de înger.

– Uau! Mie mi se taie respirația, a exclamat la ieșire.

Am ajuns în dreptul scărilor pe care trebuia să cobor pentru a ajunge în sala mare a inițierii, unde avea loc un mic spectacol. În mână mi s-a dat sulița morții.

Ritmurile unei elegii baroce au început să se audă din ce în ce mai tare. Pe bătăile ei dure, spatele îmi era perfect drept, iar pașii de abia îmi atingeau treptele. Peste 30 de bărbați de toate vârstele erau adunați în fața scării, așteptându-mi coborârea. Prezența mea părea că-i fascinează, că le taie respirația. Numai unul dintre ei, trecut de 40 de ani, un tip înalt, bine făcut, cărunt și cu ochii migdalați, mi-a întins mâna, înainte de ultima treaptă – urma să fiu a lui, nicidecum a lui Stefano!

Mi s-a strâns stomacul dureros, iar lacrimile îmi înțepau

ochii. Era imposibil să le las să curgă. Una singură ar fi atras după ea un adevărat potop. Am tras aer adânc în plămâni și am blestemat în gând ziua în care îl văzusem pentru prima dată.

Am atins cu vârfurile degetelor bărbatul ce mă aștepta, trecând pe lângă el ca o adiere, îndreptându-mă și punându-l la pământ pe un altul, ce făcea parte din spectacol.

– Spune-mi care este păcatul suprem aici, în Serenissima!?!

Vocea îmi era gravă, iar atitudinea acuzatoare.

– Minciună! a răspuns el, simulând un moment de teamă și panică.

– Greșit! Mai ai două șanse!

– Lașitatea, zeiță!

– Greșit! Mai ai una singură!

– Incestul? a întrebat el, acoperindu-și fața cu brațele.

– Greșit! am exclamat puternic, înfingând sulița în burta lui, până ce sângele a început să-i țâșnească violent prin toate părțile, stropindu-i pe toți cei din jur, cu sirop de culoare roșie.

Era doar parte dintr-un act aberant care voia să reamintească de fiecare dată faptul că dragostea era păcatul primordial. Că iubirea era sentimentul care a stat la baza distrugerii societăților.

În câteva secunde, în aplauzele tuturor, *mortul* s-a ridicat, iar luminile rând pe rând au început să se aprindă.

M-am reîntors pe prima treaptă. Inima îmi bătea cu putere. Acum regretam că nu luasem pastila pe care Anabella mi-o pusese în palmă.

Străinul mă aștepta, în același loc, cu un zâmbet larg, cât îi era fața.

Muzica se oprise, iar Anabella m-a ajutat să îmi dau masca jos.

– Bellissima! am auzit vocea care brusc mi-a făcut sângele să fiarbă.

– Stefano! am exclamat cu o bucurie mascată.

Bărbatul care mă aștepta l-a salutat, apoi s-a dat doi pași în spate.

– Nu știam că Afrodita avea aripi, mi s-a adresat ironic, dar cu un zâmbet care nu avea cu nimic de a face cu ororile pe care le auzisem despre el.

Este drept că remarca lui mi-a strâns inima, dar eram convinsă că mă tachina. În plus, îmbrăcat în smoching arăta atât de bine, încât nici nu mai conta ce scotea pe gură, deși...

– Am înțeles, a continuat cu un aer dezamăgit, nu ești încă pregătită.

– La asta te referi? l-am întrebat, luându-i mâna și lipindu-i palma de sfârcul meu deja întărit.

Mă luase cu amețeală numai gândindu-mă la gestul pe care îl făcusem. Un lucru era cert. Când l-am atins, un curent ne-a electrizat pe amândoi.

Zâmbetul urmat de dezamăgire de pe fața lui brusc au dispărut și mi-a aruncat o privire pătrunzătoare, la care i-am răspuns cu sclipiri de smarald.

– Cu siguranță, asta nu te-a învățat Anemonna, mi-a replicat continuând să mă privească la fel de intens și ciupindu-mi ușor sfârcul între degete.

– Îmi pare rău pentru tine...ai fi putut să știi, i-am răspuns, zâmbindu-i cu seninătate, deși în sufletul meu de dezlănțuise tornada.

L-am văzut cum s-a ridicat și s-a apropiat de mine. Și-a încolăcit brațul în jurul taliei mele, continuând să mă privească. Când a vorbit, șoapta lui mi-a ars buzele.

– Ai ceva, Renna. Ochii ăștia ai tăi...

Era aproape. Nepermis de aproape. Dacă îmi mișcam buzele, în momentul acela îmi fura primul sărut.

– Duce, sunt regulile DMC-urilor. Virgina nu poate fi atinsă decât de cel care o revendică, l-a avertizat Anabella, băgându-și brațul între noi.

De abia atunci am simțit din nou aerul cum îmi invadează plămânii, iar inima mea își lua o mică pauză.

– Nicio problemă, i-a răspuns aproape mârâit.

– De ce nu m-ai luat tu? Știai că astăzi va fi noaptea inițierii mele? l-am întrebat cu ochii aproape în lacrimi.

– Nu-mi plac virginele! mi-a răspuns sec.

– De ce?

– Pentru că sunt miorlăite, d'aia! mi-a replicat tăios, apoi i-a cerut Anabellei să-i aducă un pahar de scotch englezesc, în sala inițierii.

– De ce mergi acolo?

– Să nu te aud cum te vaiți! Separeul este destul de departe, mi-a răspuns, privindu-mă peste umăr și aruncându-mi un zâmbet plin de sadism.

Am rămas în dreptul scărilor simțind cum se surpă podeaua sub mine, cum mi se înroșește privirea și mă prăbușesc în mrejele furiei, unde eu ardeam mai tare ca focul din cauza nervilor.

– Mă bucur că te-am revendicat, Renna. Ești minunată. Promit să fiu blând cu tine! mi-a spus bărbatul a căruia urma să fiu.

– Mulțumesc, dar nu este nevoie, i-am răspuns, în urechi sunându-mi doar cuvintele pline de sarcasm ale lui Stefano.

– Sunt contele Cezar, asta apropo, mi-a zâmbit cald, sărutându-mi mâna.

– Mă bucur, i-am răspuns, în timp ce ochii mei îi căutau pe cei ai *ducelui plin de el.*

– Este timpul. Dacă vrei mai putem sta... dacă nu, ne putem retrage la separeu.

Picioarele dintr-odată parcă îmi prinseseră rădăcini. Eram prea speriată pentru ceea ce urma să se întâmple, dar în același timp, voiam ca noaptea asta, pe care nu aveam cum să o uit vreodată, să o fac de neuitat și pentru Stefano. Și atunci, mi-a venit ideea cea mai nebună cu putință.

– Conte, ai avea ceva împotrivă dacă am folosi camera mare!?!

– În văzul tuturor, Renna? Ești sigură?

– Eu sunt virgina, conte, i-am replicat, apoi l-am luat de mână și l-am tras după mine cu putere.

Am intrat în cameră, unde, dintr-odată s-a făcut liniște. Mi-am agățat privirile de ale lui. Un zâmbet i se așternu pe chip, fără grabă. Era curios, iar mânia din privirile mele îl excita la maximum. Voiam să vadă ce pierde, cu prețul de a nu mai merge o săptămână dreaptă.

A vrut să iasă din cameră, când a fost oprit la ieșire. O altă regulă a DMC-ului: când virgina era gata dezbrăcată, nimeni nu mai putea intra, nimeni nu mai putea ieși. Toată lumea era obligată să privească.

Iar Stefano Visconti se uita. Ochii i se micșoraseră și privirea i-a devenit amenințătoare, dintr-odată. Îl simțeam. Știam că îl enervasem. O plângăcioasă virgină îi dejucase toate planurile. *Vreau să te văd acum!* îi strigau privirile mele fără de voce.

Am simțit cum iau foc când am fost urcată pe masa unde aveam să fiu dezvirginată. Arăta precum una de tortură din Evul Mediu, doar că era mai sofisticată și moale la atingere. Semăna mai mult cu un cocon, prevăzut cu două brațe laterale, de care mâinile mi-au fost legate cu curele de piele, iar picioarele mi-au fost desfăcute și așezate pe alți doi suporți, de care mi-au fost prinse numai gleznele. Era imposibil să te miști. Doar capul am putut să-l las pe spate, acolo unde era el, la câțiva metri distanță.

Când pielea mi s-a lipit de masa rece, mi s-a făcut de găină, sfârcurile brusc mi s-au întărit și am simțit cum un val de aer rece îmi pătrunde în vaginul încordat la maximum. În sală s-au auzit șoapte și râsete pe înfundat.

Nici măcar o secundă nu l-am privit pe contele care, la rândul lui, se dezbrăcase și începuse să-mi atingă ușor un picior.

În momentul acela, stomacul avea să mi se facă ghem și am icnit, gata să vomit.

De abia atunci, Stefano mi-a făcut loc în privirea lui. Ochii i s-au făcut mari și începuseră să-mi vorbească.

Mâinile contelui îmi mângâiau interiorul coapselor, strângându-mi carnea cu putere.

Privirea mea începuse să-i strige :

– *Nu te uita în altă parte!*

Apoi i-am simțit respirația caldă, în apropierea labiilor, pe care mi le-a desfăcut și cu patimă a început să-mi sugă clitorisul.

Am văzut cum Stefano a înghițit în sec, când corpul mi s-a arcuit ușor pentru prima dată.

Deja, în jur, ceilalți bărbați erau pe jumătate dezbrăcați, lingând păsăricile curtezanelor sau împingându-și penisurile în gurile lor.

Contele și-a retras capul dintre picioarele mele, sărutându-mi întreg corpul, mușcându-mi sfârcurile și apăsându-mi cu putere abdomenul.

Presiunea o simțeam asemenea unui bolovan ce-mi lua aerul, dar nu scoteam un sunet. Nici măcar unul, sub privirile largi ale lui Stefano.

Apoi, degetul contelui a încercat să-mi pătrundă vaginul tensionat.

– Renna, fii fată cuminte și lasă-mă să intru. Este numai un deget, relaxează-te, te rog.

Îmi venea să vomit numai auzindu-i vocea, dar Renna era o luptătoare, nu o plângăcioasă.

Și Stefano l-a auzit și l-am văzut cum își mușca buzele cu nervozitate. Din când în când, mai lua câte o gură de lichid din pahar, fără însă să-și dezlipească privirile de ale mele.

Contele a început disperat să mă lingă din nou, să-mi maseze circular clitorisul și când a simțit cea mai mică formă de umezeală, datorată mai mult salivei lui, m-a pătruns adânc cu un deget, pe care l-am simțit ca pe o lovitură puternică în cap.

O secundă am închis ochii, din cauza durerii, apoi i-am deschis văzând chipul lui Stefano, ușor panicat.

I-am zâmbit aruncându-i o privire falsă, liniștitoare, în timp ce contele băgase două degete în mine și cu mâna liberă, începuse să își frece scula aflată demult în erecție. Atingerile lui de orice natură nu-mi provocau decât durere și o silă de nedescris. Apoi le-a scos și mi le-a băgat în gură, forțându-mă să mă gust. Degetele lui erau pline de un lichid dulce -aromat. Probabil din cauza uleiurilor cu care pielea îmi fusese unsă.

Am auzit foșnetul ambalajului de la prezervativ. Simțeam cum îmi ies flăcări din obraji, iar pulpele au început să-mi tremure, la fel și brațele, fără să mai pot avea control asupra lor.

Deja nu mai știam ce mă doare mai tare: corpul sau inima, care asista neputincioasă la bărbatul din fața ei, devenit stană de piatră.

– M-aş mai juca puțin cu tine, dar tocmai ce te-ai umezit, mi-a șoptit contele la ureche.

Am dat doar din cap în semn de accept. I-am surprins numai dâra ștearsă a unui zâmbet și mă penetră brusc, în forță, de am văzut fundul iadului, când durerea mi-a săgetat întregul corp. Intrase atât de adânc în mine, încât pentru o secundă, am avut impresia că mă rup în două. Spatele mi s-a arcuit, iar lacrimile îmi înțepau pleoapele fără să curgă. Am strâns pumnii cât am putut de tare, înfigându-mi unghiile în propria-mi carne.

Stefano continua să privească, în timp ce în jurul nostru, sexul de tot felul era la putere. Icnete, gemete de plăcere se loveau puternic în aer, în urma lor rămânând ecouri ale unor șoapte obscene.

– Cât de strâmtă ești, gemu contele, iar privirea lui Stefano se înnegri instantaneu.

Era turbat. Pumnii lui începuseră să se strângă pe rând, iar uneori pierdea contactul vizual cu mine, ca și când ar fi vrut să renunțe.

Mută, încordată, imobilizată îmi mușcam buza de jos, făcând eforturi disperate de a-mi alunga durerea.

Contele a început să se împingă din ce în ce mai mult și mai repede în mine, până ce am simțit cum ceva s-a rupt în mine și am simți sângele cum mi se scurgea încet pe picioare.

Îmi venea să urlu de durere, dar nu am făcut-o.

Acolo, în privirile de acum îngrozite ale lui Stefano, m-am zbătut, am țipat fără însă să scot un sunet sau vreun mușchi să mi se miște. În ochii lui, mâinile mele legate le atingeau pe ale lui, iar picioarele îmi erau libere și susținute de umerii lui lați. Când mă penetra, gemeam de plăcere, iar sfârcurile excitate mi se loveau cu putere de pieptul lui puternic. Și totul se petrecea doar în imaginația mea...

Sub un ropot de aplauze, căci așa era tradiția, contele și-a dat drumul, simțindu-i ejacularea asemenea unei vibrații dureroase, la fel ca actul în sine.

Și-a lăsat trupul să cadă greu peste al meu și a vrut să mă sărute.

Privirile lui Stefano erau pline de mânie și resentimente.

Eu am refuzat, dând capul într-o parte, ca și când m-ar fi deranjat un fir de păr. Contele mi-a zâmbit apoi s-a ridicat, m-a mângâiat, mi-a desfăcut mâinile și picioarele, și-a luat hainele și a plecat. Mi-a mulțumit înainte, pentru că m-am dăruit lui.

La rândul lui, Stefano a mușcat marginea de sticlă a paharului, apoi l-a trântit nervos pe masă, m-a privit într-un fel pentru ultima oară, apoi a plecat.

Un zâmbet de-al meu sfâșiat l-a însoțit până la ieșire.

Am rămas singură în splendoarea sălii, cu gândurile mele,

obosite de un orgasm la nivel psihic: de ce voia să scape, Stefano nu a reușit!

Pe scaunul rece, durerea îmi străbătea fiecare părticică din trupul slăbit.

Așa se termină povestea fetei de mahala, pentru a se putea scrie cea a curtezanei!

Capitolul 3

Trecuseră trei zile de când nu mai eram virgină. În afara durerilor, pe care încă le resimțeam în partea de jos a bazinului, asupra pulpelor sau a brațelor, eram bine, întreagă.

Nu puteam încă să mă alătur celorlalte curtezane, din cauza vânătăilor ce încă erau persistente.

Anabelle mă vizita cel puțin de patru ori pe zi. Ajunsesem oarecum să ne împrietenim.

Nici povestea ei nu era cu mult diferită de a mea, exceptând faptul că avea o mamă, un tată și trei frați, pe care îi iubea nespus de mult. Ea avea o familie; eu nici nu avusesem și nici nu mai puteam avea vreodată. Nouă, curtezanelor, ne era interzis, cât timp eram în Serenissima, dar și după ce părăseam DMC-urile. Iar eu în continuare visam, speram că într-o bună zi, voi reuși să scap de aici, să las în urmă tot și să trăiesc o viață liberă, oriunde aș fi putut să iubesc și să fiu iubită.

De abia în a patra zi, am ieșit din cameră. Străbăteam ca o nălucă coridoarele largi ale DMC-ului, pășind ca o pisică, cu teamă. Muzica, clinchetul paharelor ce se ciocneau, vocile puternice ale bărbaților sau râsetele zgomotoase ale curtezanelor, pe timp de zi erau rătăcite în imperiul tăcerii, pentru ca seara să-și găsească, din nou, drumul înapoi. Mă plimbam de acolo, în aripa de vest a clubului, fără a întâlni nici măcar un suflet.

Am simțit cum din senin, un zâmbet îmi luminează chipul și îmi ridică colțurile gurii. Eram tot eu și mă simțeam în singurătatea absolută, stăpâna castelului. Am început să fredonez o melodie, mi-am ridicat poalele rochiei și am început să mă învârt, cu tălpile goale lipite de marmura rece, de sus în jos și de jos în sus, cuprinsă de un sentiment... de fericire.

– Au! Era să ne dărâmi pe amândouă! am auzit o voce și două mâini mi s-au proptit pe umeri.

Am întors capul, văzând în spatele meu cea mai frumoasă femeie din viața mea. Înaltă, cu ochi mari, albaștri, cu gene dese, lungi și întoarse, cu părul în culoarea spicelor de grâu, cu o gură superbă și un trup de clepsidră, cu forme rotunde și apetisante. Când mi-a văzut privirea uimită, mi-a zâmbit, uitând că tocmai o călcasem pe vârfurile unor pantofi superbi, din mătase naturală.

– Presupun că tu ești Renna, mi s-a adresat. Eu sunt Anna.

– Anna!?! Anna care...

– Nu știu care dintre ele ai vrea tu să fiu. Aici, printre noi, nu este decât o Anna, iar aceea sunt eu, a continuat propoziția, dându-mi de pe față, o șuviță de păr ce mai avea puțin și îmi intra în gură.

– Despre care mi-a povestit Anabelle, am continuat.

Curtezana a început să râdă. Avea o dantură perfectă cu dinți albi, iar lipit de unul dintre canini avea un mic diamant, care-i strălucea ori de câte ori râdea zgomotos.

– Anabelle... dacă vreodată ai nevoie de informații, acum știi la cine să apelezi. Vinde și cumpără pe toată lumea, niciodată pentru a face însă rău, din contră. Asta cred că este singura ei problemă - îi pasă prea mult de noi toate. Și, mă rog, ce ți-a spus?

– Mi-a spus că...te-ai culcat cu Stefano Visconti.

Brusc zâmbetul i-a dispărut, iar privirea i s-a întunecat.

– Ai putea, te rog, să nu-mi mai amintești de el? Sper să nu mă mai atingă cât am să mai trăiesc!

Inima mi se făcuse cât un purice. Îmi era greu să iau drept adevăr ceea ce auzisem și nu o dată. Nu puteam crede că Stefano este într-atât de nemernic!

– Anna, te rog, iartă-mă, dar chiar vreau să-mi spui mai multe despre el. Ai putea?

– Renna, să nu îmi spui că distrusul acesta ți-a picat cu tronc! Doamne ferește! a exclamat, prefăcându-se că scuipă de trei ori în aer și alungă cu mâna ceva.

Inima îmi bătea cu putere. Aș fi vrut să-i spun că da, însă nu puteam. Era ceva ce îmi ținea cuvintele în loc.

– Nu tocmai, dar... poate așa aș ști cum să mă feresc, i-am spus, privind în jos.

– Aici nu te poți nici feri, nici alege și nici nu ai dreptul să spui nu! Ești a ăluia care plătește. Punct. Obișnuiește-te cu ideea, mi-a spus, ridicându-mi bărbia și privindu-mă cu asprime în ochi.

– Atunci...

– Renna, Stefano Visconti este un animal. La el sexul nu este o plăcere, nici măcar una mică. Tot ce face, face din răzbunare și dispreț. Când este în pat sau pe jos sau oriunde cu una dintre noi, el plătește polițe imaginare. Se spune că este vorba despre ceva ce l-a marcat încă din copilărie. În plus, scula lui este foarte mare, tare, mai fierbinte decât oricare alta și după ce termină, o ia imediat de la capăt. Iar și iar, până ce cade lat. Drăgălășenia lui, frumusețea-i cuceritoare îi dispar imediat ce ușa se închide. Devine fiară!

– Nu pot să cred, doar ce am șoptit, iar Anna și-a înfipt din nou mâinile în umerii mei, zgâlțâindu-mă cu putere.

– Uită-l și ferește-te de el cât poți! a sunat grav vocea ei.

– Așa am să fac.

Apoi, Anna a plecat, iar eu am rămas în mijlocul scărilor, mută, rece, înțepenită. Am trăit câteva clipe ca și când eram goală, minte, trup și spirit pentru ca după, să-mi inventariez absolut toate gândurile, din momentul în care îl cunoscusem până în prezent. Concluzia la care ajunsesem era că... nu știam ce înseamnă dragostea, dar aș fi vrut ca el să fie cel care să-mi arate, să mă învețe, să-mi scrie vieții o poveste de neuitat!

Până seara, mi-am eliberat mintea de el și alte gânduri ce m-ar fi împiedicat să mă port ca o curtezană.

Mi-am făcut baie, mi-am uns pielea cu uleiuri afrodisiace, cum cerea regulamentul, apoi m-am așezat în fața oglinzii, începând să mă fardez. Când am terminat, a început aventura. Niciodată în viața mea nu văzusem atâtea rochii, nu atinsesem materiale atât de fine, precum cele din vasta mea garderobă. Mi-am ales o rochie verde smarald, lungă, cu spatele gol, peste care se împleteau trei curelușe din același material, cât să-mi susțină greutatea sânilor, fără sutien.

Era crăpată pe picior, de sus până în jos, iar la poale îmi atingea pământul chiar și cu sandalele cu toc înalt. Părul l-am lăsat să-mi cadă pe spate, ridicându-l numai într-o parte și prinzându-l cu o clemă fantezie, bătută în pietricele fine verzi și bordeaux, ce-mi amplifica reflexele castanii.

– Fii înțeleaptă! Fii frumoasă, Renna! mi-am spus înainte de a ieși din cameră, dându-mi curaj pentru ceea ce urma să vină.

În ultimul timp, pentru mulți, chiar și pentru fetele de aici, păream cu capul în nori, indiferentă, dar în realitate, pentru cea știută numai de mine, lucrurile nu stăteau deloc așa. Gândul că trebuia să-mi ofer trupul unuia și altuia, fără să pot simți nimic altceva decât silă, mă omora încet, dar sigur. Fusesem învățată să iubesc sentimentul de dragoste și să ofer plăcere, nu să fac dragoste. Dar cum puteam să iubesc sentimentul când, eu nu-l cunoscusem niciodată?!?

De la Anemonna învățasem totul despre bărbați. Cum să le vorbesc, cum să-i privesc, cum să le ofer mâna, cum să-i ating, unde să-i ating, cum să mă mișc, în brațele sau sculele lor, cum să le produc orgasmul chiar și cu o simplă suflare, dar ei, toți cu care aveau să-mi atingă cel mai intim loc, ei nu știau nimic despre mine. De fapt despre niciuna dintre noi. Pentru ei, eram doar instrumente ce le creau senzații puternice, obiecte al căror nume îl uitau după prima ejaculare.

În prima seară, pe ultima treaptă, dinainte de a păși pe podeaua sălii mari, mi-am promis că mă vor cunoaște. Cel puțin, vor ajunge să mă dorească cum niciuna dintre noi nu mai fusese vreodată! Eu, Renna, pentru că niciodată nu am vrut să fiu o curtezană, nu puteam rămâne doar o altă curtezană!

– Hei, *noutate*, ești bine? m-a întrebat Anna, oferindu-mi un pahar cu o băutură tare și făcând o piruetă asemenea unei balerine, țintuind imediat cu privirea un domn.

– Da, sunt bine, i-am răspuns, având un ton binedispus.

– Privește în colțul din dreapta. Este contele Comti. Ia-l! Nu mai sta pe gânduri. În seara asta, sunt mulți francezi. Plătesc destul de prost și te băltesc toată cu sărutărilor lor ca la Paris, mi-a spus începând să râdă discret.

– Nu mă încuraja și tu. Îmi simt deja stomacul în gât.

– Acesta nu este decât începutul, *noutate*!

Anna s-a pierdut în brațele domnului de care vorbea.

Pentru prima dată, i-am ascultat sfatul. Nu a fost nevoie decât să-l privesc. Să clipesc de două ori, să-mi înmoi buzele în pahar, să-mi schimb cu încetinitorul raza vizuală și să las un zâmbet seducător, să se împiedice în drumul spre el.

– Bună seara, bella! Contele Comti.

– Renna, încântată! i-am spus, dându-i mâna cu eleganță și privindu-l pe sub gene.

– Câtă inocență în obrajii tăi, a spus plimbându-și un deget noduros peste conturul feței mele.

– În spatele inocenței se ascunde întotdeauna o fată sălbatică, i-am răspuns, căutând cu fața mângâierea lui.

– Ah, *cara mia,* începi să-mi placi din ce în ce mai mult, iar vocea îi era deja excitată.

– Pune plăcere în ceea ce faci și faci un lucru bun. Pune plăcere în pat și acolo naște extazul. Caută plăcere în mângâiere și ai să vezi frumusețea nebuniei. Nu pune plăcere în nimic și nimicul te descompune. Aleg să caut plăcere în mângâierea ta, duce.

– Atunci și eu aleg să văd cu tine frumusețea nebuniei,

draga mea. Îți mai pot oferi un pahar, două în seara aceasta?!?

– Desigur, i-am răspuns, urmându-l la bar.

Anna avusese dreptate. Contele era un bărbat chiar simpatic și foarte învățat. Am discutat cu el despre istorii, religii, economie, ba chiar și politică, mai bine de două ore.

Din când în când, mâinile lui se plimbau peste pulpele mele, iar când discuțiile politice îl înfierbântau, îi aduceam aminte că nicio pasiune nu poate fi mai mare decât trecerea discretă a unei mâini de femeie, asupra unui penis semi-erect.

– Ah, Renna, ești incredibilă, îmi spunea, împingându-și scula în mâna mea.

Iar eu l-am strâns, cât să simtă presiunea.

– Au, mai încet! a icnit el.

-Privește-mă, conte! Sunt plăcere, sunt durere… nu lăsa nicio bucățică din mine neexplorată, i-am spus șoptit eliberând presiunea și dându-i un sărut scurt pe marginea obrazului.

A făcut ochii mari, apoi i s-a pus un nod în gât.

– Tu, fată! Meriți toți banii din lume! Hai să mergem, mi-a spus și m-a luat pe sus.

Eram amețită bine, din cauza alcoolului. Altfel, nu aș fi avut îndrăzneala necesară de a-l juca pe bietul conte pe toate direcțiile.

Am ajuns în camera mea. În mână, contele avea o sticlă de șampanie, pe care o luase în zbor de pe masă. Era trecut de 50 de ani, dar brațele îi erau puternice și pline de fibră. Nu era prea înalt, nu era nici măcar atrăgător ca bărbat, în schimb avea simțul umorului, ceea ce în acele momente, îmi prindea tocmai bine.

– Dă-mi pahare, Renna! Vreau să bem, să ne simțim bine! Vreau nebunia de care mi-ai povestit. Fă-mă să o simt, fată frumoasă! mi-a spus și s-a aruncat asupra mea, sărutându-mă cu pasiune pe gât, coborând spre piept, zăbovind asupra sânilor.

Eu eram deja cu paharele în mână, arcuindu-mă ușor de spate să nu i le scap în cap și râzând cu gura până la urechi. Pasiunea lui nu stârnea nimic în mine decât râsul: mă gâdila.

– Conte, șampania, l-am avertizat, când am început să torn în pahare.

Mi-a dat drumul din îmbrățișare, a luat o gură, mi-a ridicat și mie paharul, forțându-mă să beau, apoi l-a lăsat pe masă și și-a dat sacoul și cămașa jos. Rămăsese pe jumătate dezbrăcat.

Cu un efort supraomenesc, am încercat să-mi mențin zâmbetul pe față, deși stomacul începuse să mi se facă ghem. Îmi era teamă. Aș fi vrut să închid ochii și totul să se termine. Să nu știu nimic din ceea ce urma să se întâmple.

Contele m-a luat în brațe și m-a lăsat în dreptul patului. Mă privea insistent. Zâmbetul îi pierise, iar în ochii lui, acum eram o biată mielușea, iar el lupul. Mi-a mângâiat fața, gâtul, apoi mâinile lui mi-au alunecat peste rochie, mângâindu-mi formele trupului.

– Ești o zeiță, Renna, șoptea, în timp ce mi-a trecut rochia peste cap. Ce trup! Ce piele! Ce buze..., continua să spună, jucându-se cu degetele deasupra buzelor mele.

M-a așezat pe pat, el întinzându-se peste mine și frecându-și trupul gol de al meu. Îi simțeam penisul cum creștea și se întărea, mângâindu-se de pielea mea, fierbinte.

– Strânge-mă în brațe, Renna! Strânge-mă cu putere! îmi

cerea, iar mâinile mele îmi erau plumb.

Am închis ochii, căutându-mi un gând salvator, o imagine de care să mă agăț pentru a-i putea oferi plăcere contelui.

Când am deschis ochii, privirea lui era întunecată, disprețuitoare. Tenul îi era întins, iar barba nerasă de două zile îmi înțepa ușor pielea, creându-mi plăcere. Părul îi era negru cărbune, iar umerii lați și pielea ușor bronzată. Vocea îi era impunătoare, dar în același timp caldă și excitată la maximum.

Capul contelui a coborât încet spre pântecul meu, simțindu-i umezeala limbii pe labii și mai apoi în jurul clitorisului care brusc mi s-a întărit. Am simțit un ușor val de căldură, cum îmi inundă pântecul. Am deschis picioarele mai mult și mi-am înfipt degetele în părul lui des, strângându-l cu putere, când am simțit cum un fior îmi străbate întreg trupul, iar păsărica îmi era umedă. Sfârcurile mi se întăriseră, iar pulpele îmi tremurau. Nu de durere, ci de plăcere.

Două brațe puternice m-au tras de mâini, apoi câteva clipe, acei ochi mari căprui, m-au privit până în adâncul inimii. Buzele lui cărnoase m-au sărutat, simțindu-mi propriul gust, dulce și ușor înțepător.

Mi-a mângâiat fața, apoi mi-a împins capul înspre bazinul lui.

– Suge-mă, Renna! Suge-mi-o!

Mirosea a parfum. Buzele mi s-au lipit de scula lui. Am vrut să inspir, iar el s-a împins ușor, alunecând în gura mea. I-am simțit gustul, i-am simțit fierbințeala, limba alunecându-mi de sus în jos și invers, ciupindu-l ușor cu dinții de cap, iar el gemea de plăcere.

Mi-am lăsat mâinile să alunece la baza scrotului, exercitând o ușoară presiune cu două degete, lăsându-l o clipă fără aer.

– Vino, draga mea, vino! M-ai înnebunit! Vino, vreau să te simt!

Și-a înfipt mâinile în șoldurile mele și m-a ridicat asupra lui, împingându-mă ușor pe spate

Eu eram ca și în transă. Într-o stare în care ochii mei se făcuseră cârlig într-o privire, imaginară, pe care nu voiam să o pierd.

Contele se juca cu capul penisului, lovindu-l ușor de crăpătura mea, încă umedă.

M-a tras de brațe, pentru a mă îndrepta, apoi si-a înfipt mâinile în fesele mele și m-a ridicat deasupra sculii erecte. M-a lăsat în jos, iar când s-a simțit în mine, a început să scoată gemete puternice de plăcere, ridicându-se de fund și lăsându-se în jos, din ce în ce mai tare. Mă penetra adânc, în forță, iar vaginul meu începuse să se relaxeze, eu începând să mă mișc în același ritm cu el.

Și-a încolăcit mâinile în jurul trupului meu, ridicându-se în șezut, strângându-mă cu putere la pieptul lui. Sânii mi se frecau și se loveau de pielea lui, în timp ce el îmi săruta întreaga față.

Apoi mi-a dat drumul din îmbrățișare, s-a sprijinit în mâini și a început să mă penetreze din ce în ce mai tare și mai adânc. Am scos un icnet, dureros și i-am simțit dintr-odată lichidul cum umple și îmi încălzește pântecul.

– Ah! Ah! Ce plăcere! Cât de strâmtă ești! Ești nebunia vieții!

În timp ce el continua să geamă și să zvâcnească în interiorul meu, Stefano, la fel ca și în urmă cu câteva zile, închidea ușa imaginației mele, făcându-se nevăzut...

Ochii mi s-au umplut de lacrimi și am simțit cum corpul îmi este cuprins de un tremur blând.

– Ți-a plăcut și ție, nu-i așa? m-a întrebat contele, pe figură apărându-i un zâmbet de satisfacție.

– Ai fost precum o magie. M-am abandonat ei total, i-am răspuns cu un zâmbet care în realitate îmi masca greața totală.

În sfârșit se terminase. Trecuse o primă noapte, aveau să vină altele și altele și trăiam cu speranța că până la urmă mă voi obișnui.

După ce contele a plecat, fericit de prestația mea, eu am rămas singură cu gândurile mele, ceea ce mă liniștea și îmi făcea bine. M-am spălat, am luat preventiv pastilă anti-sarcină, deși în fișa contelui era menționat că se protejase la rândul lui, am chemat menajera să-mi schimbe așternuturile, apoi m-am băgat în pat, strângând cu putere perna în brațe, lăsându-mi lacrimile care îmi înțepau pleoapele să curgă, în voie...

Capitolul 4

Zilele începuseră să treacă cu repeziciune în timp ce nopțile păreau a se împiedica în drumul lor spre răsărit. Seară de seară, mă aflam în compania unui singur sau a mai multor bărbați care dispuneau de trupul meu după bunul lor plac. Anemonna avusese dreptate în tot ceea ce îmi povestise despre viața pe care urma să o duc.

Scanam, ținteam, loveam, iar apoi cârligul din priviri mi-l băga în pat, pentru ca mai apoi să-l simt între picioare. Să-mi scot hainele în dormitorul ce era învăluit în semiîntuneric se transformase într-un ritual banal. Mă mințeam, credeam, apoi zâmbeam fiecărui străin, făcându-l să se simtă unic, ceea ce în scurt timp avea să-mi aducă recunoașterea și dorința de *a mă poseda*, în rândul nobilimii. Rareori, străinii mă mai puteau rezerva.

Și da, trebuie să recunosc că surâsul îmi făcea chipul să strălucească pentru că era sincer, pentru că, așa cum mă învățase curtezana, reușisem să învăț să trăiesc în același timp, în două realități diferite. Una era cea în care se afla trupul meu și alta, creată de propria-mi imaginație. În timp ce vaginul îmi era penetrat de unul sau de altul, orgasmul îl aveam datorită lui Stefano, permanent prezent în gândurile mele, asemeni unui drog hormonal. Datorită imaginii mele salvatoare, instalate la nivel psihic, mângâierile, îmbrățișările, săruturile și chiar actul sexual în sine îmi declanșau alți hormoni care îmi dizolvau limitele. De cele mai multe ori, chiar aveam orgasme puternice, pe care ei le simțeau când penisurile le erau strânse de zvâcnirile puternice ale vaginului meu. Eliberările mele zgomotoase îi bucurau în sinea lor. Se lăudau între ei, mizând pe potența lor, unii chiar îmi mulțumeau pentru *dăruirea totală,* în timp ce eu mă întrebam care dintre noi două – curtezana sau Renna – are mintea mai perversă și sufletul mai pustiit.

Nu voiam să recunosc, dar cu gândul la Stefano, totul începuse să devină mai ușor. În fond, toată această formă de vină, vizavi de plăcerea fizică, era indusă tot de mine și la fel de falsă ca de altfel și impresia mea despre Stefano.

Erau zile în care pur și simplu mă regăseam, privind în ochii lui mari și întunecați, când în realitate priveam în gol, iar golul mă privea pe mine. Fără niciun drept, singură îmi torturam sufletul, fără să-i dau șansa să se apere. Și asta pentru că îmi creasem un fel de algoritm auto-înșelător, prin care permiteam minții să aibă convingeri idealizate, iar Stefano era una dintre ele. Nu eram nebună ci, doar îndrăgostită nebunește de un om care nu dădea nici doi bani pe mine!

*

Avusesem o zi încărcată. De abia ce intrasem în cameră și repede trebuia să cobor. Timp de mai bine de 72 de ore, împreună cu Anna am fost curtezanele unor oameni de afaceri austrieci. Zilele au fost distractive, serile le-am petrecut discutând și luând parte la diferite negocieri, iar nopțile au fost chiar grele. Apetitul sexual le era ieșit din comun. Dincolo de sexul propriu-zis, au existat momente când au vrut mai mult: vibratoare, dildouri, masturbatoare, pompe cu vid, inele de penis cu extensii, bile anale și altele, toate menite să le stimuleze erecția.

Gândul că scăpasem de ei era o reală mângâiere.

Mi-am pus halatul alb din mătase, căutând în pungile cu care venisem de la cumpărături lenjeria cea nouă. Sutienul era din dantelă neagră, care abia îmi acoperea sânii, iar chiloții erau mai degrabă o sclipire a unui fir de mătase, prins de o fundiță fină, din dantelă roșie. Mi-am prins cu mâinile părul și l-am strâns pe tot la spate, într-o coadă, împletindu-l până la jumătate. Arăta precum un bici, care își căuta mâna stăpânului. Când mi-am întins ciorapul de mătase pe picior, pentru o clipă, am simțit un fior de dorință incredibil de puternic ce mi-a străbătut întregul corp. Am sărit de pe marginea patului ca arsă, când am auzit bătăi în ușă. Era Anabella.

– Doamne, ce arde!?! M-ai speriat îngrozitor!

– Renna, am văzut în seara asta pe lista participanților numele Visconti! mi-a spus cu ochii ieșiți din orbite.

Brusc, inima a început să-mi bată cu putere, iar un tremur de neoprit mi-a cuprins toate încheieturile.

– Stefano? Vine Stefano? am întrebat-o copleșită de emoții fără număr.

– Renna, te rog, pentru binele tău, invocă o stare de rău, de orice, numai să nu cobori în seara asta!

În timp ce Anabella se ruga de mine cu cerul și cu pământul, eu mă vedeam în ochii lui, care mă scanau, umbriți de gene lungi și dese. Puteam să-i simt buzele fierbinți și tremurânde, lipite de umărul meu sau să-i simt mâna ce-i aluneca peste coapsele mele.

– Renna! Trezește-te! Nu mai visa cu ochii deschiși! Visconti egal pericol, nu înțelegi!?!

– Anabella, îți mulțumesc din tot sufletul meu pentru grija pe care mi-o porți, dar nu pot rata ocazia de a-l vedea. Ai să vezi, contrar temerilor tale, nici nu mă va băga în seamă.

– Off, măi Renna, cât poți fi de încăpățânată! Sper numai să ai dreptate, mi-a spus, pe un ton plângăcios, apoi a ieșit din cameră.

M-am dus în fața oglinzii. M-am privit pentru câteva momente, timp în care am încropit o serie de posibile scenarii de seducție. Nici unul nu îmi ieșea cum trebuie. Cu Stefano, treburile stăteau cam așa: mișcările trebuiau să-mi fie limitate, asemenea primei reguli pentru plăcerea bondajului. Dacă mă gândeam că mă puteam lega cu orice găseam în jur, greșeam. Ai nevoie de funii originale japoneze pentru bondaj. Așa și cu el. Trebuia să-i stârnesc interesul, cu acțiuni determinate de mișcări limitate, reamintindu-mi de mine, Renna în variantă originală.

Am continuat să mă îmbrac, în timp ce mă loveam de ecourile oftatului meu, care îmi urmăreau fiecare mișcare.

Mi-am luat o rochie neagră, cu spatele gol și foarte scurtă. Era pentru prima dată când coboram scările atât de sumar îmbrăcată. Mi-am pus pantofii și am tras cu putere ușa în spatele meu. Tocurile mă făceau să par impunătoare. Mersul îmi era rafinat, gambele îmi erau tensionate și alungite, iar postura dreaptă și înaltă.

– Uau! Unde mergi așa de sexy și rea!?! m-a întrebat Anna, peste care am dat când m-am îndreptat spre scări.

– Scuză-mă. Eram departe, i-am răspuns, trăgând de marginea rochiei în jos.

– Nu mai trage de ea! Numai în mahalale femeile fac gestul acesta! m-a mustrat Anna.

– Cred că merg să mă schimb. Am exagerat. E mult prea scurtă.

– Termină cu prostiile! Arăți ucigător de bine! mi-a spus, dându-mi o palmă peste fund.

Gestul ei m-a făcut să tresar. Un zâmbet încurcat mi s-a ivit pe față, uitând imediat de mâna ei ce tocmai mi se lipise peste fund, când am dat peste Karla, consierge-ul DMC-ului, ce avea în mână lista rezervărilor.

– Pentru tine încă așteptăm cifrele, Renna, mi-a spus imediat ce am intrat în raza ei vizuală.

– Adică?

– Sunt cinci care te-au rezevat deja. Acum se fac licitațiile. Îți spun în câteva minute.

Bărbații ce continuau să intre mă priveau din cap până în picioare, aruncându-mi priviri admirative, în timp ce în mine, din cauza nerăbdării se dădea un adevărat război al nervilor.

– Anabella mi-a spus că Visconti este pe listă în seara asta.

– Prim-ministrul, la el te referi? mi-a răspuns atentă, cu ochii în tabletă.

– Stefano Visconti, i-am răspuns încercând să-mi dreg glasul.

Din cauza emoțiilor, gâtul îi era uscat.

– Uau! sumă record pentru tine, draga mea. Renna, ce naiba le faci ăstora de plătesc averi pentru o noapte cu tine!?! m-a întrebat, în timp ce un zâmbet larg îi lumina ochii.

– Stefano? am repetat numele lui.

– Umberto Reggi, apropiat al dogelui! El te-a rezervat în seara asta, mi-a răspuns, apoi s-a pierdut în mulțimea de oameni.

Am rămas pe loc, fără a avea puterea de a mă mișca. Inima îmi bătea cu putere, genunchii îmi tremurau, iar palmele începuseră să-mi transpire. Din cauza stării de nervi, adrenalina îmi era sporită la maximum. Dintr-odată, am simțit un val de fierbințeală în întreg corpul, pe care l-am răcorit dând peste cap, fără milă, un pahar de șampanie, rece ca gheața. Mi-am jurat apoi în gând că totul trebuia să se termine. Că era obligatoriu să încetez să mă mai gândesc la Stefano Visconti și să-mi accept soarta și statutul, odată pentru totdeauna!

– Ești așteptată în camera mare, Renna, mi-a spus Karla, luându-mi paharul gol din mână.

Deși trecuseră luni bune de atunci, încercam să evit pe cât puteam acel loc care nu-mi trezea decât amintiri pe care aș fi vrut să mi le pot șterge pentru totdeauna din minte. Ori de câte ori auzeam acel cuvânt, îl asociam cu momentul în care îmi fusese vândută virginitatea.

– De ce tocmai acolo?

– Pentru că acolo te așteaptă ducele Umberto Reggi, mi-a spus, dând din umeri nepăsătoare și mestecând enervant o gumă.

Am tras adânc aer în piept, am supt burta, mi-am îndreptat spatele și umerii, apoi m-am îndreptat spre locul în care mă aștepta *stăpânul nopții*. Ușile s-au deschis larg înainte mea, iar un miros plăcut de ambră mi-a invadat plămânii.

– Renna, prea-frumoasă Renna, mi s-a adresat ducele, strângându-mă cu putere la pieptul lui.

Era un bărbat aproape cât mine de înalt, rotofei la chip și la trunchi, cu mâini și degete boante, pline de inele bătute în pietre prețioase. Respirația îi mirosea puternic a whisky, iar privirea îi era deja sclipitoare și alunecoasă.

– Duce, este o mare plăcere să vă întâlnesc, i-am spus, afișându-mi zâmbetul strălucitor.

– Aveau dreptate, mi s-a adresat făcând o pauză și privindu-mă ca și uimit.

– La ce vă referiți, domnul meu ?

– La tine, Renna. La palat se vorbește despre tine ca despre o zeitate. Spun că privirile tale sunt ca ale lui Midas, numai că în loc să transformi totul în aur, stârnești plăceri necunoscute nouă, muritorilor de rând.

– Cred că se exagerează, duce, i-am răspuns ușor amuzată de reacția lui.

– Cred că am exagerat eu cu pariul, mi-a replicat cu tristețe.

M-a luat pe după mijloc, apoi mi-a făcut semn să mă așez la masă.

– Îmi permiteți îndrăzneala de a vă întreba despre ce pariu vorbiți? l-am întrebat încă amuzată .

– Te-am cumpărat în seara asta, dar nu pentru mine, ci pentru nemernicul de Stefano Visconti!

– Cum? Pentru cine!?!

Fără să mă controlez, am sărit de pe scaun ca arsă, iar inima mi-a luat-o la trap. Întreg trupul îmi era străbătut de valuri de căldură, urmate de altele reci, în timp ce din obraji simțeam că îmi ies flăcări.

– Îl cunoști? Ai fost deja cu el? Pentru că dacă ai fost, nu are obiceiul de a regula de două ori aceeași femeie, ceea ce ar însemna că ești a mea! a exclamat, zâmbetul revenindu-i pe chip, brusc.

– Aș fi vrut să nu-l cunosc niciodată, am răspuns șoptit.

Privirea îmi era pierdută iar mintea goală.

– Ce ai spus? Nu te-am înțeles.

– A spus să-ți pui pofta în cui, Umberto! a răsunat puternic o voce a cărui timbru era zeflemitor.

Am început să tremur din toate încheieturile. Apariția lui a fost total neașteptată. Nu eram pregătită să-l văd. Din clipa în care îmi jurasem că totul s-a terminat, era pentru prima dată când simțeam blândețea păcii pe care o făcusem cu sufletul meu, iar acum, simpla lui prezență îmi dădea totul peste cap.

– Salut, Stefano! Parcă ai apărut de nicăieri, i-a replicat ducele, la rândul lui nemulțumit de apariția lui.

– Ce-i cu tonul acesta plângăcios, Umberto? Ai fi preferat să fie fiica ta în locul unei curtezane? Ti-am atras atenția, ba chiar te-am rugat aseară să nu crești miza la pocker.

– Ti-am luat cea mai scumpă curtezană, așa cum am promis. Am plătit o avere pentru ea! îi explica ducele.

– Altă dată să nu mai joci la cărți onoarea familiei, Umberto! Nu mai paria pe ceea ce nu ești sigur! Să-ți fie învățătură de minte! i s-a adresat pe un ton de superioritate. Acum, te rog, pleacă. Poți considera pariul onorat.

Era mai înalt decât mi-l aminteam, umerii îi erau mai lați, părul mai strălucitor, privirea mai întunecată și mai înspăimântătoare, iar zâmbetul cinic afișat pe chip îl făcea mai sexy decât în cea mai exclusivistă fantezie de-a mea.

Pentru o clipă, când i-am auzit pașii ce se îndreptau spre mine, mi s-a tăiat respirația. Am simțit cum mi se strânge stomacul, ca de fiecare dată când îmi imaginam cum ar fi dacă mi-ar apărea în cale. Acum era aproape și mă simțeam îngrozită. Nu știam dacă de el ca persoană sau de ceea ce încă simțeam. Ducele plecase. În camera mare eram doar noi doi înconjurați de o liniște monumentală, în care îmi rugam inima să își domolească bătăile pentru a nu-mi trăda emoțiile.

A traversat încăperea, iar când a ajuns în dreptul meu, m-a luat de mijloc, și-a lăsat mâinile să alunce, apoi a urcat încet spre sâni. Mă privea încruntat și cu mare atenție.

– Ești frumoasă, Renna, mi-a spus șoptit.

Sunetul vocii lui m-a excitat, dar încă nu îndrăzneam să-l privesc.

– Serios? Și când ți-ai amintit asta? Înainte sau după pariu? am mormăit.

– Vreau să-ți văd ochii ăia verzi. Uită-te la mine! mi-a cerut pe un ton poruncitor.

În ciuda atitudinii arogante, atât de blândă i-a fost atingerea când, cu două degete, mi-a ridicat bărbia. Când l-am privit în ochi, a fost ca și când aș fi privit focul. Palmele îmi erau transpirate, respirația îmi devenise superficială, iar pielea brusc mi se înfierbântase.

Am crezut că vrea să spună ceva, când s-a aplecat și m-a sărutat direct. Gura lui senzuală a acoperit-o pe a mea într-un sărut unic, lent și ritmic, asemenea modului în care gândul la el mă conducea de fiecare dată spre orgasm.

Mi-am agățat brațele de gâtul lui, în timp ce palmele lui s-au înfipt în fesele mele, ridicându-mă pe sus și lăsându-mă pe locul în care cu luni în urmă fusesem dezvirginată. Am sărit ca arsă când am simțit din nou acea senzație de răceală pe pielea mea, iar un fior rece mi-a zgâlțâit fiecare părticică din corp.

– Stai! Ce vrei, până la urmă!? l-am întrebat, împingându-l cât mai departe.

– O, ho, ho! a exclamat surprins probabil de gestul meu. De când aveți dreptul să vă purtați așa cu clienții!? m-a întrebat ridicând mâinile deasupra capului în semn de predare.

– Nici măcar nu ești clientul meu. Tu, Stefano, nu ai da doi bani nici pe mine, nici pentru mine! am ridicat puternic vocea la el, ca și când între noi avea loc o ceartă de cuplu.

Mă privea încruntat. Ochii lui mari, acum o fâșie sclipitoare, îi simțeam cum mă ard, cum mă aspirau fie că voiam, fie că nu.

– Acum sunt sigură că tu ai cerut să fiu adusă aici, în camera asta! Ce vrei să-mi faci? Să mă chinui cum faci cu toate!?! Să mă auzi cum țip? Spune-mi, Stefano, să știu să retrezesc virgina din mine, aia plângăcioasă!

Lacrimi încărcate de emoție nervoasă îmi înțepau spatele ochilor iar venele din jurul gâtului îmi pulsau cu putere. Și ceea ce mă enerva cel mai tare era aerul lui indiferent, tăcerea totală și zâmbetul sarcastic, nelipsit din colțul gurii.

– Spune-mi! Ce vrei de la mine? am țipat, năpustindu-mă furioasă asupra lui, zgâlțâindu-l de gulerul cămășii.

El mi-a apucat brațele și cu un minim efort avea să mi le imobilizeze. M-a întors cu spatele la el, cu o mână ținându-mi încheieturile, iar cu cealaltă, m-a strâns ușor de gât.

– Tu la mine să nu mai țipi în viața ta! Acum, dacă vreau, te pot reclama și să cer să ți se dea 100 de bice! mi-a spus mârâindu-mi amenințător la ureche.

– Fă-o! Nu îmi este frică de durere! Ar fi trebuit să-ți dai seama, până acum! Și nici de moarte! Nici ea nu m-a vrut, încă de când m-am născut!

Gâtul mă durea sub strânsoarea degetelor lui, iar vocea îmi era deja răgușită. Lacrimile au început să-mi curgă, udându-i și murdărindu-i manșetele albe, cu monogramă, ale cămășii.

I-am simțit degetele cum i se înfierbântă și cum m-a slăbit din strânsoare. Mi-am retras încheieturile ușor și la fel m-am întors cu fața spre el. Avea o figură ca de om pe care ceva îl chinuia. M-a privit o clipă în ochi, atât de intens, încât am avut impresia că parcă ar fi vrut să-mi acceseze o parte a memoriei.

– Ai vrut să știi ce vreau!?! Vino! mi-a poruncit.

M-a luat de mână și în văzul tuturor, deja curioși, m-a tras după el, până în dreptul scărilor. Aici, m-a luat pe sus, m-a aruncat pe un umăr și a urcat, trântindu-mă chiar în fața ușii de la camera mea. De pe umărul lui, am văzut privirile îngrozite ale fetelor, care pe rând, își acopereau ochii.

– Deschide! mi-a spus printre dinți, nervos maxim.

– De unde știi care este camera mea!?!

– Renna, deschide ușa! Să nu-ți mai spun a doua oară!

Am deschis și temătoare am pășit pragul. Stefano a închis ușa, apoi și-a aruncat sacoul pe marginea unui scaun. Și-a trosnit degetele, asemenea bătăușilor din mahalale, apoi și-a scuturat brațele.

– Nu te-am pus eu să mă cari în brațe, i-am spus în timp ce îmi ștergeam lacrimile.

– Îți priește viața de curtezană, mi-a replicat batjocoritor. Te-ai îngrășat.

– Serios!?! Nu-mi amintesc să-ți fi spus greutatea mea, nici când ne-am văzut prima dată, nici în capul scărilor, a doua oară.

– Mergi și spală-ți fața! Ți-am spus că nu-mi plac plângăcioasele!

În acele momente, nici mie nu-mi plăcea de mine. Sentimentele mă trădaseră și ceea ce uram mai tare, să-mi arăt slăbiciunile, tocmai se întâmplase. Am intrat în baie și am dat drumul la apa rece. Jetul puternic îmi umplea căușul palmelor, iar temperatura scăzută se simțea ca o binecuvântare asupra obrajilor mei îmbujorați și arși de lacrimile pe care de abia le țineam în frâu. Am închis robinetul, apoi mi-am întins pe față puțină cremă hidratantă. Uitasem de când nu mai plânsesem în așa hal, uitasem de arsurile pe care lacrimile le lasă în urma lor.

M-am uitat pentru o clipă în oglindă, înainte să ies. Aveam o mină tristă, pe care nu mi-o permiteam decât în propria-mi intimitate, motiv pentru care mi-am pus mintea la treabă.

Am ieșit, nouă, proaspătă, surâzând. Zâmbetul mi-a înghețat, iar ochii mi s-au mărit, când în mijlocul camerei, Stefano mă aștepta cu nasturii de la cămașă desfăcuți, care-i dezveleau pieptul bine făcut și două smocuri de păr ce se pierdeau spre mușchii abdominali. Pantalonii îi stăteau ușor picați pe șolduri, dezvăluindu-i mușchii oblici externi, frumos conturați.

– Sper să fie adevărat ce se spune despre tine.

– Nu ai să afli niciodată! i-am răspuns sec, numai eu știind ce luptă se dădea în sufletul meu.

– Ba da. Și ai să afli și tu!

– Stefano, uite care este treaba: nu știu ce este în mintea ta, dar știu ce este în a mea. Nu mă sperie poveștile pe care le-am auzit despre tine, nu îmi este frică că ai putea să mă reclami. Știi ce? Mi-ai devenit indiferent! i-am răspuns terminând cu zâmbetul pe buze și ridicând din umeri, de data asta afișând o totală indiferență.

Eram pregătită să-mi primesc pedeapsa. Mă gândeam și că m-ar fi putut lovi. Eram pregătită și pentru asta. Era un bărbat puternic căruia îi plăcea să aibă totul sub control. Totul despre el arăta în acest fel. Oricum, reușise să-mi bage mințile în corzi. Nici nu mai știam ce să cred despre el. Pe de o parte, aveam senzația că îl cunosc de când lumea, iar pe de alta, îmi era un alt necunoscut.

– Să înțeleg că ești pregătită, a venit replica lui, pe un ton calm, dar eu tot aveam să tresar.

Dintr-odată, era cu totul altul. Vocea îi întărea siguranța, iar modul în care mă privea era copleșitor, dar în același timp dominator. Un fior rece avea să-mi străbată șira spinării, de sus până jos.

– De ce mă simt oare atât de atrasă de tine, Stefano Visconti!?! m-am întrebat în șoaptă, astfel încât doar gândurile să mă audă.

– Nu mi-ai răspuns la întrebare, Renna, mi-a atras atenția în timp ce aprindea lumânările aflate în suportul de pe masă.

Camera fu inundată de un miros plăcut de arbore de ceai, un parfum delicat și exotic, care se amesteca cu al lui. Lumina caldă a lumânărilor scufundată în liniștea nopții crea o atmosferă plină de erotism și senzualitate.

– Sunt pregătită, Stefano, pentru orice nebunie ai avea în minte. Ți-am spus că nu îmi este teamă de tine, i-am răspuns dregându-mi vocea care începuse să-mi tremure ușor, din momentul în care mi-a țintuit privirea și se îndrepta spre mine.

Mi-a prins fața cu blândețe, în palmele lui mari. M-a ținut așa câteva secunde, continuând să mă privească într-un mod iscoditor.

– Ce vrei să afli de la mine, Stefano? De ce mă privești așa?

– Sst! mi-a spus, trecând cu degetul deasupra buzelor mele.

Apoi degetele lui mi-au mângâiat gâtul, alunecând deasupra brațelor spre încheieturi. Cu blândețe mi le-a dus la spate, mi le-a prins și mi le-a ridicat deasupra capului.

Am început să tremur simțindu-mă nu doar în pericol, dar și vulnerabilă.

– De abia ce te-am atins și te-au cuprins temerile? mi-a șoptit la ureche, ciupindu-mi cu dinții lobul urechii.

– Nu mă tem, i-am răspuns cu voce gâtuită.

Cu mâna liberă, a început să-mi mângâie pieptul. Mișcările blânde ale degetelor mi-au întărit sânii, iar sfârcurile îmi zvâcneau ușor dureros. Corpul meu începuse deja să răspundă atingerilor lui, iar când i-am simțit respirația fierbinte, a reacționat.

– Nu te grăbi, Renna, mi-a cerut pe un ton amuzat.

M-am retras imediat, ușor rușinată. M-a privit, aruncându-mi un zâmbet de-a dreptul cuceritor, iar în secunda următoare mi-a strâns cu putere sfârcul între degete. Am icnit din cauza durerii, amestecată cu o plăcere și o dorință nebună, ce-mi contractase deja mușchii abdominali și îmi strânsese picioarele.

– Ce îmi faci? l-am întrebat, dorindu-l în disperare.

– Am să-ți dau încet drumul la mâini, cu promisiunea să nu mă atingi.

– Dar vreau să o fac.

– Renna, te rog.

Culmea: vocea lui caldă și calmă mă speria mai tare decât atunci când era dur. La fel se întâmpla și cu privirea.

Mi-a eliberat mâinile, cât să-mi poată trece rochia peste cap. Mi-a dat jos sutienul, eliberându-mi sânii de o tensiune în plus. Privindu-i mișcările, aveam să-mi dau seama că niciodată în viața mea nu îmi dorisem ceva mai mult ca acum: să fi avut o altă viață înainte, pe care să o fi petrecut alături de el, pentru că în asta, era absolut imposibil.

Am pus lacăt rațiunii și m-am abandonat în brațele lui, am uitat că sunt o nenorocită de curtezană, când buzele lui s-au lipit de ale mele. Pentru o clipă, limbile ni s-au întâlnit, retrăgându-se brusc din gura mea și mulțumindu-se să-mi muște buza de jos, simțind gustul dulceag al sângelui, împrăștiat pe buzele noastre.

– Au! M-a durut, Stefano!

– Serios?!?

Expresia de pe fața lui din nou devenise dură. Mi-a prins părul și mi-a tras capul cu putere pe spate. M-a durut și asta. Simțeam furnicături în cap, urmate de o usturime puternică, din cauza căreia mi-au dat lacrimile.

– Ești a mea, Renna! Spune-mi-o cu voce tare!

Un alt fior de teamă mi-a străbătut corpul.

– Da, sunt a ta, Stefano, i-am spus cu jumătate de gură, iar el din nou m-a tras de păr.

– Nu așa, Renna! Fii convingătoare!

– Nu te pot minți pe tine, Stefano! Cum aș putea să fac asta!?! Niciodată nu voi putea fi a ta. Sunt numai sclavă! Aparțin statului, DMC-ului, Serenissimei!

– Spune-o! mi-a cerut din nou, privirea devenindu-i mai neagră decât fundul iadului.

– Sunt a ta, Stefano! am țipat, supunându-mă voinței lui.

Dintr-odată, mușchii feței i s-au detensionat, iar zâmbetul i-a apărut din nou pe chip.

– Foarte bine! mi-a spus, cerându-mi să mă așez pe marginea patului.

Fiori năprasnici de plăcere mi-au invadat întreg corpul, când mâinile lui mă atingeau, coborând dinspre stomac spre coapse. Pielea mi se făcuse ca de găină, când palmele lui îmi frământau cu putere sânii. M-am lăsat pierdută în ochii lui, care îmi urmăreau fiecare reacție, atunci când mi-a apucat sfârcurile cu vârfurile degetelor, pentru a mi le freca cu putere. Am gemut, când am simțit cum un val de plăcere neanunțată mi-a invadat pântecul. Trupul mi s-a arcuit, voind mai mult, iar mâinile mele îl căutau disperate.

– Stai cuminte, Renna, mi-a spus, prinzându-mi din nou încheieturile.

– Lasă-mă să te ating!

– Nu cred că vrei asta, mi-a spus, mâna alunecându-i între pulpele mele deja umezite.

Am început să gem, să mă zvârcolesc sub atingerile lui, care îmi mângâiau energic clitorisul întărit. Sunetele mele aveau să-i crească și lui gradul de excitație. Am rămas uimită să-i văd penisul erect, să văd cum plăcerea părea mai mult că-l chinuie.

Aș fi vrut să pot alunga durerea de pe chipul lui. Aș fi vrut ca în acele momente să-i pot atinge penisul, să i-l mângâi, să mă joc cu el. Voiam să-i demonstrez până la urmă că ceea ce se vorbea despre mine era adevărat, dar totul se datora numai imaginii lui, tipărită în mintea și sufletul meu.

Mi-a dat drumul la mâini, apoi s-a aplecat asupra mea lingându-mi pe rând sfârcurile, cu limba-i umedă și fierbinte. A gemut, apoi și-a împins cu putere penisul erect în abdomenul meu, in timp ce degetul mijlociu, violent mi-a alunecat în vagin.

Am scos un icnet scurt, desprins durerii pe care mi l-a înăbușit instantaneu cu un sărut pasional. Apoi, dintr-un gest normal, mi-am prins brațele de gâtul lui, trăgându-l spre mine, iar el a sărit ca ars. Nu știu dacă din cauza bătăii în ușă sau ca urmare a atingerilor mele.

– Cine o fi la ușă?!? am întrebat mirată, trăgând cearșaful în jurul meu.

Pe fața lui, zâmbetul avea să i se transforme în rânjet, iar privirea a început să-i scânteieze puternic.

– Mai devreme spuneai că ești pregătită. Ai să faci pentru mine, în seara asta, lucruri pe care nu le-ai mai făcut până acum. Și ai grijă, să nu începi să te smiorcăi.

Vocea lui suna grav, asemenea unui avertisment în toată puterea cuvântului. Până ca el să ajungă să deschidă ușa, inima mi se făcuse cât un purice și simțeam cum un nod pus în gât mă împiedica să respir sau să înghit. Zâmbetul lui diabolic de mai devreme reușise să șteargă tot ceea ce credeam că fusese frumos, până atunci.

– Haide, Anna, intră! Uite-o pe Renna. Nu știa că te așteaptă, i-a spus trăgând-o de mână și închizând ușa camerei, în urma ei.

Din mijlocul camerei, priveam uimită la un film, din care eu nu puteam face parte pentru că nu înțelegeam nimic sau poate că nu voiam să înțeleg.

Anna purta o rochiță scurtă transparentă sub care i se vedeau sânii liberi și pubisul dezgolit. Într-o mână avea un castron cu boabe de struguri, acoperiți de câteva cuburi de gheață, iar la subraț avea o cutie neagră.

– Îmi pare rău, Renna, am putut doar citi pe buzele ei.

– Ce este cu tine aici? am întrebat-o cu ochii săriți din orbite.

– Tânărul duce Visconti m-a rezervat pentru seara asta, mi-a răspuns, în timpul acesta privindu-l pe Stefano, temătoare.

– Nu înțeleg. De ce ai luat-o pe Anna, Stefano?!?

– Pentru plăcere, Renna, pentru plăcere! a exclamat, desfăcându-și larg brațele.

– A cui?! am ridicat tonul, săltându-mă în genunchi în mijlocul patului.

Mi-a aruncat o privire directă, menită să-mi înghețe sufletul de atâta spaimă. În acel moment, asemenea unui drog adictiv, orice plăcere îmi crease mai devreme avea să se estompeze iar nervozitatea și teama instalate îmi atinseseră pragul disperării.

– Dacă tu ți-ai închipuit că Anna mă va atinge, te-ai înșelat amarnic!

– Nu a fost nevoie să-mi încarc memoria cu închipuiri, Renna, atâta timp cât totul se va produce direct sub ochii mei.

– Dar, Stefano...

– Întinde-te, relaxează-te și lasă-te pe mâna Annei! mi s-a adresat pe un ton poruncitor, lăsându-și trupul să alunece în fotoliul ce se afla direct în fața patului.

– Renna, îmi pare rău, mi-a șoptit Anna, la ureche. Nu am nicio vină. Ti-am spus că este un om ce trebuie ocolit.

Mi-am simțit mintea și mușchii afectați ca de o paralizie definitivă, când am simțit pielea caldă a Annei, lipită de a mea, când buzele ei le sărutau pe ale mele sau când mâinile începuseră să-mi atingă părți ale corpului.

– Imaginează-ți orice, Renna, te implor. Nu mai sta nemişcată, îmi șoptea la ureche.

O amețeală bruscă pusese stăpânire pe mine. Broboane mici de sudoare mi-au apărut pe tâmple și pe piept, alunecându-mi între sâni.

Simțeam durerea visurilor ce-mi fuseseră măcelărite de atitudinea nemernică a lui Stefano. Îmi era teamă până să și clipesc, conștientă fiind că urma să izbucnesc în plâns. Știam că în felul acesta, îi dădeam bestiei din fața mea motive în plus de bucurie. Repulsia pe care o simțeam față de el îmi era întipărită în fiecare circumvoluțiune a creierului, în timp ce sufletul mi se agățase cu putere de bătăile inimii, încercând să-mi spună ceva, într-un limbaj pe care nu-l cunoșteam.

M-am trezit cu fața lipită de cearșaf, fără să știu când Anna mă întorsese. I-am simțit mâinile cum se prind de breteaua fină a chiloților, trăgându-i peste picioare și lăsându-mă goală. Degetele ei fine s-au plimbat pe spatele meu, coborând în jos spre fese. Două degete aveau să i se strecoare mai adânc, despărțindu-mi ușor labiile și atingându-mi clitorisul. Am tresărit, iar abdomenul mi s-a dezlipit câțiva centimetri de așternutul patului. De abia atunci, mi-am întors capul, iar privirea, atrasă ca de un magnet mi-a fost furată de el. Din fotoliu, Stefano îmi urmărea atent fiecare reacție, în timp ce mâna i se mișca de sus în jos și invers deasupra penisului erect.

Am făcut ochii mari, când am simțit o boabă de strugure înghețată cum îmi alunecă în vagin, în realitate fiind mult mai impresionată de dimensiunile lui Stefano.

Au urmat alte boabe se struguri care începuseră ușor să-mi dezamorțească simțurile, pentru ca imediat Anna să reverse asupra mea, amalgamul unor plăceri atât de intense, încât puțin mai aveam până să mă urc pe pereți.

Mi-a desfăcut picioarele, în mod brutal, apăsându-mi cu putere zona mijlocului. Pentru o clipă am simțit cum mă rup în două, pentru ca imediat să-mi simt pântecul străbătut de o arsură puternică, în urma cărei rămăsese doar o senzație de plăcere.

Mi-a depărtat din nou labiile, de data aceasta, simțindu-i limba deasupra clitorisului pentru ca mai apoi, să o simt moale și fină, scormonind în adâncurile mele. Brusc, sânii mi s-au întărit, iar sfârcurile dureroase mi se împingeau puternic în salteaua patului, căutând mângâieri. M-am întors cu fața în sus, trecând cu atenție un picior deasupra capului Annei, aflat între picioarele mele. Am început să gem, aflată sub imperiul plăcerilor, când limba ei scotea pe rând câte o boabă lipicioasă de strugure.

Una dintre ele mi-a ajuns în gură, simțindu-mi propriul gust.

Mi-a făcut cu ochiul, apoi i-a aruncat una și lui Stefano. Chipul i s-a luminat brusc, când a simțit sucul dulce al strugurelui strivit între buzele lui.

– Este pregătită pentru mai mult, Anna, i-a transmis Stefano.

– Mai mult ce? am întrebat, disperată de durerea unui orgasm care se anunța la fel de puternic ca un tsunami.

El a ridicat din sprâncene, făcându-mi semn să tac. Din cutia neagră, Anna a scos un penis, la fel de mare cât al lui Stefano.

– O, nu, așa ceva nu ai să bagi în mine, Anna!

– Stai liniștită, Renna. Te rog, nu-i mai da satisfacție. Nu vezi că asta vrea!?! mi-a șoptit, glasul ei fiind mascat de sunetul scos de vibrator.

Cu grijă, Anna mi-a penetrat vaginul cu scula din silicon, stimulându-mi în tot timpul clitorisul. Era cel mai mare penis pe care, doar jumătate băgat, îl simțeam până în gât. Ușor a început să-l miște, încercând să-i facă loc până la bază.

Am început să mă zvârcolesc ușor, prinsă între două granițe, cea a plăcerii și cea a durerii, ale căror margini se suprapuneau, neputând să-mi eliberez orgasmul.

Neînțelegând mesajele corpului meu, Stefano s-a ridicat de pe fotoliu și s-a așezat pe pat, lângă mine, privindu-mă încruntat.

– Să nu îndrăznești să mă atingi! am țipat la el, moment în care am simțit cum ating cu vârful degetului pragul leșinului din cauza plăcerii intense pe care o trăiam.

Mega-penisul îmi alunecase în întregime în vagin, vibrațiile lui, simțindu-le intens în peretele inferior al vaginului, atingându-mi punctul G.

Brusc, pulpele au început să-mi tremure, străbătute de firul de curent pe care l-am simțit până în vârful degetelor de la picioare, în momentul în care mi-am dat drumul.

Mi-am strâns capul între brațe, încercând să-i regularizez respirația, bătăile inimii și pulsul a cărui bătaie o simțeam puternic, mai ales la nivelul gâtului.

Până să apuc să mă dezmeticesc, Anna fusese pusă deasupra fotoliului, iar peste ea era Stefano care, așa cum auzisem despre stilul lui de a face sex, o poseda în forță maximă, adresându-i cuvinte înjositoare în timp ce o plesnea puternic peste fese.

Am vrut să strig la el să se oprească, văzând ochii Annei înecați în lacrimi și dinții cum mușcau din pernă, pentru a nu țipa din cauza durerii pe care el, în mod voit, conștient, i-o provoca, dar cuvintele nu îmi prindeau glas.

Impresionată de imaginea oribilă ce mi se desfășura în fața ochilor, mi-am găsit ultimele puteri pentru a mă târî până în dreptul lui. Eram în stare să-l lovesc direct în moalele capului, numai să-l pot da jos de pe biata Anna. Toată lumea avusese dreptate: bărbatul din fața mea nu era Stefano, ci un monstru cu chipul lui.

M-am agățat de brațul lui, încercând să-l opresc pentru a nu o mai lovi pe Anna, dar era deja prea târziu. Un strigăt puternic de eliberare îl prăbușea pe spatele deja învinețit al fetei.

Dintr-odată, liniștea avea să ocupe fiecare colțișor al camerei. Se auzeau doar suspinele Annei și respirația lui accelerată.

M-am dus la capul ei și am mângâiat-o. Lacrimile ei ardeau la fel de tare ca obrajii mei. Aș fi făcut orice să fi putut să-i alung durerea cu care biata de ea se lupta.

Plină de greață, la propriu, am început să dau în Stefano cu toată puterea mea! Îl uram pentru ceea ce văzusem! Îl uram pentru ce-i făcuse Annei! Îl uram pentru ce îmi făcuse mie! Îl uram pentru că nu știam cum îl puteam iubi!

La un moment dat, s-a ridicat de peste Anna, acoperindu-i trupul cu un pled care zăcea, aruncat pe podea.

– Uită-te în ochii mei, Stefano! Uită-te în ochii Annei! am

strigat la el, simțind cum sângele îmi clocotea de furie.

– Ce vrei de la mine, Renna! Gata! S-a terminat! Ai văzut ce trebuia să vezi! mi-a răspuns sictirit, trăgându-și pantalonii pe el.

Liniștea din vocea lui mă îngrozea mai tare decât ceea ce văzusem. Nu părea a avea niciun fel de regret. Încercând să mă dezmeticesc, am ajutat-o pe Anna să se ridice, pentru ca imediat să fugă din cameră, lăsând ușa să se trântească în urma ei.

– Ti-aș spune că ești ridicol, dar, *tinere duce*, ești un psihopat ce beneficiază de libertăți numai datorită banilor și a titlului pe care îl deține!

Privirea îmi era plină de dezgust, iar cuvintele, de mi-ar fi fost însoțite de flăcări, sigur ar fi urlat cuprins de limbile de foc.

Și-a închis nasturele de la pantaloni, si-a ridicat cămașa doar pentru a o scutura, pentru ca în final, să se uite spre mine. Privirea îi era sălbatică, dar obosită, iar zâmbetul șters.

– În loc să lansezi false ipoteze, mai bine mi-ai mulțumi, Renna!

– Să îți mulțumesc!?! Ești și ridicol, pe deasupra! am exclamat, sprijinindu-mi palmele în solduri.

– Da, da, să îmi mulțumești că te-am scăpat de mine, Renna.

Tristețea din tonul vocii lui mi-a înmuiat brusc picioarele. Am dus mâna la inimă, simțind că ceva nu era în regulă.

– Cum adică că *m-ai scăpat de tine*?

– Știu tot, absolut tot despre tine, Renna! Te cunosc mai bine decât crezi tu că te cunoști! Știu când mănânci, când bei, ce și cât bei, când mergi la toaletă, câți te-au fu..

– Spune, Stefano! Spune că știi câți m-au futut! Hai, spune! am țipat cât am putut de tare.

– Te-am rugat să nu mai ridici tonul la mine, mi-a repetat, cu aceeași privire amenințătoare.

– Nu m-ai rugat. Niciodată nu o faci! Tu doar comanzi pentru ca imediat celălalt să ți se supună! Nu îmi este frică de tine! Ce poți să-mi faci? Să-mi faci ceea ce i-ai făcut Annei!?! Să-mi bagi în fund vibratoare și mai mari? Să mă faci poștă cu alții? Să mă omori, poate!?! Nu-mi pasă, Stefano! Citește-mi cuvintele pe buze, dacă nu mai auzi bine!

Cu un calm înfiorător, s-a așezat pe pat în locul meu. Și-a prins capul între mâini, scoțând un geamăt ce semăna mai mult a mârâit.

– Ascultă-mă cu atenție, mi s-a adresat pe un ton blând, unul cu care nu eram obișnuită.

– Nu mai vreau să-ți aud prostiile! Vreau doar să dispari din camera mea mai repede! i-am răspuns, încă foarte nervoasă.

– Ceea ce tu simți pentru mine este total greșit! Ceea ce s-a întâmplat în seara asta a fost numai pentru a-mi arăta adevărata față. Inclusiv pariul a fost o farsă, menită să te facă din start să te simți prost, să te simți un obiect. Banii pe care Umberto i-a plătit erau ai mei, nu ai lui. M-ai costat o avere, Renna, fără să mai pun la socoteală seria de pumni și palme pe care mi-ai dat-o, iar un zâmbet proaspăt avea să i se înfiripeze în colțul gurii.

Mi-am mutat privirea în altă parte, silindu-mă să-l urăsc în continuare.

– Între noi doi nu poate fi niciodată nimic, singură ai spus asta, îți amintești? m-a întrebat, încercând să-mi surprindă privirea.

– Asta-i o confesiune de doi bani, Stefano Visconti! Chiar nu vreau să-mi încarc mintea cu prostiile tale. Ce vrei acum? Să-ți cad la picioare, mulțumindu-ți pentru bunătate, adevăr și mărinimie?!?

– Nu. Voiam să-ți spun doar că în curând urmează să mă căsătoresc!

Vestea mi-a căzut ca o ghiulea în cap, străbătându-mi cutia toracică și oprindu-se la nivelul stomacului. Pentru câteva secunde, am văzut în fața ochilor multe puncte mici albe, apoi roșii pentru ca imediat să devină negre. Am simțit cum pământul mi-o ia la goană de sub picioare și cum încep să mă clatin ușor. În secunda următoare, m-am prins de tăblia patului cu ambele mâini, încercând să mă țin pe picioare.

Stefano s-a ridicat de pe pat, făcând doi pași mari spre mine, vrând să mă ia în brațe.

– Te simți bine?!?

– Te rog, nu mă atinge! Asta ar fi trebuit să mă întrebi mai devreme. Acum e tardiv. În plus, de când te interesează pe tine de soarta mea!?!

Îl priveam cu același dispreț, însă lacrimile ce-mi jucau în ochi îmi trădau adevăratele sentimente.

– Atâta timp cât ți-am spus că știu totul despre tine, oare nu ai înțeles nimic până acum!?!

– Ba da, am înțeles că: ești un laș, un sadic nenorocit, că deții foarte bine arta manipulării, că trebuie să-ți fiu recunoscătoare și că...a da, uitasem ce era mai important: urmează nunta!

– Renna, încetează! Nu te mai preface că nu înțelegi!

– Stefano, nu știu de ce îmi tot vine să-ți spun Matteo.

Și chiar nu mințeam. De când avea să mă atingă pentru prima dată, în minte, fără nicio explicație, mi-a venit numele de Matteo.

Stefano însă m-a privit pentru o clipă, arcuindu-și o sprânceană.

– Pentru că mi se potrivește, mi-a replicat pe un ton de glumă.

– Sau pentru că sunt extrem de obosită și vreau să mă lași în pace! Nu vreau să te mai văd!

Reacția mea, țipetele aveau să-l ia prin surprindere.

– Iar ne întoarcem de unde am plecat...

– Aș fi vrut eu, am spus abia șoptind cuvintele.

– Ce ai fi vrut, Renna!? Vorbește cu mine!

– Aș fi vrut să nu mă fi născut, să fi putut pleca din Serenissima, să nu fi fost acceptată în rândul curtezanelor, să nu te fi întâlnit niciodată, să nu-mi simt inima cum îmi sparge pieptul ori de câte ori mă privești, să fi fost tu primul bărbat din viața mea, să pot să trăiesc liberă, să pot înțelege cum dracului pot fi îndrăgostită iremediabil de unul ca tine! Și în plus, aș vrea să nu-ți fi auzit bătăile puternice ale inimii, ori de câte ori m-ai sărutat în seara asta! Aș fi vrut să continui să mă mint, decât să trăiesc în realitatea în care și tu mă iubești la fel de mult ca și mine, fără să existe un viitor pentru noi!

Vedeam chipul disperării din sufletul meu în ochii lui. A venit lângă mine și m-a strâns cu putere la pieptul lui. Obrazul îmi era lipit de pielea lui fină, devenită lipicioasă din cauza lacrimilor ce nu conteneau a se mai opri. Din punctul meu de vedere, un lucru era cert: undeva, cândva, cineva fie mă blestemase, fie îl blestemase, fie se juca cu soarta noastră.

Am rămas cuprinsă în brațele lui puternice, preț de câteva minute, timp în care îmi mângâia părul sau îmi săruta creștetul capului.

Apoi, Stefano a rupt tăcerea.

- Am desconsiderat femeile pentru ca la rândul lor să mă dorească. Le-am brutalizat pentru ca ele să mă aducă pe culmile extazului. Mi-am băgat scula în vaginele lor dur, murdar fără scrupule până când, o singură blestemată de privire m-a aruncat într-o lume necunoscută: acolo unde inima începe să bată! Și pentru toate astea, tu ești vinovată! Pot să jur că ochii ăștia i-am mai văzut undeva. Poate într-o altă viață! Am senzația când te privesc că am trăit doar pentru că tu m-ai iubit! a exclamat ca și cuprins de nebunie.

– Și poate când m-ai iubit tu, am trăit eu, i-am răspuns copleșită de emoție, dorindu-mi să-mi împărtășească mai mult din ceea ce simțea pentru mine.

– Și care-i rostul sentimentului pe care l-ai stârnit atât de puternic în inima mea?

S-a dat un pas în spate și dintr-odată, vocea, privirea aveau să i se schimbe. Totul despre el era din nou impersonal și rece.

– Atunci, ia-ți inima înapoi, Stefano! am țipat iar, aruncând cu o pernă spre el.

– Este prea târziu acum, Renna! Aș vrea să pot! Ar fi simplu! Și pus la zid în fața lumii, acum că te-am găsit nu mai pot renunța la tine niciodată!

Capitolul 5

Se făcuse deja dimineață, trecut de ora opt. Stefano plecase, lăsând în urma lui nu doar mirosul puternic de parfum ce plutea în încăpere, dar și zeci de întrebări în mintea mea, la care îmi era teamă să-mi las inima să răspundă. Mă zbăteam în așternuturi, încercând cu disperare să-mi potolesc puhoiul tulburat de gânduri. Simțeam că mă înec, că nu pot respira. Prea multe sentimente și emoții contradictorii puseseră stăpânire pe gândurile mele. Prezența lui o simțeam asemenea unei amenințări difuze, în timp ce incontrolabil tânjeam după noi atingeri și alte săruturi.

Confruntarea cu realitatea, la care Stefano m-a obligat nu doar să asist, ci să și iau parte, fusese mai dură decât mi-aș fi putut imagina vreodată. În numai câteva ore văzusem în el și îngerul și demonul. Oare de care eram atât de atrasă?!?

Mi-am amintit brusc de Anna. Am sărit din pat, m-am spălat, m-am îmbrăcat și m-am dus să o văd. Când mi-a deschis ușa, un zâmbet temător mi-a luminat fața. Era bine.

– Îmi pare rău, i-am spus și am luat-o în brațe.

– Au, mai încet, Renna, mi-a spus, deranjată de strânsoare.

– Scuză-mă, nu mi-am dat seama. Ai dureri mari? Spune-mi ce pot face pentru tine, am întrebat-o cu lacrimi în ochi.

Nu îmi puteam șterge din minte imaginea în care ea mușca din pernă pentru nu da glas țipetelor de durere.

– Acum sunt bine, stai liniștită. Am avut grijă. Uite, nici măcar o vânătaie nu mai am pe corp, mi-a arătat dezvelindu-și un umăr. Mă mai doare spatele, dar în rest sunt bine. Mai bine mi-ai spune cum ești tu!

M-am așezat pe primul scaun ce mi-a ieșit în cale și am oftat adânc.

– Sunt tare confuză, Anna, și în plus mă simt vinovată pentru ce ți s-a întâmplat ție, practic din cauza mea.

– Nu a ta! A lui!

Mânia din ochii ei era profundă și dureroasă.

– Va trebui să te ferești de omul acesta, ți-am spus de la bun început. Nu este doar cinic, ci este de-a dreptul periculos. Îl urăsc cu toată ființa mea, dar în același timp îi sunt recunoscătoare.

– Cum!?! am întrebat cu mirare.

– Da. Tocmai ce am aflat că de azi-noapte am intrat în categoria curtezanelor exclusiviste. Fiul prim-ministrului este un personaj foarte cunoscut. Reputația îi este bine cunoscută dincolo de zidurile Serenissimei. Faptul că el m-a ales a doua oară mi-a crescut cota. O lume întreagă știe că niciodată nu se culcă de două ori cu aceeași femeie.

Rămăsesem fără cuvinte. Nu puteam să cred că după tot chinul îndurat, Anna se gândea la recunoștință.

– Știi ce totuși nu înțeleg?

Pentru câteva clipe, rămăsese dusă pe gânduri.

– Spune-mi tu. Poate că la tine lista neînțelegerilor este mai scurtă. A mea este kilometrică.

– Noaptea trecută, când Stefano mi-a spus ce vrea de la mine, mi-a cerut să-ți creez plăcere maximă. Tonul îi era de poruncă, însă privirea îi era emoționată...

– Anna, vreau să-ți mărturisesc ceva. Dacă nu spun cuiva, simt că o voi lua razna.

– Orice, numai te rog nu-mi spune că ești îndrăgostită de el! Omul acesta este ireparabil! a exclamat pe un ton aproape isteric.

Cuvintele ei m-au lovit în moalele capului. Era cert că Stefano avea o problemă. Poate nu una, ci zeci, însă ceea ce simțeam pentru el era real.

– Nu mă întreba pentru că nu îți pot da o explicație certă, însă nu doar eu m-am îndrăgostit de el, ci și el de mine.

Pentru câteva secunde m-a privit insistent, apoi cu forța unei furtuni dezlănțuite brusc în natură, a început să râdă de se cutremurau pereții.

– Nu pot să cred! Renna, tu ești nebună ori ai dezvoltat o obsesie pentru omul ăsta. Cum să crezi așa ceva?!? Stefano Visconti nu are loc decât pentru el în inima lui, asta dacă are una!

– Și dacă nu este cum îl crede toată lumea?!? am întrebat-o indignată.

– Dacă vei încerca să găsești partea bună din omul acesta, clar nu te văd bine. Uită-l! Roagă-te să nu mai apară niciodată în viața ta! Vino cu mine!

Și-a aruncat o pelerină pe umăr și m-a tras de mână cu brutalitate, până ce am ieșit din DMC.

– Unde mergem!?! am întrebat mirată.

– Ai să vezi!

Ne-am urcat într-o gondolă care a început să plutească lin printre canalele strălucitoare. În apropiere de piața centrală, de unde începuse deja să se facă auzit freamătul mulțimilor de pe străduțe, Anna a cerut gondolierului să o ia înspre mahalale.

– Ce căutăm aici?!?

– Ai puțină răbdare și ai să vezi!

Privirea îi era agitată, la fel și picioarele pe care și le mișca cu nervozitate.

Imediat, gondola s-a oprit în fața unui bar din mahala.

– Te rog , așteaptă-ne cinci minute, i-a cerut Anna băiatului.

– Ai de gând să-mi spui ce facem aici? am întrebat-o din nou.

– Uite, o vezi pe fata din dreptul barului!?!

Aproape la fel de înaltă ca și mine, era o tânără blondă, palidă, cu ochii albaștri și duși în fundul capului. Părul îi era lung, prins într-o coadă împletită, lipsit total de strălucire. Puteam să-mi dau seama că acea umbră de femeie din fața mea cândva fusese foarte frumoasă. Acum era slabă, ștearsă, neîngrijită, cu pomeții uscați și colțurile gurii lăsate.

– Da, o văd. Ce este cu ea, săraca?!?

– Câți ani crezi că are?

– Trecuți de 40, i-am răspuns.

– Serena are 25 de ani. Până acum doi ani era cea mai bine cotată curtezană din DMC-ul cu numărul 2.

– Nu pot să-mi cred ochilor. Are numai 25 de ani?!?

– Da!

– Și ce i s-a întâmplat?

– Ar trebui să o privești ca pe propria-ți oglindă: nu ești singura care s-a îndrăgostit de Stefano Visconti!

Dintr-odată, stomacul mi s-a făcut pungă și m-a luat cu arsuri pe piept. Am început să tremur.

– La fel ca și tine, Renna, a crezut că există o parte bună în el și uite-o unde a ajuns! Și-a imaginat că va fi numai a lui, până când a înnebunit de tot. Vrei să ajungi ca ea!?! m-a întrebat zgâlțâindu-mi umerii.

M-am smucit din mâinile ei și am fugit la gondolă. Am început să plâng, simțind cum lacrimile nu-mi ardeau numai obrajii, ci îmi pârjoleau și mintea.

– Știi ce s-a întâmplat? am întrebat printre suspine.

– Doar ei știu adevărul. Din păcate, pe ceea ce spune Serena nu poți bune nicio bază. Cert este că trebuie să uităm cu toții de dragoste, Renna. Nu mai trăim în acele timpuri în care femeile erau curtate, iubite, adorate și bărbații la fel. Acum suntem care, pe care. Generații la rând s-au bucurat de evoluția tehnologiei care a condus la involuția omenirii. Tu nu vezi că ceea ce odată era la îndemâna oricui acum fie este interzis, fie nu mai există?!? Uită de iubire! Uită de Setfeano Visconti! Nu îți mai face iluzii, dacă nu vrei să ai deziluzii! aveau să sune ultimele cuvinte ale Annei, înainte de a ajunge în fața DMC-ului.

*

În fiecare săptămână, aveam dreptul la o zi liberă, pe care să o putem petrece cum voiam noi. Cele mai multe dintre fete, care aveau familie, mergeau acasă. Eu nu aveam unde. Rita nu mai voia să audă de mine. Din când în când, mă vedeam însă cu Anemonna. Acum însă, cu toate evenimentele, uitasem de ziua liberă. Când am fost anunțată, nu cred să mă fi bucurat vreodată mai mult. Mi-am făcut o baie, apoi mi-am luat o carte și m-am aruncat în vârful patului. Eram eu cu mine și un dram de liniște. Spre seară, câteva bătăi în ușă aveau să mă dea jos din pat.

– Îmbracă-te, te scot în oraș! mi-a spus Stefano, dând năvală în camera mea.

– Ce-i cu tine aici?!? l-am întrebat înainte să încep să tremur din toate încheieturile.

Efectul pe care omul acesta îl avea asupra mea... nu știam încă dacă trebuia să mă sperie sau să mă las pradă lui.

– În seara asta, ești o doamnă. A mea! Și în cele ce vor urma, la fel. Așa că, începe să te obișnuiești cu noul statut!

Ochii lui erau lipiți de ai mei, iar pulsul îi era la fel de accelerat ca al meu. Se vedea la gât. Am deschis și am închis gura, simțindu-mă pierdută. Deja imaginația își scria scenariile. Aș fi vrut ca în momentul acela să mă ia în brațe, să mă arunce pe pat și să mă sărute pentru totdeauna. Să-mi încolăcesc picioarele în jurul lui și să ne sărutăm.

– Stefano, te rog, nu mă înnebuni. Nu vreau să ajung precum biata Serena, i-am spus, dându-mi seama că mă luase gura pe dinainte.

– Stai liniștită. Am să-ți povestesc eu ce s-a întâmplat cu Serena, îți promit, mi-a răspuns cu un zâmbet malițios.

Fără să vreau, calmul din vocea lui avea să-mi facă ochii să sclipească.

– Te îmbraci sau vrei să te iau din nou pe sus, așa cum ești acum?

Era pentru prima dată când îl vedeam atât de relaxat, de senin și bine dispus. Privirea nu îi mai era întunecată și nici tonul disprețuitor.

Am dat din cap, apoi m-am dus la dulap să mă îmbrac. M-am aplecat să-mi iau sutienul din sertar, când i-am simțit brațul ferm în jurul taliei, ce mă lipea de trupul lui.

– Nu-ți pune sutien, în seara asta, mi-a șoptit tandru la ureche, plimbându-și buzele peste linia gâtului, până în dreptul umerilor.

Mi se făcuse pielea ca de găină, iar sfârcurile mi se întăriseră brusc sub atingerea fină a degetelor lui. Continua să mă sărute din loc în loc, ciupindu-mi ușor pielea cu dinții, ceea ce mi-a produs un geamăt scurt de plăcere. Am crezut că se oprește, dar a continuat, plimbându-și mâinile peste spate, coborând spre talie și apoi peste fese.

– Ești atât de frumoasă, Renna, îmi șoptea excitat la ureche.

Un val de căldură mi-a inundat tot trupul când, dintr-o singură mișcare, m-a întors cu fața spre el. Colțul gurii i se arcui.

– Mă vei săruta vreodată, Stefano?

– Am mai făcut-o, nu-i așa?

– Nu ca înainte, i-am răspuns cu o ușoară dezamăgire în glas.

– Vrei să o fac acum?

Mi-a zâmbit, incapabil să reziste dorinței, apoi a făcut un

alt pas spre mine. O mână îi era pe șold, iar cealaltă pe ceafă. Ochii mi s-au luminat, iar trupul fierbinte și deja excitat s-a lipit de al lui.

– Da, aș vrea foarte mult să te sărut. Aș vrea să te sărut din cap până în picioare. Aș vrea să-mi plimb limba peste sânii tăi, să mă joc cu sfârcurile tale obraznice, să...

Mi-am ridicat brațele prinzându-le de gâtul lui, trăgându-l ușor înspre mine, în timp ce el s-a aplecat, acoperindu-mi gura cu un sărut pe care l-am simțit până în adâncul inimii.

Mi-a eliberat buzele numai pentru a-și apăsa nasul și buzele pe pielea mea, lingându-mi sânii întăriți și sfârcurile ridicate. M-a prins cu putere de șolduri, apoi s-a lăsat în genunchi în fața mea, continuând să mă sărute.

– Ah, Stefano, am scos un alt geamăt de plăcere când miam simțit semnul pe care îl aveam din naștere, prins în fierbințeala buzelor lui.

– Tu ai vrut să te sărut, nu-i așa?

– Stefano! am exclamat cu rușine în glas de teamă că îmi voi da drumul.

Râdea înfundat, simțindu-i respirația caldă, în jurul vulvei mele deja umede.

– Tremuri, Renna? m-a întrebat, oprindu-se pentru o clipă să mă privească.

Ochii îi străluceau, iar buzele îi erau umede. Mi-a zâmbit, apoi și-a afundat capul între coapsele mele, sărutându-mă dulce, intim...

– Stefano, ah...

De abia mai puteam respira. Aveam senzația că alergasem

la un adevărat maraton. Degetele lui, pe rând, unul, apoi al doilea m-au pătruns cu gentilețe, iar eu m-am pierdut instantaneu în senzații intense. Trupul mi-a fost prins ca într-o furtună puternică, când am simțit orgasmul cum se declanșează, vaginul strângându-mi-se în jurul degetelor lui. Am gemut puternic, iar el s-a ridicat și mi-a înăbușit strigătul cu un sărut imposibil de descris în cuvinte.

– Ador să te simt când îți dai drumul, mi-a șoptit întrerupând sărutul pentru a mă privi.

– Mai bine rămânem în cameră, i-am propus, mângâindu-i penisul întărit, visând la momentul în care aveam să-l simt în mine.

– Mai bine, nu!

Vocea îi era la fel de blândă în acel moment ca și privirea. Ba mai mult, mi-a luat mâinile și mi-a sărutat pe rând, fiecare deget.

– De ce nu? De ce nu mă vrei!?!

– Mergi, mai bine, fă-ți repede un duș și să mergem, mi-a spus schimbând subiectul și pierzându-și mina senină de mai devreme de pe chip.

– Dar, Stefano...

– Renna, îmi cunoști doar numele, nu și povestea. Ai, te rog, răbdare, mi-a cerut, strângându-mă în brațe cu putere și sărutându-mă pe creștetul capului.

Capitolul 6

Ieșirea noastră în oraș s-a făcut sub privirile uimite ale tuturor din interiorul DMC-ului și ale multor altora care mă vedeau la brațul lui. De abia acum aveam să realizez cât de popular era Stefano, nu doar în rândul femeilor, ci și în al bărbaților.

Doamnele mai, mai să își rupă gâtul, uitându-se după noi, în timp ce ei își dădeau coate, întrebându-se ce se întâmplă.

Fusesem avertizată că ieșirile noastre așa vor fi de acum înainte pentru că niciodată nu fusese văzut la brațul vreunei femei.

Am mers într-unul dintre cele mai sofisticate localuri din Serenissima, unde curtezane superbe străluceau la mesele domnilor, în timp ce doamnele din înalta societate erau în umbră totală.

– Nu este drept. Viața asta nu este dreaptă, i-am spus cu tristețe, văzând ochii femeilor măritate.

– Nu le mai plânge de milă. Cu siguranță ele nu o fac, dacă te văd pe stradă. În lumea noastră, toată lumea te iubește până ce devii competiție. Iar tu pentru ele ești un adevărat pericol, mi-a spus aruncându-mi un alt zâmbet ucigător.

– Stefano, sincer, eu chiar nu mai înțeleg nimic. De ieri, viața mă rostogolește încontinuu. Sunt obosită, stresată, îndră...gos...tită. Îmi este frică. Simt prea mult deodată, prea multe pentru un om despre care nu știu decât...

– Decât lucruri rele, știu... ai tot dreptul să gândești așa.

Printre flori, tacâmuri și pahare, și-a strecurat mâna, mângâind-o pe a mea.

Aerul tare al nopții ne-a scufundat, dintr-odată, într-o liniște bruscă. Pentru prima dată în ultimele 48 de ore îmi simțeam plămânii cum respiră și bătăile pulsului normale. Faptul că cinam cu Stefano nu era un vis, ci o realitate. Una extraordinar de frumoasă, dar dureroasă în același timp. Erau multe necunoscute în mintea mea și până și inima avea nevoie de răspunsuri din partea lui, așa că m-am decis să nu mă îmbăt nici cu apă rece, nici cu vinul fin din pahar.

– Stefano, de ce tocmai eu? De ce dintre toate femeile ce roiesc în jurul tău, m-ai ales pe mine?

Norocul meu era că fața de masă era destul de lungă și-mi acoperea picioarele care din cauza emoțiilor începuseră să-mi tremure.

M-a privit ca de undeva de departe, apoi a ridicat o sprânceană, de parcă nu ar fi înțeles întrebarea.

– Te rog, răspunde-mi cu sinceritate.

M-a țintuit cu privirea, apoi s-a lăsat ușor pe spătarul scaunului, zâmbindu-mi în colțul gurii.

– Este efectul privirii tale magnetice, mi-a răspuns cu surâs.

– Stefano, nu glumi, te rog.

– Tu ai putea să-mi răspunzi la aceeași întrebare?

– Da! i-am răspuns din toată inima. Când te-am văzut

prima data, la terasă, am avut impresia că timpul stă pe loc sau cel puțin așa mi-aș fi dorit. Îmi amintesc că în aer încă plutea mirosul cald al prăjiturilor îmbietoare, dar care s-a schimbat brusc când ai apărut tu. Dintr-odată îmi mirosea a viață, a familie, a iubire, a ciocolată caldă, arome pe care nu le mai simțisem niciodată până atunci...

Lui Stefano îi veni să zâmbească, însă grimasa lui era plină de regret în același timp.

– Renna, ce am să mă fac eu cu tine?!? m-a întrebat, atingându-mi vârful degetelor de la mâini, iar un fior mi-a străbătut tot corpul, simțind cum mă îmbujorez.

În prezența lui, uitam de mine și, cel mai grav, uitam ceea ce eram.

– Acum e rândul tău! i-am spus, încercând să-mi dreg vocea, copleșită de emoție.

– Când te-am văzut, în ziua aia, am simțit cum mă pierd la propriu în ochii tăi, iar salvarea nu îmi putea veni decât de la tine. Am simțit emoție, ceea ce m-a deranjat teribil, motiv pentru care am vrut neapărat să te confrunt, ca și când mi-aș fi învins temerile.

– Îți era teamă de mine!?!

– De ceea ce am simțit, nu de tine, mi-a răspuns, râzând și privindu-mă pe sub ochi.

– Și după? De ce nu ...

– Aia a fost o greșeală! mi-a răspuns sec și imediat privirea i s-a întunecat.

– A fost o greșeală că nu mi-ai revendicat tu virginitatea?

– Nu! Da! Adică a fost o greșeală că am apărut acolo!

Vocea îi era dură și aspră.

– De ce, Stefano? l-am întrebat cu blândețe.

– Pentru că, dacă nu eram cum sunt, nu trebuia să suferi nici fizic și nici să te umilești!

– Și cum ești tu, Stefano?

– Nu sunt cel pe care îl crezi tu, în primul rând!

– Dar tu ești sigur că știi cum te văd eu?!?

Tăcea. Știam că nu-i plac întrebările pe care i le puneam, dar era cea mai bună ocazie, în care să-l determin să vorbească.

– Nu sunt cavalerul pe cal alb, Renna!

– Nu, nu ești! Ești un ciudat, la fel ca și viața pe care o trăim. Îți place să domini pentru că nu ai cunoscut mângâierea. Nu-ți plac atingerile, pentru că nu ai încredere. Nu spui cuvinte frumoase, pentru că orgoliul îți întunecă privirea. Disprețuiești femeile din cauza…

– Gata! Ajunge!

– Din cauza mamei tale! am continuat pe același ton, încruntându-mi privirea.

A început să râdă fals, disprețuitor, așa cum era de obicei, așa cum îl cunoscusem eu, prima dată.

– Tu nu știi nimic despre mama! a exclamat pe un ton de reproș.

– Știu că din cauza ei, tu disprețuiești femeile. Știu că ai asistat la orgii d-ale ei, care te-au afectat! am continuat pe un ton apăsat.

Tăcea, mă asculta, iar ochii i se transformaseră într-o linie fină. Pumnul îi era pe masă, încleștat, maxilarul la fel.

– Ceea ce știi tu sunt speculații, bârfe. Nu din cauza asta o urăsc pe mama. Îmi urăsc în realitate ambii părinți, urăsc Serenissima, urăsc prostia în care trăim! mi-a mărturisit încărcat și plin de nervi. Am să-ți spun și care este motivul: lașitatea lor!

Îl priveam cu atenție, neavând nicio intenție de a-l întrerupe.

– În realitate, Renna, părinții mei erau îndrăgostiți până peste cap unul de altul. Tata o cunoscuse pe mama în Franța, unde au făcut și dragoste pentru prima dată, înainte de căsătorie, iar mama a rămas însărcinată cu mine. Cu două luni înainte de a ajunge în Serenissima, avea să se dea blestemata de lege, referitoare la interzicerea iubirii în rândul nobililor. În cazul lor, era imposibil să rămână în Franța, imposibil să se întoarcă aici, unde mama ar fi fost omorâtă. Imposibil le-a fost și să trăiască unul fără altul, astfel încât, pentru a trece testul RMN-ului, au decis să-și rupă inimile, reciproc. Ceea ce au și făcut. Numai că, mama de atunci nu s-a mai oprit. Nu îl mai poate iubi pe tata, pentru că a învățat prea bine cum să-l urască! Iar mie da, îmi este silă de femei, la fel ca de mama, care măcar la un moment dat ar fi putut să se oprească! Și da, prefer să domin, decât să fiu ca toți bărbații cărora ea le sucește mințile cu un zâmbet fals și o vorbă și mai falsă! Devin violent în preajma voastră, pentru că în fiecare dintre voi, o văd pe ea. Iar pe tata...pe el îl urăsc pentru ce nu a făcut pentru mama!

M-am ridicat de pe scaun, fără să mai țin cont de etichetă și alte reguli impuse se societatea distrusă în care trăiam și l-am îmbrățișat. L-am strâns cu putere la piept, apoi mi-am afundat fața în părul lui, aranjat într-o dezordine precisă. Îmi simțeam inima cât un purice. Durerea lui devenise și a mea. Puteam să o simt cum îmi curge prin vene, cum mă arde și îmi tulbură gândurile.

– Îmi pare rău, Stefano, i-am șoptit, încercând să iau asupra mea toată disperarea ce se dădea acum în sufletul lui.

A dat capul într-o parte, căutându-mi pentru prima dată mângâierea. Mi-a luat mîna și mi-a sărutat apăsat căușul palmei.

– Iar cu Serena, a continuat el, situația ei este strict medicală. Tatăl ei a fost bipolar, iar ea a moștenit boala care i s-a declanșat în urmă cu trei ani. După un an a fost depistată și alungată din DMC. Implicarea mea în toată povestea asta este că eu am raportat comportamentul ei, iar după diagnosticare i-am plătit tratamentul. Din păcate, nu există remediu pentru ea.

– Atunci, tot ceea ce se spune…

– Oamenii spun ce vor, Renna. Când ești un nume, nu vor altceva decât să-ți dea în cap! Și dacă nu mă crezi, într-o zi te duc să vorbești cu părinții ei sau chiar cu ea. Are zile și zile. Acum, în ultimul timp, starea i s-a agravat.

Ne țineam în brațe. Inima deja îmi șoptea răspunsurile. Iubeam îngerul din Stefano, pentru că, sinceritatea lui pusese demonul pe fugă. Deja rupea porțile Infernului…

– Mai vrei să știi ceva, acum?

Câteva secunde am tăcut pentru ca după, să mă desprind din îmbrățișarea lui și să mă așez pe scaun la locul meu. Poate că asta era cea mai grea întrebare dintre toate. Cum poți să iubești pe cineva și să accepți să-l împarți cu altcineva?!?

– Cât timp mai avem?

A ridicat ochii, iar privirea îi era încurcată.

– La ce te referi?

– Cât timp mai avem până ce te vei căsători?

Întrebarea a fost ca un bumerang, a cărui lovitură m-a lăsat câteva secunde bune fără aer. Stefano privea în gol.

– Două luni și o săptămână! a sunat gol răspunsul lui.

Am încercat să-mi mențin cât am putut cumpătul. În gând, blestemam anii pe care-i trăiam, viața pe care o duceam și îmi întrebam soarta de ce este atât de crudă. Se spune că de la oamenii care îți ies în cale, avem de învățat câte ceva. Oare ce lecție are de învățat omul căruia i se dă iubire pentru ca mai târziu să-i fie luată?!?

– Spune ceva, Renna!

– Dacă mă iubești cu adevărat, din momentul în care te vei căsători, promite-mi că nu mă vei mai căuta niciodată! Promite-mi, Stefano!

Privirea mi s-a mărit, iar lacrimile îmi jucau în ochi, înlănțuite. Pentru câteva momente, îmi dădusem libertatea, fără a-mi da seama, să cred că viitorul ne-ar putea rezerva posibilitatea unor schimbări.

– Hai să plecăm, mi-a spus, luându-mă de mână și trăgându-mă după el pe străduțele înguste.

Vântul începuse să-și schimbe adierea în bătaie, aidoma inimii mele neliniștite.

Am făcut câțiva pași, lăsând aglomerația în urmă. Mâna lui Stefano era caldă, iar strângerea îi era puternică. A intrat pe o străduță întunecată, unde mi-am simțit spatele lipit de un zid umed și rece. Eram înghițiți de bezna ca de smoală în care singura lumină ne erau ochii care ne scânteiau puternic.

– Să nu-mi mai ceri asta niciodată, Renna! a sunat vocea lui amenințătoare.

Era deasupra mea, imobilizându-mi cu brațele orice posibilitate de mișcare. De Stefano, cel de acum, mă temeam.

– Nu îți cer pentru că vreau, ci pentru că nu suport gândul de a te împărți cu altcineva!

Vocea îmi tremura, la fel și mâinile și picioarele, pe care le simțeam aidoma a două bucăți de gelatină.

– Soția mea nu o să însemne nimic pentru mine, niciodată!

– Stefano, tu, spre deosebire de mine, poți avea o viață! Eu nu pot să-ți iau dreptul ăsta!

– Nu mă interesează nicio viață a mea, din care tu să nu faci parte, nu înțelegi!?!

– Stefano, iubirea poate însemna și să lași ceea ce iubești...

Lacrimile începură să-mi curgă și de nu ar fi stat impunător în fața mea, cu siguranță m-aș fi scurs pe caldarâmul rece.

– Nu plânge!

– Știu, nu suporți plângăcioasele!

– Nu, nu suport să te văd pe tine că plângi!

I-am simțit degetele acum reci cum îmi ștergeau lacrimile și respirația caldă când s-a apropiat să mă sărute. Am dat capul într-o parte, dar el mi-a prins fața, furându-mi un sărut .

– Lângă tine mă simt altfel, dar îmi este teamă că mă întorc la obiceiurile mele!

Era nervos. Într-atât de nervos, încât am auzit șuieratul mâinii și pumnul cum i s-a izbit în zid.

– Termină, Stefano! Nu rezolvi nimic așa!

– Retrage-ți rugămintea, Renna!

M-am agățat de gulerele sacoului cu putere și l-am tras spre mine. I-am căutat gura, iar buzele mele s-au lipit de ale lui, într-un sărut violent și pătimaș. Mă înnebunea de dorință și durere, iar modul în care mă săruta și îmi mângâia trupul mă făcea să-mi pierd mințile.

– Te doresc, Stefano! Fă dragoste cu mine! Nu doar în imaginația mea!

– Și eu te doresc, Renna! Vreau să te pot iubi în milioane de moduri!

– Nu este greșit să dorești pe cineva! Este greșit să-ți dorești și să nu ai curaj de a merge până la capăt!

– Și cine ți-a spus că nu vom merge până la capăt?!? m-a întrebat, zâmbindu-mi atât de frumos, încât m-am topit în brațele lui.

M-a luat pe sus și m-a lăsat jos în fața primului hotel. Ne-am oprit din sărut, cât a făcut rezervarea, timp în care am stat cuibărită la pieptul lui.

Ajunși în fața unui număr, Stefano s-a pus în fața camerei, oprindu-mi intrarea.

– Ce faci?

– Înainte de a intra, ești sigură că vrei asta?!?

– Stefano…

– Atunci, retrage-ți rugămintea, mi-a cerut ridicând din sprâncene.

Și așa, cu privirea pe care mi-a aruncat-o de acolo, din cadrul ușii, fiul premierului, Stefano Visconti, îmi fura inima definitiv și irevocabil. S-a întors și doi ochi mari, negri m-au sfredelit până în adâncul sufletului. Câteva fire de barbă îi acopereau maxilarul puternic, iar buzele îi erau ușor umflate și încă umede. Primii nasturi de la cămașa albă îi erau deja deschiși, lăsând să i se vadă culoarea frumoasă a pielii, ușor bronzată. Pielea îmi ardea de dorință, iar pântecul îmi zvâcnea, implorând atingerile lui. Nu știu dacă mulțimea stelelor de pe cer din acea noapte sau senzualitatea lui îmi provocau dorința nebună de a fi anihilată de dragoste.

– Stefano, nu vreau să o luăm de la început…

– Nici eu nu vreau început și nici sfârșit fără tine, în viața mea. Îți promit că nu te voi lăsa nicio clipă să simți măcar că sunt căsătorit. În fond, este exclusiv interesul: pentru binele Serenissimei.

– Stefano, dar ți se vor cere moștenitori!

– Serios?!? Acum, aici, vrei să vorbim despre copii!?!

Mi-a zâmbit apoi s-a uitat în tavan.

Voiam să-i spun da și să intru în cameră unde să am puterea să-i dizolv hainele din priviri și să mă arunc peste el, fără griji, fără gânduri. Să uităm de noi, de lume, de tot ce ne înconjoară.

Voiam să-i spun da, dar știam că-l voi minți. Numai la gândul că mâinile lui vor atinge un alt trup, simțeam cum mă trec călduri, urmate de friguri.

– Îți promit, Renna! mi-a spus din nou, prinzându-mi talia în mâinile lui.

– Și dacă…

I-am simțit degetul lipit de buzele mele, apoi când l-a ridicat, i-am simțit umezeala buzelor, într-un sărut scurt.

– Fără dacă! Îți promit că voi fi numai al tău!

Mi-am umplut plămânii cu aer, am închis ochii și i-am dat răspunsul pe care și-l dorea. I-am promis însă inimii mele că nu vom suferi, indiferent de ceea ce viața ne va oferi de acum înainte.

Stefano s-a împins în ușă, m-a luat pe sus și m-a purtat până în dreptul patului. Fermoarele au început să pârâie, iar lenjeria, în câteva secunde era jos, pe covor.

M-a așezat pe pat, iar pielea lui fierbinte s-a lipit de a mea.

– Tremuri? l-am întrebat.

Îi mângâiam fața, neputând să-mi iau ochii de la el. Privirile mele îl sorbeau, iar sufletul i se revărsa prin crăpătura buzelor, ori de câte ori mă săruta. Era totul atât de intens, încât simțeam că aveam nevoie de cercuri de fier care să-mi țină inima pe loc, să nu-mi sară din piept.

– Tremur pentru că nu am făcut dragoste niciodată în viața mea. Tremur pentru că îmi e teamă să nu văd iar negru în față și să nu mă pot opri din a-ți face rău. Tremur pentru că te doresc ca un nebun și simt cum penisul mai are puțin și îmi plesnește! mi-a spus luându-mi mâna și punându-mi-o pe scula lui mare și fierbinte.

Apoi din nou mi-a zâmbit în felul acela în care o eternitate de am fi avut la dispoziție, nu aș fi putut să mă plictisesc de el.

S-a lăsat din nou pe mine și a început să mă sărute, cu foame, cu disperare. Mi-a zdrobit buzele cu ale lui, în timp ce limbile ni se mângâiau într-un sărut adevărat, sută la sută. Simțeam cum mă topesc sub el, în timp ce curenți de plăcere cum nu mai simțisem niciodată îmi traversau întregul trup.

Pentru o clipă, mi-a eliberat gura de sub presiunea buzelor, lăsând un deget să-i alunece, asemenea unui căluș, în timp ce el își cobora săruturile din ce în ce mai jos. Cu limba făcea rotocoale deasupra sfârcurilor mele întărite și fierbinți, suflând aer rece asupra lor, apoi mi le mușca încetișor, cât eu să gem, iar el să-mi împingă mai tare degetul în gură.

Își lipise fața de pielea mea fină, trecând apăsat barba printre sâni, pe abdomen și poposind câteva secunde cu limba deasupra buricului. Trupul mi-a tresărit, iar el mi-a luat picioarele și mi le-a urcat deasupra umerilor lui, țintuindu-mi cu o mână bazinul. I-am simțit degetele mari cum mi-au desfăcut vulvele umflate și umede, iar apoi limba lui îmi apăsa delicat vulva, pătrunzând din când în când în interiorul meu. Am gemut puternic când am simțit căldură și apoi o răceală puternică, urmată de presiune pe anus.

Cu un cub de gheață, ce i se topea între buze, se juca de jur împrejurul clitorisului, excitându-mă mai mult decât aș fi putut să cred vreodată că un trup poate susține atâta emoție, că poate rezista fără să cedeze unei asemeni tensiuni sexuale.

M-am încovoiat toată și m-am împins puternic în umerii lui, atunci când degetul mijlociu îmi pătrundea în vagin. Gemeam înnebunită de plăcere, vrând să-l ating, să-l trag în mine, să-i simt fierbințeala cum îmi arde măruntaiele.

Degetul lui mă penetra adânc, în timp ce umezeala din vagin era din ce în ce mai mare, iar acesta era pregătit pentru a fi penetrat. Când o ultimă fărâmă din cubul de gheață mi s-a lipit de clitoris, am țipat puternic, orgasmul lăsându-mă câteva clipe fără suflare.

– Te ador, Renna. Ador să-mi simt degetele captive în vaginul tău, mi-a spus, sărutându-mă adânc și făcându-mă să-mi simt propriul gust.

Am rămas câteva secunde, agățată de gâtul lui așteptând ca spasmele musculare să înceteze. Îmi simțeam întreg trupul încordat, încă inundat de acea plăcere unică și impresionantă.

Am deschis ochii, lăsându-mă arsă de văpaia din privirile lui.

– Dumnezeule, cât ești de frumos! am șoptit, iar dorința deja instaurată m-a făcut să-mi mușc buza de jos, în timp ce mâna îmi aluneca peste gâtul lui, coborând pe umeri și atingându-i pieptul puternic.

Voiam să-i simt din nou buzele lipite de ale mele. Sărutul lui îmi producea acea stare de euforie maximă, în care plăcerea face pact direct cu durerea, un sentiment al naibii de erotic ce-mi încingea mintea și spiritul.

Capul i s-a împins în tăblia patului, atunci când gura mea avea să-l găsească. L-am văzut cum s-a lăsat înfrânt de emoție când capul fin al penisului său atingea fierbințeala buzelor mele. L-am lăsat pe el să preia controlul, alunecând încet, în gura mea, împingându-se ușor.

– Ah, ești atât de provocatoare, atât de sexy, Renna...și mi s-a întărit atât de tare, încât nu-mi dau seama ce primează: dorința sau puterea.

Vocea îi era gâtuită, iar tonul încărcat de erotism.

Degetele de la mâna stângă i se jucau prin părul meu, iar de la dreapta se încolăciseră în jurul penisului, mângâindu-l de sus în jos și invers, atenuând fierbințeala lăsată de gura mea, în care el continua să se miște...

Am simțit că leșin și mă prăbușesc deasupra lui, când s-a ridicat iar brațele puternice m-au așezat peste penisul lui extrem de tare și fierbinte. Ceea ce trăiam în acea cameră de hotel depășea cu mult orice fantezie pe care mintea mea ar fi putut să o creeze.

M-am agățat de umerii lui, frecându-mi ușor bazinul, înainte și înapoi de întăritura aflată între picioarele mele, gata să mă pătrundă. O mână mi-a alunecat la spate, apăsându-i perineul ușor, de câteva ori, ceea ce avea să-i mărească erecția în timp ce icnetele de plăcere se loveau, fierbinți asupra gâtului meu.

Cu o mână îmi țintuise șoldul, controlând și impunându-mi astfel mișcările, iar cu cealaltă îmi mângâia sânii tari, apăsându-mi cu putere sternul, coborând spre abdomen pentru a se opri deasupra pubisului excitat.

M-am ridicat ușor de bazin, pentru a face loc penisului să mă pătrundă, însă mâinile lui repede m-au ridicat și m-au aruncat pe pat.

Privirile îi scânteiau lipite de ale mele, ușor uimite și temătoare.

– Arată-mi! mi-a spus pe ton poruncitor.

– Ce vrei să-ți arăt?

– Arată-mi ce era în mintea ta când alți bărbați te atingeau. Arată-mi ce-ți făceam eu, vreau să văd! mi-a cerut, așezat pe marginea patului, cu mâna lipită de abdomenul ce mi se încordase.

– Cum!?!

– Desfă-ți picioarele și arată-mi unde te atingeam, cum o făceam, ce-ți doreai cel mai mult de la mine.

Am simțit cum obrajii îmi iau foc, nu din cauza rușinii, ci a provocării. Am vrut să spun ceva, însă buzele mi-au rămas întredeschise, iar un icnet puternic s-a înălțat în aer, odată cu trupul meu, prins în mrejele extazului. Mâinile îmi erau deja între picioare, iar clitorisul îmi era mângâiat de degetele mele, acoperite de ale lui. Eram udă, fierbinte și excitată la maximum. Privirea lui era nu doar erotică, ci de-a dreptul năucitoare. Negrul ochilor lui mă eclipsase, iar un nou orgasm îl simțeam cum vine năvalnic. Aș fi făcut orice mi-ar fi cerut în momentul acela numai ca totul să se termine cu orgasm: al meu și al lui, înăuntrul meu. Să-mi simt pântecele plin, cald, vibrând de plăcere.

– Vino, mi-a spus, lungindu-se deasupra mea. Ridică-ți picioarele pe umerii mei, mi-a spus, ridicându-se în același timp și sprijinindu-se în coate.

Am început să tremur, simțind cum dorința îmi încorda pântecele. Degetele lui se mișcau circular deasupra vulvei, țintuindu-mi în același timp privirile. În ochii lui mă vedeam pe mine, întreagă, reală, plină de dorință, îndrăgostită peste cap și păcălindu-mă că totul va fi bine...

– Dacă te doare, să îmi spui.

Am dat din cap aprobator, răspunzându-i cu un zâmbet plin de încredere și liniștitor, deși inima îmi bătea cu putere.

– La naiba, Renna, privirea asta mă termină. Nu te mai uita spre mine, mi-a spus acoperindu-mi ochii cu palma și începând să râdă.

Ne sărutam în timp ce râdeam și amândoi, tremuram din cauza presiunii musculare.

Zâmbetul i-a dispărut când maxilarele aveau să i se încordeze și pentru prima dată, penisul lui să mă pătrundă. A alunecat ușor, lăsând corpului meu timpul necesar pentru a elibera aceea electricitate pe care o simțeam la fiecare împingere.

A început să se miște în mine, simțindu-i frecările calde, umede și alunecoase. Trupurile noastre se frecau între ele, ca și când totul avea să se producă de la sine, iar efectul îl simțeam precum o maximă excitare.

Când a intrat tot în mine, corpul meu a reacționat, iar el a scos un icnet de plăcere, pe frunte i-au apărut broboane mici de sudoare.

– Ești bine? m-a întrebat, abia șoptit.

– Sunt bine, i-am spus, iar mâinile mi s-au oprit pe fesele tari, trăgându-l înspre mine.

Simțeam cum la fiecare mișcare, vaginul începuse să exercite presiunea asupra penisului, atingere pe care și el o simțea din plin.

– Ești atât de strâmtă, atât de tonică, atât de fierbinte...

Mișcările au început să devină din ce în ce mai rapide, Stefano afundându-se din ce în mai mai adânc în mine, ideea de captivitate excitându-l la maximum.

I-am simțit brațul puternic cum mi-a cuprins mijlocul, lipindu-mi trupul de al lui. Schimbarea poziției nu l-a băgat mai adânc în mine, ci m-a făcut mai flexibilă, iar pubo-coccigianul se contracta în mod ritmic și automat, strângându-i cu putere penisul.

Orgasmul ne era aproape. Respirația lui devenise accelerată, iar dinții îmi mușcau pielea dureros. Am început să-mi mișc șoldurile, încât să mă pot împinge ca imediat să-l scot ușor din mine, puțin câte puțin, spre disperarea lui și plăcerea mea maximă.

– Ești atât de umedă și fierbinte, mi-a spus apoi i-am simțit brațul cum mă strânge cu brutalitate de mijloc, luându-mi respirația.

În acel moment, am simțit cum orgasmul mă ia prin învăluire, simțind o străfulgerare din cap până în picioare. Stefano a gemut cu putere, eliberându-și la rândul lui tensiunea, într-o ejaculare intensă. Pe măsură ce îmi simțeam soldurile cuprinse de spasme, vaginul mi se înecase în lichidul călduț și lipicios.

De abia mai puteam respira amândoi, în timp ce el continua să se miște înainte și înapoi, din când în când corpul fiindu-i scuturat de câte un tremur răzleț de plăcere.

Am rămas așa câteva secunde, îmbrățișați, așteptând ca tensiunea din trupuri să se domolească, iar spasmele să dispară. Ai fi putut spune că fiecare dintre noi voia să memoreze momentul pentru totdeauna...

În cele din urmă, când zvâcnirile aveau să ni se mai domolească, Stefano s-a prăbușit pe cealaltă laterală a patului, trăgându-mă lângă el. Mi-am așezat capul deasupra pieptului său, ascultându-i inima cum i se răsucea în piept. A scos un oftat scurt, apoi mi-a sărutat creștetul capului, trecându-și degetele prin păr.

– Ce mă fac, ce mă fac cu tine, prăpăd de femeie!?! se întreba, plimbându-și degetele deasupra pielii mele.

Vocea îi era scăzută, ușor răgușită și încărcată de o sexualitate puternică.

I-am zâmbit, iar el mi-a acoperit ochii, răspunzându-mi la zâmbet.

– Privirea ta mă înnebunește, mă pătrunde, mi s-a lipit de inimă și mă excită groaznic! a exclamat acoperindu-mi fața și apoi ochii cu sărutări scurte.

Zâmbind, cu inima plină de fericire, m-am ghemuit în brațele lui, mi-am încolăcit picioarele în jurul coapselor, apoi mi-am cuibărit privirea în ochii lui.

Senzația era unică. Simplu spus, acolo aș fi vrut să-mi consum fiecare clipă din viață. Altfel spus, trăiam acea formă unică de decădere, aproape nirvanică, a cărei putere îți eliberează întreaga ființă din singurătate și îți pârjolește toate nefericirile anterioare, îți spulberă temerile și îți arată adevărata formă a iubirii.

Pentru o clipă, l-am văzut pe Stefano, încercuit de o rază de lumină puternică, auriu-gălbuie. Acea imagine a durat cât o clipire.

Imediat însă, aveam să simt în piept o căldură uriașă și să-mi aud glasul inimii cum îmi șoptea…*acesta este adevăratul chip al fericirii, Renna!*

Capitolul 7

Soarele își schimbase poziția pe cer. Razele lui, în acea după-amiază târzie, îmi scăldau încăperea și îmi mângâiau sufletul. Iubeam lumina zilei, dar în ultimul timp dezvoltasem o pasiune nebună pentru lăsarea întunericului. Acela era momentul în care Stefano îmi deschidea ușa, iar zâmbetul și mângâierile lui îmi satisfăceau orice altă dorință.

Trecuseră două săptămâni, de când zi de zi și seară de seară eram în brațele lui. Ne plimbam, povesteam și făceam dragoste, ori de câte ori simțeam cum ne atinge acel unic fior al iubirii urmat de o dorință pătimașă.

Uneori, posesivitatea lui mă speria, pentru ca repede să-mi dau seama că, în realitate, devenise extrem de protector. Nu a vrut să-mi dezvăluie niciodată cum reușise să mă țină numai pentru el. Ori de câte ori încercam să aflu, îmi spunea că totul este aranjat și să nu-mi fac griji. Se zvonea că reușise prin intermediul tatălui său, bun prieten cu dogele, să-i fiu dăruită, asemenea unui cadou, asupra căruia el avea dreptul de folosință... sau cel puțin așa îmi spusese Anabella. Devenisem un caz unic în istoria DMC-urilor, un fel de Cenușăreasă –curtezană.

Stefano începuse să se schimbe. Furia și disprețul pe care le purta față de orice variantă feminină începuse să se estompeze, ba mai mult, să se transforme. Sau cel puțin așa era cu mine, așa se purta în preajma mea. Devenise cald, calm, iar gesturile îi erau de o tandrețe totală, când la final de seară, ne regăseam.

Deși eram numai a lui, din punct de vedere sexual, eram obligată să particip în continuare la seratele DMC-ului și, din când în când, numai pentru companie, mă aflam la brațele altor bărbați. În așternuturile mele însă, era loc numai pentru el.

Și tocmai din cauza asta, uneori, mintea îmi născocea povești dureroase, scenarii ce nu își puteau găsi niciodată drumul în realitatea mea sau a oricărei alte curtezane. Visam la o familie alături de el, visam la libertate totală, visam să ne putem certa în văzul lumii, pentru ca tot acolo să ne împăcăm cu un sărut. Uneori, mă gândeam că m-aș fi putut mulțumi și cu viața curtezanelor din timpuri de mult apuse, în care, deși ofereau plăceri interzise, aveau libertăți, puteau alege, puteau dormi într-un loc numai al lor, pe care îl numeau simplu: acasă. Nu aveam nevoie de mult, dar până la urmă și puținul se numește tot dorință. Iar acel puțin după care eu tânjeam intra în sfera imposibilului.

Reușeam de fiecare dată să trec peste, impunându-mi să cred că totul va fi bine și că viața nu poate fi doar o cușcă prinsă cu lacăte puternice, mâncate de rugina timpului, ale cărei chei au fost pierdute pentru totdeauna.

Nici prin cap nu avea să-mi treacă că semnul pe care îl aveam din naștere pe interiorul copasei și pe care Stefano mi-l numise *steaua norocoasă*, de cele mai multe ori, când gândurile îmi erau chinuite, avea darul de a-mi readuce zâmbetul pe chip.

Așa mi se întâmpla și acum, când degetele îmi treceau deasupra lui, zâmbind și gândindu-mă că până la urmă și imposibilul are nevoie de timp, iar timpul chiar urma să nască noi clipe.

Eram în baie, pregătită să mă îmbrac, când am auzit bătăi grăbite și puternice în ușa de la intrare. Mi-am acoperit goliciunea cu un halat, apoi am deschis ușa în grabă.

În pragul ușii era Stefano. Privirea îi era întunecată, dar scânteietoare, iar expresia feței îngrozită. Mie brusc mi s-a tăiat respirația, iar mintea a început să-mi scrie cele mai groaznice scenarii.

– Ce s-a întâmplat?!!

A făcut un pas, apoi a intrat. Privirea îi era fixă, precaută, rece, asemenea unui Sfinx, iar tăcerea lui îmi înghețase sângele în vene.

– Trebuie să găsesc o altă soluție! a exclamat, începând să se învârtă prin cameră de la un capăt la altul, extrem de nervos.

– Mă sperii, Stefano! Îmi amintești de omul pe care îl credeam plecat. Cei cu tine!?!

S-a oprit apoi s-a îndreptat spre mine, m-a luat în brațe și m-a strâns puternic la pieptul lui. Inima îi bătea cu putere.

– Renna, în seara asta se va întâmpla o mare nenorocire! mi-a spus, ținându-mă de umeri și țintuindu-mă cu o privire puternică și rece.

Am simțit cum pielea mi se face de găină și cum mă cuprinde o ușoară panică.

– Adică!?!

M-a luat de mână și m-a condus până în dreptul patului, unde mi-a cerut să mă așez.

– Ai auzit vreodată de numele Bormond!?!

– Nu…

– În seara asta vine aici ! mi-a spus, iar ochii îi scânteiau a furie.

– Și ce dacă!?! Sunt multe alte nume care trec pragul DMC-urilor.

– Renna, Bormond este un sadic! Bormond te-a revendicat pentru seara asta!

A lăsat capul în jos, iar tonul vocii era glasul deznădejdii și al temerilor profunde.

Am simțit în acel moment cum toată greutatea lumii îmi pică în cap. Nu îmi era doar frică, ci eram de-a dreptul terifiată.

– Dar…

– Nu am putut face nimic, Renna! Ești darul dogelui pentru el! a țipat, glasul fiindu-i marcat de neputință.

– Și de ce tocmai eu!?! Stefano, nu am auzit de Bormond dar am văzut de ce sunt în stare sadicii!

– Pentru că, la dracu', Renna, în toată Serenissima se vorbește despre tine! Pentru că ai devenit o miză, o dorință imposibilă a multor bărbați!

– Și asta din cauza a ceea ce este între noi!?!

– Nu. Datorită frumuseții tale și a modului în care i-ai făcut pe toți să se simtă speciali, femeie! a strigat la mine.

Nici nu mai știam ce gândesc sau ce simt, în afară de o spaimă îngrozitoare.

– Mai bine mă omor singură, decât să o facă unul ca ăsta! În plus, știam că sadismul nu se mai practică în cluburi!

– Am încercat toate variantele posibile pentru a nu exista seara asta! Îți jur! Cât despre apucăturile sadice ale lui Bormond... banii le-au făcut uitate.

Era pentru prima dată când îl vedeam pe Stefano nu doar copleșit de emoție, dar și de teamă. Își ținea capul între brațe și își mișca picioarele cu nervozitate, blestemând soarta în fel și chip.

– Când am aflat, pentru prima oară în viața mea, i-am cerut tatei ajutorul. Mi-a spus din start să-mi iau gândul și că noul acord semnat între nord și noi este mult prea important.

– Chiar dacă pe mine mă va ucide omul acesta!?!

– Termină! Nu mai spune asta!

Tonul îi era poruncitor, iar gradul de furie din privirea lui crescuse la maximum.

Am început să plâng, iar el cu greutate s-a ridicat de pe marginea patului, luându-mă în brațe, cu o oarecare stângăcie. Era pentru prima dată când brațele lui mă ardeau, pentru prima dată când îmi venea să fug, să las pământul rupt sub tălpile mele.

La moarte mă gândisem în fel și chip, dar niciodată nu aveam să cred că după o viață nedemnă, finalul ar putea să-mi fie același.

Încerca să-mi spună ceva, dar nu auzeam nimic. I-am cerut doar să iasă afară din camera mea. Orice mimică a feței îmi dispăruse, iar lacrimile, asemenea sângelui, îmi erau înghețate.

Mi-a luat ceva timp să mă îmbrac, pentru ca mai apoi să cobor, pentru a-mi îmbrățișa până la urmă soarta. Mi-o meritam, îmi spuneam în gând, lăsându-mă pradă unor stări și sentimente care mie îmi fuseseră interzise din clipa în care venisem pe lume. Fără să vreau, amintiri dureroase îmi săgetau mintea, în timp ce sentimentele, pătrunse de panică, trăgeau să moară.

De mâna sadicului Bormond, am pășit în sala mare a DMC-ului ce arăta asemenea unei grote, unde tortura avea să se nască pentru prima oară. Mâna lui era mare, puternică, la fel ca și întreaga-i înfățișare. Trupul îi era acoperit de o pelerină imensă, la fel ca și statura lui, din catifea neagră. Era blond, plin de pistrui, cu maxilare puternice, buze groase, iar ochii deschiși la culoare îi erau acoperiți de sprâncene stufoase. Zâmbetul îi era rău și crud, iar privirea perversă și umilitoare.

Imediat ce Stefano ieșise din cameră, o figură absolut nouă, rece ca marmura și tăcută precum muțenia pământului mi-a lăsat pe fotoliul din cameră o pelerină și un costum roșu. Era format dintr-un sutien, din care îmi ieșeau sfârcurile și o pereche de chiloți ce-mi acopereau pubisul, iar pe breteaua din spate, erau aplicate niște role mici metalice, cu zimți, pe care le simțeam dureroase la fiecare pas. Știam că sadicilor le plac și măștile, numai că fusesem avertizată că Bormond era altfel, o adevărată întruchipare a răului pe pământ.

Pășeam în fața unei galerii umane depravate, deformate, cu vicii desprinse din categoria anomaliilor, care stăteau cu mâinile întinse, încercând să mă atingă, cu vârful degetelor.

Au început dintr-odată să murmure, când mâinile nordicului mi-au dezvelit corpul, aruncând pelerina, undeva în public. Șoaptele lor s-au transformat într-un cânt îngrozitor, urmat de scandări puternice într-o limbă necunoscută.

Cu coada ochiului, l-am zărit pe Stefano. Am clipit simțind... nesimțirea. Am zâmbit, abandonându-mă inconștientului...

*

Am deschis ochii într-o privire dureroasă. Mi-am dus mâna la față, în urma atingerii, simțind durerea cum începe să învie și să-mi acapareze întreg trupul. Pleoapele îmi erau umflate, obrazul stâng mă ardea îngrozitor, iar buza de jos îmi era crăpată. În gură, simțeam gust de sânge proaspăt ce a început să mi se prelingă, în momentul în care am scos un icnet de durere.

La început în ceață, am putut distinge silueta lui Stefano și a unui alt bărbat. Speriată, am încercat să mă ridic în capul oaselor, dar am fost oprită la timp. Simțeam cum oasele mi se crapă, unul câte unul.

– Stai, nu te mișca!

Era Stefano, în spatele lui apărând imediat și celălalt bărbat. De teamă, am început să plâng, lacrimile provocându-mi arsuri puternice.

– Renna, stai liniștită. Sunt medic, nu îți fac niciun rău.

Vocea bărbatului era caldă și calmă. Îmi zâmbea încurajator.

– Nu am murit!?!

De abia am putut articula trei cuvinte. Gâtul mă durea la fel de tare, iar gura îmi era foarte uscată. Stefano mi-a ridicat încet capul, tamponându-mi buzele cu o țesătură îmbibată cu apă. Picurul de lichid mi-a provocat însă o tuse puternică, la finele căreia am izbucnit într-un plâns isteric. Orice urmă de durere îmi dispăruse, iar odată cu ea nu îmi mai simțeam nici mâinile, nici picioarele.

– Calmează-te, Renna, te rog, mi-a cerut Stefano, mângâindu-mi părul. Acum a trecut totul.

Nu puteam să-i răspund, însă linia ochilor, prin care putea să-mi treacă privirea, îi spunea totul. Îmi doream să fi murit.

– În câteva zile, te vei pune pe picioare. Încearcă să nu vorbești, mi s-a adresat medicul. Corzile vocale, din cauza sugrumului și a încercării de asfixiere, ți-au fost vătămate. Nu te speria nici dacă nu îți simți anumite părți ale trupului. Ți-am administrat cele mai noi calmante, foarte puternice, pentru a lăsa organismul să se refacă, în timp ce tu vei fi lipsită de dureri. Nu îți face griji nici pentru cicatrici. Vei fi ca nouă. Ai stat în terminal nouă ore. Efectul razelor cicatrizante ai să-l poți vedea mâine, dar tu vei dormi din nou, mi-a spus, apoi în fața ochilor mi s-a așternut o pânză neagră liniștitoare.

*

Priveam printre zăbrelele jaluzelelor întredeschise, prin care vedeam cerul mai albastru și poate mai senin ca niciodată, iar de undeva de sus, soarele îmi zâmbea, jucându-și o rază peste pleoapele mele. Îmi era teamă să și respir, până când, l-am văzut la capul patului pe Stefano. Stătea pe un fotoliu impozant, iar în mâini ținea o carte, din care citea și de care părea a fi extrem de cuprins. Purta un tricou verde, de culoarea ierbii proaspete de primăvară și o pereche de pantaloni scurți. Era pentru prima dată când îl vedeam îmbrăcat atât de puțin formal. Și totuși nu-mi era dor de cămășile lui albe cu gulere perfecte și manșete scrobite. Așa arăta perfect și cu mult mai sexy decât de obicei. Era proaspăt ras, părul negru, lucios îi era așezat în aceeași dezordine controlată până la ultimul fir, iar în nări aproape ce-i simțeam parfumul, a cărui notă de masculinitate se simțea puternic.

Mi-am ridicat mâinile deasupra patului, căscând și frecându-mi pielea goală de lenjeria moale, simțind pe obraji mângâierea tandră a degetelor lui.

– Cum te simți? m-a întrebat, pe față apărându-i un zâmbet timid și temător.

Avea o voce caldă, iar atingerea îi era suavă și delicată.

– Sunt bine, i-am răspuns, încercând să mă înalț de spătarul patului.

– Doctorul Laurent a avut dreptate, mi-a spus dându-mi un pahar cu apă. Mi-a promis că în trei zile te vei trezi și că vei fi ca nouă, mi-a spus, simțind în tonul vocii bucurie și eliberare.

Am lăsat paharul pe noptieră și am început să-mi pipăi fața și mai apoi fiecare centimetru de piele. Toată durerea dispăruse, umflăturile la fel. O singură jenă, pe care o simțeam asemenea unei ușoare presiune, încă îmi persista asupra ligamentelor inghinale. Disconfortul mi s-a văzut imediat pe chip, iar Stefano a reacționat.

– O să treacă și durerea asta. Trebuie să faci câțiva pași, mi-a sugerat el.

– Oare ce mi-ați făcut!? Privirea ta îmi spune că am fost refăcută bucățică cu bucățică, i-am spus analizându-mi în continuare corpul.

– Bine că s-a putut, mi-a spus, acum, lipsit de zâmbet.

– Spune-mi!

– Nu, Renna, nu are rost, crede-mă! Ai uimit o lume întreagă! Nici nu-ți imaginezi câtă putere poți avea! Ai spune că în tine sunt ascunse toate forțele naturii, datorită căreia primăvara poate renaște de la an la an, mereu alta, dar la fel de minunată și surprinzătoare!

– Serios, Stefano, vreau să știu! i-am cerut pe ton imperativ. Ai fost acolo?

Întrebarea mea l-a ridicat în picioare. A făcut câțiva pași, frecându-și mâinile cu putere, în timp ce privirea-i sfredelea podeaua, lăsând în urma ei găuri mari, negre, asemenea ochilor lui.

– Nu am să-ți spun nimic! Tu ai făcut în așa fel încât să nu ai nicio amintire despre acele clipe. Scannerele au căutat înnebunite, măcar o frântură în memoria ta. Nu există nimic, decât faptul că ceva s-a petrecut. Este incredibil ceea ce ai reușit să faci. Nu am să fiu eu acela care să-ți distrug sistemul pe care singură ți l-ai creat!

Mă ținea de umeri și mă privea insistent, încercând să mă convingă să renunț.

– Că ai fost supusă unor orori, unor fapte inumane, asta știi. Este bine ca niciodată să nu-ți amintești întreaga poveste! a continuat zgâlțâindu-mi ușor umerii.

– Măcar cum am scăpat sau unde suntem aici, îmi poți spune? suna a rugăminte vocea mea.

A lăsat din nou privirea în podea, apoi a oftat din adâncul inimii.

– Te-am furat din DMC! mi-a răspuns scurt și sec, privindu-mă în timp ce un zâmbet i-a ridicat colțul gurii. Și suntem la una dintre casele deținute de familia mea, în afara Serenissimei.

Am sărit ca arsă din pat și am început să mă plimb nervos de la un capăt la altul al camerei. De abia când am simțit recele podelei sub picioare, mi-am amintit că eram goală. Din reflex, m-am acoperit cu mânile, iar Stefano mi-a aruncat un cearșaf, zâmbind amuzat de reacția mea. Eram îngrozită de ceea ce aflasem și asta pentru că orice dispariție din DMC era grav pedepsită.

– Stefano, ești nebun! Mi-ai semnat cu mâna ta sentința! Cum ai putut să mă furi!?!

– Calmează-te! mi-a cerut, apropiindu-se se mine și strângându-mi trupul într-o îmbrățișare puternică.

– Ești nebu…

Și atunci cuvintele mi-au fost înăbușite cu un sărut, după care tânjeam din primul moment în care îl văzusem stând în fotoliu. M-am abandonat lui, simțind aceeași pasiune ca de fiecare dată când buzele lui le mângâiau pe ale mele.

– Nu vreau să te mint că totul este bine acum, dar sper să găsesc o cale.

– Să ce, Stefano?

– Una prin care să te pot scoate din DMC, definitiv.

– Cum?!? Ce ai promis și cui, pentru asta?!? Oricum așa ceva este imposibil pentru una ca mine!

M-am desprins din brațele lui, continuându-mi mersul nervos.

– Oprește-te! Mă amețești cu bâțâitul ăsta! Este singura cale pentru tine, pentru o altă viață! mi-a spus, în timp ce tristețea îi lua locul zâmbetului.

M-am oprit. Nu știam ce să spun. Ideile mi se opreau la mijloc.

– Singura cale pentru mine?!? Stefano, ce ai făcut!?!

Am ridicat vocea, iar nervii m-au împins spre el, pașii blocându-mi-se la câțiva centimetri de el.

– Am promis familiei mele și dogelui că mă voi căsători cu Elena Gonzales și că ... voi avea moștenitori!

Vestea ce tocmai o primisem îmi înroșise obrajii din cauza nervilor și a emoțiilor. M-am încruntat, devenind ironică.

– Vai, săracul de tine! Ce tragedie să trăiești lângă o femeie tânără, frumoasă și care să îți fie supusă toată viața!

Stefano a făcut un pas spre mine.

– Lasa-mă! Mai bine mă lăsai acolo! Mai bine mă lăsai să mor! Nu sunt puternică, așa cum mă crezi! Reușisem să înduplec moartea, să mă ia, în urmă cu câteva zile și tu ai stricat tot!

Comportamentul meu devenise de-a dreptul isteric. De necaz, cuprinsă de o gelozie cruntă, am început să trântesc și să arunc cu orice obiect îmi ieșea în cale. Eram orbită de furie, de frustrare.

– Oprește-te! a strigat la mine, imobilizându-mi brațele.

– Nu știam că eliberarea este atât de dureroasă! Nu aveai niciun drept să iei decizia asta singur, Stefano!

– Bine, Renna! Spune-mi tu ce ai fi făcut în locul meu!? M-ai fi lăsat să îmi găsesc sfârșitul într-o baltă de sânge, asfixiat de o pungă de plastic!?! Spune-mi!!!

Răcnetul atât de puternic era o altă premieră, la fel ca și privirea ce-i era umedă. Era pentru prima dată când vedeam cum, la colțurile ochilor, i se îmbulzeau câteva lacrimi. Eram prea supărată și prea plină de gândurile mele pentru a putea privi la un metru înaintea mea, unde Stefano suferea la fel de tare ca și mine. Când am realizat asta, brusc am simțit cum nevii mi de domolesc. M-am dus și l-am luat în brațe, ridicându-mi privirea, căutând-o pe a lui. Nu s-a întrebat nicio clipă cum atitudinea mi se schimbase. M-a sărutat, iar eu am profitat de ocazie și mi-am înfipt degetele în părul lui, invadându-i gura și sorbindu-i buzele. A inspirat adânc, apoi s-a dat un pas în spate. Privirea îi era împăinjenită, iar ochii obosiți, dar precauți.

– Îți cunosc schema asta, mi-a spus un zâmbet rătăcitor așezându-i-se pe chip.

– Am crezut că asta ți-ai dori, i-am răspuns, ascunzându-mi fața la pieptul lui.

– Ai vrut să-mi distragi atenția, știu, mi-a replicat, dându-mi o palmă ușoară la fund.

– O să fie bine, am șoptit.

– Renna, mai este ceva ce trebuie să știi.

Când am ridicat privirea, vizibil un nod i s-a pus în gât.

– Ce? îmi suna întrebarea gâtuită.

Deja nu mai suportam să trăiesc în atâta panică, atâta tensiune. Parcă clipele se luaseră la întrecere, într-un timp al groazei.

– Mâine seară, dogele Serenissimei vine să te vadă.

– Să mă vadă!? Adică o să ajung și în patul lui, vrei să spui!?

– Nu, Renna, asta nu! Vine pentru că...

– Că a auzit cât de *minunată* sunt!?!

– Pentru că **eu** i-am spus cât ești de minunată! Pentru că **eu** mi-am dat întreaga viață la schimb pentru a ta! Pentru ca tu să fii și să trăiești o femeie liberă, într-o altă țară, departe de lumea asta mizerabilă!

Cuvântul *departe* mi-a tăiat respirația.

– Să înțeleg că marele tău plan este ca tu să te însori, să faci un când de copii, iar eu, eu să plec cât mai departe!?! Cât mai departe de tine!?!

M-am simțit părăsită de puteri. M-am lăsat pe vine, ghemuindu-mă pentru a putea să-mi susțin greutatea corpului.

– Nu voi putea să trăiesc niciodată departe de tine, Stefano...

De acolo de jos, privindu-l îmi părea mai înalt, mai impunător. Tăcea, privindu-mă intens.

A clătinat din cap, apoi și-a trecut un deget peste buza de jos, continuând să se uite la mine, cu o mină aproape indescifrabilă.

– De ce mă privești așa?!? l-am întrebat simțind o durere între ochi din cauza efortului pe care îl făceam, uitându-mă la el de jos în sus.

Buzele i s-au curbat într-un zâmbet discret și a venit lângă mine, așezându-se pe podea. M-a cuprins în brațe și m-a tras înspre el.

– Nu, mulțumesc, i-am spus, incapabilă să-mi iau privirea de la el.

– Bine, murmură el. Eu ți-am spus ce s-a întâmplat, ce am făcut, nu cum urmează să se și desfășoare lucrurile.

Gura îi era aproape de urechea mea. Îi simțeam respirația fierbinte ce-mi mângâia pielea deși nu mă atingea. Am închis ochii pentru a savura senzația, iar mâna lui a urcat. Degetele lui m-au tras ușor de păr, dându-mi capul pe spate și eliberându-mi zona gâtului, unde bătăile pulsului îmi erau vizibile.

– Soarta se desfășoară conform planurilor tale? i-am șoptit răgușită, deja cuprinsă de dorință.

– Cred numai în steaua ta norocoasă, mi-a răspuns, o mână alunecându-i între picioare și oprindu-se asupra semnului meu din naștere.

– Atunci...vai de mine, am spus gemând discret.

– Nu uita, Renna, că ai promis că vei fi a mea, iar eu ți-am promis că voi fi numai al tău. Am prostul obicei de a-mi respecta promisiunile, mi-a șoptit printre sărutări.

Cuvintele lui aveau un efect afrodisiac asupra mea. Mă luase amețeala. Am închis ochii, înclinând gâtul și apropiindu-l mai mult de buzele lui, fascinată total de vel, de moment.

Ne-am ridicat, iar pașii ni se îndreptau spre pat. El continua să mă privească cu ochi sclipitori de dorință, în care eu mă descompuneam pentru a mă recompune la loc, odată cu fiecare bătaie din genele lui.

– Ești a mea, mi-a șoptit, plimbându-și degetele deasupra sânilor mei.

– Sunt a ta, am murmurat ca și intrată în transă.

Respirația a început să mi se accelereze, în timp ce el continua să îmi mângâie sânii, simțind cum fiori puternici îmi străbat șira spinării. Cu mâinile aproape tremurânde, i-am dat tricoul jos, lipindu-mi pentru câteva clipe obrazul de pieptul lui. Senzația era nemaipomenită.

M-a privit intens, urmărindu-mi fiecare gest, fiecare grimasă, apoi m-a luat de umeri și m-a întors cu spatele la el. Am gemut când mâinile lui mi-au înconjurat talia, trăgându-mă și lipindu-mă de el. Îi simțeam respirația fierbinte în ceafă și palmele care cu mișcări tandre mi-au cuprins sânii, în timp ce degetele desenau cercuri din ce în ce mai strâmte în jurul sfârcurilor, ce-mi erau deja ridicate și tari.

– Ești a mea, mi-a reamintit, mușcându-mă ușor de lobul urechii.

– Și tu al meu…

Mâinile mi-au eliberat sânii, coborând spre abdomen, apoi spre pântece și mai în jos, mângâindu-mi în trecere vulva. Trupul mi s-a încordat, iar degetele îmi pecetluiau buzele, înăbușindu-mi un geamăt fierbinte, după care, parcă grăbite s-au îndreptat spre fesele mele.

– Ah, Stefano, i-am strigat ușor numele, copleșită de plăcere, când degetele lui mi-au depărtat fesele, atingându-mă din nou, între picioare.

I-am aruncat peste umăr o privire pierdută într-un colț al extazului, pentru care am primit un sărut tandru pe vârful nasului, apoi m-a împins ușor pe pat, plimbându-și degetele peste picioarele mele, pecetluind fiecare trecere cu câte un sărut umed.

– Niciodată nu ți-am spus, dar picioarele tale mă înnebunesc de-a dreptul!

Mi-am înăbușit un râs ce-mi gâdila stomacul și m-am întors cu fața înspre el, luându-l prin surprindere. Pentru o clipă s-a încruntat, având un aer plin de reproșuri, ceea ce pe mine mă amuza teribil.

– Ooo, nu faci numai ce vrei, mi-a spus, năpustindu-se

asupra buzelor mele și sărutându-mă cu convingere.

– Te iubesc, i-am șoptit, dezlipindu-mi buzele de ale lui pentru o secundă.

A făcut o pauză. Mă privea cu ochii plini de iubire și dorință.

– Și eu pe tine, Renna a mea!

Vocea îi era fierbinte și ispititoare, iar eu mă topeam în fiecare cuvânt, agățându-mi respirația de a lui, sărutându-l cu pasiune.

O clipă avea să-mi reamintească de o altă dorință de a lui Stefano, cea în care îmi spunea că vrea să mă iubească în milioane de feluri. Am râs atunci în sinea mea, gândindu-mă că era exagerat și imposibil de realizat, dar cu timpul, simțeam adevărul pe pielea mea. Fie că făceam sex, fie că făceam dragoste, niciodată nu era la fel. De fiecare dată, senzațiile erau mai puternice, iar trăirile mai dense, mai consistente, mai numeroase.

Mi-am întins mâinile spre el, trăgându-i pantalonii în jos.

– Ești deosebit de romantică, Renna, mi-a spus, dându-și ochii peste spate, râzând de abia auzit.

M-am tras în jos, buzele lipindu-mi-se de abdomenul lui. A gemut și a închis ochii, când limba mea a început să lase amprente umede asupra pielii lui înfierbântate. Cu o mișcare bruscă însă, m-a apucat de talie, m-a ridicat și s-a așezat deasupra mea. Gura lui a găsit-o pe a mea, buzele contopindu-se într-un sărut încins.

– Ești atât de frumoasă...

De atâta dorință, pielea mi se făcuse ca de găină, iar trupul începuse deja să se zvârcolească. Am ridicat puțin bazinul, simțind penisul lui erect. S-a uitat în ochii mei fix, când mâna mi-a desfăcut brusc picioarele. Avea un surâs excitat și excitant.

– Hai, te rog...

– Niciodată nu ai știut să ai răbdare, m-a dojenit cu drăgălășenie.

Am simțit cum își adâncește limba în buricul meu, senzație ce mi s-a dus direct în pântece, unde simțeam deja frământări intense. Mișcările, contrar dorinței mele, au continuat în sus, unde buzele lui îmi strângeau ușor sfârcurile, în timp ce căldura din pântecele meu continua să crească. O mână i-a alunecat pe coapse, lăsând degetele să pătrundă cât mai la interior. Eram umedă. M-a privit. În ochii lui întunecați, de-a dreptul excitanți, mi-am zărit obrajii îmbujorați.

– Te doresc, Renna, mi-a șoptit gâtuit.

S-a întins apoi deasupra mea, ținându-și greutatea corpului în coate. Eu mi-am arcuit trupul, ridicându-mi ușor bazinul. Am închis ochii și am gemut, când am simțit capul fin al penisului lipit de vulva mea.

– Deschide ochii, Renna, mi-a cerut, stăruind câteva secunde. Vreau să te văd, vreau să simt cum privirea ta îmi penetrează sufletul.

– Ah, Stefano!

L-am simțit cum alunecă și se adâncește ușor în mine. A început să se miște, înainte și înapoi, mai încet sau mai repede, mai atent sau mai brutal, în timp ce eu îi strigam numele înnebunită de plăcere...

*

– La dracu', mi-ai promis că nimeni nu mă va deranja câteva zile!

Tonul ridicat al vocii lui Stefano tocmai mă trezise. Era furios.

Am deschis ochii, descoperind în cameră prezența unui alt bărbat. Era înalt, brunet, cu părul grizonant și ochii închiși la culoare. Sprâncenele, linia feței și a nasului erau aproape identice cu ale lui Stefano. Buzele însă îi erau acoperite de o mustață impozantă și elegantă.

Mi-am tras cearșaful până la gât, când am realizat că bărbatul era tatăl lui.

– Stefano, este dogele Serenissimei. Cum crezi că aș fi putut să-i spun eu când poate sau nu să vină!?!

– Tată, dar era vorba că vine mâine, nu astăzi. Dacă Renna nu își revenea?!

– Ba eu cred că și-a revenit foarte bine, i-a spus, făcându-i semn cu privirea, să se uite în spate.

Eu mă făcusem mică în vârful patului, simțindu-mi inima cât un purice.

– Bănuiesc că tu ești femeia care i-a furat judecata fiului meu? mi s-a adresat, aruncându-mi un zâmbet respectuos.

– Bună seara, i-am răspuns încercând să-mi înlătur emoțiile.

Tocmai ce mă adresam prim-ministrului, din patul fiului său, care nu demult încălcase grav legea, furând o curtezană.

Stefano a venit repede la mine, făcându-mi semn să mă relaxez.

– Ar fi bine să o lăsăm pe Renna să se aranjeze, a continuat ministrul, întorcându-se pe călcâie și părăsind camera.

– De ce?! l-am întrebat pe Stefano, cuprinsă de panică, auzind discuția de dinainte.

– Dogele s-a răzândit, Renna. Vine în seara asta!

Capitolul 8

Un tremur incontrolabil îmi zgâlțâia întreg trupul de ai fi zis că eram atinsă de friguri. Cu pași precauți, eleganți, dogele Alfa, omul ce deținea puterea supremă din Serenissima, Vincenzo Cassian, se îndrepta spre mine.

Purtam o rochie lungă, simplă, de culoare nude, prinsă cu un cordon fin de mătase în jurul taliei și care îmi cădea lejer pe umeri, dezgolindu-mi-i pe jumătate. Nu apucasem să-mi spăl părul, motiv pentru care îl împletisem într-o coadă, la spate. Eram încă palidă, iar Stefano îmi prinsese în păr o floare de leandru, spunându-mi că sunt mai frumoasă decât în visele lui.

– Bună seara, Renna! mi s-a adresat, pronunțându-mi numele cu apăsare.

– Bună seara, i-am răspuns, făcând o scurtă reverență în fața lui, așa cum cerea eticheta, cu spatele perfect drept și cu privirea fixă.

Dogele Alfa era un bărbat nu foarte înalt, nu gras, dar nici slab. Spatele îi era drept, iar umerii lați. Câteva fire de păr alb îi încărunțeau tâmplele, dându-i parcă un surplus de experiență. Trăsăturile feței îi erau delicate, dar masculine în același timp. În lumina puternică emanată de sofisticatele candelabre din sticlă de Murano, ochii căprui aveau sclipiri verzui. Părea mai degrabă tipul de bărbat blând, nicidecum un Alfa, în fața căruia tremura un popor întreg.

– Ai creat o adevărată isterie în rândul populației, Renna!

– Nu am intenționat nici măcar o clipă să fac asta, doge! l-am asigurat încă cu vocea tremurândă.

În dreapta mea, Stefano nu mă slăbea din priviri. Dacă așa se întâmpla în cazul pețitului, așa mă simțeam eu acum, deși nu era cazul.

– Pff, cum de ai ajuns tu curtezană!?

– Soarta sau poate Karma, i-am răspuns ascunzându-mi privirea.

Două degete ale dogelui aveau însă să-mi ridice capul. Când privirile ni s-au intersectat pentru prima oară, brusc, fără un motiv anume, orice teamă îmi dispăruse, în timp ce privirea lui dintr-odată s-a mărit. La fel și a lui Stefano, văzând-o pe a dogelui. În spate, premierul se uita la Stefano, ridicând din umeri.

– Stefano, a răsunat puternic vocea dogelui, pentru că situația este extrem de complicată, pentru că cerința bunului meu prieten, a tatălui tău, este aproape imposibilă, cât timp eu mai discut cu el, fă-i bagajul Rennei. O iau cu mine la Palat!

Am văzut cum premierul a înghițit în sec, iar Stefano s-a albit la față. Eu eram ca mută.

– Dar, doge, nu vreau să fiu interpretat greșit ținând cont că vă voi fi toată viața recunoscător. Ideea era ca Renna să poată fi retrasă din DMC și să părăsească Serenissima, i s-a adresat Stefano, strângându-mi mâna cu putere.

– Îmi plac tinerii ambițioși, dar niciodată nu i-am agreat pe cei care îmi comentează deciziile. Situația ta, a voastră, este indezirabilă legilor noastre. Preferi să agravezi mai mult sau să faci ceea ce ți-am cerut? Văd că Renna este cu mult mai cuviincioasă decât tine, i-a replicat, țintuindu-mă cu o privire, acum încruntată și iscoditoare.

Am făcut o nouă reverență în fața dogelui, apoi cu Stefano ce nu-mi dădea drumul la mână, am ieșit lăsându-l să discute cu premierul.

– Nu vreau să plec cu omul ăsta, i-am spus cu ochii deja umeziți.

– Off, Renna, prea multe lacrimi în ochii tăi. Oricât ar încerca unii și alții să ne despartă, îți promit, iubito că voi lupta până la capăt. Ți-am spus odată că și de mă vor pune la zid în fața lumii, acum că te-am găsit, niciodată nu voi renunța la tine! Te rog, nu mai plânge! Nu mai suport să-ți văd ochii triști…

Inflexiunile din vocea lui îmi cutremurau întreaga ființă. Mă urcau pe cele mai înalte culmi ale încrederii și când îmi simțeam sufletul plin de speranță, realitatea își lăsa amprenta zâmbetelor crude asupra fiecărui perete din încăpere.

– Stefano, iubitule, nu vreau să devin regina dramelor, dar până și tu trebuie să înțelegi că anumite promisiuni, cu cât te zbați să le onorezi, nu le poți duce la bun sfârșit. Dragostea noastră este mânuită de păpușari puternici și influenți. Nu îți mai chinui sufletul. Nu mai suport să-ți văd ochii triști…, i-am mărturisit adevărul, la fel cum și el o făcuse câteva clipe mai devreme.

L-am luat în brațe și l-am strâns cu toată forța pe care o mai aveam în mine, apoi l-am sărutat așa cum nu o mai făcusem niciodată.

Înainte să-l cunosc pe el, sufletul îmi era asemenea unui puzzle cu multe piese lipsă. Zâmbetul lui avea să mi le găsească și să mă completeze. Stefano nu știa că, ultima oară când făcusem dragoste, reușise să-mi pună toate piesele la locul potrivit. În sufletul meu exista doar el, pentru totdeauna...

*

Eram deja de o săptămână la palatul dogelui, unde beneficiam de toate atențiile ce se cuveneau doar adevăratelor doamne, femei de viță nobilă, din societate. Aveam cameristă personală, damă de companie care mă ajuta să mă îmbrac, să mă dezbrac, să mă spăl, să mă șterg, care îmi spăla sau îmi pieptăna părul câte o oră, până ce adormeam. Ochii îmi erau secați din cauza atâtor lacrimi, iar inima zdrobită de cât de mult îmi era dor de Stefano. Eram supărată, mâhnită pentru că până și imaginația mea bogată până atunci mă lăsase baltă. Seară de seară, înainte să închid ochii, mă gândeam la el, sperând măcar să-l visez. Diminețile, lăsam apa caldă să curgă cât să acopere cu abur oglinzile mari din baie, pe care cu degetele încercam să-i desenez chipul, care dispărea în câteva clipe. Când ploua și oamenii se ascundeau de picăturile de ploaie, eu alergam în grădină, căutând ochiuri de apă, sperând ca măcar aici să-l pot vedea, dar pământul înghițea apa repede.

Pe timpul zilei nu îl întâlneam pe doge, însă seară de seară devenisem o prezență ca și obligatorie la masa lui, alături de alți oameni importanți ai Serenissimei, pe unii dintre ei cunoscându-i îndeaproape. Aici, nu mai eram privită precum o curtezană ci, mai mult ca un exponat, o curiozitate. Se știa de concesia pe care dogele i-o făcuse fiului premierului, dar privirile deveniseră din ce în ce mai curioase în ceea ce privea prezența mea permanentă la palat.

Într-o seară, cardinalul Fiore Orsini, despre care se știa că este persoana cea mai apropiată din jurul dogelui, bine dispus după multe pahare în plus de vinuri rare, mi-a cerut să-mi spun povestea.

– Nu aș vrea să vă plictisesc, cardinale. Nici pe dumneavoastră și nici pe onorații oaspeți ai bunului doge, i-am răspuns cererii cu eleganță.

– Ooo, nuu, povestea curtezanelor a făcut și încă face ocolul lumii. Insist!

Ochii mi s-a îndreptat spre doge. Avea o privire meditativă, dar în același timp, puteam să-mi dau seama că de fapt, el asta voia să audă de la mine, încă de când mă luase din casa lui Stefano. Am tras aer adânc în piept, apoi, forțată de insistențele cardinalului, am început să-mi spun povestea sub privirile curioase ale tuturor celor prezenți la masă, bărbați și femei.

– Am fost găsită, nou-născută la marginea mahalalei, de către o cerșetoare. Mama, cu siguranță prostituată, m-a lăsat în speranța că moartea mă va găsi repede. Am crescut cum am putut, bucurându-mă de fiecare rest de mâncare pe care Rita mi-l arunca plină de ură seară de seară, uneori la două sau la trei zile. Depinde când se trezea din bețiile crunte. Am crescut în mijlocul unor oameni unde iubirea este permisă, dar inexistentă, pentru a ajunge în lumea în care iubirea este interzisă, dar...poate că dorită.

– Asta-i blasfemie! a sărit cardinalul, bătând puternic cu pumnul în masă.

Eu și alte doamne alăturate am tresărit.

– Las-o să vorbească, Orsini! i s-a adresat dogele pe ton poruncitor, fixându-l cu privirea.

– Alfa, cum poți să permiți asemenea declarații!?! a continuat cardinalul la fel de revoltat.

– Nu este nicio declarație. Este o poveste de viață. Ascult-o! Tu ai cerut-o! i-a replicat, făcându-mi mie semn să continui.

Dogele s-a lăsat pe spate, într-o poziție relaxată, încrucișându-și brațele și privindu-mă cu atenție.

– Nu eu am ales să fiu curtezană! am spus pe un ton rece. Nu eu am ales să mă nasc într-o astfel de lume, în care interesul primează în fața a tot! Nu eu am ales să-mi fie vândut trupul! Dar eu am ales să ofer plăceri de nedescris oricărui bărbat pe care l-am avut în așternut.

– De ce?!? m-a întrerupt întrebarea dogelui, a cărui privire devenise întunecată și apăsătoare.

– Pentru a putea face diferența, la un moment dat, mărite doge!

– Este clar blasfemie, Vincenzo! a strigat puternic cardinalul, sub privirile aprige ale nevestelor aflate la masă.

– Las-o să vorbească, Orsini! De câte ori vrei să-ți mai repet? i s-a adresat, acum vizibil enervat. Continuă, Renna. Găsesc interesant ceea ce spui tu. Nu-i așa? i-a întrebat pe invitați.

Niciunul dintre ei însă nu a avut curajul de a se exprima clar. Răspunsul lor a format un murmur general.

– Am fost învățată să apreciez sentimentul de iubire,

transformându-l în plăcere, extaz și emoție falsă, ori de câte ori, bărbatul se elibera. Speram ca în felul acesta, măcar plăcere, chiar și falsă, la rândul lor să poată oferi doamnelor în pat.

Obrajii femeilor se înroșiseră, iar bărbații își ascundeau deja privirile.

– Dacă iubirea este interzisă, măcar sexul să vă umple nopțile! am exclamat, trecând cu privirea peste chipurile tuturor celor care mă revendicaseră la un moment dat.

– Și crezi că ai puterea să schimbi tu lumea asta?!? m-a întrebat dogele ironic, arcuindu-și o sprânceană.

– Eu, nu! i-am replicat cu siguranță. În schimb, lumea asta a reușit să mă schimbe pe mine, atunci când imposibilul avea să devină posibil, fără însă a putea pătrunde în sfera realității.

Tonul mi-a coborând ușor, în timp ce un zâmbet trist mi-a ridicat colțul gurii.

– Te referi la povestea dintre tine și Stefano Visconti, să înțelegem!?!

Toate privirile erau îndreptate spre mine, asemenea unor săgeți ce așteptau să fie lansate. Am ezitat câteva secunde, pentru ca imediat să-i răspund, parțial adevărat.

– Poveștile, în cazul nostru al curtezanelor, sunt visuri, bunule doge. Visurile, în schimb, sunt publice, după cum fiecare are acces la povestea altuia, avea să-mi fie răspunsul.

– Recunosc că...

– Vă cer permisiunea de a mă retrage, i-am cerut, nelăsându-l să-și continue propoziția.

M-a privit încruntat, apoi cu o oarecare mirare, făcându-mi semn cu mâna că pot să mă retrag. M-am ridicat, am salutat respectuos, apoi am ieșit din salon, urmată îndeaproape de dama de companie, ai cărei pași se auzeau lipăind în spatele meu.

Am intrat în cameră, cerându-i fetei să mă lase singură. După scurte ezitări, a plecat, trăgând ușa în urma ei.

M-am aruncat pe pat, gemând de durere. Voiam să plâng, să-mi descarc tensiunea, ura pe care o simțeam în acele momente, dar nu aveam lacrimi. Am început să lovesc pernele cu pumnii și salteaua cu picioarele. Toate câte mi se întâmplaseră în ultimul timp, dar mai ales ideea că în scurt timp avea să îmi fie pecetluită soarta, mă aduseseră în pragul nebuniei. Gândul că ar fi urmat să trăiesc departe de Stefano însă mă distrugea.

Am auzit gălăgie pe hol, iar ușa de la cameră a fost trântită de perete, pentru ca imediat să fie închisă zgomotos.

– Dezbracă-te! mi-a poruncit dogele.

Capitolul 9

Eram galbenă precum ceara și tremuram ca flacăra lumânării în bătaia vântului. Privirea întunecată a dogelui și furia din vocea lui aveau să mă ia nu doar prin surprindere, dar și sămi provoace o teamă imensă. Emoția puternică mi-a eliberat în schimb lacrimile care mi se înnodau în barbă.

– Nu mai plânge fără motiv! Sunt sigur că alți bărbați ți-au vorbit cu mult mai dur decât poate am făcu-o eu, acum. Nu sunt primul în fața căruia te vei dezbrăca!

Mâinile îmi tremurau și era aproape imposibil ca eu să pot să-mi deschid fermoarul rochiei. Cu greu, l-am desfăcut, rămânând în sutien și în chiloți.

Atunci, dogele s-a apropiat de mine, iar eu am închis ochii, căutând cu mâinile la spate închizătoarea sutienului.

– Așteaptă! Nu ți-am cerut să faci asta!

– Atunci? am întrebat mirată printre suspine.

– Vreau să te văd dezbrăcată, nu goală!

Am rămas pe loc, în timp ce el se învârtea agale în jurul meu, privirea fiindu-i una de analiză, la fel cu atingerile care aduceau cu cele ale unui doctor, nicidecum ale unui bărbat excitat. Mi-a pipăit părul, apoi mi-a prins bărbia studiindu-mi profilul de o parte și de alta. Imediat, mâinile i-au coborât pe umeri, apoi pe solduri, urmate de aceeași privire precaută. Mi-a făcut semn să desfac picioarele, fără să mă atingă, iar când ochii mi-au depistat semnul de pe interiorul coapsei, a rămas blocat.

Brusc s-a albit la față, s-a înroșit, căutând cu disperare paharul cu apă, aflat pe masă, în apropierea mâinii lui.

– Doge, sunteți bine? l-am întrebat speriată de reacția lui.

I-am dat paharul cu apă, pe care l-a băut dintr-o singură înghițitură. Din doi pași largi era în dreptul patului, trăgând cuvertura cu putere, pentru ca imediat să-mi acopere trupul.

– Nu, nu cred! murmura îngrozit, ca și bântuit de fantome desprinse trecutului.

– Ce nu credeți?!? Ce s-a întâmplat!?

– Renna, spune-mi câți ani ai tu?!?

Vocea îi tremura, cuprinsă de emoții puternice.

– Aproape 20, bunule doge, i-am răspuns temătoare.

– Și spui că ai fost găsită. Că erai nou-născută!?!

– Da…

M-a luat de mână, acum el fiind cel care tremura puternic și m-a așezat pe marginea patului.

– Renna…semnul tău de pe picior…mama ta a avut unul identic. Tu, tu ești…copilul nostru, al meu și al Oliviei! Tu ești fata mea! Esti o Casian! a exclamat plin de emoții și un alt amalgam de sentimente.

Am rămas stană de piatră. Când mintea a început să-mi lucreze, am început să zâmbesc.

– Cu iertare, doge, dar karma nu poate fi atât de crudă cu mine! i-am răspuns total neîncrezătoare.

– Din contră, Renna! Mi te-a adus în viața mea, deși credeam că v-am pierdut pe amândouă definitiv! Olivia a fost iubirea vieții mele, iar tu, rodul ei. Ai fost iubită și așteptată de când erai în pântecele ei, numai că...

Ochii celui mai puternic om din Serenissima pluteau în lacrimi care începuseră să-i curgă șiroaie pe obraji. M-a luat în brațe și m-a strâns cu putere la pieptul lui. Fără să fi avut parte de un asemenea gest de tandrețe, l-am interpretat imediat ca fiind unul părintesc. L-am luat și eu la rândul meu în brațe, încercând să-l liniștesc.

– Doge, vă rog, nu mai plângeți, l-am rugat la un moment dat.

– Renna, îmi poți spune tată, dacă vrei, mi-a spus, în timp ce chipul i se însenina datorită unui zâmbet încă timid.

– Tată!?! am șoptit, ochii mărindu-mi-se de atâta uimire.

Era un cuvânt absolut nou pentru mine, dar care rezona puternic în inima mea. Și asta probabil din cauza legăturilor de sânge, despre care adesea auzeam că nu se pierd niciodată.

– Este în regulă dacă nu poți. Nu te pot condamna pentru asta, ai tot dreptul să nu o faci. În fond...oribil! Nici nu mă mai pot gândi! Din cauza mea ai suferit enorm! Din cauza mea, acum puteai fi moartă! Iartă-mă, Renna, te rog, iartă-mă!

Durerea din privirile lui eu o știam, trăisem toată viața cu ea. Indiferent ce mi se întâmplase, nu aveam niciun drept să-l judec și nici să-l condamn. În fond, el nu știa că eu exist.

– Nu trebuie să-mi cereți iertare, i-am spus pe un ton blând și plin de înțelegere. Am avut în final noroc, Stefano m-a salvat. Viața mea i-o datorez lui! i-am spus, năpădindu-mă un dor cumplit de el.

– Off, Renna, Stefano...acum lucrurile vor deveni mai complicate decât înainte...

– De ce?!?

– Pentru că tu ești Casian, el Visconti, amândoi aveți un titlu și…

– Iubirea dintre noi este interzisă prin lege, am continuat, simțind cum creierul mi se scurtcircuitează.

– Avem multe de discutat. Trebuie să îți povestesc o seamă de lucruri, fapte, întâmplări. Vom ajunge și la Stefano. Pentru moment, ceea ce îți cer este să nu mai pomenești numele lui, nicăieri.

– Niciodată!?! l-am întrebat de-a dreptul panicată.

– Renna, un tată face orice pentru fiica lui. Dinainte de a te naște, i-am promis asta mamei tale. Îți promit că voi găsi o cale pentru ca voi doi să fiți împreună! mi-a spus, apoi m-a sărutat pe creștetul capului.

*

Toată noaptea nu închisesem un ochi. Nici eu și nici dogele Altus. Până spre dimineață, ajunsesem să-i spun tată, simțind ori de câte ori o făceam că sufletul mi se umple și îmi zboară, în locuri pline de frumusețe și bunătate. Aveam să descopăr un om extraordinar, în spatele căruia se afla o poveste sfâșietoare, care îi marcase întreaga existență. Mama, Olivia, fusese o femeia absolut superbă, cu pielea ușor măslinie și cu ochii verzi ca ai mei. Am văzut poze, filme, holograme. Mi-am putut auzi primele bătăi ale inimii, m-am văzut pe mine, când eram cât o boabă de mazăre în pântecul ei, i-am văzut pe ei cât de fericiți erau și cât de mult se iubeau. Tot ce aflasem de la tata despre ei, despre relația lor, rămânea secretul nostru. Nimeni, în afară de mine și tata nu știau despre marea lor dragoste. Cu tristețe, mi-a povestit cum mama murise la naștere și cum apoi aveau să-i spună că și eu decedasem. Tata îngropase două scrie, unul însă care era cu siguranță gol. Ani de zile, în singurătate, ne-a jelit pe amândouă, până ce ajunsese să urască atât de mult durerea, încât uitase de dragoste. Mai mult, de unde căuta să elimine legea, pe când mama încă mai trăia, cu timpul devenise marele ei susținător, alături de cardinalul Fiore Orsini.

După noaptea petrecută împreună, după ce i-am povestit prin ceea ce trecusem, după ce i-am spus cât de mult înseamnă Stefano pentru mine, în mintea și sufletul lui, totul avea să ia o altă întorsătură.

Inima îmi vibra, știind că în câteva minute aveam să-l văd pe Stefano.

– Renna, nu uita că trebuie să fim precauți. Vestea va fi un șoc pentru toată lumea. Până ce vor afla serenii și serenele, până ce voi face public faptul că te-am regăsit, trebuie să ne sfătuim cu Orsini și Visconti.

– Da, tată, i-am răspuns, iar ochii îmi străluceau de bucurie.

Când Stefano a pătruns în biroul lui, mâna puternică a dogelui m-a ținut pe loc. Cardinalul sosise deja și ardea de nerăbdare să afle vestea cea mare. Prim-ministrul ajunsese în același timp cu fiul său.

– Altus, bună dimineața! Renna! am fost salutați de cei doi.

– Luați loc, vă rog, le-a cerut tata.

Stefano se uita la mine, iar eu îmi ascundeam privirile, după cum îmi sugerase tata.

– V-am chemat aici, pe voi, în primul rând în calitate de prieteni și mai apoi ca și oameni ai statului.

Privirile lor îl fixau și din când în când, se încruntau asupra mea.

– Doge, mi-ai promis că...

– Stefano, nu te-am chemat să discutăm despre promisiunile făcute, i s-a adresat ferm.

– Dar nici eu, cu tot respectul cuvenit, nu mai pot trăi în incertitudinea asta, referitoare la soarta Rennei!

– Stefano! a mârâit premierul, aruncându-i o privire iritată.

Tata s-a uitat la el afișând o mină neutră, fără a răspunde la provocare.

– Domnilor, motivul pentru care v-am chemat este că aseară am descoperit un fapt extraordinar, ceva ce nu credeam că ar putea exista sau mi s-ar întâmpla vreodată.

Cu coada ochiului, l-am văzut pe Stefano cum se face galben la față. Muream de nerăbdare ca tata să le spună mai repede despre ce este vorba, pentru a nu-i mai chinui într-atât sufletul.

– Despre ce este vorba, Vincenzo? a întrebat premierul, în timp ce cardinalul, un grăsun pitic și slinos, începuse să-și roadă unghiile.

– Aseară, am descoperit că fiica mea, copilul meu și al Oliviei, nu a murit, ci ne-a fost furat.

– Cum!?! toți trei au făcut ochii mari.

– Da, am de gând să aflu și de către cine, în curând, suna

amenințătoare vocea lui. Însă, Providența mi-a scos-o în cale: Renna este fiica mea!

Timp de câteva secunde, amândoi eram priviți precum doi nebuni. Cardinalul și-a văsat cafeaua, premierul amuțise, iar Stefano parcă revenise la viață.

S-a ridicat de pe scaun și fără să mai țină cont de absolut nimic, s-a repezit la mine, m-a luat în brațe și m-a ridicat în sus, apoi m-a coborât dându-mi un sărut. În ochii lui, tocmai se năștea fericirea.

– Ți-am spus că voi fi numai al tău!?!

– Numai al meu! i-am răspuns, prinzând viață la rândul meu.

În jurul nostru se dregeau voci. Tata ne privea încruntat. Premierul își băgase capul între umeri, iar cardinalul era dornic să spună ceva.

– Vincenzo, în calitate de prieten, avem o mare problemă. Desigur, bucuria regăsirii este mare și cea mai importantă, însă restul...

– Fiore, este motivul pentru care v-am și chemat. Nu pentru a-mi săruta fata, în văzul tuturor, Stefano! l-a mustrat ușor.

– Îmi cer iertare! apoi m-a privit, continuând să-mi zâmbească.

– Cardinale, premiere, după ce am discutat cu Renna toată noaptea, am realizat că trebuie să schimbăm anumite legi în Serenissima.

– Care!?!

Primul a sărit cardinalul.

– Trebuie să dăm voie nobilimii să se iubească în primul

rând și în al doilea, DMC-urile vor funcționa după alte reguli. Avem de lucru, prieteni, li s-a adresat surâzător, în timp ce inima îmi creștea de bucurie și mândrie.

– Bun, atunci eu am să plec. Mă voi sfătui cu cei din Consiliu și vin cu o propunere cât mai rapidă, i-a spus cardinalul.

– Și eu voi discuta cu cei de la legislatură pentru a găsi noi soluții pentru DMC-uri.

– Și mie, îmi permiteți să discut cu Renna, separat.

– Nu! Voi puteți merge. Tu, Stefano, așteaptă. Nu pleci nicăieri, nici singur și nici cu Renna!

Primii oameni din stat au plecat, iar noi am rămas în trei. Tata l-a privit furios pe Stefano, pentru ca repede să se calmeze.

– Înainte de orice, vreau să-ți cer și ție iertare și să-ți mulțumesc că mi-ai salvat fiica.

– Doge, nu este nevoie…

– Ca de obicei, nu mă lași să termin, Stefano!

Eu am pufnit în râs, văzându-l cum dintr-odată se face mic, dominat fiind de autoritatea tatălui meu.

– Și pentru că Renna te iubește și vei deveni nu doar ginerele meu, ci împreună veți conduce Serenissima, la un moment dat, va trebui ca noi doi să stabilim niște reguli!

*

Trecuseră mai bine de trei ore de când tata continua să-i explice lui Stefano anumite chestiuni, ce mă includeau în primul rând pe mine pentru ca după, discuția să se îndrepte spre Serenissima în totalitate.

Zgomote și țipete ale femeilor de la întreținere s-au auzit dintr-odată, venind de pe holurile ample, când deodată ușile cabinetului aveau să fie larg deschise de către legiuitori, în spatele cărora se afla nimeni altul decât cardinalul Fiore Orsini.

– Ce dracu' este cu gălăgia asta, Orsini? i s-a adresat tata iritat, ridicându-se de pe scaun.

Privirea cardinalului era plină de dispreț și ură.

– Dacă tu crezi în reîncarnări și povești cu treziți la viață, doge, înseamnă că ai înnebunit, iar Serenissima nu te mai poate avea la conducere. Ești un real pericol pentru noi toți!

– Orsini, ce te-a apucat?!? l-a întrebat tata, la fel de mirat și contrariat ca noi toți.

– Prin împuternicirea pe care mi-a dat-o statul, doge Vincenzo Casian, titlul de Altus îți este retras și vei fi supus testelor medicale, suna vocea lui a decizie.

– Cardinale Orsini, nu ai niciun drept să faci una ca asta!

– Consiliul celor 40 mi l-a dat! a susținut el cu tărie, umflându-și pieptul.

– Asta-i o absurditate!

– Iar dacă testul ADN certifică faptul că Renna este fiica ta, atunci va fi condamnată la moarte, asemenea oricărei femei cu titlu ce încalcă legea supremă a Serenissimei! Iar tu, Stefano Visconti, te vei face vinovat de împărtășirea unui sentiment total interzis!

– Ieșiti!

Vocea tatei a cutremurat pereții palatului, când legiuitorii au pătruns în birou, săltându-ne pe mine și pe Stefano.

*

O lună întreagă, tata, eu, Stefano și părinții lui am fost chinuiți și torturați de legiuitorii formați ad-hoc de către cardinal și oamenii lui.

În urma testului ADN, a reieșit clar că sunt fiica dogelui Altus, Vincezo Casian și Oliviei. Atunci tata a cerut explicații în urma cărora avea să afle că moartea mamei nu fusese cauzată de venirea mea pe lume, ci de un complot, bine ticluit de către însuși bunul lui prieten, cardinalul. Invidios pe tot ce reprezenta tata, mama era unicul mijloc prin care putea să-l facă să sufere. A plătit un medic, căruia i-a cerut să o omoare pe mama la naștere și pe mine deopotrivă. Era un fals doctor care i-a ascultat ordinele, în final nefiind în stare să mă omoare și pe mine, lăsându-mă însă în locul în care fusesem găsită de Rita. Tatăl lui Stefano, la rândul lui, avea să afle că bărbatul ce luase viața mamei, la rândul lui fusese ucis de oamenii lui Orsini pentru a i se pierde urma.

Tata, în schimbul eliberării mele, era gata să abdice, însă cardinalul nu avea să se mulțumească numai cu asta. Era mai hotărât ca niciodată să-l elimine definitiv, pentru a-i lua locul, fiind al doilea om în stat.

Eu și Stefano am fost judecați de către Marele Tribunal, o altă aberație, născocită de către Consiliul celor 40 și puși la zid în fața lumii.

Am fost salvați însă de tatăl lui, premierul Serenissimei care a deconspirat poveștile ascunse din viața tatei și a mamei, dar și din viața lui.

Uniți cu toții și așezați de-a dreapta iubirii, sereni și serene, nobilime, curtezane, chiar și turiști ni s-au alăturat, cerându-și propria moarte, în același timp cu noi.

Înnebuniți de furia poporului, cardinalul și cei 40 din consiliu au încercat să fugă, însă serviciile inteligente ale Serenissimei au fost reactivate, iar ei prinși și pedepsiți conform unor legi total noi, adaptate normalității și vremurilor în care trăiam.

Tata a rămas în continuare doge, redenumit Altus, prin vot democratic, de data aceasta de către popor.

Iubirea a încetat a mai fi declarată păcat suprem, iar Serenissima renăștea acum mai puternică și mai frumoasă ca niciodată.

Și, la scurtă vreme, eu și Stefano ne-am căsătorit.

*

Era ultima zi din luna noastră de miere. Inima continua să-mi bată ca nebuna, ori de câte ori îl vedeam, ori de câte ori mă atingea sau îi simțeam respirația caldă. Nu puteam să cred vreodată, că într-o biată inimă, cât pumnul meu, poate să încapă atâta iubire și fericire. Eram undeva în sudul Franței, înconjurați de nisipuri fine, ape azurii și raze strălucitoare de soare.

Stefano tocmai se trezise, după ce petrecusem o altă noapte pasională. Pe unde mă atingeam, îi simțeam mângâierile, iar prin toți porii simțeam mirosul proaspăt al pielii lui, acum devenită ciocolatie. Îmi venea să mușc uneori din el, însă îmi reveneam brusc, preferând să-l sărut, să-i provoc plăceri fără de număr.

La rândul lui, continua să se țină de cuvânt, continuând numărătoarea milionului de feluri în care mă iubea, în care ne iubeam.

– Hei, somnorosule, mi-a fost dor de tine, i-am spus, furându-i un sărut delicat.

– Și mie de tine, doamnă Visconti! Vino aici, creatoare de visuri! mi-a spus aruncându-mi un zâmbet din categoria pe care o denumeam fermecător-erotică.

Brațele lui m-au luat prin surprindere și m-au tras cu putere deasupra lui.

– Mai avem puțin și trebuie să plecăm, i-am spus bosumflată.

– Dar mai avem timp să ne mai iubim între timp, ce zici? m-a întrebat, palmele lipindu-i-se de fundul meu.

– Auzi, Stefano, peste ani crezi că mă vei mai iubi la fel de mult!?!

Epilog

După 11 ani...

Pielea îi strălucea și îi era ușor bronzată. Părul îi mai crescuse, iar o șuviță rebelă îi intra în ochi.

– Renna, am chef să facem dragoste!

– Acum?!? l-am întrebat mirată, un zâmbet mijindu-mi în colțul gurii.

– Da, da, acum!

– Aici?!?

– Da, da, aici!

Tonul vocii îi era convingător.

– În lift!

– O să coboare, i-am spus.

– Și eu am să-l opresc, mi-a răspuns și a activat comanda vocală de oprire.

S-a apropiat de mine și cu un calm fantastic, mi-a deschis pe rând, toți cei 12 nasturi de la cămașă, apoi dintr-o singură mișcare mi-a eliberat sânii din strâmtoarea sutienului, prinzându-mi unul dintre sfârcuri între buze, iar pe celălalt între degete.

– Ah...

– Îți place?

Șoapta lui îmi încălzea pielea.

– Îmi place, i-am răspuns, încercând să-mi înăbuș un geamăt.

Apoi, sărutările au început să coboare, în timp ce mâinile îmi împingeau fusta strâmtă în sus pe șolduri. Mâinile i-au alunecat, apoi mai jos, desfăcându-mi picioarele și atingându-mi cu delicatețe vulva.

– Umezește-te pentru mine, Renna, îmi șoptea la ureche.

Respirația a început să i se precipite, când un deget mi-a pătruns adânc vaginul, iar eu am scos un icnet scurt. Mă penetra încet, dar adânc, producându-mi senzații tari. Când vaginul a început să-mi pulseze în jurul degetului, mi-a ridicat un picior, apoi m-a lipit de unul dintre pereții liftului, împingându-și penisul erect în mine.

– Ah, Renna, iubito, îmi repeta numele, în același ritm cu mișcările bazinului.

Am început să simt plăcere cu adevărat, în momentul în care imaginația îmi activa memoriile. De abia atunci, adevărata Renna, pasională și încărcată de emoție inepuizabilă, avea să se activeze. Mâinile atingeau umerii lui, vaginul îmi pulsa în jurul penisului lui, iar gura pe care o sărutam cu atâta dorință era a lui Stefano, nicidecum a lui Francesco, bărbatul lângă care mă chinuiam să am orgasm sau cel mai greu, învățam să trăiesc fără Stefano...

Relația noastră durase zece ani, în care ne-am iubit zi de zi mai mult, mai tare decât la început. Au fost zece ani, cei mai frumoși, dar și cei mai zgomotoși din tot amarul meu de viață...

La un moment dat, din prea multă iubire, amândoi, o dată

el, o dată eu, am cotit-o pe un drum periculos care ne-a condus la despărțire: gelozia.

Erau nopți în care mă trezeam și în locul mângâierilor, primeam reproșuri, uneori chiar și jigniri, iritat fiind de programul încărcat pe care începusem să-l am.

Între timp devenisem avocat, iar cazurile mele cele mai importante erau cele ale curtezanelor, care acum beneficiau de drepturi ca orice alt om al Serenissimei, în plus, putând să aleagă sau nu acest drum. Devenisem bună în ceea ce făceam, dar pentru asta munceam mult, iar Stefano se simțea neglijat, devenind între timp, mâna dreaptă a tatei. Ba mai mult, de curând fusese numit premier, în locul tatălui său.

Despărțirea noastră a afectat grav ambele familii, presa de scandal pândindu-ne la fiecare colț.

Când tensiunile dintre noi au început să sară pragul normalității, al certurilor și al discuțiilor contradictorii, am decis să ne separăm. Divorțul a fost rapid și tăcut, moment în care, fiecare dintre noi a pornit pe un alt drum.

– Ah, Renna, ai fost minunată! Te ador când dezvălui fiara din tine!

– Francesco și tu îmi ești drag, dar…nu te voi putea iubi niciodată, îmi pare rău.

A rămas cu gura căscată, în timp ce încerca să își închidă șlițul de la pantaloni. Orice zâmbet ar fi avut înainte acum îi dispăruse în totaliate.

– Să nu îmi spui că ești încă cu gândul la nemernicul ăla de Stefano! mi-a spus pe ton de reproș.

– Nici eu nu mai știu ce să cred, i-am răspuns ieșind din

lift și lăsându-l în urma mea, fără dram de regret.

Mergeam și zâmbeam. Asta pentru că, acolo, undeva, bine ascuns în mintea mea, reușisem să păstrez toate clipele frumoase pe care le petrecusem împreună. Erau hrana mea, aproape zilnică, era modul meu în care permiteam ca o altă mână să mă atingă sau alte buze să mă sărute.

În gândul meu, el continua să fie prezent. În realitate însă...mâinile lui atingeau alte femei, iar săruturile fierbinți nu le mai lăsa pe pielea mea, ci pe ale lor.

Așa este în viață, până la urmă: când nu ai, vrei să ai, iar când ai, fie crezi că ți se cuvine, fie dai cu piciorul...

Până la urmă, viața nu-i nici o portocală, nici o lămâie, ci o căutare permanentă a fructului pasiunii!

După alte 6 luni...

Îl convinsesem pe tata să mă lase să plec o perioadă departe de Serenissima, pentru a-mi aduna gândurile, pentru a-mi recompune puzzle-ul la care Stefano odată îmi pusese ultima piesă și tot el, la plecare, avea să mi-l distrugă. Acele piese mici erau - în realitate - bucăți lipsă din inima mea.

Era suficient. Mă mințeam de prea mulți ani că totul va fi bine. Și mai grav era faptul că îi mințeam pe toți din jur, unii dintre ei, înghițindu-mi poveștile pline de indiferență, lăsându-mă să cred că i-am păcălit și pe ei.

Când și când, îl visam și atunci știam că ceva i se întâmplă. Ce? Nu știu. Niciodată nu am avut curajul să-l întreb. Și de nu-mi apărea în vis, uneori, gândurile luau chipul lui și pentru câteva clipe simțeam că trăiesc pentru ca apoi, două zile să zac într-o formă totală de letargie. Ne văzusem obligați de împrejurări, de două ori înainte ca eu să plec la Londra. Prima dată, comportamentul i-a fost ireproșabil, pentru ca a doua oară să redevină același bărbat cu temperament vulcanic și violent.

Eram în Londra de trei luni și cu cât încercam să-l uit, să mi-l scot din minte, cu atât se încăpățâna să-mi reapară. Și mă durea al dracului de tare, pentru că eram conștientă că între noi doi niciodată nu ar mai putea fi nimic. Sau asta cel puțin îmi spunea capul, în timp ce inima continua să spere. O simțeam cum se agită, o simțeam cum tremură și odată cu ea, întregul trup mi se încorda, dureros.

M-am trezit, într-o altă după-amiază ploioasă, de altfel specifică Londrei. Picăturile de apă loveau cu putere în marginea geamului, dându-mi o stare de disconfort și de agitație. M-am dus în bucătărie, cu ochii încă împăienjeniți de somn, dornică să beau un ceai, să mă încălzesc, când am auzit soneria. Purtam un maiou, o pereche de pantaloni scurți, o pereche de șosete groase, iar părul îmi era prins neglijent, cu o clemă, la spate. Mi-am dat două palme peste obraji, pentru a mă trezi puțin. Mă gândeam că nu putea fi decât Maya, o prietenă pe care mi-o făcusem în capitala londoneză.

– Hei, ce-i cu tine așa de matinală?

– Uau, dar ce-i cu tine de arăți atât de...

– Ai venit să mă jignești în continuare, Stefano!?!

Vocea îmi era plină de indiferență. Mi-au trebuit ani să mi-o pregătesc pentru un asemenea moment. În realitate, deși era cât un purice, inima îmi bătea ca a elefantului.

– Am venit să te iau acasă, mi-a spus, înaintând și împingând ușa după el.

Când am avut curajul să-l privesc, emoțiile aveau să-mi taie respirația. Costumul negru, din stofă fină, îi pica perfect, iar negrul intens era în echilibru cu cămașa albă, tenul, părul și culoarea închisă a ochilor. Mă privea cu un zâmbet ce avea darul hipnozei. Era un zâmbet din categoria – cheia rămâne numai la mine, pe care îl cunoșteam foarte bine...

– S-a întâmplat ceva cu tata, în Serenissima?

– Întotdeauna reușești să mă excițí la maximum, când mă privești așa ... cu aer de neștiutoare, mi-a spus și a năvălit peste mine, luându-mă în brațe.

Nu știam ce să cred: că lumea era toată a mea sau că totul se petrecea în imaginația mea bolnavă. Am încercat să mă eliberez, dar el m-a strâns mai tare.

– Spune-mi, Renna, ești fericită? m-a întrebat, mina lui devenind dintr-o dată extrem de serioasă și impunătoare.

– Nu, i-am răspuns cu jumătate de gură. Dar tu?

– Ai găsit lângă Francesco tot ce ți-ai dorit?

– Nu. Dar tu lângă altele? Sau poate lângă ea? l-am întrebat cu vocea răgușită din cauza emoțiilor puternice.

– Nu există nicio ea, Renna. Singura ai fost tu! Ani de zile am așteptat un semn de la tine, un gest măcar, de la cea cu care am trăit povești, clipe adevărate.

Cât era de mare, acum, sentimentele puternice, pe care le ascunsese atât de bine, reușiseră să-l copleșească. Privirea intensă, dintr-odată avea să i se relaxeze, iar respirația să i se accelereze.

– Spune-mi, cum a fost cu Francesco? L-ai ales pe el, dar mă visai tot pe mine, am dreptate? Te atingea la fel ca mine?

Cine îți producea orgasmul, el sau gândul la mine!? Spune-mi! mi-a cerut pe ton autoritar, în timp ce mâinile lui se găseau peste tot trupul meu.

– Stefano, termină! Ce importanță are!?!

– Pentru mine, are. Ani la rând, gândul la tine, că nu te am, că nu te pot săruta, că nu te pot mângâia mi-au măcinat sufletul și mintea!

– Știu cum este, i-am răspuns bosumflată, strecurându-mă printre brațele lui.

– Ooo, nu, Renna, acum nu-mi mai scapi!

Doar a întins un braț, m-a tras, iar eu m-am învârtit de două ori, până ce trupurile ni s-au lipit unul de altul. Și atunci, am resimțit acel curent puternic... care de data asta avea să ne străbată pe amândoi simultan. Am icnit și eu și el, izbucnind în râs.

– Ai simțit și tu? m-a întrebat, ridicându-mi bărbia cu două degete.

I-am zâmbit, dând din cap afirmativ.

– Atunci, înseamnă că noi doi mai avem o șansă. Măcar cât să atingem milionul. Te-am iubit în doar 603.421 de feluri, mi-a spus, apoi buzele lui s-au lipit cu blândețe de ale mele.

– Si dacă am să vreau mai mult?!?

– Ooo....

– sfârșit -